有りのままにまぶした嘘

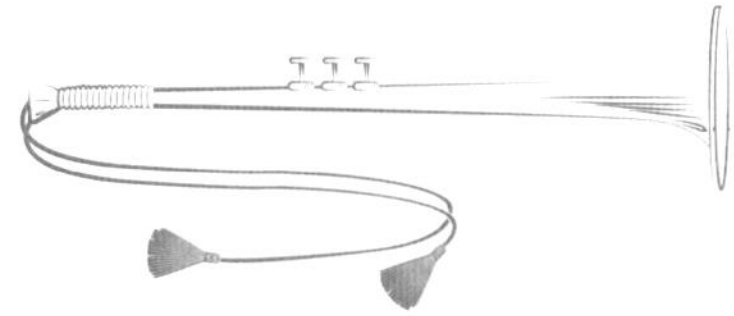

天谷 千香子

有りのままにまぶした嘘＊もくじ

小説

エッセイ

有りのままにまぶした嘘

天谷千香子

Yoshie

槐
えんじゅ

（一）

緑の炎を見たのは、五月も半ばを過ぎた日だった。目の中を一瞬染め上げた緑の色が、次の休日迄の間に、私の身体の内でぼうぼうと火の手をあげていた。

朝食時のレタスが妙に白っぽく、水を噛んでいる気分だったし、緑色の入浴剤で染まったバスの水を落とす折りも、自分の体液が滲みでているのではと、私は妙な思いをした。一人用のユニットバスを磨き上げ、癇性に部屋の畳まで拭きあげると、休日の時計はもう十一時を廻っている。

このところ、二日続きの休日の一日を、私は行く先の違うバスに乗っていた。この土地に居着いたのは二月の初旬だったが、宙に浮いたような日々が下りて来た時は、季節は早や初夏に向かっている。

冬に買い込んだ市街図を食卓に広げ、私は紅茶で一息入れながら、先週の休日の記憶を呼び戻そうと、地図の中の道路を視線が歩き始めていた。

その日は曙コーポを午後に出て通勤バスの反対側のバス停に立ち、漠然と丘をみつめていた。丘は背後に、私立のマンモス大学と付属病院と高校を隠し、アパートやコーポと名付けられた巣箱で覆われている。今日は丘が少し重いと思った。バス停の周辺には、ブティックや食堂や喫茶店が並んでいる。長い間立ち尽くし、休日でバスの本数が少ないのに思い当たる。目的のないままに、やってきたバスに乗り込んだ。二、三度見た鮮度を失った風景が流れていき、案内の声で高速バスに乗ったことに気付く。やがてバスは弾みをつけて上りにさしかかり、視野が金属の遮蔽板で覆われ、カーブに沿って身体が幾度も揺らぎ料金所で停車した。倉庫が密集し、車が建物の周囲にまぶれついている。建物が途切れると、海がU字状にくいこんでいた。積荷を下ろす小さな港なのか、海を両手で突堤が抱き、抱き込んだ手の切れ目に船が生まれ、船は私の目の中に入り込み、少しずつ瞼を押し開いていく。

地図の上を、私の視線が高速道路を走り、左手に湾を確認していた。

船が視野から消えると、製粉会社の倉庫の屋根から、一群の鳥が飛び立っていった。その時私は見知らぬ乗客達と、ひたすら何処かに逃げているような錯覚に陥っていた。飛び立てないままに、気分が下降していく。

地図の上の高速道路はまだ続いていたが、バスはここから下っていった。

「留学生会館前です」

バス停が告げられた。

前の座席が空き、新たに乗り込んだ男女が座り、女の方を向いた男の横顔を見て、

（ミスター・ベーリングトン！）

私は口を押さえた。しかしよく見ると、男はかつての職場の上司より、はるかに若い男だった。ほっとして私は座席の背凭れに背をつけ、顔の見えない女の、鳥の鳴き声のような忍び笑いを聞いていた。

「マイベビィ——」

金色の産毛と時計を光らせながら、男の手が女の首筋を這い、栗色のカーリーヘアーの中に消えていく。静まった空気の中で、身体の奥で鳥を飼っている女が、しきりと鳴いている。手足の先が冷たくなりはじめ、私は息苦しくなって、高層マンションの林立した一角に降り立っていた。道路の両側には、去勢された木が行儀よく並んでいる。記憶の深部が疼き始め、アメリカに留学していた頃の街並みが浮かんだ。私は過去に引きづられそうになり、慌てて道路を横切り、警笛の音にたちすくんだ。冷たい手足が痛みに変わり、やっと反対側のバス停に辿りつくと、行く先も判らないままに、やってきたバスに乗り込んでいた。

当てもないまま乗ったバスは幾度も迂回し気分を落ち着かせて運転士に尋ねると、あの丘に帰るには一度乗り換えねばならなかった。下車するバス停を見逃さないように、視線を窓に据える。と、流れて行く街のビルとビルの間から緑の炎が噴き出し、一瞬、私の目を染め上げた。振り返ると消

えている。緑色の眼で、私は大楠というバス停を頭にいれた。

記憶のフィルムはそこで跡絶え、地図を歩いていた私の視線は、寺坂、脇町と今度は文字を拾い始め、大楠町を掬うと私は地図から視線を上げ、甘く冷めた紅茶を啜った。

視線の先の開けはなった窓辺から、五月の陽光が無遠慮に畳の上に足を伸ばし始めている。子供の声も親の声も聞こないしんとした休日だ。どうやらこの丘には、家族という団体がいないらしい。セールスマンも、宗教を押し付ける人も多分寄り付くことのない丘。

今日の昼食はスパゲティにしようと思った。ベーコンとほうれん草を入れてクリームソースをたっぷりと掛けた。

レンジの上を湯気が覆っている。スパゲティは茹で加減が決め手だ。炎をみつめていると電話のベルがなった。音を無視して火を止め、麵を笊にうちあげた。音はまだなっている。仕方なく受話器をとると、予測通り聞き慣れた声だった。この地に移り住んだ時、私は電話もひくまいと思っていた。

「電話くらい引けよ。金はだしてやる」

父はお金で援助することを、愛情の表現と思っている。一月に一度のペースでならない電話がなり、機械の向こうに父がいた。

「どうだ？」

「ううん、別に。そちらは？」

「正志も張り切って学校にいってるよ」

私の声の調子を探って、短い電話は切れた。

目だけが思い出された。小さな子供が自分を他人の目でみつめている。父親が同じというだけで、視線を絡みあわせねばならない日があると思うと、私は浮かんだ目を急いで意識からおいやってい
た。

父は中部地方の都市の郊外で、医院を開いている。私をアメリカ留学に駆り立てたのは、母の病死がきっかけだった。留学中に父は再婚し、一年満たずで姉のような義母に子供が生まれていた。留学先に送られてきた何回目かの父の手紙は生臭い匂いがし、同封の写真には、私を除いた新しい家族が写っていた。私は覚めた目で紙の上の家族を一瞥し、写真を破り捨てた。そして自身の成長の手応えと、アメリカという社会に向きあった自分の孤独をいとおしんでいたのだ。勉強という手段で全てが打ち勝てると信じて。

父のかけてきた電話があけた風穴が、手を動かすことでやっと塞がり、フォークの先に巻き付けた、少し固めの麺を口に入れながら、私は未だ父親の管理の下にいるようで、麺と同じ位に身体に堅さを覚えていた。

オートバイや自転車の音が、階下から湧きあがり、丘の上の休日の遅い目覚めを告げている。

冷たい水で、口の中の油分を濯いだ。

町名を呟きながらダイヤルを廻す。何回廻してもお話中に苛立って乱暴に廻すと、あっさりつな

がり、私は慌てて口ごもっていた。

「どちらをお問い合わせで？」

バス会社の男の声は、なんの感情もなかった。大楠町を通るバスの乗り場を聞くと、

「さようなら、おじさん」

私はわざと親しみを込めて声を吹き込み、ささやかに相手をからかったことで気分に弾みをつけて、薄い化粧をした。

一度通った道筋が、記憶を引き出していく。大楠町のバス停に下り立って当たりを見廻すと、小さなビルがひしめいている街だった。サラリーマン金融、カラオケ教室、片仮名の看板がやけに多く、がさつさを競っていた。視線の先に、噴き出した緑をとらえ近寄ると、ビルとビルの間の土の道は、覆い被さった緑で暗く沈んでいる。建物の裏の広大な土地を大木が埋めていた。私は踏み固められた小道を辿る。立ち木の間に男が寝そべっている。周囲のダンボールや汚れた毛布が置かれ、浮浪者のようだ。横目でみながら緑に吸い込まれ歩を進める。突然、ブラウスの裾をひっぱられたようで、振り向いたが誰もいない。閉じ込めて、忘れた振りをしていた感触が蘇り、不安が沸き起こった。小道を曲がると、古びた建物が行く手を遮った。どうやら私は、神社の裏手の道を辿ったらしい。木造の本殿らしい建物の裏側は、ひどく荒れていた。迂回すると、表は堂々としたいかめしい造りだった。鍵の手に建っている社務所は、窓を閉ざしている。本殿の前の広場に、私は立ちすくんでいた。土の上を一直線に石畳が延び、鳩が餌を啄んでいる。顔を上げると五月の陽光が顔

を染め、緑が広場の周囲で燃え、私を取り囲んでいる。顔が熱くなり、湿った空気が乾いていく。あの日のアメリカの空にそっくりと思った時、緑の風景が私の中で暗転していた。

(二)

大学生活が終わった日々は、まるで蓋の開いた缶詰めのようだ。詰め込んだ知識に空気がふれ、開放感に充ち溢れる。私は大学院への進学も決まっていた。ルームメイトのシャデイとお別れ旅行の地図を広げたとき、鳴った電話の受話器をシャディがとり、

「幹子、日本のボーイフレンドから」

とウインクした。

思いがけぬ順の声だった。

「ニューヨークに来てるんだ。ソーホーにいる友達を尋ねてきたんだが、連絡がいきちがっていないんだよ」

幼友達の順とは、高校まで一緒だった。高校生活半ばで偶然に順はスペインの美術大学に、私はアメリカ留学と進路を変えて、教師や友人達を驚かした。

進学した当時は文通をし、愚痴や苦しみを分け合ったが、それぞれの国に溶け込むと、いつしかお互いが、記憶から抜け落ちていた。

私は影のなかった順の顔を懐かしく思い浮かべながら喜んで、明日ホテルを尋ねる約束をした。シャディが好奇心をたっぷり込めて質問した。

「二人はどんな間柄?」

シャディはいつもTシャツの中で、大きな乳房を揺らしながら肉体の優位をほこり、シニアハイスクールの一学年に間違われる私は、学業の成績で対抗することで、二人のルームメイトの友好関係は保たれていた。

「今朝の幹子はとても美しい」

冷たいミルクを含みながら、シャディの目許が笑っている。

「ありがとう、シャディ。行ってくる」

風が眠っているような朝だと思い、街はもう夏服の人がいきかっていた。

二時間半のバスが大幅に遅れ、マンハッタンのバスターミナルに着くと、約束の時間はとっくに過ぎていた。私はおしよせる大柄な人の間を子供のように擦り抜け、やっと安全と思えるタクシーを拾った。

倉庫や工場を改造した町並みを通り、ハドソン川沿いの五階建のビルの前でタクシーを降りると、たむろしていたパンクファッションの少年の群れが、一斉に私をみつめた。地下はディスコらしい。視線を避け、一階の小さな画廊の横のドアを押した。それでもソファが三つほど置いてあり、フロントマンもいたが、私はエレベーターに忍び込んだ。鉄の箱がゆっくりと上昇し、エレベーターボーイの黒人といる数秒で、私はすっかり不安に包まれていた。鉄の箱は体臭が染み付き、逃げ場のない異臭を封じ込めている。エレベーターの閉まる鉄の音を背後に聞き、五階の廊下を進んだ。掠れかけたルームナンバーを眼で追い、順から聞いた番号を確認してノックすると、即座に内側からドアが開かれ、一瞬私は部屋を間違えたのかと思った。

顔も身体も異常に膨らんでいる。むくんでいるのかもしれない。髭は剃っていたが毛穴が拡大し、黒ずんだ皮膚は荒涼としていた。室内に入ると、三畳程の部屋にベッドが置かれ、不潔な洗面台はあるが、シャワーとトイレは共同らしい。私はたじろぎ、ぎくしゃくした時間が流れていった。

「ホモの男に追いかけられて、学校も中退するし、絵にも行き悩んで、友人を頼ってきたんだ」

お互いの近況報告が終わると、言葉が途切れた。

私は早くこの部屋をでたかった。ダニや南京虫が這い上がってきそうで、足がむずむずしている。

「外で昼食でも……」

「うん、ちょっとトイレに行ってくる」

私は窓辺に寄り、川を行きかう船をみつめていると、今朝念入りに化粧をして出かけて来た、自分への嫌悪と後悔が滲んできた。そして出がけに、シャディが自分に投げ掛けた言葉は、からかいだったと思った。シャディは性に乾いた私を、いつも見据えていたのだ。感じたことのない寂寥が湧き、眠っていた風が目覚め、身体を冷やしていく。その一瞬、背後からブラウスの裾を引かれ、私はベッドに倒れ込んだ。唾液で顔が濡れ、首筋にくい込んだ手で息が止まると思った時、身体の全ての力が抜けて行った。

淀んだ空気が、ささくれだってざわめいている。

「二ヶ月も女を抱いてなかったんだ」

欲望を吐き出し、空になった男が云った。（おんな、女、女）名前のない私が、一つの言葉を頭の中で廻しながら、砕けた自分を拾い集めて衣服を整え、ショルダーバッグをつかんだ。ドアに鍵はかかっていなかった。廊下を走り、エレベーターのボタンを震えながら押した。黒人は無表情で、東洋の女を無視していた。ガードマンも兼ねているのだろうが、退屈しきった身のこなしだ。

五階の窓から順に見下ろされているようで、建物の影に沿って道を曲がるとそびえ建った窓のない壁一面に、まるで待ち構えていたように女の顔が大きく描かれ、口元が笑っている。ウォールペインティングの毒々しい色彩に、私は吐き気をもよおしていた。

バスの座席に座っても、なお身体の一部に異物が挟まった感触が残っていた。バスの中は冷房がきき、冷蔵庫の中にいるようだ。顔が乾き痛む。運転手が居眠りしないように、極端に冷やしているのだ。平坦な道が延々と続き、車窓がサーモンピンクに染まり始め、バスターミナルのトイレで見た微かな血の色が、拡大していた。

シャディは不在だった。シャワーを浴びて洗濯機に衣類を投げ込んだ。（あなたは意志を持って、ホテルの部屋に行ったのでしょう。喜んで……）シャディの舌足らずな声が、聞こえるようだった。今夜はボーイフレンドの所に泊まるのだろう。シャディの孤独が溶け始めている。ベッドに横たわ

り目を閉じた。（鍵はかかっていなかった。激しい抵抗をすれば、逃れ得たかもしれないのに）

私はシャディの外泊の度にベッドに横たわると、身体の奥で薄い膜に閉ざされ、逃げ場のない風の舞う音を聞いていた。膜を破ると新しい風が吹き抜ける。今朝、暗示のようにシャディが投げ掛けた言葉が突き刺さって、順に抱かれてもいいという、単純な欲望が頭をもたげていたのかもしれない。

不用意だった自分を責めながら、重い身体を沈めて、それでも私は数時間眠った。

腫れぼったい眼を見開くと、まぶしい光に射竦められた。昨日の事は夢であってほしい。鏡に向かうと、首筋に鬱血した微かな色が浮かび、私はたちまち沈み込んでいった。

午後、私は病院に行き白い部屋にいた。そして手応えのない生温かい液体が、私の身体の一部を食器のように洗い流していた。

小旅行の日が近づいていた。私は旅立ちの直前に、乾いた空気やひどく明るい町並みをつくりものめいて感じていた。影のないつくりものの中で、異質の自分が、紙片のように風に吹かれて舞っている。それもまた、人形のように思えた。自分が、冷たくもう一人の自分を見据えていると思ったとき、私はこの社会から、脱落しはじめている自分を直感した。風に向かって、風に逆らいながら歩む手応えを、確かなものと感じていたのに。乾いた風が今、背後に廻り、背中に吹き付けている。風に押されながら少しずつ押し出され、私は帰国の飛行機に乗っていた。

（三）

浮かび出た記憶を断ち切るように、鳴った音に驚いて振り向いた。誰もいなかった神殿の前で、紐にぶら下がった大鈴を、年配の男がゆさぶっている。男の気配を感じないほど私は立ちすくんでいたようだ。男は頭を下げ祈り始めていた。私も形ばかりに頭を下げ、鳩の群れに足を踏み入れた。そして自分を無視している鳥達に、足踏みをした。鳩はようやくざわめいて小さく飛び立ち、またなにくわぬ様相で舞い下り、地面をつついている。男がこちらに歩いて来る。私は走った。木陰に入って振り向くと、誰もいない。私はほっとして、手を清める手洗い場にいった。岩石をくり抜いた窪みに、絶えず水が流れ込んでいる。ショルダーバッグから薬を取り出し、水を含んで飲み下した。身体のあちこちでスパークしていた神経が、少しずつおさまっていくだろう。夕暮れは未だ遠くにいる。

大きな鳥居をくぐって通りに出ると、低い軒を連ねた家々が、神社と向かい合っている道を渡った。軒並みは商店で、どこも硝子戸にカーテンが掛かっていた。路地が幾筋もあり、私は旅館の角を曲がってみた。頭が空になり、足だけが動いている。軒を寄せ合って眠ったような家々の向こうに、孤独な不眠症者のように、マンションが建っている。古びた家の軒下の箱の中で、季節の花がつつましい色を見せていた。人影を見掛けない。薬が効き始め身体がだるくなっている。また、角を曲がりそこにやっと人を見た。小さな店の奥で、白のTシャツに、かすりのモンペをはいた、痩せた女が座っていた。ガラスのケースの中に、木彫りのブローチや銘々皿や茶托が並んでいる。私が覗き込んでいるのに、女は素知らぬ顔で本を読んでいる。女の白い顔は揺らぎもしなかった。視線を泳がせると、レースの上には金魚鉢が置いてあり、中で水中花が揺らいでいる。手作りらしい、ひどく稚拙な招き猫が、金魚鉢を囲んで手を挙げていた。土間の中央の木彫りの卓上には、陶器や花火が積み上げてある。女が本を閉じた気配で、私は店先を離れた。すると太った猫がどこからか現れて、足元を掠った。

「ピカソ、おいで」

背後にかぼそい声を聞いた。猫を呼んでいる。これは夢だと思いながら角を折れた。すると目前に、マンションの建物が行く手をふさぎ、どうやらそこで夢が覚めたようだ。駐車場やトレーニングセンターや、またマンションが現れ、古びた家並みはそこから犯され始めていた。喉が乾いて、何処かでコーヒーを飲みたいと思った。マンションの隣りに、質屋の看板がでている。白い蔵の横手に、人が一人通れる位の土の道が奥に延びて、入り口に土館と筆書きした、目立たない木札がかかげてある。奥に、喫茶店がと思いながら、私は土を踏んだ。突き当たりに瓦をのせた小屋があり、右手にそこだけ洋風の建物が、母家から張り出してる。庭と呼べる空間に、根を盛り上げた大木が、視線のはるか先に涼やかな緑を広げ、新緑の葉の間から、光が雫になってしたたっていた。振り向くと、細い道を自転車を押した男がやってくる。道がふさがれていた。近づいたのは、黒い丸ぶちの眼鏡をかけた人だった。

「やあ、いらっしゃい。迷い込みましたな」

男が白いつばのある若々しい布製の帽子を脱ぐと、青年と錯覚した人は、白髪まじりの年配の人だった。

「よかったら中に入って、お茶でも飲んでいきませんか」

男は自転車を立てて建物のドアを押した。カウベルの音が軽くなった。

「そのまま土足で……」

応接間だったらしい、光の差し込まない板張りの部屋の真ん中に、大きな木机が陣取っている。淡いピンクのセーターを着た女が顔を伏せ、机の上で土をいじっている。髪が顔を覆っていた。私は女の人がいて、なんとなくほっとした。

「お、連れがあったんですか」

覆った髪を払い、顔をだした人はなんと男の人だった。

「いや、そこで出会ってね」

すすめられてソファに座ると、椅子は拗ねた音をだした。

「さっき郁さんから電話がありましたよ。夕飯届けるって」

女のような華奢な男が云った。長めの髪を払った顔は、顎が角張って将棋の駒のようだ。額に深い皺が、くっきり刻まれている。

「コーヒーでも入れますか。キキに寄ってきました？」

「キキは当分閉めるんだって。トルコにコーヒーのルーツを尋ねる旅に行くそうだ」

「じゃ、しばらく陶芸教室には来ないな」

「教室ってここですか」

やっと私は口をはさんだ。

「いや、教室なんて。ここで土をいじって遊んでるんですよ。よかったら来ませんか」

年配の男がどうやらここの主らしい。開かれた窓から、樹木の葉で濾過された、おいしい空気が流れ込んでいる。道具類や、土塊が雑然と置かれ、周囲の棚に置かれた器類の陰影が濃くなり、どうやら夕暮れがやってきたらしい。そこで私はソファにへたり込んでいるのは、薬のせいと気付いた。気分が延びてこのまま眠りに吸い込まれそうだ。弾みをつけてソファから立ち上がり、トイレを教えて貰った。板張りの部屋から上がって、廊下が延びている。廊下に沿って八畳程の和室があり、覗くと天井まで届く書棚と、古びた籐椅子と文机が置いてある。床の間にあやめの束が投げ込まれた大壺、その上に、母猫の乳房に吸い付いた子猫が描かれた油絵が掛かっている。ほほえましい絵と、大人びた紫の花のたたずまいが、部屋の中で奇妙な雰囲気を醸し出していた。突き当たって左が二階への階段、右にトイレらしい板戸がある。私はそこで好奇心を押し留めた。板戸を引くと、周囲は粗い土壁で、便器の穴は思いもかけぬ深さだった。自分の排泄した水が、ちょっとの間をおいて、こもった音をたてる。そのうち暗い穴から手を伸ばして、精気を吸い取る河童の話など思い出して、慌てて立ち上がった。古びた木の家は、清潔だったが、歩く度に音をあげた。

「どうぞ。貴女のカップはキキのマスターが作ったんだ」

「あの人のコーヒーカップにはかなわないな」

髪の長い男が云った。

「淹れるコーヒーの色を計算にいれて、視覚に訴えるところがにくい」

「だけど、大野にはがっかりしたな。なんでアメリカなんかいったんだ」

私がトイレにいっている間の、話の続きらしい。

「作品に行き詰まりを感じたからでしょう」

「それをなんで、外国に行って打開しようとするんだ。今度の個展はがっかりしたよ」

「いいじゃないですか。誰だって刺激が欲しいんですよ」

今日見て来た、知人の作陶展の話らしい。

「島村さん、彼はプロなんだ。それで飯を食ってるんだ。我々が高見の見物で、堕落したなんて云えませんよ」

「まあ、そうむきに」

「むきになんかなっていませんよ。島村さんは、陶芸に関する知識は山のように詰め込んでいる。でもここでやってるのは、遊びなんだ。おまけに、彼の窯の片隅で焼いてもらったりしている。今、彼の過渡期を見守ってやるのは私達ですよ」

男は癖のように、幾度も長い髪をかきあげた。四十位かなと思いながら、私は黒い髪の中で動く指先を見つめながら、コーヒーの最後の液体を啜り腰を上げた。島村さんも立ち上がり、電球の光の輪が室内を照らした。

「あのー」

そこで二人は。私の存在を改めて確認した。

「ああ飯がもう届きますよ。食べて行くといい」

島村さんが云った。

髪の長い男が私にむかって問い掛けてくれ、私はやっと名乗ることができた。

「幹子さんか。我が家の三本の木はいいでしょう」

「あれを保存樹にするのに、島村さんは情熱を燃やしたんですよ。でもちょっと不純でしたね」

「もうそこでやめなさい」

島村さんは赤くなっていた。

「この人は、里永って広告会社のディレクターだ。話の脚色も上手いんだから」

「いやー聞いて下さいよ。隣りの質屋のおやじが、向こう隣りを買い占めて、あのマンションをおったてたんですよ。そのときの島村さんの怒りはすごかったな。売るほうも売るほうだって。表道路は車でたてこむし」

島村さんは苦笑いをしながら、一層、顔を赤らめた。

「空がだんだんなくなるってつらいよな。上ばっかり見るわけじゃなし。朝起きて外に出る。眼前にたちふさがるものがあるなんて。しかもそこで人がちらちらするんだから」

言い訳めいた口調に、里永さんがにやりとした。

「ところがですよ。完成すると、質屋は、島村さんの土地にせまってきたんだ。こんなあばらやでしょ」

「おい、あばらやはひどいよ」

「ほんとじゃないですか。そしたら、島村さんは少し気持ちが動いたんだ。島村さんも人間だなって思いましたよ。郁さんが反対して」

「夕飯はまだか」

島村さんは照れていた。

「結局。三本の木のうち二本を、市の保存樹にすることができたんです。自分の決心をぐらつかせないために、島村さんは珍しく行動したんだ。我々もほっとしました」

私は帰るタイミングを失っていた。

「湯でも沸かすか」

言葉が終わらないうちに、カウベルがなった。

「さー、やっと到着だ」

ひっそりと入って来た女と見つめ会った。あの店先で本を読んでいた人だ。おかっぱ頭の小柄な女性は、視線をそらし和室に消えた。その人が郁さんだったのだ。

「さあ」

私は島村さんにうながされた。二段重ねの重箱が開かれると、煮物の匂いが辺りに広がった。何処かで、猫がのんびりと鳴いている。

「さかりの頃はあちこちでうるさいんだよな」

「でもこの頃、猫もすくなくなったわ」

郁さんが呟く。

「でもお前の猫は、増えてるじゃないか」

島村さんの視線が、床の間の絵にいった。

「郁が描いてるんですよ。猫ばっかりだ」

「だって店番してたら、周囲にいるのは猫じゃない。スケッチして夜、油絵を描くの」

郁さんは私を見ない。皆、私には無関心の様子なのか、私は混乱した。知らない人の側に、こんなに長くいるのは久しぶりだ。が、なんだかつくりものめいた中にいる。もう限界だと思った。薬が切れ始めているのかもしれない。動悸が早くなってくる。

「やあ、また来てください。若い女性がいると華やぐ」

島村さんの別れの挨拶に、私は首をすくめた。外は意外に明るかった。ドアの側の大木を見上げると、葉の所々から星がのぞいている。開いたドアから光がこぼれ、

「また来てね」

顔を出した郁さんと、今度は視線が絡まっていた。

どうやら島村さんは、一軒の家の表半分を人に貸しているらしい。壁に沿って表道路に出ると、

「バス停迄送りましょう」

里永さんの声が背後でした。明かりのない小さな家が、あちこちで蹲っている。幾度も曲がって
広い通りに出ると、黒い樹木の中に鳥居が沈んでいた。

「この門前町も消えていくのか」

里永さんが呟いた。その時、私はふっと男の匂いを嗅いだ。生暖かい空気が辺りを包んでいる。

この神社の杜を迂回すればバス停だ。私は何かに追いかけられる気分で、走り出していた。

丘の上には小さな光が群れていた。カーテンの色が様々なのか、照明の明かりが違うのか、微妙
に違う色彩が、布のように織り込まれている。巣箱のドアを閉め、私は大きく息を吐いた。

次の休日は、地図を開かなかった。見上げた木の映像を頭に浮かべながら、あと三年で三十歳を
迎えると、パンと紅茶とサラダの朝食をとりながら、私はちょっとしたあせりをも飲み下していた。
知らないこの土地での就職先を紹介してくれたのは、かつての同僚だった。私はアメリカから帰国
しても、実家に落ち着くことができず、英字新聞で探しだした中部地方のアメリカンセンターライ
ブラリーに応募し、運よく採用され一人暮らしを始めた。七千冊程の各分野の本や資料が、収納さ
れ貸し出されるライブラリアンのアシスタントが職種だった。館長はアメリカ人で、副館長以下四

人のスタッフは現地採用だったが、私は僅か二年でそこを退職している。そして今の仕事は南部の都市で、急成長した電子工業のオフィスで輸出業務にたづさわっている。覚えれば単調な仕事だった。それに、未だ地元の社員とは打ち解けていない。

先日の食事の礼を伝えねばと私は気分が落ち着かず、外出の用意をした。

一つ角を曲がりそこねたようで、郁さんの店になかなか辿りつかなかった。豆腐製造所や、かけつぎの木札のかかった道筋は、先週の記憶にはなかった。暗い土間でぼーっと青白い炎を見て、私は立ち止まった。ガスの匂いがし男が炎を見つめている。炎の中で赤く溶けているものがあった。鋏を作っているのだと、軒先に掲げた薄くなった文字で知った。二、三軒の家を取り壊した後の空き地に網が張られ、雑草がはびこっている。歩を進めるうちに、見覚えのあるマンションと白い蔵がみえ、また、ここに迷い込んだと私はほっとした。

風をとりこむためか、ドアが開いている。覗くと、島村さんが、人の気配で机から頭を上げて、

「やあ」

と云った。私はとっさに言葉がでなかった。島村さんは、一瞬、怪訝な顔をし、すぐ表情を和らげた。

「これ、何か判りますか?」

島村さんは眼を細めて微笑んだ。

「郁が注文とって、ここ二、三日これにかかりきりなんです。猫ですよ。猫の箸置き」

粘土を型に入れて、島村さんの手から、同じ形が幾つも生まれていた。目も口も髭も、何もない茶色の形は、未だ生命が生まれていない。

「さあ、後百個か」

島村さんは、黒いエプロンをはたいて、立ち上がった。私は島村さんを制して、郁さんがしていたように、流しの横のレンジで湯を沸かした。

「それはありがたい」

島村さんは背を向けて再び仕事に取り組み始め、私は持参したコーヒーを注ぎながらその香りの中で、初めて男の人の背中をみつめていた。

二百個の土の猫達は、島村さんの家の横の小屋に据えてある電気窯で素焼きされ、郁さんが絵付けし、本焼きされて愛らしい姿を現したのは、梅雨に入る直前だった。郁さんの家で、五つずつ箱に詰め、和紙に包むのを私はいつの間にか手伝っていた。


予報どおりの雨の日が続き、丘の道には水が流れていた。私は休日ごとに、軒先から雫を垂らしながら、眠り込んでいる町を訪れた。島村さんの家に行き、島村さんが知らない男の人と将棋を指していると、湯を沸かし、コーヒーを入れソファに蹲って雨音を聞いていた。郁さんの家に寄って、猫を拭いてやり、猫とおしゃべりもした。島村さんも郁さんも私に何の問い掛けもしないまま、刻が流れていた。その内、キキのマスターが帰国し、私はキキにも出入りした。キキのマスターはトルコ帽子を被り、真剣な眼差しでコーヒーを淹れる。トルコの土産話もせず、笑みだけを浮かべて応対する三十過ぎの男は、いつもコーヒー豆の影にいた。そういえば、郁さんは猫の脇役だし、島村さんちは木が主役だ。それらの中で、人間が点景となって呼吸をしている。

雨は切れ間なく降り続き、丘の一帯は雨糸につつまれ、建物の輪郭が水彩画のように滲んでいた。私はこの土地に移り住んで、初めて梅雨に、あきあきしていた。そんな日の午後に、私は思いがけない郁さんを見たのだ。

その日は、すっかりご無沙汰しているシャディに贈る、木彫りのブローチを求めようと、郁さんの店に行った。プレゼントしようという気持ちが芽生えたことで、雨の中の私の足取りは弾んでいたが、郁さんの店はカーテンで目隠しされ、中をうかがうことはできなかった。それで島村さんの家に向かった。

土の細道で、いくつも泥を跳ね上げ足元を汚した。立ち止まると、ふいに激しい物音が聞こえ、木の下に入ると、傘にかかる雨音が一刻静かになった。私は濡れて黒々とした幹をみつめながら、音を聞いていた。音は次々に雨を震わせ止んだ。戸を引くと、木の葉色の顔をした郁さんが立ち、眼が私を拒んでいる。足元に陶器の破片が散乱して、島村さんはいない。私は郁さんの顔が、私の顔に変わっていくのを見つめた。あの事件を起こした日の私が立っている。私は戸を閉め、震える手で傘を開いた。そのとき道を塞いだ傘と出会った。傘の中には、暫く出会わなかった里永さんがいた。

「やあ、もう帰るの」

のんびりとした問い掛けを聞き流し、横を擦り抜けた。

キキの前で傘を畳んだが、強く握りしめていたのか、手がひろがらない。

マスターは相変わらず、無口だった。口に含んだ液体の温かさが広がって行った。郁さんの硬直して冷たくなった手足は、温かさを取り戻しているだろうか。郁さんには島村さんや、里永さんがいる。あの日の私は、硬直したまま意識を失ったのだ。後ろを向くまいと自分に言い聞かせて、私は自分の家の電話番号を記し、心配だからメッセージを待っているとメモし、郁さんの店の戸に挟んで行こうと紙を折った。

夜、十時を廻っても、電話のベルは無言だった。私は久しぶりに薬を口にし、湿り気のある布団に横たわると、狂気に入りかけた郁さんの目が浮かんだ。私もあのような目をしていたのだ。五月の乾いた日に。

(四)

アメリカンライブラリーでの勤務は、二年目に入ろうとしていた。アメリカの文化を紹介する講座に参加する人の為の資料や、懇談会の設営や、週四十時間の勤務は多忙だった。館長のベーリングトンさんはユダヤ教徒だったので、祝祭日には奥さんが手作りのケーキを持参し、昼のお茶会をした。それ以外にプライベートなお付き合いはなく、私は落ち着いていた。民放や新聞社の解説委員や、大学教師、大学院生などが資料を求めて訪れた。レファレンスサービスも充分できるようになったある日の夕刻、私は一人の大学院生からデートに誘われた。建築を専攻していた彼はやがて就職して上京した。五月の連休に帰るので会いたいと連絡があった日、私は上機嫌だった。久しぶりに会い、次ぎの日の約束もした。彼がマンションまで送ろうと云い、別れが近づいていた。その時彼の手が私の肩にかかり、暗闇に引き寄せられた。私は肩の手の重みと、伝わってくる温もりを、突然恐ろしいものに感じ震えた。

「助けて！」

と声をだし、なおも叫びつつ走り、何処かで窓の開く音を鮮明に聞いた。マンションのエレベーターは、深夜になると各階で止まる。それすらも異常に思い脅え、部屋に明かりを点し、光で我を取り戻した。

「どうしよう……」

母親らしい女の声が、深夜に掛かった電話を咎めていた。彼は戻っていないらしい。電話をくれるよう伝言をした。ベルがならないまま、一睡もしない夜が明け、私は重くなった頭をあげ、受話器を握った。母親の声は一層けわしくなり、まだ寝ていると云った。昼に三回目のダイヤルを廻したが、息子は東京に発ったと一方的に電話を切った。あきらかに居留守を使っている。外出の用意をしながら、（もう駄目）と諦めが広がって、私はバッグを投げだした。熱いものでも流し込めば少しは気持ちが落ち着くと、のろのろ立ち上がって、レンジにケトルをかけた。このマンションのガスレンジの上には、大きく被さるように換気扇がついている。無音のまま、青い炎が広がり、炎を見つめて立ちすくんでいると、換気扇の奥で、微かな人の息づかいがした。それは子供の笑い声だった。続いてハーモニカのメロディーが聞こえ、男の子と女の子の笑い声が重なった。炎の上に、音が降り積もって、炎は一刻、勢いを増したようだ。換気扇の気孔は隣家と繋がっているらしい。風が声を吹きこんだのだ。思考を失った耳に、声はなぶるように飛び込んできて絶えた。コンクリートの向こう側に、不愉快な人達がいる。うっとおしい思いが、空の胃袋を揺すった。背後に沸きたって、ヒューヒューなりつづけるケトルの音に追いたてられるように、私は裸足で隣家のドアを開けていた。

「おばちゃん」

女の子が駆け寄って、立ちすくんだ。私は自分の手に、無意識に握っていた湯飲みを、丸い背中を見せて、キッチンの椅子に座っている女に投げ付けた。椅子に当たって割れた音に振り返った女の顔に、厚い化粧がのっている。赤い口紅が、あの日の壁に描かれた、女の口に重なって、私をあざ笑っている。

「どうしたの！　幹子さん」

女の見開いた目が、暗い穴になって私を吸い込みそうだ。何か投げ付けたくて、何も持っていないのに苛立って、私は近寄り女の首に両手を当てた。

「助けて！」

もう一人の私が叫んでいる。自分の声と女の声が重なっている。その時、子供の声に男の声が入り交じって、私は背後から抱きすくめられた。足元に転がった煙草の箱を押しつぶし、手足が急速に冷えていく。男の手が身体を締付け、私は男に卑猥な言葉を次々に投げ付けて、すーと意識が軽くなっていった。

サイレンが遠くでなっている。その音を最後に、私は硬直し意識を失っていった。

幾日も眠ったと思ったが、一日だったかもしれない。瞼を開くと、四角に切り取られた空が、更に幾つも四角に切られ、窓に格子が入っていることに気がついた。気持ちは平静だったが、後悔が涙と共に滲み、隣りの一家に迷惑をかけたことが、ひどく悔やまれた。そして、握った首の喉骨の感触が、手の皮膚に貼りついて、私をひどく脅かし始めていた。

やがて私の前髪に白いものが増え始め、退院すると私は美容院に行き前髪を染めた。


薬が効いてきたのか、いつの間にか眠り込み、なにごともない朝がきていた。カーテンを引くと、珍しく晴れた日だった。郁さんから、電話がかかってこなかった事へのわだかまりが、朝の光の中で消えていった。郁さんは里永さんと会って、落ち着いたのだろうか。郁さんのことを案じながら、私は島村さんが不在だったことに気落ちして、昨日キキでコーヒーを飲んでいたことを思い出していた。島村さんと郁さんは、寄り添って寝たのだろうか。郁さんの身体が、少しずつ温まって……。

郁さんに自分を重ねて、私は今、現実に目の前にいない島村さんに、そっと近づこうとしていた。

その日、勤めから帰り、閉め切った室内に入るとむっとした空気が押し寄せた。洗濯物を取り入れ、窓を開け放った。日脚が長くなり、梅雨明けも間近のようだ。レースのカーテンを少し膨らませて、風が入り始めた。風に揺れるカーテンを見つめながら、島村さんも郁さんも、風のように私を受け入れてくれたと思った。そうであれば私も今日のようなささやかな風であらねばならない。他人に対して、自分がどういう存在でいなければなんて、シャディと暮らした日々を除いて意識に置いたことがなかった。少し気分にゆとりが生まれたことを確認し、私は気持ち良くシャワーを浴びた。火照った身体をバスローブでくるんでいると、電話のベルがなった。郁さんからだ。弾んで受話器をとると、思いがけず島村さんの声が「やあ」と聞こえた。この人の挨拶はいつもこれで充ちたりている。里永さんと郁さんと四人で、私の今度の休日に、山に行こうという誘いだった。雨に洗われた緑を見に。それから陶工の窯に。彼は続けた。

「こういう、うっとおしい日が続いた後は自然の生命が反発するんですよ。それをテコにしなくちゃ」

私は即座に行きたいと云った。そして島村さんの横に座って、電話のやりとりを聞いている郁さんを想った。郁さんの為に、島村さんはこの電話をかけている。何かに苛立って破れた郁さんの綻びを、今、島村さんが静かな声で縫っている。郁さんと私は、いつも間にか並んでいた。その内、二人の女は一人になるかもしれない。郁さんでもない、私でもない。

未だ朝と呼べる時刻に、私は神社の杜の中にいた。梅雨明けを、新聞やテレビが、一斉に報道した二、三日後だった。周囲が五米はありそうな木は、水分をたっぷりと吸い上げて、幹がまだ濡れているようだった。見上げると、枝々に寄生した草が充ちたりて、目覚めている。椿らしい艶やかな葉は、小さな鏡になって、一斉に光を競っていた。銀杏はそこだけ、未だねぼけた柔らかな緑だ。蟬の声も遠慮がちだった。私が追い詰められたように、この樹木の間をくぐり抜けて、島村さんの家にたどり着いた日から、二ヶ月がたとうとしていた。神殿の前は箒の筋目が残り、社務所の窓も開け放たれていた。樹木はやがて消え失せる町に向かって、したたかに野放図ともいえる強さで、緑を静かに燃やし始めていた。

島村さんの家への路地の入り口を、スペアタイヤを乗せた頑丈な車が塞いでいた。車を避けて小道を通り、半開きの戸をノックした。

「島村さんが昨夜から具合が悪いんだ」

里永さんが云った。

「いや、そのちょっと腹具合が悪くって。何が当たったのか。だから僕は留守番だ」

郁さんも里永さんも浮かない顔つきだ。微妙な感情の行き違いが、私にも伝わってくる。島村さんの声を電話で聞いた日から、持続していた私の弾んだ気分が、一歩後退りした。島村さんは疲れたようにソファに座り込み、郁さんと里永さんが並んで立っている。三角形で結ばれた各々が、相

手の心を探りあい、私はその線上にいない。外にでて、木の下で待った。話し合いがついたのか、

「じゃ気を付けて」

里永さんが部屋の中に声を掛けて出てゆき、郁さんが続いた。

「この木の名前、知ってる？」

郁さんが話しかけ、二人の女が木の下に並んだ。私より背の低い郁さんは、声もかぼそい。

「えんじゅの木よ」

囁くように云った。

「ほら、木の横に鬼と書く」

私はその文字を頭に浮かべた。樹影で郁さんの顔は青白く、頬とまぶたの上に、うっすらと刷いた同じ色の紅が、透き通った皮膚の上で浮いていた。少しはれぼったい瞼の下の目が、木漏れ日で反射し、切り揃えた前髪の下で鈍く光っている。その顔が、一瞬鬼女の面に変わりそうで、私は見つめていた視線を逸らし、郁さんと同じ目線で木を見上げた。

「もうすぐ枝の先に花がつくの」

「どんな花？」

「槐は豆科なの。だから豆の花に似てる。光で見えないけど、もうついているのよ。葉は夜閉じたようになって朝開くの。閉じて開いて花を咲かせて、この木はいつ死ぬんだろう。一人で閉じて開いて……」

郁さんの言葉が呟きに変わった時、クラクションがなった。二人の女は一人になって振り返り、戸口に立った島村さんを見た。

「早く行きなさい」

島村さんは、枝葉を切り落とした木のように、戸口にひょろりと立っていた。

私達は後部の座席に並んで座った。里永さんが時々、私に地名を教えてくれたが、私は何かに耐えているような島村さんの顔が浮かんで、うわの空で聞いていた。三人共、今一つ弾みがついていないのか、無口だった。郊外に入り、車窓に入道雲を見た。つんとした若い稲が密集している。麦藁帽子を被った人が水田の中で草を抜いていた。日差しが真夏の強さに変わろうとしている。緑田は区切りなく続き、人物が点になって消えていった。しかし消えた映像が、私の胸を熱くしていた。忘れていた、感動というものかもしれない。感動の因子は人それぞれと思い、私は郁さんに心の内を伝えることを止めた。

山道にさしかかっていた。車が迂回するたびに水音が聞こえ始め、車が緑に覆われるとさらに水音は強くなっていた。郁さんは運転席の背後のてすりを握って、腰を浮かした。そのうち、

「お願い、ちょっと止めて」

とこらえきれない様子で云った。沢に下りる道を確認したのか、車が止まり、郁さんは弾みをつけて車を降り、沢に下って行った。ライターの点火する乾いた音がし、

「幹さんはいいんですか。未だもうちょっとかかりますよ」

と背をみせたまま里永さんが声をかけ、私は無言で首を振った。気配が伝わったのか、里永さんは、

「じゃ僕も……」

と車を降り、手に持った煙草の小さな火が緑の中に消えていった。私は背凭れに背を付け、仰向けると首筋に痛みが走った。見えない流れの音がする。降り続いた雨で増水した水が、岩を噛んでいるに違いない。そのうち、二人が帰ってこないことが不安になった。私は置き去りにされた、子供のような気持ちになり、慌てて後部に置いた手提げをまさぐった。サンドイッチや魔法瓶の間からポーチを取り出し、ここ暫く、薬を飲んでいないことに気が付いた。案の定、ポーチの中に薬はなかった。郁さんが緑の中から、つるりとした顔をのぞかせ、衣服の前をかき合わせながら、

「里永さん何してるの」

とくるりと振り返って、茂みに透き通った声を張り上げている。私はガラス越しに、みつめていた。里永さんがゆっくりと上がってきた。サングラスで覆われた目が、郁さんとみつめあっている。私の身体は、少し堅くなっていた。郁さんが隣りに座ると、草の匂いがした。それは多分、私の気分が作りだした匂いかもしれない。

「怖かったわねー、あの水」

郁さんが里永さんの背中に言葉を投げた。受けた相手は無言で、車は再び動き出していた。道を曲がる度に、水音が今度は遠のいていったが、私の硬い身体の中に湧き出した水は、私の首のあた

りまで浸し、身体を冷やしていた。窓ガラスを少しずらすと、風が息苦しさを救ってくれ、島村さんの声を聞いたようで、ふっと肩の力が抜けて行った。

陶工の家は古い民家で、その横の斜面の、トタン屋根の下に、登り窯が座っている。

「よく降りましたね。裏の山が崩れないかと心配しました」

島村さんの家に初めて訪れた折り、話題にでていた人物らしい。頭を剃り上げた郁さんと同年位の人は、郁さんと同じように、藍染めの半袖の上着を着ていた。どうやらここは仕事場で、家族は山を下りた場所にいるらしい。

「さあ、これから仕事に本腰入れなくちゃ」

庭土が精一杯、熱射を吸い込んでいた。郁さんは、陶工の妻のように、茶を運び、壺や花入れを布で拭いていた。私の作ったサンドイッチは、陶工の作品の大皿に盛られ萎縮し、魔法瓶の紅茶も、おいしい煎茶を飲んだ後ではなんだか味気なかった。

「アメリカに、作品に何か取り入れようと行ったわけじゃないんですよ。島村さんは、ひどくそのことを、追及するんだけど」

「うん、僕はまだ一年程の付き合いだし、島村さんって人が、よく判らないんだ」

里永さんは話を折り、

「これとあれなんかどう?」

立ち上がって陶器を手にしている。郁さんは、どうやら仕入れも兼ねてきたらしい。

「そうね。島村の好みと違うの。でも里永さんが選んだ物が、よく売れるのよね」

郁さんは生き生きしていた。島村さんの横で、無口でひっそりし、時々目を光らせている人と別人だった。男達に甘え、主張し感情をだし、からかいに笑ったり、怒ったりしていた。郁さんは、樹木の間を揺れる真夏の太陽の炎の中で、三十を過ぎた生命の虫干しをしているようだ。私は眼前に広がる緑が重く、島村さんの家にいたほうがよかったと悔やんでいた。食べ残したサンドイッチのパンが乾いて反っている。私は島村さんが、何か口にしたかと心配で、しきりと帰りが急がれた。

「ねえ、山野草採りにいかない？」

郁さんが里永さんを誘っている。それを陶工が聞きつけて、

「一番暑い時間ですよ。少し昼寝でもしたら」

と押し留めている。里永さんは、私と陶工に曖昧な笑顔を見せて、陶工の麦藁帽子を被り郁さんと肩を並べた。

「樹木の中は意外と涼しいんだ」

陶工は不満そうにそう云って、二人の後ろ姿を私と見送った。陶工が窯場を案内してくれたが、私は疲れていて、あまり興味が湧かなかった。アメリカの話でもすれば、共通の話題が弾むと思ったりしたが、陶工も木々の間に隠れていった二人の方に、気持ちが向いている様子だった。私は座敷でのんびりさせてもらうと云って、彼の私に対する関心のなさに応えた。仕事場のラジオから音楽が流れ出し、その響きが辺りのたたずまいと馴染まなかった。サンドイッチがそうであったよう

に。私は仕事場に行き、音を小さくしてほしいと訴えた。陶工はろくろを廻していた手を止めて、

「神経質ですね」

と皮肉まじりに云い、背後のラジオのスイッチを切った。私は申し訳ない気持ちになり彼の手元を見つめた。土の塊に、手を添えるだけで形が生まれ、器になっていく。

「いつ知り合ったんですか」

手を休めて陶工が聞いた。私はあの町に迷い込んだ日のことを話した。

「俺もあの町の出身ですよ。親父が理髪店で、でももう家もない。郁さんとこは八百屋でしたよ。両親が亡くなってから、離婚して帰ってきたんですよ。島村さんが世話をして、あの店に改造したんだ」

「島村さんは？」

私はちょっと立ちいっていた。

「あの人は彫刻家ですよ。でも旧家の息子でもそれでは食えなくって、マネキンの母型を作っていたんだ。でも奥さんが出ていって、長い間一人暮らしですよ。彫刻もぱったりやめて、今は仙人ってところかな」

私はなにげなく、郁さんと島村さんの事を聞き出し、その場を離れた。

チャンネルを替え、またラジオがなっている。私は座敷で横になった。視線の中の陶器が半回転し、私を取り囲んでいる。なにもかもがうっとうしく思えて目を閉じた。眠りはやってこない。そ

のうち眠りでもない浅い意識の中で、全てが揺らぎ始めていた。緑も陽光も郁さんも。手を伸ばすと、私の手先さえも宙を揺らぎ始めている。不安定な姿勢の中で、汗が滲み、あちこちを濡らしていた。里永さんがいて郁さんがいて、陶工がいる。三人が笑いながら水を飲んでいる。私にも――。私も水が欲しい。それでも少しまどろんだようだ。人の気配を感じて起き上がり、ハンカチで汗を拭いた。土間で郁さんの笑い声がしたようで立ち上がって近づくと、陽光の位置が変わったのか、土間は一際明るく、草花を抱えて郁さんが、大きな湯飲みで水を飲んでいた。里永さんが見つめている。陶工が笑っている。私は陰の中で立ちすくんでいた。

自分のアパートの方向を見定めると、私は車を降りた。日差しはやわらいでいたが、冷房の効いた車を降りると、日照りが足元から押し寄せた。私はすっかり山に充ち溢れていた生命に、打ちのめされていた。郁さんは、日焼けして赤くなった顔を車の窓にくっつけて、にこやかに手まで振っていた。

ルームエアコンをお目覚めタイムにセットし、タオルケットを掛けた。外の風を入れたいのだが、怖くていつも窓の錠を確かめて寝る。もう一度不安になって窓硝子をひいた。動かないことに安心して、横になった。微かにベルがなっている。私は起き上がって、受話器を取った。

「暑い日でしたね。疲れたでしょう」

島村さんだった。その声が遠慮がちで、何かをうかがうようだ。私は慌てて、はずれていたパジャマのボタンをかけた。

「お身体の調子如何ですか。心配してました」

皆んなと続けようとして、私は口籠もっていた。郁さんも里永さんも、心配していない様子だったから。

「胃は空っぽですよ。夏の下痢は応えました」郁さんはまだ立ち寄っていない様子だ。

「島村さんは、マネキンの母型をつくっていたんですって？　母型っていい言葉ですね。でも作るときは、モデルがいるんでしょ」

ちょっと間があいた。

「今日そんな話がでたんですか？」

「いえ、私があの人に聞いたんです」

「あの人って……」

島村さんが私の話から何かを探っている。陶工から聞いたことで、郁さんと里永さんが不在にしたことが伝わったのかもしれない。

「彫刻をやっていたときの事は、話したくないんです。それに僕は、貴女の事を何も知らない」

声を落として、島村さんが私に近づいてきた。

「季節が巡ると消したい記憶が疼くんです」

郁さんがいないことで、私も島村さんに一歩にじり寄っていた。

「そんな古い傷は僕でも持っている」

島村さんの声をききながら、今日、郁さんが里永さんに話し掛けていた、甘えた調子を私は思い出していた。

「島村さんがいなくて、とても寂しかった」

と少し甘えた。郁さんが私の中に、するりと入り込んでいる。

「本当に調子が良くなかったんですよ。今度また、何か計画しよう。四人で」

島村さんが四人と云ったことが、ちょっと気にさわった。長い髪の中の、意外な里永さんの男っぽい顔を、私は払いのけていた。そして私と島村さんは、なんだか慰めあって、

「お休みなさい」

「お休み」

優しい挨拶を交わし、受話器を置いた。ひどい疲れも、島村さんの声を聞き、早い眠りへと変わっていった。

私はいつの間にか、郁さんの手料理にすっかりなじんでいた。お結びを握り、生干しの魚を炙ったりして、島村さんの家に持参した。郁さんの店は、タウン紙や月刊誌に紹介され、お客が増えていた。それにはどうも里永さんが関わっているらしい。郁さんの変わりように、私はすっかり驚いていた。

へらで削ってわざと稚拙に見せる招き猫は、島村さんが作者だった。郁さんが店番で忙しくな

り、私は申し出て、素焼きの粘土の絵付けをした。真っ白に塗り、目を描き、はねたまつ毛や口髭を描き、耳と首輪を赤の絵の具で染め、首の鈴を黄色で塗った。島村さんの見本に似せるのだが、ちょっとしたことで泣いたような、怒ったような表情になった。私はその作業に熱中していた。島村さんと私の手から何十四の猫が生まれ、郁さんの店先で愛敬をふりまいていた。島村さんの家には冷房機がなかったが、和室の窓から絶えず風が入り、仕事場の戸口へと流れていた。作業の途中で弁当を広げ、コーヒーを飲んだ。

槐の木の枝先には、暫く見上げない間に、白い膨らみがいくつもくっついている。くろがねもちの大木二本に、保存樹の立て札がたっていた。くろがねもちは常緑樹だが、槐の木は花や葉が落ちるので、隣家の質屋から苦情がでるのだと云った。それであの陶工に頼んで枝を切り落とすのだという。そしてもうすぐ、白い花もぼろぼろ落ちてくると。風に葉と花が揺れていた。

トイレに行く度にのぞく床の間に、花のない日が続いていた。郁さんがあの日、山からとってきた鬼百合が入っていたときは、壺は堂々としていた。私は郁さんに聞いて花でも活けてみようかと、その日、郁さんの店に出かけた。二人ほど客がいて、郁さんは麦茶を出していた。こころなしか、郁さんはすこし痩せたと思った。ピカソは扇風機の前で夏疲れしている。私は招き猫にちょっと気恥かしさを覚え、いままでなかった商品に目をやった。

「里永さんが仕入れてくれるの」

郁さんは私に囁いて、客に蔓で編んだ手提げを勧めている。もうそれは、店先で本を読んでいた人ではなかった。

「ねえ、島村さんちの壺に、何か活けていいかしら」

「あら、花のことも忘れてた。あの家の裏に廃屋があるの。その庭に何かあるはずよ。でも朝早くきらなくっちゃ」

郁さんは長い髪を、赤いゴム紐でくくっていた。ほつれ毛が顔に掛かって、疲れが滲んでいたが、優しい充ち足りた顔だった。

「来年までうんとお金貯めようと思うの。ねえ、お願い、暫く島村のお守りをしてね」

郁さんは私の顔を、じっとみつめた。私はみつめ返し、強い視線に押され目を逸らした。細い目、薄い眉、癖のないさらっとした髪、前髪を上げれば、誰かに似ている。私はその夏、ショートカットにしていた。私は浅黒い肌で、そこのところは違ったが、どうも鏡の中の自分に似ていると思う。けれど島村さんも、里永さんも似ていると云わないし、誰も私にそれほど関心がないということは、寂しいことだった。郁さんは、夏の絽の着物を改造した、何処からでも風が入る、涼しげな洋服を着ていた。客がようやく途切れ、やっと郁さんが、

「氷でも食べようよ」

と云ってくれた。店先に座って郁さんが、ごりごりと小さな機械を廻して作った、粗めのかき氷にシロップを掛けて、二人で並んで口にした。その時、二人の女が店をのぞいて挨拶した。郁さんは客に聞こえないように、「ちぇっ」とかき氷の鉢を置いて舌打ちした。そんな時、私はふと、私

の知らない郁さんを感じるのだ。女二人はどうやら客ではないらしく、パンフレットをだして、なにやら説明をしている。私は扇風機の前のピカソに話しかけながら、氷をつついていた。

「神ですって。神様でしたらうちにいますよ」

「え！」

「私、私が神なの。二人も神様はいらないわ」

甘くのんびりした郁さんの声が、そこだけはっきりと聞こえた。

「あー、溶けちゃった。でも氷水が美味しいのよね。あら、あの人達の宗教ってなんだったのかしら」

自分を神だと云った人は、少し汗ばんで腋臭の匂いがした。私のブラウスの脇の下も、汗で濡れている。

「自分を絶対と思わなくっちゃ、創作はできない。これは島村の言葉なの。だから神です」

郁さんは気取ると、声が高くなる。

「立派よね。いつも教えられるわ。絵も手ほどきしてもらっているし。でもね」

郁さんはそこで声をひそめて、私に擦り寄った。

「あなた、安心していいわよ。島村は駄目なの。まるっきり」

郁さんは、最後の氷水をすすって口の周囲を舌で舐め、

「不能なの」

と云った。私は口を開けた私の傷口を、冷えた舌で舐められたようで、身をすくめた。二人の女の間から、汗の匂いが立ちのぼった。

「ちょっと店番お願いね」

郁さんは私から離れ、台所に行った。店に客が入ってき、馴染みらしい女は私を怪訝そうに眺め、

「郁さんは？」

と尋ねた。私はその視線に脅えて、

「郁さん、郁さん」

と呼んで台所にいった。煮物の匂いが熱い空気の中に染み込んでいる。

「じゃ、あなたみてて」

郁さんはエプロンをはずした。私は鍋の中の落とし蓋をそっと持ち上げた。泡立った醤油の中で、鰈が二匹重なって、ゆすぶられている。私は熱気と匂いにくらくらし、顔をそむけて蓋をした。

「今日は島村と一緒に食事をして。お願い。私、ちょっと出かけるの」

郁さんは鰈の入ったタッパーを私に持たせて、

「子持ち鰈なの。たくさん子どもが入ってるわよ。冷凍物だけど美味しいの」

うっすら笑みを浮かべて、有無を云わせない。タッパーをぶら下げて外に出ると、真夏のしたたかな夕暮れ時の熱気が、私めがけて押し寄せ、染めた前髪から黒い液体が滴るようだった。

（五）

暫く島村さんの家も、郁さんの店とも、ご無沙汰した。お盆が近づき私は母の墓参に帰ることにした。実家に寄ろうかどうしようと迷った末、一泊することにした。父の電話での応対は、歓迎する様子でもなく、私はちょっと気落ちしていた。

門をくぐると、私は緊張した。立ち止まって、ほっそりした島村さんの青年のような姿と、槐の木を脳裏に思い浮かべた。それが暗示となって、リラックスするのが、この頃の私の習慣になっていた。玄関に出迎えた義母を見て私は驚いた。お腹がカンガルーのように膨れていたのだ。夕方に着いたのだが、父は来客があり、医院と庭を隔てた自宅では、見知らぬ手伝いの女の声と、子供の声が飛び交っていた。子供は私を無視してリビングルームを占領し、テレビゲームに熱中し始めていた。義母はのろのろと落ち着き無く動き、子供を叱ることで私に接していた。やっと夕食を囲んだが、私は六十歳を過ぎた父が、娘に見せたはにかみを、不潔だと捉えていた。義母は冷房が身体によくないのか、ソックスをはきカーデガンを羽織っていた。父はビールを飲み、ステーキに噛み付いている。子供が退屈して、パパ、パパと連呼している。父が夏休みの宿題を、お姉さんに教えてもらいなさいと云っている。私は、それらを見ながら、子供は父の愛の結果なのか、欲望の結末なのかと疑い、義母は従順そのものに子供をみごもっている。ほとんど会話らしい会話をかわさないまま、子供が寝室に入ったのをしおに、私は客間に閉じ籠もり、持参した外国の推理小説にのめり込んでいた。

飛行機が着陸態勢に入ると私は息を吐いた。見下ろす街は、数時間前に離れた故郷のたたずまいに似ていた。だがここには島村さんや郁さんが居る。早く会いたい思いが湧いていた。私は馴染まなかった私の家族を忘れるために、そこに逃げ込んでいるのではと、少し自分の気持ちを掘り下げてみた。すると、そんな思いは邪魔だとばかりに、身体の内部から感情が溢れ、私はそれを抱いてバスに乗った。

陽は中空に有り、ひれ伏した家々の屋根瓦が、かげろうの中でゆらめいている。ここは幻の町ではない。私は幻想ではなく、確かな感情を抱いてこの町を、今歩いている。もう一度それを確かめ、槐の木の下に立っていた。太い幹の遙か先の枝々に、楕円型の葉が重なって広がり、木の葉は地上に優しい影を作っていた。戸は開いており、郁さんと島村さんは、ソファに並んで座り陰の内にいた。

「ただいま」

「やあ、帽子の陰で、一瞬、幹ちゃんと判らなかった」

「あら、家に帰っていたの」

郁さんが目ざとく、空港の売店の紙袋の文字を呼んでいた。

「何がいいかい。ウーロン茶？　それともサイダー？」

島村さんが立ち上がった。

「冷たいビールが飲みたいわ」

缶ビールは汗をかいて冷えていた。私はいっきに飲み干し、口をぬぐい土産物を渡した。お盆で店は休みらしく、郁さんは珍しく素顔だった。いつも紅をのせている瞼ははればったく、身体全体が水分を含んで、暑さの底に沈んでいる様子だった。郁さんはビールに口も当てず、土産の礼を云った。

「二階で昼寝するわ。幹さん夕食食べていって。島村と何か作ってくれない？　疲れてるのにごめんなさい」

私はいつもこの調子でやられている。郁さんが階段を上る、ぎしぎしという音を聞き、私は郁さんと入れ替わって、島村さんの隣りに座った。郁さんの汗がじわっと私のお尻を湿らせ、二人は随分長く座っていたのだなと思った。

「キキも閉まってるし里永もこない。盆ていうのは、皆が消えるんだな」

島村さんの手に持ったうちわが、ゆっくりと動いて、それがなんとなく、私に風を送ってくれているようで、私は目をつぶった。私の耳元で、島村さんの呟きがした。

「郁に来年、子供ができる」

私は動揺しなかった。なんとなく只なんとなく、そんな予感がここ数日、私の中で蹲っていたのだった。

私はちょっとした喜びの声をあげた。そして生まれてくる子供の父親は誰だろうと思った。でも父親が誰であろうと、郁さんは子供を生み育て、島村さんは父親らしく、子育てに協力するだろう。多分私も。

ふと私は木の香りを吸った気分がした。そしてそれに誘われ、私は島村さんの肩に頬をのせていた。角張った骨に当たった私のほんの一部の皮膚から、私は木が発するエキスをむさぼるように吸い込もうとしていた。頬に感じる枝のような骨は、微かに揺らいで何かに耐えている。けれど木はゆっくりと変わらぬリズムで私に風を送り続けていた。

(六)

会社で花火大会のことを聞いた。この地の夏の終わりの名物らしい。私はしきりと花火が見たいと思った。このように何かしたいとか見たいとか、少しずつ膨らんでいくものを私は感じていた。それは郁さんの身体の中で生命が育まれているのと、同時に進行しているのだった。

街のショウウインドウは、もう秋物で溢れていたが、私は夏のワンピースを、久しぶりに求めた。

残暑の日が続いていた。夏休みで若者の姿が消え、丘に群れた巣箱は、大半がまだ空の様子だった。そろそろここを離れたい、そんな思いがしていた。丘の近くのストアでは、私の作る料理の材料はもう賄えなかった。私は料理に手をかける事で気分を一新し、郁さんのように、とにかくこの残暑を積極的にのりきろうと、前向きでいた。郁さんは身体のきつさを、気力で支えているようだった。陶器に変わって、硝子のコップや皿や花瓶が並んでいる店先は、夏色ですっきりと覆われていた。もうすぐ店は秋色に変わる。海を思わすようなブルーが、口辺を彩っている大きなコップを求めて、私は冷やした根野菜のスープを毎朝飲み、瓶につめて郁さんのところの冷蔵庫にも入れたりした。

人込みは郁さんの身体に悪いと、私から花火大会の誘いを言い出せず、ワンピースを広げたり畳んだりするうちに、花火大会は三日後にせまっていた。それで、思い切って島村さんに電話をかけようとしたとき、電話のベルがなった。私は自分の思いが通じたようで受話器をとると、郁さんからだった。

「ねえ、お願いがあるの。島村を花火大会に誘ってくれない？」

残暑の粘っこい空気の中から、声が湧いていた。

「私もそう思っていたとこ。私にはよくわからないんだけど、郁さん今、大事な時期なんでしょ」

「あら、知っていたの。島村が話したのね」

花火大会を話題にして、私は郁さんの、未だ姿を現わさない生命を思い浮かべた。

「じゃ、お願いします。私も助けてね」

どこか頼りなく、未成熟の部分を残して電話はきれた。私はワンピースを手にし、少女と女の狭間にいる気分で立っていた。

人の川が、ゆったりと流れていた。臨時バスを降りて、私も島村さんも川に流れた。道の両側には露店が並んで、その灯りがともり川を照らしている。川は、夫婦や子供や恋人達でわいわいと音を立てて流れていた。やがて交通整理の笛が切れ目なくなって、川はせき止められ、幾筋にも分かれていった。海が入り込み防波堤に沿って道が延び、その道に人が溢れ、私はその中で島村さんの腕に縋っていた。やがて何の前触れも無く、鋭い音が中空を切り裂き破裂して、海の上の夜空に光が浮かび砕けて散った。音は私の身体の中に溜め込んだ思いを、次々と壊しながら炸裂した。その音が強ければ強いほど、夜空に広がる花は大きく、人は皆、同じ視線の先で、咲いては崩れる束の間の火の花を見つめていた。わあ！　とあがるどよめきも、音に吸い込まれた。一つまた一つと、私の幻想が押し出されては消えていき、汗ばんで身体を寄せ合い、一つのものに心を奪われている群衆の中に、私は溶け込んでいた。人の波がうねり、人の熱気が防波堤を越えて、暗い海に放流し、ぱちぱちと弾いて光の帯をつくっていた。それが消えると、続けざまに身体を震わす轟音がして、一際大きな花が夜空に咲き、火の粉が降ってくるように感じたとき、幼児の泣き声が湧き起こり、火の花はもう二度と咲かなかった。停止していた人の流れが、逆流しはじめていた。一人一人が、一瞬の内に消えていった火の花を、抱き抱えているような熱い流れの中で、汗が首筋を濡らし、乳房の間に溜まっていた。家族の群れが、金魚掬いや綿飴などの露店に散って、流れを離れ始めていた。私はふと、流れの中に、一人で漂っていたことに気がついた。島村さんの腕を離していたのだ。私は流れの中で立ち止まり、辺りを見回した。人々は私の身体に触れながら立ち去っていく。私は人に押されて動き始め目を動かしていた。その時、流れに逆らって人の頭上でひらひらと動いている手を見つけた。白いシャツにジーパンをはいた人。私はもどかしく、人々の背中を分け入って手に近づいた。手は私の背中に回り、島村さんの手の熱さが、身体に染み込んでいく。今、私は群衆と同じように、余韻に包まれ華やいでいる。

（七）

風が絶えず身体を揺さぶっていた。ひんやりとした空気の気配で目覚めた。網戸の向こうは緑色だ。蟬の鳴き声を、私は幻聴のように聞いていた。靄をかぶっていた視野が、鮮明になっていき、意識が気持ちよく目覚め始めていた。古びた簞笥。鏡を隠した鏡台掛けは、赤い絞りの布が白っぽく変色していた。起き上がって、鏡台の横の飴色の木箱を開けてみると、針山に針が並び、色んな色の糸巻きが散っていた。飾り棚に、鯛を抱いた男の子の人形が飾られ、その下の棚に、子供を抱いた。和服の女の写真が飾ってあった。白黒の写真の女は、私をひたと見つめていた。細い目、細い首、郁さんにそっくり、いや生まれる以前の私かもしれない。抱いた子は島村さんらしい。ここは女の部屋だった。島村さんの祖母、母、出て行った妻、そして郁さんの……。私ははだけた浴衣の衿をかき合わせまた、布団に横たわった。暫く着たことのなかった着物が、足にまとわりついている。木の天井を見ながら、昨夜の島村さんとの会話を思い出していた。私は陶工や里永さんに家族がいるのかと聞いたのだ。島村さんは、彼らには妻や子がいると答えた。私は郁さんの、生まれてくる子の父親を探り、そこで会話がとだえた。私は郁さんの所へ電話をかけ呼ぼうとしたが、里永が来ていると島村さんは止めた。身体を拭くために、覗いたことのない風呂場に行った。コンクリートの風呂場の床はひんやりとし、冷たい水で肌を拭った。島村さんは、二階でお休みと云った。私は郁さんがたてた同じ音を軋ませて、階段を上った。淡い電球の光の下に、布団が敷いてあり、浴衣が置いてあった。どうやら郁さんが用意したようだ。まるで、私が泊まるのを知っていたように。薄い布団に郁さんの匂いがし、私が寝ている。そして島村さんの去った妻や母が、ひっそりとこの部屋に横たわって、窓の外の槐の緑を見つめていたのだ。島村さんの母が嫁いできたとき、槐の木の高さは、どの位だったのだろう。島村さんが産声を上げたとき、槐の葉は一斉に開いていたのだろうか。島村さんは母親を、いくつもいくつも作ったマネキンの母型に閉じ込め、閉じ込めきれなかったのかもしれない。島村さんが母の乳房に食らいついたように、郁さんの子供もここで郁さんの乳房を吸う日があるだろう。私はそこで灯りを消した。淡くなっていく意識の中で、自分の乳房が膨らむ思いがし、皮膚に刻まれた屈辱が、潤い始めた体液で少しずつ流されていく感触をまさぐりながら、眠りにおちていったのだった。

身体の暑さに呼応して、残暑の日差しが強くなり、槐の葉が濃さを増している。階下で男の声がして、私は慌てて衣服を身につけて布団を畳んだ。足音を忍ばせて階下に下りると、気配を察したのか、仕事場から島村さんの声がした。

「大野君が槐の枝を切りにきてる。胡瓜やトマトを持って来てくれたんだ。冷蔵庫に牛乳もある。トマトを齧れよ。パンはトースターの中だ」

私は島村さんの顔を見ないまま、風呂場に行った。冷たい水で顔を洗い、洗面台のくすんだ鏡を、タオルで磨いた。つるりとした私の顔が映っている。髪も伸び始めていた。男の髭を剃った剃刀も、朝の光の中で和んでいる。私は口紅を塗り、頰と瞼の上に、うっすらと紅をはいた。

「ちょっと、散歩に行ってくる。頼んだよ」

木の上に島村さんが声をかけている。自転車のベルが、勢いをつけるようになった。私は仕事場に入り、その一隅に置いてある冷蔵庫を開いた。小型の庫内には、ぎっしりと物が詰まっていた。流しの上で水の音がし、洗い桶の中で熟したトマトが二つ、ぷくぷく浮いていた。何も置いていない卓上で、収い忘れた空の牛乳瓶が、吹き抜ける風になぶられている。見慣れた瓶が室内の陰影で、とても私には美しいものに思えた。トマトを切りテーブルの上に置くと、赤い色が一層濃さを増した。と、そのとき、私の体の中で緑が揺れたようで、戸口から首を出し槐を見上げた。視線のようやく届く所で、男の素足を捕らえた。外に出てみると、緑の間の足は浅黒く日に焼けて、幹に絡んでいる。顔の見えない短パンをはいた男が、葉の重なりの間から、

「郁さん、危ないよ。枝が落ちるから」

と私に声をかけてきた。山で聞いた声だ。私は慌てて室内の陰に戻った。

パンの焼けるこうばしい匂いが広がり、卓上の牛乳瓶とトマトの間を、風が擦り抜けていく。トマトを口に入れたとき、私は穏やかな声を聞いた。

（やあ、迷いこみましたか）

私は戸口を見つめた。槐の木の根っ子が入り口を塞いでいるように見える。その横に、子供を抱いた女が朧げに立っている。郁さんでもない、私でもない。私は目を見開いた。その目の中に、がさっと音がして、切り落とされた槐の枝が飛び込んできた。部屋の陰が少しずつ晴れていき、冷たい牛乳を含みながら、私は夏の去る足音を聞いていた。

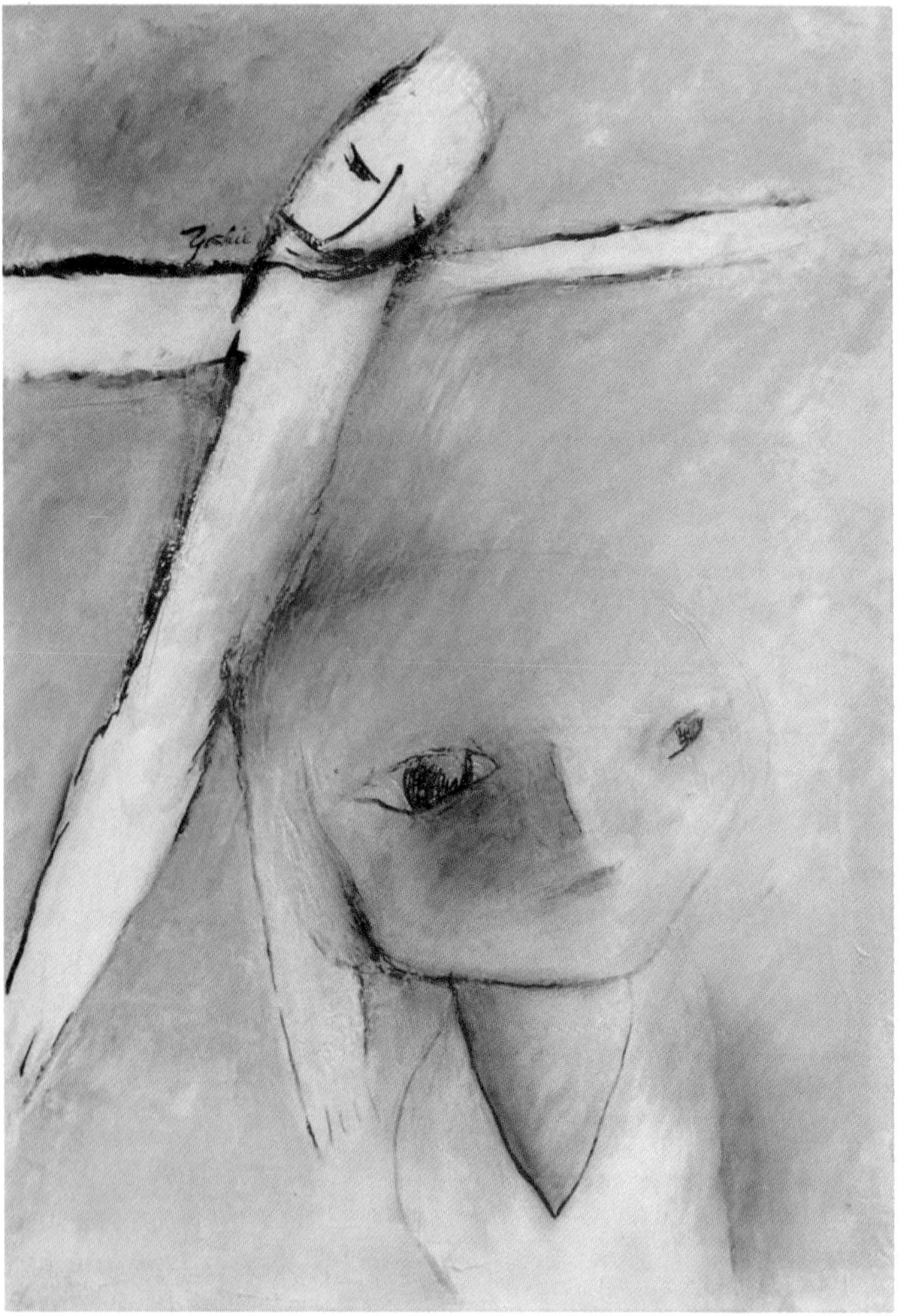

藁束

ぼくら中学一年のクラス担任は美術の先生で、どこもかしこも指先迄も膨らんでいる。去年の夏、汗をかいて授業をしている先生を、ぼくは焼き立てのパンのようだと眺めていた。それから——今は新しい年の一月も半ばを過ぎ——先生を見つめながら時々空想する。今日はクリームが流れ出そうだとか、餡この粒が身体の中で光っているぞとか……腹を空かしている訳でもなく。クラスの大方の生徒は先生を無視している。しかし先生について、何かを感じたり思ったりしている奴が他にいるのかも。それはいいんだが、ここのところぼくは心の内で形にならない不安を抱え込んでいる。先生が少しずつしぼんでいるようで。まさかそのうちふぃっと消えることなんて有り得ないと、打ち消してはいるのだが。

今日の昼休み、校庭でクラスメートとサッカーをしていた。皆、声も出さずひたすらボールを追って蹴って蹴って蹴りまくっている。ボールはいつ壊れるんだろう？　場外に弾かれたボールを追った視線の先に、先生がふわっと立っていた。先生はずっとそこにいて、ぼくたちを見つめていたのだろうか。ぼくは拾い上げたボールを捨て、先生に抱きつきたくなる。先生の膨らんだ肉体に潜り込んだらどんなに気持ちいい！　だろうかと。一瞬の思いが身体を焦がし、冬の風にまぎれこんで駆け抜けていった。

午後には先生の授業があった。実技ではなく、外国の名画をビデオで見せながらの、主題、構図、光と影などの講義だ。レンブラント、モネ、セザンヌなどお定まりの。生徒がおとなしいのは、皆うとうとしている証拠だ。ミレーの落ち穂拾いの作品が映し出され、それを最後に解説者の言葉と映像が消えた。ここから先生の話だ。

「当時、農民は落ち穂を拾わずそのままにしていた。自分たちよりもっと貧しい人の為に。この絵の精神的な光、つまりキリスト教の……」そこでぼくは睡魔に襲われ、一瞬、意識が跡絶える。

「先生の実家は農家だ。時々帰郷して田圃の畦道に立ってスケッチをする。帰る度に見つめる風景が少し変わっているので、消えていくものが何なのかを記録するんだ。君たち、稲こづみって知ってるかい？　コンバインを使いだしてそれも消えつつあるのだが。湿った籾を乾かす為に刈り取った稲を束にし、穂先を内に向けて円形に積み上げていく。積み上げ方は土地によって違う所もあるらしいのだが、郷里では、風の入りやすい拝み合わせっていう十文字形で積み上げる」先生は話を続けながら黒板に形状を描く。ぼくは睡魔を払いのけ先生を見つめていた。

「僕は時折、稲こづみを家の原形のように思ったりするのだが、どうだろう。去年、実家に帰った日はとても寒い日で、稲こづみにもたれて、おふくろの作ってくれた握り飯を食ってたんだ。すると背中の辺りでなにやら動く気配がする。何だと思う？　それで周囲に飯粒を撒いてみた。すると稲の束の中からねずみが飛び出してきたんだ。透き通った！」

ぼくは稲こづみも透明なねずみも見たことがない。でも先生が下駄を履いて背中を丸め、街を歩いている後ろ姿を見かけることがある。夕暮れもしくは夜に。そんなとき先生の背中には、影にくるまれた顔のない男が張りついていて、昼間、子守歌のような話をし生徒を寝かしつける教壇の先生とは違うぞと、胸の奥がざわめくのだ。すると女子たちが囁き合ってる声が耳の奥から湧いてくる。「男のくせして先生は男子が好きなんだよね」「ひょっとして四十過ぎまで一人なのは――」

ぼくの背中には？　彷徨する夜の中で脹らみ醱酵し始めるぼくの想い。

帰校の途中、教室の片隅に貼ってあった先生の個展の案内状を思いだしていた。木の小屋が写った写真付きの。それで足が美術館に向かっていた。

公園には女子が溢れていた。美術館は公園の中だ。しかたなく、色とりどりの私服を着た女子の林の中に踏み出すと、制服の女子が一人マジな顔で立っていて、胸に《チケットを一枚ゆずって下さい。お願いします》と書いた紙を抱いていた。その横で野球帽を被ったおじさんが、「チケットあるよう！」って大声をだしながら、幾枚かのチケットをかざしていた。耳の穴に女子たちのおしゃべりの声が溢れてはこぼれ、ぼくは公園に充ちた生臭い匂いの中に、大好きな夕暮れの暗い匂いが紛れ込んでいるのを嗅ぎ分けながら、下を向いてあるいていた。

美術館にたどり着くと、女子は美術館の中まで侵入していて、受付の女の人の背後のトイレに出入りしていた。女の人の目玉はガラス玉のようで何も見ていないようで、ぼくは女の人にわざと問い掛ける。「今日は何の催しがあるんですか？」すると女の人は展覧会の案内もせずに、「向かいの市民会館でアイドルの公演があるのよ」と目玉を光らせ答えた。女の人の横にはガラスに囲まれた空間が広がり、ガラスの裾には赤や青や黄色の女子たちの背中が並んでいて、内側に先生の木の作品が三つ、座っていた。

長さ三米ほどの丸太が転がっている。直径一米位の切り口をよく見ると、小さな木が詰まっていた。先生は小さな木を張り合わせて丸太を作ったんだ。小さな木を採集し、張り合わせている先生の指が目に浮かぶ。柔らかくおいしそうで、齧りたくなる指が。丸太の上の真中が凹んでいて水が溜まっていた。〝木の涙を集めたんだよ〟先生の声がしそうな作り物だ。誰もいないので水を掬って含んだ。接着剤の匂いと油っぽい感じがしたが吐き出さなかった。

細い枯れ枝がぼくの背丈の倍ほどに、組んで積み上げられている。中で赤い色がちらちらしている。おいしい物を嘗めている舌のような。やっと枯れ枝の中に閉じ込められた、赤い洋服を着たマネキンに気が付く。マネキンが叫んでる！　お願い！　もっと燃やして……鞄の中を探った。ライターが手に触れないかと。

最後の作品が案内状に載っていた木の小屋だった。戸口まで板で囲った通路が作ってあって、リノリウムの床に土が撒いてあり、入り口に紙が貼ってあった。《どうぞお入り下さい》先生の丸っこい文字だ。それで土を踏み小屋の中に入った。張り合わせた不揃いな板の隙間から光が注ぎ込み、床には藁が敷いてあり、角に藁束が立て掛けてあった。ぼくは一束の藁を抱え込んで寝転んだ。もし誰かが覗き込んだら、先生が作ったマネキンに見えるだろうと思いながら。

早くマネキンのように中身が空にならないかと願っていると、藁が温もってきて眠くなった。ぼくはここんところ睡眠障害が続いていて、余り眠っていないのだ。母さんに連絡しなくっちゃ、今日は帰らないよって。それで母さんの事が瞑った目の中に浮かんだ。

「父さんが子供を作った」母さんが湿った声で、父さんの消息を漏らしたのは二日前だ。その日は日曜日で、母さんが勤めるスナックは休みだった。食卓を挟んで向かい合い、母さんとホットケーキを食べていた。やたら熱いミルクを嘗めながら。その日の午後は分厚い雲が雪を散らし始め、暗い部屋に、石油ストーブの炎と昼間のビールで煽られた母さんの顔が浮き、ホットケーキにフォークを突き刺し、母さんは父さんの相手の女を殺していた。だって父さんが一人でセックスをし、一人で子供を作ったような言い方なんだもの。石油臭い空気や寒気が首に巻き付き、弟か妹か聞きたい気持ちも電気を点けたい思いも押し込み、ぼくは無性に雪の匂いが嗅ぎたくて、窓に視線を逃がしていた。

父さんが団地の家を出て二年は経つ。母さんは深夜いや厳密には早朝二時過ぎに、「帰ったよう」と襖を少し開け声を掛ける。毎日、ぼくの存在を確認しぼくに対する義務のように。その声を聞かないことには眠れなくなっていた。朝、冷蔵庫にはサラダと煮物が入っている。おふくろの味っていういつも変わらない味の、スナックの客にだした残り物が。いつもの習慣で、朝、サラダを食べ、夜、煮物を食べる。そして休みの日に、眉毛のない冴えない顔色の母さんと向き合う。

「進学してね。母さんの為に」「――――」

どうやら小屋の中が暗くなり、ぼくは眠りの領界に入ったようだ。ぼんやりとした視界の中に父さんがいる。団地の裏の木にサンドバッグを吊るし、ボクシングの真似事をしている。「お前も打ち込むんだ。男らしく」幾つも打ち込む。だがサンドバッグは揺れもせず、ぼくを弾き倒す。倒れた身体を父さんが撫でてくれ、赤ん坊になりそうだ。父さんの手が背中から腰……股間に入り、ぼくの身体を両足で挟み締め付けてくる。筋肉の感触と芯のない優しさにくるまれて、ほとばしる父さんの精液とぼくの充ち満ち一気に放った液体が合流し、優しい水に変わり接着剤を混ぜたように皮膚に貼り付く。荒い息が治まり、父さんの腕に抱かれ耳元で囁き続ける――ぼくだって父さんが作ったんだよね――そしてやっと空になり眠り込んだ。

「こんなガラクタ、燃やせばいいのよ」誰かの声が聞こえる。抱いた藁束を手放した。小屋には感じたことのない清らかな光がさしこんでいる。朝だ！　通路の囲いを抜け辺りをうかがうと、受付に赤い服の女の人が座っている。マネキン？　背中を見つめながらトイレに駆け込む。冷たい便器が尻に当り冷たさが腹まで突き上げ、湯気の出る汚物を放り出し、知らん顔して女の人の前を通り美術館を出た。

公園に充ちていた女子の匂いは夜がすっかり飲み込んでいて、直立した樹木が気持ちよく見えた。冬というのに葉っぱは青く、うぶな光の囁きで緑色に変わっていく。噴水が噴き出し飛沫が顔を弾き、ぼくは産声をあげている朝を抱え込み朝の匂いを嗅ぐ。夜に抱いた藁の匂いと同じような、どこか頼りなく懐かしい。朝を恐れることは何もないのだ。公園に人が現れ始めている。一人二人……それでぼくは出口に走り立ち止まった。どうしても戻りたい、あの小屋に。藁束にぼくの体臭や温もりは残っているだろうか。しかし頭の中に湧いてくるものの気配がする。晴れた空に紛れ込んで脹らみはじめた灰色の雲みたいな奴の。そしてふと落ち込んだ眠りのせいで、いつもの母さんの声を聞かなかった事に気づく。意識の中に積み重なった折れた藁のような、それなのに重い声の群れ——帰ったよう、帰ったようと増殖し続ける声を聞かなかった……今朝。

隣の部室で母さんは眠っているだろうか。

冷蔵庫の中にいつもの食べ物は入っているだろうか。

父さんと赤ん坊は一体何処にいるのだろう。

先生は自転車を漕ぎ学校への道を走っているだろうか。

先生の体重は昨日より減ってないだろうか。

美術館や学校は燃えていないだろうか。

ぼくは本当に藁束を抱えて熟睡していたのだろうか？

？　？　？　音のしない冷やかな朝……何故かぼくは自分の部屋の蒲団の中にいて、目覚めてはいるのだが、現実の朝の中に立ち上がれないでいる。踏み出せば、ぼくの周りのいつもの世界がすっかり崩れているようで……。

赤色

赤い鼻緒の薄っぺらな草履を買った。下駄がほしかったのだが、郊外のこの町に下駄を売る店はない。

上がり框に草履を置くと、赤い色が浮いた。久しぶりの薄化粧を洗い落とし鏡台の前に座ると、長い髪が顔を覆い水に浸ったようで、慌てていつものように後ろで束ね赤い紐できりりと結ぶ。始末に終えぬ剛毛と多毛は短く切れば広がり、小作りの顔が髪に埋まる。

昨日、父の一周忌を終えたばかり、ときたま父の死を知らぬ遠方の人から石仏を依頼する電話や手紙が届くが、人の出入りはない。

親戚付き合いもなく、一周忌には僅かな知人と、石仏を納めた寺の住職の幾人かが我が家を訪れた。

昨日は読経と因果応報の説教を聞いていたのだが、そのうち耳から溢れ……夢ばかりを見る浅い眠りがここ数日続いていたので、人の声を聞きながら睡魔に襲われる。その度に目を見開き香の匂いを吸う。すると溶けかけた意識が束の間蘇るのだが、香には人を夢心地に誘う作用があるのか、いっそう眠くなる。自分のいびきを聞いた気がしたのは夕暮れの頃で、玄関に施錠をするともう何もかも面倒くさく、座布団を枕に横たわると久しぶりに熟睡し、いつにない爽やかな目覚めに、毛布にくるまっていたことが唯一夢の中の出来事に思われる。十分な睡眠のせいか気分が晴れていて、今日久しぶりに午前中外出し、買い物をしたのだ。

誰もいなくなったと首をすくめ鏡に向かい、にいーと笑いとも怒りともつかぬ顔をすると、どこぞで声がする気配……「不器量な子だねえ。強情で可愛いげがいっちょなか」と、磨き忘れた鏡にばあちゃんの顔が浮かびこちらをうかがっている気がし、ふとした感情の綻びを見られたようで慌てていつもの無表情に戻った。

午後を廻ると、眠気がやってきた。

地の中に引き摺り込まれたようで、這い上がろうとする。すると土ではなく手に当たる感触はガラスなのだ。

瓶の中？　蓋を開けなくては——指が滑る。微かに開き慣れた鑿《のみ》が石に当たる音が聞こえる。石ではなく瓶を割って！　と叫びながら傷つくのが恐くてうずくまる。

夢でもなく現実でもない意識のせいか、浅い眠りの後の頭が重い。重い頭の中に鑿《のみ》が居座っていて、それで仕事場に行った。

家の敷地は奥行きがなく横に伸びていて、古びた母屋の先に仕事場がある。仕事場の前は、石材を運び込む車や来客の車が二台は駐車できる空き地で、そこは板塀が途切れていて、開かれたシャッターの奥の、石を覆った父の背が道路から見えていた。しかし背後の祠《ほこら》を抱き込んだ小高い森のせいか、家はいつも陰の中に在るように思われた。

仕事場のシャッターを上げたが、石の黴臭い頑なな匂いがまだ籠っていた、彫りかけの石や、屋外にあった注文をこなしきれなかった石も石屋に進呈したので、石の重みで凹みができた土間が寂しい。ストーブや扇風機が片隅に置かれ、その横の父が作った工具掛けに、おびただしい種類の鑿や金槌《かなづち》がさがっていた。鑿を取り刃先をガムテープで巻く。

「こんにちわ」と背後でやけに明るい声がして振り向くと、笑顔の宇佐さんが仕事場の前に立っている。白いスーツの胸元の金色のブローチが大き過ぎる。豊満な宇佐さんは膨らみ切った風船のようで、鑿で一突したら弾けそうで突いてみたくなった。

「あら、先生のお形見に鑿をいただこうかしら。早いわねえ、もう一年過ぎるなんて」

宇佐さんはなぜか仕事場の陰の中に入ってこない。車が入ってきたのも知らなかったので、宇佐さんはガムテープ巻きに熱中している後ろ姿を見ていたに違いない。鑿を手にして立ち上がると腰が痛み、父がしていたように腰を叩くと、仕草が年寄りめいて一層いじける。宇佐さんに近づき、鑿は父の……と口ごもると、「魂？　それとも命？」と解釈をする。

そんなおおげさな……と押し黙ると、「私、先生の魂をいただきたいの」と押してくる。宇佐さんにかかると魂も野球のボールのよう――入魂の一投なんてよく言うし。

「ねえ、相談があって来たの。私たち今までどおり石を彫りたい。それで仕事場を貸してくれない？　借り賃は払う。あなただってこの先何かと大変でしょうし」といつもの如才なさでこちらの領域にするりと潜り込んでくる。

宇佐さんは主婦だが、駅前で学習塾を開いている経営者でもある。趣味に石彫りをやっていて、もと教師や消防団の人、商店主と、男の人ばかりを引き連れて父に弟子入りをし、もう三年程になる。父は弟子なんておこがましいと言っていたくせに、先生なんて呼ばれて嬉しがり、粗方のかたちが彫りあがると、仕上げはほとんど父が手を入れていた。

宇佐さんの初めての石彫りは地蔵さんで、完成するとそれを合格地蔵と名付けて学習塾の入り口に置いた。駅前なので結構話題になり、お賽銭があがったりして新聞の地方版に写真と記事が載った。それから宇佐さんは童地蔵のシリーズに取り組み、これを並べるとまた、話題になった。こうして趣味も経営につなぎ、学習塾は結構流行っているらしい。それはそれでいいのだが、宇佐さんは甘え上手で誉め上手で、宇佐さんの地蔵は父が丹念に手を入れる。そのうえ週に一、二度は我が家は宇佐さんに占領され、それお昼の弁当だコーヒータイムだと、台所に座敷に宇佐さんの明るい色が動き廻っていた。

「ねえ、その髪型どうかしたら。いい美容院紹介する」「明るい色のお洋服着なさいよ。知り合いのブティックで見立ててあげる」と、宇佐さんは華やかに笑いながら次々と攻撃を仕掛けてくる。相手の無表情をなんとか突き崩してみたいと――善意にくるまれた憐み？　見下した同情？　私はいつものように素直にしれっとはいと返事だけして、宇佐さんと距離を置いていた。

　今日も晴天の光の中で、宇佐さんは見慣れた笑顔だ。

　この仕事場を壊そうと思って……と私は語尾を曖昧にし、冷酷な気分でシャッターが下がるボタンを押す。きしんだ音がし始め、宇佐さんがゆっくりと頭から消えて行く。顔に張り付いた満開の熟女の笑顔が崩れて行くのも……。

　シャッターを閉め終わって後悔した。宇佐さんの笑顔の裏には私の無表情の裏側のように、忍耐や怒りや不安が張り付いているのかもしれない。そうだとすれば少し寄り添ってみようか。けれども宇佐さんのむせるような熱情はやっぱりうっとおしい。こうして人に出会うと思いが巡って面倒くさくなる。とりあえず目先のことを片付けよう。刃先を覆った鑿をダンボールに詰めると、重くて抱え上げれない。それで幾箱かに分けて入れ直した。シャッターを下ろした仕事場は蛍光灯を点けたが薄暗い。この先は明日にしよう。鑿の処分は頭に描いて計画どおりだったが、知らせもしなかった父の一周忌の翌日の、宇佐さんの訪問は予想外だった。

　朝、人知れず訪れた秋雨の名残りか地面が湿っていたので、天が味方したかとおおげさに思いおおげさついでに、宇佐さんから抗議の電話がありそうな予感がした。それで留守電のメッセージを録音する。

　電話機に向かって声を吹き込む――山崎峰石は死去しました。生前のご交誼を感謝します――間を置きピーと十秒を知らせる音がする。応答確認の再生をすると堅い女の声が、「山崎峰石は死去しました。生前のご交誼を感謝します」と告げた。

絣のもんぺに赤い鼻緒の草履を履いた。

母屋の裏は森に続く竹林だ。森の所有者との境界線は、竹林の中に杭が打ち込まれている。森は古墳だと言い伝えられているが、いまだに発掘に至らないのは噂に過ぎないのだろう。狭い庭に仏壇に供える花を植えている。手入れをあまりしないので、今は茎がくねった小菊が名残りの花をつけている。筍を茹でるために煉瓦を築いて作った竈《かまど》も、母が逝って十年近く炎が上がったことはない。竈の近くの地面を、筍を掘りだしていた鍬《くわ》で掘る。土が湿っているので柔らかいと予想していたのに、これが結構しぶとい。深みができたと思った頃、鍬先に堅いものが当たった。まさか古代の？　なんて想像もしなかった。凹みに現れ重なっている石のかけらは鋭角だ。

「この辺りは大昔、墓地だったらしか。それでじいさんはただみたいな値段で買うたらしかばってん、今は結構値が上がっとうばい」と、じいちゃんの葬儀の後で誰かが父と話していたっけ。すると墓石のかけら？　そこでそれを打ち消す記憶が蘇ってきた。

じいちゃんとばあちゃんは父母の血縁ではない。父が中学を卒業して住み込みで入った家の親方夫婦だ。じいちゃんも無口だったので、私は父がこの家でどんな暮らしをしていたのか、過去を詳しく知らない。ばあちゃんは吝嗇《りんしょく》だった。子のない夫婦が他人と寄り添って生きていくには、金だけが頼りと思うのは仕方がないことかもしれない。じいちゃんは蹲踞《つくばい》や灯籠《とうろう》を彫っていたらしい。父が見習いに入った頃はもう石仏彫刻所の札が掛かっていたと、それだけは父から聞いていた。

父の彫った石仏が腕がいいと評判になると、じいちゃんは妬んだのだろう。死ぬまで父の彫った石仏を自分の名前で納めていたし、寺で行われる魂入れの儀式にもじいちゃんが一人で出席していた。じいちゃんが逝ってやっと白髪が見えはじめた父は名跡を継ぎ、影から抜け出たのである。

遠くに過ぎ去った秋、川縁に彼岸花の一塊を見た日、父に彫ってほしいと人の身丈と同じ位の石仏の注文が入り、石が仕事場に運び込まれた。その頃の仕事場はまだ屋根だけで覆われていて、大きな石は何処からでも見えた。「俺が彫る」とじいちゃんが譲らず、誰もが七十代も半ばを過ぎたじいちゃんの手に余ると思ったのだが、結局はじいちゃんの頑固さに押し切られる。

父は近くの水子地蔵を供養する新寺が建ったこともあり、水子地蔵の注文に追われていたので、同じ仕事場で背を向け合い仕事をしているじいちゃんを、気遣うこともなかったのかあえてしなかったのか……。

じいちゃんが逝き、仕事場に彫りかけの石が横たわっていた。

通夜の帰りの客が好奇心に駆られ、夜の闇に目をこらし、立ち止まって石に手を合わせて去っていく。

「仏に抱かれるごととして仏に吸い込まれるごととして、あの人は彫っている石に身体ば投げて死にんしゃった」と、ばあちゃんは通夜の客に繰り返し語るのだが実は嘘で、じいちゃんは夕食を食べながら嘔吐し、気分が悪くなったと茶の間で横たわり息絶えたのだった。しかしばあちゃんの嘘は、柩の中の人を覆う花のように、人々を美しい幻想に誘い涙ぐませる語りであった。

夕暮れ、高校から帰宅し仕事場の横に自転車を置き、この石を覗き込む。頭になるかたち、角張った肩、胴体になる長い部分、人のかたちとそこだけ違うのは足元が浮き、台座になるらしい円盤状の石が曲線を描いて付いていた。胴体の両横には手になるであろう突起が見られ、なんとなくミイラが連想されたし、黒くはなかったが助けを求めながら焼死した人の芯のようにも思われた。じいちゃんの今にも起き上がりそうな死に顔より、この仏でもないさりとて石とも感じとれない、鑿跡に覆われた石に恐れを抱く。

地表近くにマグマが冷え固結した安山岩（火成岩の内）は、その名前とは裏腹な頑なな様相で仕事場の中央に陣取り、父はそれに背を向け仕事をしていた。

じいちゃんの四十九日が過ぎた夜、いつもの単調な音と違う激しい音が聞こえた。音がつながらないのは、人が長い息を吸っているのだろう……玄翁《げんのう》が石を叩き割る音を聞いていると、父の胸の中に凝り固まったマグマが溶けて、玄翁の先から飛び散っているように思えた。私の目の中でも赤い飛沫が散る。音に一層力がこもる気配がするのは、石の目に沿ってなくて石が道具を撥ね付け、石が暴れているのだろうか——砕いた石を何処に捨てるのだろう。

「続けて彫りゃいいとに。石が怒りようばい」とばあちゃんが言葉を吐き捨て、母は食事の後片づけにやけに水道の水を流し続けている。生まれたときから聞こえている——実際聞こえなくても耳に取り付いている——単調な石を彫る音と違うこの破壊の音は、なぜか小気味いい。母も私もそれぞれが気取らない仕種で音に耳を寄せ、音に呼応しているのだ。

頭に蘇った風景を消し去ろうと力を込めるのだが、鍬の先に当たる安山石のかけらは、鍬の刃先が欠けるように深く積み重なっていた。手で取り除いて凹みを深め、箱から鏨を取り出して入れ、その上に除いた石のかけらを積み土で覆う。違う場所を彫るとそこにも石のかけらが埋もれている。手を入れると指先に痛みがはしった。泥にまみれた中指の先にぽつんと膨れた赤い色……思わず口に入れて吸うと土の味がした。吸っても吸っても赤い色が生まれる。仕事場に軍手を取りに行き、やっと鏨を埋め終えると土はすっかり乾いていた。

午後、腕の付け根に鈍い痛みが生まれていた。座敷が明るいので寝そべり、オーバーブラウスのボタンをはずし手を入れて肩を揉んだ。父の凝り固まった肩や堅い腕に比べれば、まだ皮膚に弾みがある。横になった視線の先のガラス越しの、項垂れた竹林がざわめいているのは、風が冷たくなる予兆に怯えているのだろうか。父はいないのに、仕事場のストーブの石油を蓄えなければとふと思いが連なる。十二月に入ると父は十日ほど旅に出ていた。八月のお盆の後と年二回の父の不在、湯に浸かりに行くとそれだけ言って出かけていたが、行く先知れずだった。戻ってくるのだろうか、いつも渡す二十万ほどの金は何に使うのだろう？　鏨が石を穿つ音の絶える間の不安はなぜか刺激的だった。父が女を抱いていることを想像したし、遍路道を辿っている後姿も思った。幾つもの場面を思い浮かべて飽きる頃、父は風のように当たり前の顔を覗かせ帰り着く。何も言わず何も問わず、父娘の日常が戻り単調な音が聞こえ始める。寡黙な父が抱き込んだ秘密が私の思いを濃密にしていた。しかし父はあの世という行く先確かな旅にでて、秘密だけが置き去りにされている。

おや？　幻のように人影が視線の先をふらついている。あれ？　目まいかと不安が過ったが、目をこらすと確かに人がふらついている。起き上がるのもおっくうだったがガラス戸を引き、じいちゃん、じいちゃーんと声をかけ手招きをし、猫を呼んでいるようなと甘い声の調子を落とす。じいちゃんが煉瓦で築いた竈に足を取られよろめく。慌てて飛び出して抱え込んだ。年寄りの匂いがむっと鼻に流れ込み、これは死んだじいちゃんの幻影ではなく顔見知りの老人だと、自分一人で漂っていた一刻に侵入した現実を腹立たしく思った。

どうしてここに来たのかと問いかけるが、じいちゃんは興奮しているのか、身体が小刻みに震えている。とりあえず座敷に連れて行こうとするが、身体が強ばっていて動かない。父と話し込んでいたことを思いだし、仕事場の方に身体を向けると、いつも訪れていた場所は判るのか身体の力みが緩んで足を踏み出す。

久しぶりに一服してつかあさいと、父が言っていたせりふを口真似して縁側に腰を下ろさせると、なんとじいちゃんは座敷に這い上がった。慌てて仏壇のお供えのお菓子を握らせる。じいちゃんは落ち着くと少しまともに会話が出来るのだろうか……どうやら仕事場のシャッターが閉まっていて混乱したらしい。

湯を冷まし茶を入れた。じいちゃんが菓子を飲む込むように食べるので、昼ご飯を食べたのかと問うが返事はなく、茶を啜り目を細める。気が緩んで眠たくなったのかもしれないと、横になって寝ていいよと声を大きくすると、「お父さんはどこかね」と言う。父は亡くなったと告げるが反応はなく「煙草を一本くれんかね」と手を差し出す。父さんの煙草はもうないと言い聞かせ、丸首のシャツに重ね着した着物の襟に、干からびた米粒が張り付いているので取ろうとすると払う。その手の力が思いがけず強くて、じいちゃんはまだ長生きしそうだ。多分九十は過ぎてる年齢で、どうやら事情があって娘や息子の家を巡っているのか、隣家に何ヶ月か滞在するのだ。今日は一年と数ヶ月ぶりの顔見せで、父の死を知らない。

母の死後、じいちゃんはひょっこりと仕事場に現れた。その頃は時折、父と将棋を指したり、ときには笑い声も聞こえた。父と会ったのは去年の夏、じいちゃんは仕事場の椅子に座り、煙草をふかしながら中を見つめていた。茶を運ぶとそれも気づかぬようで、顔を覗き込むと目が彷徨う。父はじいちゃんを奉るように、じいちゃんの方を向き石を彫っている。扇風機はじいちゃんの横で首を振り風を送っている。槌《つち》が鑿《のみ》を叩き鑿が石を彫る音を聞いているのだろうか。耳はまだ聞こえるのだろうか。背を伸ばし揺るぎなく椅子に座っている様子に、無意識にせよ最後の砦のように身体に染み込んでいる矜持が透けて見えた。

時折の出会いだったが、父とは何を語り合っていたのだろう。いまではじいちゃんの記憶がもつれていて聞き取れないでいる。もと校長先生だったと父がぽつりと漏らした一言が、私の知っているじいちゃんの全てだ。隣家とは母が家の境界線でもめて境のブロック塀を築いて以来、つきあいがない。夫婦二人に雑種の犬がいる。

寝ていいよ。眠いんじゃないのと再度声をかけ背をさすると、思いがけずじいちゃんはもろく崩れて横になる。よしよし、ぽんぽんと身体を軽く叩いて腰にさわり、おしめを当てているのを確かめなにやらほっとした。夢と現の間を漂っているのか、時折じいちゃんは顔をしかめる。よしよし、ぽんぽん、よしよしぽんぽんを繰り返すと、じいちゃんは顔をしかめなくなった。

赤ちゃんのように老人を扱ってはいけません。人格があるのですから……テレビで誰かが喋っていたっけ。だけどいいよねと膝に手を取り爪を切る。じいちゃんの手が微妙に動いて私の膝をさする。今度は足を膝に載せると重くて大きいのに驚く。爪は内側に曲がるほど伸びていて爪切りが弾かれる。そのたびに足が伸びて、合わさった私の内股をこする。こら！　じいちゃんと声をだしたが、じいちゃんは奥さんか誰か女の人と睦んでいるのか我関せずだ。

二時を廻った頃、おにぎりを握り、眠っているじいちゃんを眺めながらほおばる。時々じいちゃんが唸るのはいびきなのかうなされているのか。毛布を掛けるとじいちゃんが少し膨らむ。人が眠り込んでいる側に付き添うと、飽き飽きした日常が消えていく。一方的に自分の幻想の羽根を広げることができるからだ。抵抗のない相手の人生の深淵を遠慮会釈なく覗き込んで、冷酷な解釈や、ときには無慈悲に眠ったまま旅立つ安楽な死を望んだり、安易な同情に涙ぐんだりして、自分の押さえ込んだ感情をもてあそぶ。

父が庭の竈の側で倒れていたのは、埋め込んだ砕いた石が引き摺り込んだのだろうか。眠り込んだじいちゃんの側で思いが父にいったのは、朝掘った穴のせいだろう。鑿を埋めた今、もうあの場所には近寄らないでおこう。このじいちゃんだってあそこでよろめいたではないか。じいちゃんは何かに導かれてあの場所に行ったのだろうか。思いが物語めいてくるのは、一周忌に聞いた因果応報の説教のせいかもしれない。誰もが望む安楽な死、まさかじいちゃんはこのままと覗き込むと、じいちゃんは微かに唸る。

父は運び込まれた病院で四日間大いびきをかいていた。いついびきが止まるかと私は怯えながら耳を寄せていた。やがていびきが止まるのを確かめると、ほっと息をつき病室の窓を開けた。ひんやりとした風が流れ込み、吐き出された粘っこい父の息や体臭がかき乱される。足元を掬った不意の死への無念や生への執着のように、匂いはしたたかに残りいつまでも消えなかった。私は窓の外に視線をやり、散る間際の末期の色に染まった銀杏の木を心底美しいと思い、父の死から目をそらした自分に怯え泣いた。だが母の時のように涙は溢れなかった。母の死のときは自分の罪を洗い流そうと幾日も泣き続け、身体の中の潤いがいまだに枯れたままだ。

じいちゃんを見つめ、父母の死まで思い出されて涙ぐんでいると、「ああ、ああ」と何やら艶めいた声をだし、じいちゃんが目を開いた。私は慌てて溢れ出した感情を押さえ込み、夢を見ていたのかとじいちゃんに問いかける。すると「ああ、お腹がすいた」とじいちゃんは見事にはぐらかして、私はもうほんとに嫌なじいさんと内心舌打ちをしながら、もう帰らないと家の人に私が怒られるからと邪険な物言いをする。すると、じいちゃんの目が潤んだようで側にいって抱き起こした。そしてちょっと待っててと言い聞かせて、おにぎりを二個握った。

じいちゃんは頬を膨らませて食べ、私は喉が詰まらないかとはらはらする。じいちゃんの食欲と排泄したのか臭いが濃くなっていて、うっとうしい思いと優しくしなければという気持ちが揺れる。そして、揺れる気持ちをああ面倒だと投げ出した。安易な愛情はこの位が限度だと悟りながら——。

父さんが待っているから仕事場に行こうかと、無理に嘘の言葉を優しくし、居座ったじいちゃんをなんとか連れ出そうとした。

「何処にいくのかね。ここにおる」じいちゃんは手強い。立ちなさいと思わず声を荒立てた。

じいちゃんをやっと外に連れ出すと、仕事場の前で動かなくなる。「煙草をくれんかね」とシャッターの前で呟き、じいちゃんの身体が強ばってくるのが支えた私の手に伝わる。ほら、夕食の用意が出来たって呼んでるよと嘘をつき、身体を押し隣家に着くと犬が吠え、それで、じいちゃんは記憶を取り戻したのか玄関の戸を引くが開かない。車庫に車がなく、夫婦共に外出の様子、そうでなければじいちゃんは監視され抜け出せなかったに違いない。抜け出たのは裏口に錠が掛かってなかったからだ。じいちゃんが愛用のちびた下駄を履いているのは、隣家の仕事場を訪れる確かな意志があったに違いない。声をかけたが応答がなく、思い切って上がり込んで廊下の椅子にじいちゃんを座らせ、すぐに戻るからと離れると、目が後追いする幼児のようで思いが残る。

食卓の上に、おにぎりが二個載った皿が置いてあった。じいちゃんの昼食だろう。取り上げると強ばっている。そのまま手にして持ち帰った。

朝食の後、藍染めの作務衣を取り出し、父の形見として宇佐さんに送ろうと思う。

父は作業服が似合ったが、宇佐さんが先生にはこれが似合うと持参して強引に着せたのだ。父は黙って着ていたが、前合わせで仕事中に衿もとがはだけるから私は作務衣は嫌だった。父の持ち物は、衣類も古い物を大切に着ていたし、工具と仏像の写真集のほかは驚くほど少ない。あらためて物に執着する暇も金も惜しんで、仕事に没頭していたのだと思う、そして、年二回の、行方知れずのあれこれを問いつめなくてよかったとも思った。

作務衣は色が褪せていた。褪せるのもお構いなしに洗濯機で洗っていたのだ。さんざん洗っているから、宇佐さんはそれだけ身につけてくれたと喜ぶかもしれない。頂きものを返すようで気が咎め、地蔵の写真集を三冊添えると重くなったので届けようと思った。人の気持ちをあれこれ思い煩うのは面倒だ。宇佐さんとのつきあいもこれで終りにしよう。もっとも宇佐さんの方がもう寄りつかないだろう。そう思うと気持ちが軽くなり、自転車の荷台に形見分けを載せた。

午前中のこの時間帯は多分、宇佐さんは学習塾にはいないだろう。一階のみどり製茶園に言付けよう。そこは宇佐さんの夫の経営だ。時間を気にし、宇佐さんの不在を祈りながら自転車のペダルを漕ぐ。

宇佐さんの夫は妻のことに無関心のようだ。そんな様子をしているだけかもしれない。そうだとすると、宇佐さんより夫のほうが根が深い。この時間は多分、店には宇佐さんの夫一人だ。パートの店員は昼近くの出勤だから。

二階の学習塾の看板が大きく張り出した製茶園の前には、童地蔵が三体並んでいつも首を傾げ微笑んでいる。垂れ下がった大きな耳は福耳だ。顔も福々しく膨らみ萎むことはない。一つは石の筆を持ち二つ目は石のノートを持ち、三つめは丸い玉を持っている。宇佐さんのアイデアに父が手を貸し彫りあげた物だ。玉は見る人が色んなことを想像するようにわざと説明的でない。すべてこの世が丸く治りますようにという、ごく単純な思いつきかもしれない。合格地蔵は学習塾の中に移されたらしい。盗まれそうになったというのは人の噂だ。

宇佐さんの夫は余計なことは喋らない。父の形見分けと渡してもらうように頼むと、「家内が大層世話になりまして」と応じ、それ以上は踏み込まない。いつものように茶を求めるといつものように黙って一割引いてくれて、礼の言葉が重なる。愛想笑いするでもなく、贅肉のない細身の身体は男の匂いをまき散らさない。無色透明の男がいて、茶の香ばしい香りが開けたばかりの店の中に立ち込めていた。

橋の向こうに穿った我が家が見える。夏には時折光っていた川も淀み、両岸にいつの間にか家が建ち並び重なっていた。祠《ほこら》があるから森が消えることはあるまいと思っても、何かが攻め込んでくる予感がする。自分の行く末を自転車の上でほんのひととき思案し、橋を渡り左に曲がる。我が家の家の前で自転車を止めると同時に、前方から来た自動車が停車し、ひやりとして川縁の草を踏んだ。車から男が二人降り、隣家に入って行き、犬がひとしきり吠える。運転席の男が大きなあくびをしたのを見て我が家に入り、自転車を置いた。犬がまた、癪性に吠え、私は玄関口の塀に身を隠し視線だけはしっかりと表をうかがう。「皆さんおいでになるのを待ってますよ。ご馳走をしてますから、今日はゆっくりしていって下さい。ほんと皆さん待っているんですから」と男の作り声が聞こえ、両脇を支えられ、昨日の和服のままのじいちゃんが目先に現れる。教え子だろうか。それにしてもじいちゃんはスリッパを履いてだらしない。車に足をかけようとしてじいちゃんが振り向いた。私はじいちゃんの後ろ姿を見ながら身を乗り出していたので、目が合う。じいちゃんが戻ろうとしてもがく、スリッパが脱げ、じいちゃんは裸足だ。抵抗するじいちゃんを二人の男が邪険に車に押し込むのを確かに見た。じいちゃんが「ああ、ああ」と振り返りもがきながら私に向かって声を出したのも。男の着ていたジャンパーの胸の佐川病院のネーム刺繍も見たし——そして私は頭を引っ込め、立ち去る車の音に耳を澄ます。

犬が静かになり、隣家からは物音一つしない。我が家の前の路上にスリッパが散っている。……私はどうすればよかったのだろう。スリッパを見ると、目撃したじいちゃんの抵抗が重くのしかかってくる。見なければよかったと自分の好奇心がうっとおしい。自分にまとわりつくものを捨てたいと、出て行きスリッパを拾って川に投げ込んだ。スリッパが人の重さのように感じられ、淀んだ川がざわめき、投げ捨てた物が流れていく。じいちゃんの目は私の脳裏に浮かんだままだ。

佐川病院は精神科と心療内科の病院で、裏の一棟は老人病棟だ、母の死の直後、私も一時入院し、今でも時々薬をもらっている。

夜、安定剤を半錠に減らし睡眠薬を服用する。何もかも記憶を消したかった。蒲団の温もりに季節を感じたり気持ちが穏やかになると、幼い頃この部屋で、父母と身を寄せ合って寝た冬の人肌の温もりが身体に蘇り、一瞬気持ちが膨らみ深い淵を軽々と越えて意識が消えていった。

翌日、夢を見なかったことが不安だった。何日も眠ったようで曜日すら浮かんでこない。新聞を取りに行き曜日を確かめてまた、蒲団にもぐりこんだ。さしあたってすることがなかった。することがないということが不安を募らせる。いつもの時間に起き上がり、いつもの朝食を作り、父と向き合う一日がなつかしく思い出された。父がいたときは、一人だけの自由気ままな生活に憧れたというのに。人間の我ままや勝手さが突きつけられて、昨夜の妙に弾んだ気分は薬のせいとはっきりと目覚めると、途切れていた意識が頭のあちこちで羽根を生やし始める。

電話の呼び出し音が微かに聞こえる。跡絶えたのはメッセージが流れたからだろうか。もしかして宇佐さんからの電話かもしれない。そして宇佐さんと宇佐さんの夫はセックスをしているのだろうかと、寝返りをしてふと思った。あの無色透明人間と感じる男性が、宇佐さんの裸身をまさぐっているところなんて想像ができなかった。いや想像したくないと気持ちが拒んでいるのかもしれない。そして思いが捩れていく。ひょっとして宇佐さんが男の人を引き連れて石を彫りに来ていたのは、宇佐さんの心の空洞と身体の唯一の風穴——月に一度は血を滴らすあるいは男性と結びつく、子供が初めて外界に接するためにくぐり抜ける——の渇きを癒すためだったのかも知れないと、私は勝手に宇佐さんを不幸におとしいれる。そして年二回の父の不在は、宇佐さんと一緒の旅だったのではと思いが飛躍する。すると宇佐さんの豊かな裸身が、私の目を押しつぶしそうになる。幼く安っぽい思いは、私の性に対する未熟さをあらわにした。

私は三十代も半ば近くというのに、性に関してはいまだに幻想の中にいた。母の死後、父の影にうずくまり世間とも表向き必要なことだけの関わりを持つ、そんな受け身の生き方が楽ですっかり安住していた。傷も受けなかったし、誰かを傷つけおののくこともなかった。しかしひたすら防御の日々を過ごすと物事に過剰に反応する。父の目に浮かぶ娘ではなく女を見る目——例えば酒を飲んで酔った父の赤く濁って私に向ける目——私は怯えて自分の部屋に籠り、ミステリーの本を開いてなお怯える。まるで捻れた快感を味わうように。

「嫁にいきない。いつまでも一人でおったら白髪になるばい」と私が二十代も終りの頃、父が日頃話題にしないことを口にした。相手もいないのに誰と？　と私は反抗する。久しぶりの親子のじゃれあい？　すると意外にも話は具体的で、一度弟子入りを望んだ男のことだった。

男は当時三十代半ばで母親と二人暮らし、農業のかたわら便利屋のような仕事をしていた。父は一人で仕事をするのが好きで、石彫りを正業にしたいと望む弟子はとらない主義だったが、この寡黙な男が気にいったのかそれとも自分が寂しかったのか、暇なときは来いと誘ったらしく、男は時折仕事場を訪れていた。最初はもっぱら父の将棋相手だった。顔を合わすと薄い笑みを浮かべる。そして私が笑い返すのを待っているのだ。絶望でもなく虚無でもなく、深い意味合いもなくただ生きてそこに在るだけの、それでいて自分の存在に気がついて欲しい受け身の欲望、梨の種のような……土をかけてやればあるいはひ弱な芽がでそうな目、そこに寄り添う同種の私を想像すると気持ちが萎えていった。

曖昧なまま日が過ぎ、父が勧めるのか、男は昼食まで父と仕事場で共にするようになった。その度に仕事場に食事を運ぶ。すると男は父の手助けをしているのか、鑿を手にし気弱な笑みを浮かべる。そのうち笑いは惰性になり、私の感情も刺々しさが薄まってくる。こうしてこの種の男は何一つ意思を表わさないまま、思いがけない厚かましさで、いつのまにか居座っているのだ。

押さえていた苛立ちが溢れて、父に向かった。結婚なんて考えていないと。「ほんならどげんする。父さんが死んでお前が年取って……」

そこで父が口ごもったので、もうろくしかかったり病に倒れたら、自分で命を断つと言ってやった。父はまじまじと私の目を見つめ、ほっと息をついた。それは安堵のため息に思われた。私はうっとおしい事に決着をつけるための成りゆきで軽く口にし、父は娘がいなくなる不安から解き放たれた安堵かもしれなかったし、お互いが無器用に愛情を探り合ったのかもしれない。しかし愛情の裏には、案外打算という冷酷な真実が張り付いているものだ。男はいつのまにか遠のき、姿を見せなくなっていた。

今頃、どうして男のことなんか思いだしたのだろう。時計を見るともう午後に近い時間だ。こうして規則正しかった生活が少しずつ崩れていくのだろうか。起き上がろうとしてもう少しと、重い頭を下ろし目を瞑った。するとしばらくして、腰の辺りにじわっと温もりが生まれた。温もりは胸まで上がり乳房に潜り込んでくる。ああー久しぶりの人間椅子の座り心地、私はどっかりと足を組んで座った男の膝の上にいる。腰に伝わる男の太腿の弾力ある感触、その中に私の腰は収まり、男の腹の下部の柔らかな温もりと重なり、頭は男の左右の肋骨の間にあって、力強い胸の鼓動の響きの中に在る。父ではない男の膝に乗っかった幼い頃の記憶が甘く私を浸す。なぜ父ではない？　感触が絶対に父ではないのだ。では誰？　この問いかけを母の死後から繰り返しているのだ。人間椅子はいつもふいに寝ている私を抱き膝に置く。夢でも幻想でもなく、ましてや妄想でもなく、父やじいちゃん以外の男の……確かに逞しく大きな膝に座ったことがあるのだ。その折の心地いい記憶が、何かの折にふっと蘇るのだ。ごく自然に。性の悶えでもなかった。

父がいた頃は起き上がればふいに訪れた人間椅子のことは、盛り上がった泡が消えていくように忘れた。それに拘ってあれこれ思いを巡らすより先に、日常がすぐに割り込んで来たからだ。だが今日の午後はさしてすることがなかった。それで私は人間椅子にいつまでも座り込んで、一体あんたは誰？　と問い続けていた。誰も私の思いや拘わりを邪魔するものはいなかった。何か手がかりになるもの……そうだ写真⁉　それか父の遺品の中に何か手がかりが……そう思いながら私は起き上がった。写真に写った人物でも見れば私の微かな記憶が蘇るかもしれない。人間椅子の正体が知りたいという思いが膨らんでいくのは、父の残した貯えも少しは有るし明日の生活に困ることもなく、怠惰な時間の流れに逆らってみたくなった。それだけのことかもしれなかった。

朝食兼昼食の後、座敷の横の納戸に入る。母が残していたばあちゃんの着物や、母のあまり袖を通すことのなかった着物が眠っていた、簞笥《たんす》の引きだしの一つに、写真やアルバムが無造作に放り込んである。この家の誰もが写真を写す写されることに興味がなかったせいか、ざっと目を通したが家族に親しく寄り添う人もなく、家族が寄り添った写真も少ない。彫りあげた仏像の横に並んだ父の顔がないのは、葬儀のときの写真に切り抜いたせいだ。じいちゃんやばあちゃんの写真も少なく、母が始末したものと思われた。仕上がった石仏を囲んだ人の写真は多かったのだが、寺関係の人ばかりのようであった。幼い頃の私の写真は総て取り除いて、私は私のアルバムを作りそれに整理しているのだが、父が写したのだろうか、いつも母と一緒か私一人だ。

古い簞笥の引きだしを閉めるとき微かな音がし、この家を去って行った人の骨が軋んでいる音のように聞こえた。

あきらめて、座敷の押入れに積まれた父の仏像関係の本の整理をする。数冊ずつ紐でくくり、これも出入りしていた石材店に連絡して引き取ってもらおうと思った。死という現実から目をそらしたいと、父が関わった石の重みから逃れたいと、私は一周忌を境にその前後から、父の遺品の整理に自分を追い込んでいた。

座敷の一隅に本が積み重なったが、手紙もメモも父が何かを記したものは出てこなかった。それで仕事場にいった。

仕事場には三畳の部屋があって、父が背を丸めて寝転がっていたり、食事をしたりしていた。そこに開き戸のついた物入れがある。開くと、乱雑か何もないと思っていたのに、予想に反して、意外にも父が作ったのか棚があり、ノートや手紙の類や石に関する古書が整理されて収まっていた。金の出し入れは私にまかせていたが、仕事の打ち合わせや注文は父がしていたので、それに関する覚え書きは、几帳面な字で克明に記されていた。じいちゃんの頃からの、あちこちに納められた石仏や地蔵の種類、寸法や石の種類などを書き記したのは、中学を卒業してまもなくの父のようだ。字はその頃の年齢にふさわしく少し幼さを残し、しかし気負いがあったのか力強い字だった。私の知らない父がこのノートの中に存在していた。父がどんな思いでこの家で暮らしていたのか、何一つ書き残しも話してもいないのだが、重なったノートに並んだ仕事だけの記録を目で追うと、父の生真面目な性格と仕事を覚えたいという一途な思いが胸を打つ。父はさりげなく、この開き戸の中に自分の感情を押し込んでいたのだ。私はこの場所に手を入れることがためらわれ、土の中に埋めたかけらのように、手がちくりと刺される思いがした。

だが私は好奇心を押さえ込むことができなかった。人間椅子の正体を知りたい、ただそれだけのさしあたっての欲望がのさばっている。

手にした手紙は依頼状や礼状がほとんどだった。そのことがまた、父の孤独を浮かび上がらせる。手紙の束をもとのところに置き、ふと下の方に積み重なった古書の上に置かれた、黒い表紙のパンフレットに目がいった。何かそこにあるのが異質な感じがしたのだ。なんだろう？　手にしたパンフレットは普通の本の倍の大きさで厚みは三ミリ位だ。表紙の右上に《Ｔｅａｒ》という文字が大きく白抜きになり、赤塚信一という名前がその下に小さく記してあった。英語の文字がこの場所にはなじまなかったし、なぜここにこんな物が？　と疑問が湧く。人間椅子が唐突に私を抱き上げるのと同じように、パンフレットは父の残した物の中から唐突に現れた。

私は父の孤独を置き去りにして、母屋の座敷に行った。

表紙をめくると、薄く覆った靄《もや》の中に直立した巨大な石の彫刻が目に入る。石の据わった根元は緑色が覆い、石の周囲は青みをおびた靄が漂っている。直立した角張った石の中央に切り裂いたように縦に一筋の空間が走り、靄はそこからも進入して石を愛撫するようにまとわりついていた。写真の下に《裂く》という題名と、黒御影石（アフリカ産）、六米の高さ、幅二米と一米三十糎そして重さ二十八屯と記してあった。写真の横の頁に、《赤塚信一の彫刻》と題して美術評論家の解説が掲載されている。

石の彫刻作品は現代国際彫刻展で優秀賞に選ばれた作品だった。私はどんな展覧会なのか、文章を書いている評論家が高名な人なのか何も知らない。ただ写真の作品に、自分の胸が引き裂かれるような感じを受けたのだ。

四十三ヶ国から公募作品一一〇〇点が出品され、そのうち二十点を入選としその中から賞を授与と記してあるので、かなり大きな展覧会であると思われた。第一次はマケットによる審査を行ったとあるのは模型のことであろう。入選作品は高度二千米の広大な美し野高原に飾られ審査されたと書いてあるので、靄の中の写真撮影は多分この高原で行われたと想像された。

この堂々とした柱状の形態の作品は、中央部の裂け目の内部が丹念に研磨され、そこに写しだされ取り込まれた自然と空間が呼応し、石の内部の魂と同様のものを主張していると、評論家はあれこれと解説をしている。しかし私にはこの文章は小難しく思えた。

続く頁には、晴れた日の違った角度からの作品の写真と、この作品の組立過程が何頁か続いていた。芝生に置かれた作品の下の方に、微かに連なる山々が見える。黒っぽい大石が胸を張り大きく息を吸い込んでいるように思えたし、大地の裂け目の雄々しさにも感じられたし、所々に刻まれた線条痕は太古を偲ばせたし、様々な思いが私の内部で生まれていた。

この作品は三つに分けて彫られ、内部に金属の支柱を埋め込んで組み立てられたらしい。組立作業のクレーンで石を吊り上げる所が写っていて人が三人いるが、いずれもヘルメットを被り作業着姿で、人は点景に過ぎないせいか、誰が作者なのか判らなかった。ただその作品が、私の住んでいる九州の海辺の場所で、仮組み作業が行われたことを知る。写真の下に小浦作業場（九州）と場所が記してあったのだ。

最後に一枚の写真が見開き一面に広がっていた。落葉した裸木が三本並び、その右寄りに作品が立っている。背後は入り江なのか、海と半島が帯のように空の下に連なる。木々も作品も夜の余韻の中で黒く、半島は薄墨色、その上の空には朱の色が滲み、ひときわ濃い朱の色が半島の頂きの辺り、そして、作品の裂け目の中央で光り、磨かれた黒い石肌に反射し、内部に取り込まれ放射状に広がろうした一瞬、カメラのシャッターが幾度も音をたてたのだろう。《曙光――小浦岬観光ホテル庭園にて》と記してある。作品はコンクール終了後、その場所に移されたのかもしれない。

最後の頁には、竹内孝という木彫家の文章が掲載されていた。
《赤塚君は中学卒業後、指物師《さしものし》の内弟子に入り修業、家具という用の美を追求、しかしそれに飽きたらず、二十代も半ばで私の内弟子となった。私は当時、作品の依頼も増え、名声と錯覚するものに寄りかかりながら仕事をこなす自分が見え、なんとかそこをふっきらねばと内省していた。そんなとき、赤塚君は野心と情熱を引っ提げて私の前に現れたのである。今思えば、私は若い赤塚君と闘うことで、己の情熱を駆り立てようという、姑息な気持ちで赤塚君を弟子にしたのかも知れぬ。初対面で会話をさして交わした訳でもないのだが、なかなかの頑固者であることが判る。そうであらねば物作りには向かないのであるが、私はこの頑固さがいい方向に作用することを願った。木彫りをやる人間の根幹には、優しさから湧き出る創造の泉が必要だと、私位の年齢になりようやく気付く。

私の木彫りは半具象である。物を見続け物の本質を探り存在を思考する。赤塚君は技術には自信を持っていたが、創造と造形の点では未熟であった。そこで私は随分と厳しいことも言った。若さとひたむきさに嫉妬したのかもしれぬ。私が与える小遣いでは生活が成り立たず、指物も並行して続けていた。

十数年、彼の成長はめざましかった。しかし私は常に彼を私の影の中に入れていた。この間の私に依頼された大作の作品は、私のコンセプトで彼が彫ったものである。私はコンクールなどに出品する作品を指導することもなく、自分が審査員を務める展覧会に出品を勧めもしなかった。彼に甘え、彼の心の内を思いやらなかった己が今になって悔やまれる。

あることがあって彼は私のもとを去った。代役の弟子入り志願者はいくらでもいたが、彼ほどの技術を持った一徹者はいなかった。学歴のみに頼って世を渡る者はひ弱い。私は老齢になり身体を壊し、東京よりここ九州は故郷今里の古屋を買い取り、余生を送ることにした。赤塚君の郷里もおなじ九州の内にある。

赤塚君は生い立ちを自ら語ったことはない。紹介者から聞いたところによると、旧満洲で生まれ、父君は警察官で現地で亡くなられ、戦後母君は赤ん坊の赤塚君を抱え、実家を頼って引き揚げられたとのことであった。母君は農業の手伝いをされておられたらしいのだが、赤塚君が小学生の折に過労で他界された由、紹介者は同郷の人で、赤塚君が息が絶えた母君にすがって、「かあちゃん起きろ、起きろ」と揺さぶり続けたそうですと、その場にいたように話された。そのことが今、しきりに思い出される。

ある日、赤塚君が陋屋《ろうおく》をひょっこり訪ねて来た。壮年に達し逞しさを増した彼を前にして、私は我が身の老残を恥じた。

赤塚君は私から離れると素材を石に転向し研鑽を重ね、この度、権威ある展覧会で見事優秀賞を獲得された。それを記念して主催者側が記念のパンフレットを作成してくれるという。石彫りは誰にも師事せず独学であるという。ついては今日あるのは先生に基礎となるべきことをじっくりと教えていただいたからですと、何か一筆書いて欲しい旨、謙虚に言葉少なに依頼された。

私は見事に赤塚君に復讐された。受賞の作品を写真で拝見しての感想である。亡き母君がどんなにお喜びであろう。長々と記したが要はこのことを赤塚君に伝えたかったのである》
五年前に作成されたパンフレットなので、掲載されている略歴の出生時からして、作品の作者は現在五十五歳である。この展覧会以前の受賞の略歴もあり、主な野外作品としてあちこちの設置場所が掲載され、作業場の住所が記してあった。
その夜、石を彫る音が耳の奥で響き、強い刺激を受けたせいか、いつまでも眠れなかった。だが私は睡眠薬を服用せず、石を彫る音を聞き続けていた。

久しぶりに自転車に乗り、川に沿ってペダルを漕ぐ。背後に誰かが寄り添っているようでペダルが重い。重さに逆らい足に力を込める。すると風が生まれ、風にあおられ山や人が車が家が、そして不安や焦りが流れて宙に浮く。このまま突っ走れば海に浮く気分……橋が見えこれを渡れば背後の我が家が消えるはずだ。

駐輪場は満杯状態で、私の古い自転車は押しつぶされそうだった。

改札口で一人の女が笑顔で寄り添って来たが見覚えがない。知らぬ顔をして避けホームに立つと、「久しぶりやねえ。何処に行きさんしゃると？　後ろから見たらお母さんが立っておらっしゃるごとあって、たまげたばい」と、先程の女だろうか、背後から声をかける。母が生きていれば同じ年頃と思える人に会釈も返さず、逃げるように列車に乗り込み十五分ほどで都市の大きな駅に着き、人混みにまぎれて乗り換える。

晴れの日のせいか、遍路姿の人やスポーツシューズを履いた年配の女たちが、篠山線の列車に先を競って乗り込む。

始発なので窓際に座ることができた。

《ものわすれメンタルクリニック》と書かれた看板がビルの壁面に掲げられていたり、学校の建物に《ケンブリッジ大学合格》の垂れ幕が下がっていたり、久しぶりに眺める車窓からの風景は刺激に溢れていた。やがてビルやマンションの建物がまばらになり、視野が広がり始める。四ヵ所ほど停車すると遠くの山が近づき、道路を走る車が玩具のように見え、色づいた樹木の色が車窓を覆い途切れると、渓谷が眼下にあり、列車は思いがけず高い所を走っている。渓谷に沿って軒を連ねる一塊が点在し始め、寺の屋根が広がり境内の石仏が見え、旅館の文字が大きくなり、山間の色あせた雪洞《ぼんぼり》が立ち並んでいる駅に停車した。

女たちの賑わいが引き、秋の透明な光の中に降り立った女たちは嘘のように晴れ晴れとした顔で、遍路の衣装も白々と光に溶けこみ、私は陰の中に座り列車は篠山四国霊場を離れる。この霊場に散在する寺には、じいちゃんや父の彫った幾体かの仏が安置され、水子を祀る寺もこの山間に点在する。樹影に形にならぬこちらをうかがう視線を感じるのは、この地の霊のせいかと思うまもなく闇の中に入り、トンネルを抜けると、幻をくぐり抜けたように平野が広がる。霊場から先は訪れたことがなく、山に囲まれた盆地を突っ切るのは爽快だった。が、たちまちまた、山が近づき麓の駅で停車した。

無人の駅を抜け、昼を過ぎていたので駅前の食堂に入り、うどんの汁を啜り終え恐る恐る竹内先生の住まいを尋ねた。「ああ、あの木彫りの先生ね。去年の暮れに死にんしゃった……。奥さんが一人でおるけん、家を尋ねる人がうちによう寄るとよ」

……一瞬どうしようかと迷い、みやげにと心づもりのみどり製茶園の紙袋を見た。

「先生のお参りかね」詮索するような女の目に出会い弛んだ口元を封じたくて、私は中途半端な気持ちで立ち上がる。

「バスはこん時間なかよ。バス停からもだいぶ歩かないけんし。うちの人に送ってもらわんね。竹内さんとこも用事があんなさるときは電話でよう頼みよるし」曖昧な気持ちのまま応答もせず支払いを終えると、「父ちゃん、竹内さんちへお客さん」と、もう奥に呼びかける。それで気持ちの踏ん切りがついた。

野球帽を被り首に手拭いを巻き付けた男は、中年なのか老年なのか年齢不詳だ。

ぶっきらぼうに発車すると、車はたちまち田園地帯に入る。蒲鉾型《かまぼこがた》のビニールハウスが点在し、刈り終わった田圃に脱穀した藁塚《わらづか》ができている。駅に降り立ったときのひんやりした空気が思い出されて、気負って列車に乗り込んだことが悔やまれた。私は赤塚信一に会いたいのに回り道をしている。確かにそうであったが、木彫家の文章に魅かれたのも事実であった。それに何より住まいの今里はそう遠くはなかったし、父との接点があるのかもしれない。しかし、奥さんに会ってどうする？　見知らぬ人に会う興奮と期待がないまぜになり、気持ちが乱れて落ち着かなかった。

山道に入ると辺りは雑木林に変わり、光がやや陰る。車の中に知らぬ男と二人でいて、なにも会話を交わさないことが一層不安を駆り立てた。

カーブが続き、

「ここで降りてもらわんと、竹内さんとこの前じゃターンがでけん」と車がとまり、身体が揺れながら降り立つ。

「あそこの地蔵さんの所を左に曲がったら、家が三軒あってその一番奥」と男が身を乗りだし首を傾げて、「二千円もらおうか」と続けて言った。

「帰りはどうするとね。竹内さんところから電話をくれたら迎えに来るけん」と札を握り横顔を見せ、車はまだ先に行くのか辺りの空気を掻き混ぜて、雑木林の先の杉の木立の中に消えて行った。

腰高な頑丈な車だった。食堂の女のしたたかさが、二千円を取られ、あっけにとられている自分を嘲笑っているように思われた。

石地蔵は道中の無事を祈るものだったのだろうか。肩の辺りに苔の色をのせている。前に置かれた湯飲みに水が入っているのは、村人が大切にし、いまだに何かを祈り続けているのであろう。辺りはもう落ち葉が敷いて、今朝の内に落ちたのか、朴《ほう》の木の大きな葉が被さっているのを見る。ゆらゆらと視線が揺れるのは、車に揺られたせいか気分が落ち着かぬせいか、左折すると木立が途切れ視野が晴れた。

道の上の斜面を切り開いた石垣の上に家が在る。塀もなく洗濯物が見え、背後に杉山を背負っていた。奥の家は少し離れていて藁葺屋根《わらぶきやね》だが、作り物めいて見えるのは手入れが行き届き、住む人が農業ではないせいであろう。生け垣に囲まれ門柱が立っていて、入り口に壺や鉢が置かれている。臆病な気持ちをねじ伏せて戸を引いたが開かなかった。声をかけるが応答がなく、声が山の空気に吸い込まれていく。

「あら、留守しててごめんなさい」

背後の声でぎくりとして振り向くと、薄紫のもんぺをはき同色の上着の重ねた襟元の白が清潔で、白髪を無造作に掻き上げべっ甲の櫛で留めているのが目に入る。黒ぶちの丸い眼鏡の奥の目が、子供のようにくりくりと好奇心に満ちて、年寄りという言葉を消していた。

「いいお天気ねぇ。野菜をもらったの。で、何処から？」と野菜の溢れた籠を手にし、さりげない問いかけに、思わず手提げからパンフレットを取り出して口ごもった。

「さあ、上がって上がって」とせっつくように言われ座敷に通される。

「このところ、お客さんがなくて寂しくて、何もないけどゆっくりして」と奥に引っ込み、たちまちお茶菓子の載った盆を持ち現れた。

「……そう。赤塚君のことでねぇ。よく私どもの住所が判ったこと」呟くように言う奥さんに、とにかく今里まで行って、判らなければ引き返そうと思って来たら駅前ですぐに判ったのだと応じた。

「あの人がいたら喜んだでしょうに。若い女の人が訪ねてきてくださるのが一番嬉しいことでしたから」若いと言われたこと嬉しく、現金なもので内に巡らしていた垣根が壊れていく気がする。父のことを少し話し探りを入れると、「あら、お父さんは石仏を彫っておられたの？」と私の顔を見つめ「お名前に記憶がなくてごめんなさい」と言った。

父はどうやらここは訪れていないようだ。

「赤塚君は才能ある人で、夫もよく判っていながら才能を伸ばそうとしなくて利用した。何十年ぶりかにここに現れたとき、ちっとも変っていなかった。あの人の黙して人に切りつけるような目、夫はいつもそれに怯えていたのよ」でも先生はパンフレットの中で、よく自分の心の内をさらけ出されたと感心すると、「でもあれは赤塚君に直接話すべきことであって、あなたは卑怯ねって言ったの。おおやけの文書にしていい格好をしてって」と少し反発する。それで私は、書いた人に会いたくなるような文章だった。それに魅せられてこうして来たのだとやんわりと返す。「そうかしら。八十五歳で死ぬまで、自然に心をゆだねもせず何かに苛立ち焦っていた。七十三歳で半身不随になったでしょ。本来なら傷つけ傷つけられた人に、心に滲みるような作品でお返しすべき時期なのに、それができない焦りだったのかもしれない。ここには逃げてきたの——自分が直視できないで。でも良かったのはここに来て仕事の意欲が少し湧いたこと。やっと動く左手で雛や小品を彫った。内裏、三人官女、五人囃子、私、あの人の作品の中で一番好き。てらいがなく愛らしく不恰好で、親しい人にも好評で、私も一組大切にしている。二月になると飾るから、新しい年にいらっしゃい」

そこで引っ込んで、朱塗りの椀を持って来る。

「おやつに食べようって作って置いていたの。里芋を潰して団子にして黄な粉をまぶしたもの」椀の中に金茶の色の団子が収まっていた。「この着てるもの桜の木で私が染めたのよ。若い頃、染色を専攻したんだけど趣味の域を出なかった。桜の木を燃やして灰にし媒染してこの色をだす。作業をしているとき、桜を殺してやるって気持ちが荒ぶるの。きっと毎年の桜の華やぎに嫉妬してるのね」

語りかけに聞き入っていて、ふと陽の陰りに気付き腕時計を見ると、思いがけず時間が過ぎている。

バスの時間と停留所を教えてもらい歩くことにした。曲がり角まで見送ると言う奥さんに、好奇心がまだ続いていて思い切って聞いた。赤塚さんが先生のもとから去ったのは何があったんですか？ と。「あることがあってと誤魔化しているところね。あれは赤塚君に彫りを依存し仕上げを夫がしていた頃、戦後、引き上げ船が次々と着いた港に、そのことを風化させまいと記念碑を建てる運動で募金が集まって、夫に依頼があった。そのとき珍しく赤塚君が、夫がイメージした作品を彫れませんと拒んだらしい。そのとき夫が暴言を吐いたと思うの。これは私の推察よ。夫は身体を震わせリビングにいた私のところに、やって来た。何も言わないけど、あの人は暴言を吐いた自分が許せないんだと判った。だから私は慰めもしなかった。いつものことだから存分自分を責めるがいいって、赤塚君はあのままうちにいたら潰れていたと思う。人を踏台にした名誉の守りと貪欲さと悔恨の繰り返し。でも人間くさくて個性があった。東京にいる息子夫婦が、そんな不便な山ん中出てきなって言うの。でもあの人の執着心が離さない。それを感じなくなったら私は消える。もうすぐ木枯らしの季節、お互い風邪を引かないようにしなくっちゃ——死ぬのって怖いし」

振り向くと、小柄な老女が夕暮れの中で手を振っている。振り返り振り返りしお互いが木立ちに消え、鳥の鳴き声を聞いた気がしたが幻覚のように思われた。

麓の無人駅には乗客もなく一人たたずむと、足早やな秋の闇の足音が聞こえ列車の到着が待ち遠しい。やがてぽつりと視線の先に点が生まれ、たちまち規則正しい震音が身体に伝わって来た。

話の聞き役だったのにすっかり気疲れし、うとうととして乗り換え駅で目覚め見慣れた駅前にたどり着くと、居酒屋の提灯が明るい。

暗い家の座敷と茶の間に灯を点け、テレビのスイッチを入れた。人の声が湧き起こり人の笑い声が広がった。有り合わせで食事を済まし一息入れると、今日山間の家を訪れたことが現実のように思えなかったし、結局、高みの見物をしてたんだあの奥さんはと、意地の悪い気分になると、食堂の女までが思い出されて、自分の垣根を壊そうとした自分の甘さ加減や臆病さが腹立たしい。唯、不恰好な雛人形——不恰好さが胸を打つであろう——が浮かび、作者を悼む気持ちが湧き、奥さんが話した人に切りつけるような目に出会いたい思いが重なる。

その夜、山々の季節の彩りは何一つ浮かばず、人ばかりを想っていた。

生理がひどかったので、三日ほど入浴をしなかった。それで自分でもうっとおしくなり、午後の中途半端な時間に入浴する。

晴れでもなく曇りでもなく、曖昧な日の光で風呂場は白々しい。

髪を洗い湯に浸かりながら、ふと旅に出てみようかと思った。行く先に当てがある。小浦観光ホテルに泊まって作品が見たい——少しずつ少しずつ男に近づこう——でもホテルに泊まることが贅沢に思え、父の残した預金を使うことが躊躇われたし、少し位贅沢したってと、気持ちが湯気の中で揺れる。揺れついでに奇麗になりたいと望みが湧いた。

「不器量な子だねえ。頑なで愛らしさがいっちょんなか」と、私は幼い頃口癖のようにばあちゃんに言われ、「髪ばっか多して」と、髪を引っ張られたこともある。私は平凡だが、ばあちゃんに言われるほど醜くはないと思うし、表向きだが言いつけは聞き分けたし、あの言葉は遠回りして母に当たり散らしていたのだと朧げに思ったのは、小学校高学年の頃だった。

ばあちゃんはじいちゃんが逝って半年もすると、日常が綻び始めていた。お金に一層執着し、入浴のときも預金通帳や大事な書類を入れた手縫いの袋を持って入ろうとし、しょっちゅう母と揉めていた。

あの日、裸のばあちゃんはなぜか眼鏡をはずしてなくて、萎んだ裸体と金縁の丸い眼鏡、筋張った手に握った赤いちりめんの袋が揺れている様は、何かしら哀れでいて可笑しかった。洗面所の戸が開いていて、晩夏の落ちて行く日差しが、淀んだ空気の中に居る人影を炙り出す。私は廊下に立ち止まり視線を流す。

「はなしんしゃーい」

母の尖った声と同時に、母が胸の辺りを突いてばあちゃんが私の視野から消える。

ちりめんの赤い袋は母の手にあった。

その日、ばあちゃんは風呂場で倒れたと病院に運ばれ、骨を折っていてそのまま寝つき、新年の寒が厳しい日に息が絶えた。

「じいちゃんの後追いばしんしゃった」と、母は目を潤ませ通夜で繰り返し語る。

「そうやろそうやろ。昨日の夜、お宅ん屋根から、赤いもんがゆるゆる上がって行ったような夢ば見たごと気がする」と、ばあちゃんと友達だった年寄りが、母の肩に手を添えて慰めている。数珠《じゅず》を持った母の手を見やると、赤い色が滲んだ気がした。袋を奪い、ばあちゃんを突いた母に意志があったのだろうか。私は怯えた。母の手に私の手が重なっていたような錯覚に——。

だがばあちゃんの家や金への執着心はしたたかに受け継がれていた。ばあちゃんの血縁から要求され、父母は結局この家や土地を譲り受けるために、ばあちゃんが貯めていた金に上乗せして、ばあちゃんの血の繋がる人に差し出し決着したのである。

物思いに耽った長湯から上がり、身体を拭きながら浴槽の栓を抜く。するとたちまち足下の風呂場に湯が溢れ、慌てて排水口に手をやり、驚くほどの濡れた髪の毛を掬った。

朝、笹の葉の色あせた緑の葉が、差し込んだ晩秋の光に煌めこうと、けなげに一斉に首を傾げているように思え、日頃目にもとめないふとした一瞬が、何故か胸をせつなくした。久しぶりに庭の枯れ葉をかき寄せて燃やす。炎が上がりあっという間に燃えつきて、一握りの灰が溜まった。

鏡に向かい久しぶりに顔を剃る。薄い刃が皮膚に当たり額がひりひりすると、剃刀《かみそり》を持つのが恐い日もあったと過去がちらと脳裏をよぎる。（眉を剃ってみようか）太めの眉毛に剃刀を当て終わると、面が少し和らいだ気がした。鏡台の引き出しを探り、化粧品を集めて暫く顔をいじった。陽に当たらないせいか色白だった母似なのか、頬紅をささないと貧血めいて見える顔に赤みがさし、若さを取り戻した気がした。真っ黒な髪を、栗色に染めてみようかと思ったが思い切れない。仕上げに濃く口紅を塗ると、広い額の卵型の小さな顔が、座敷に飾ってある父が知り合いの写真家からもらった写真の能面に似たようで、口紅を少し拭う。

あれこれと洋服ダンスの中を漁ったが、気に入るものがなかった。愛らしいのは気後れしたし、地味なスーツはおばさんくさく、年齢的にむずかしいと日頃構わない服装に頭が痛む。（そうだ。着物を洋服に仕立て直してみようか）と、ふと思いが湧いた。短大の被服科を出ているくせに、近頃はまったく針を握っていない。

ばあちゃんの着物の中から絣の着物を取り出した。洗い張りをして仕立て直したのか、仕付け糸が付いている。

それからの一週間ほどは着物をほどき、デザインを思案し、結局単純な形に落ち着き裁断をし、手縫いをした。針を進めていると優しい気持ちが湧いてくる。針仕事は憎たらしい人を脳裏に思い浮かべながら、人肌をぶすぶす刺すような快感か、単純な動きと布肌に心を和ませるかどちらかを感じるのだろうか……けれども久しぶりに感じた優しい気持ちを、分かち合う人はいなかった。

仮縫いをし、黒いセーターの上にチャイニーズドレスっぽい服を重ね着して鏡の前に立つと、国籍不明のおばさんに見え、首廻りと裾に入れたスリットに、赤い布で縁取りをすることにした。

午後に近い特急列車の中は食べ物の匂いがする。ここ数日緊張しているせいか、胃の辺りが重く食欲がない。座席が埋まり列車が動き始めると、頭の中の色んな思いをしばらく投げ出したくて、窓の外を見やり人目を避けたのだが、隣席の四十代と思われる香水の匂いの濃い女が、ちらりと視線を投げるのが横顔に当たる。

「ねえ、おたくの着てるお洋服、手作り?」

ええ、母が作ったんですと即座に嘘を付く。

「あら、お母さんセンスいいのねえ、お願いしたら縫って下さるかしら」

無視したかったが、気まずく何処まで隣合うのかと、はあと曖昧な返事をすると、なおもしつこく「お住まいはどちら?」と迫ってくる。母は死にましたと前を向いたままそっけなく応じると、相手はへえっと小声を発して口を閉ざした。身知らぬ人に母の死を告げた自分が許せない思いと、それを引き出した相手の如才なさが気にさわり、横を向いて相手をにらむと、悲しみが浮かんだ目と誤解したのか労るような笑顔を向け、好奇心をあらわにした視線と私の視線が絡みあって、また、口を開き私だけの一刻に侵入しそうな気配――。女のタイトスカートから弾けそうな太腿が感じられ、香水の匂いが鼻につき、宇佐さんを思い出して痩せぎすの私はあきらかに押され気味と苛立つ。どこか空いた席はないかと視線を泳がしたが、平日なのに辺りは満席、それでも堪え性がなく席を立った。

日頃履き慣れない革靴が足先を締め付け、列車の振動に大げさに身体が揺れる。「どうぞ」と声が聞こえた気がして近くの席から、焦げ茶色のコートをはおった蟋蟀《こおろぎ》のような男が立ち上がり出口に向う。と同時に列車が止まり「ほんと、とても似合ってる。残念ね。じゃまた、何処かで会いましょう」と先程の女が背中ごしに声をかけ、後ろ姿のまま消える。空いた席に座ると、女の顔も立ち去った男の様相も、蜃気楼のように思え脳裏から消え去ったが、隣り合わせた中年の男は疲れているのか微かないびきをかき寝入っていた。

訪ねる相手にどう対処すればいいのか、どんな作業場なのか見るだけで帰ろうとか、頭の中が混乱したまま一時間半ほどで見知らぬ駅に降り立ち、特急列車の早さに戸惑いながら普通列車に乗り換える。小浦観光ホテルにも結局予約を入れないまま午後近くに発ち、ましてや赤塚信一の作業場に訪問の予告の連絡もしないまま、乗車駅の案内所で行く先を告げ、特急と普通列車を乗り継ぎ、バスを利用することを聞いただけだった。行き当たりばったりの旅、私の人生のようなと半ばいつもの投げやりになりかかったが、見知らぬ女の「似合っている」という言葉が浮かび、身を飾ったこと、化粧を念入りにしたことに知らぬ土地が重なり、何か放埓になれそうな気分がして、母の血を引いているのかと胸の内がざわめく。

親切なじいさんとバスで隣り合わせになり下車するのも一緒で、男の仕事場の辺りはゴルフ場の裏手と教えてくれたのはいいのだが、暇なのか人恋しいのか、尋ねた場所まで案内すると言うのには困惑し——私は人の好意に明るく応じられない自分に困惑しているのだ——早く一人になり自分の思いにふけりたいとそれとなく断るのだが、遠慮とみなしてか離れない。それでそこらのラーメン店に一緒に入った。

「なにしに小浦に行きなさるね」と、入れ歯らしい口元をラーメン汁で濡らしながら問う。親戚に行くと嘘をつくと、「誰かね。あそこの部落には俺んとこの死んだばあさんの親戚もおるで」と迫ってくるので返事をしなかった。

そろそろはっきりと断らなくてはと、ジャンパー姿のじいさんを見やると、

「ばあさんがおらんごとなって往生しとる。今日も医者に行った帰り。ほんに話の相手をしてくれるじょうちゃんに会ってよかった。ちょっとばかし見せよう」と胸の辺りをまさぐって、紙にくるんだものを取り出し広げた。「ばあさんの骨をこうして持っとると、ばあさんの声が耳の中に聞こえよる。今日はなんぞ身に付くものを口にしたかねと、あいつが心配ばかりしやがって」

ラーメン鉢の中に濁った汁が溜まり、その上に差し出された薄い骨の一片は、巻き貝のように丸まって恥ずかしそうに微かに赤く染まっている。

奥さんが守ってくれていいねえ、じいちゃんは幸せよと言葉を優しくすると、「幸せかどうか判らん。はよばあさんの所へ行きとうて、それぱっかり願うてもかなわんし。仕方なしに生きとうようなもんだわ」じいさんは口をつぐみ骨に見入る。（今だ！）私は二杯分の代金を支払うと、後ろで声を聞いた気がしたが急いで立ち去った。角を曲がり振り向いたがじいさんの姿はなく、じいさんの懐で温まった骨が、飛礫《つぶて》のように背中に当たる気がして、頭の芯に痛みが生まれる。

道筋に背の低い古びた軒並みが続いていて、行く先を尋ねるとたちまち寄り添い案内してくれそうな老人が行き交い、我が物顔で歩く猫を数匹見た。潮の香りはしないが、魚をくわえ込んだ猫を連想して海が近いと感じた。

軍手や竹箒やブリキのバケツが置いてある雑貨の店に入り、ゴルフ場の所在を尋ねると、おじさんが店先まで出てくれて方向を示す。「歩くとだいぶあるで」と言い、「堤防に付き当たって海が見えたら左に曲がり、そしたら勇食堂があるけんもう一度そこで聞いたらよか」と付け足した。

海はまだ見えなかった。海、海と思いながら三度目の角を曲がると、道筋の先に堤防に線引きされた海が！　現れた。

視野が広がり、頭の鈍い痛みも消え、男に会うという目的が海の上にくっきりと立ち上がり、（海の上をヨットで走っているとか、樹木の下で寝転んで風を受けているイメージを思い浮かべて、頭に冷気を感じること）佐川病院の心療内科で受けた自律訓練のひとこまが蘇って、気持ちが少し和らいだ。

勇食堂のおやじさんの威勢のいい「いらっしゃい」の言葉につられて、赤塚信一の名前を口にしていた。

「ああ、信ちゃんのお客さん、そんならここから電話して迎えに来てもろたらいい」いや歩いて行きますとそっけなく断ったのだが、嫌な顔もせずほっとする。

「行くのはいいけど信ちゃんはここ十日ほど現れんけん、おらんかもしれんで」ええ、いいんです。と頑なに答えて心細くなり——暮れたらどうしょう——今、辿って来た道程を振り返ると帰路が心配になった。小浦観光ホテルに泊まることなど頭の中から抜けていて、この辺りに泊まってみようかと思う人懐っこい町だった。

あのー、この近くに旅館って有ります？　とおずおずと閉じそうな気持ちを開いて寄りかかると、「ああ、民宿があるよ。もし信ちゃんが留守なら帰りに寄んな。電話してやるけん」と店先での問いかけなのに、おやじさんはカウンターの中から機嫌よく受けとめてくれる。カウンターの前に座った、この季節なのに白いTシャツを着た後ろ姿の男が、話の遣り取りを耳にしたのに振り返りもせず、無視したのでなぜかほっとした。

堤防が続き、砂浜を踏むことなく海辺から遠ざかる。樹木の重なりが深くなり、海風のせいか、セーターの上に重ね着しているのに寒さを感じ、手提げからカーディガンを取り出しはおる頃、ゴルフ場の案内板が見え始めた。ゴルフ場は樹海のように視線の先に広がっている。

少し坂道を下ると、土手に囲まれた軒が寄り添った部落が現れた。土手の上は常緑樹に覆われたゴルフ場のようだ。部落の向かいは松林だ。防風の為なのか妙に枝の曲がりくねった松が多い。松林の向こうは海だろう。潮の匂いが風にのって運ばれる。この部落は漁師を生業にしているのかもしれない。

人影がなかった。部落が途切れ、芒《ススキ》やセイタカアワダチ草の茂った野原にでくわし、電柱があり電線がしなっているので、この先に家が在るのだろう。

砕かれた小石が敷きつめられた広場に行き当たり、枕木が置かれその上に彫りかけの円形の石が載っている。真中がくり貫かれ、磨かれた黒い石肌が覗いているので多分御影石だろう。他にも二米程の角張った石が二つ座り込み、囲いもなく風の吹き溜まりのような隅に、木造の古家が在った。背後の土手の上の樹木のせいか家は暗い。

家の横手に窓があり、カーテンが引かれてなかったので覗いた。畳の上に古びた絨毯が敷いてあり、机が置かれ天井まである本棚に本が溢れている。視線の先はそこで行き止まりだった。裏手に回ろうとしたが、人の気配がないので二、三度声をかけ引き返すことにした。

戻り道はなんだか気落ちしていた。猫が道端から現れこちらをうかがったが無視すると、素早く背を向ける。部落を抜けると陽が翳り、松林を抜ける風が冷え冷えとして、海辺の冬の寒さが思いやられた。

樹木の間を抜けると、勇食堂や家が海に向かい並んでいる町だと、もう灯が恋しい思いで足を早めると、樹木で陰った道筋の彼方に人影が湧き起って近づいて来る。白のTシャツに黒いゴム長靴を履き、ビニール袋を手にし顔は帽子の陰だ。勇食堂に居た男？　理由もなく恐怖心が起こったが逃げ道はなく、樹木の間に分け入る勇気もなく、顔を伏せ息を殺してやり過ごし、はっと気付く——もしかして？　振り向くと、少し丸まった背中はあの食堂で見た若い背中ではなかった。赤塚さん？　と、私としては大声を出したつもりだったが、背中は振り返らず足早に遠のいて行く。

赤塚さん、赤塚さーんと連呼して追いすがると、相手が身体ごと振り向いた。日焼けした——猟犬のようなと一瞬の印象が脳裏に焼き付く。山崎清二のあの山崎峰石の……と告げて息を継ぐと、「ああ」と相手は少し視線を和ませて私を見つめた——娘ですと途切れた言葉をつなぐと、（ああこの人は父を知っている）と涙がでそうになり、人恋しく人に縋りたいという思いがあらわになりそうで、後の言葉が続かない。

「コーヒーでも飲もう」と男が誘ってくれたので、どこぞに喫茶店があるのかと男の後に従い、結局男の作業場に戻った。

玄関の引き戸は鍵もかけてなく、汚れたブーツやスポーツシューズが並んでいて、誰か人がいるのかと身構えたが、どうやら男一人らしい。窓から覗いた部屋に上がり、その奥の部屋には製図用のイーゼルが置かれ椅子があり、形を描いた紙が畳の上に散っていた。襖が開いてコーヒーの香りが広がり、マグカップが机に置かれた襖の向こうは台所らしい。男はここで生活をしていてどうやら一人者のようだと、私は密かに鼻を利かして嗅ぎ廻る。男の着たTシャツの胸に赤いハートのマークが入っていて、その下に《I　LOVE　小浦》と文字が刷り込んであった。

「親父さんは元気かね」父は死にましたとあっさり告げると、あぐらを組んだ男は上目使いにちらっと視線を光らせ、「何で死んだ」と低い声で言葉を絞り出した。

四日の間、大いびきをかいてころっと逝き、通夜に来た人たちが、父がずっと水子地蔵を彫っていたので、水子に連れ去られたばいって口々に言ったのは慰めでしょうか？　皮肉ですか？　と胸の中に溜めていたものを吐き出したくて、突っかかるような物言いをしていた。「それでか……。去年の暮れも今年の夏も来ないからどうしたのかなと思いながら、電話をするとせつくようで――予感がしてたんだな。毎年二回親父さんがここに来て、将棋を指したりごろんごろんして、小浦観光ホテルに泊まって温泉に浸かったり、なんて話はせんが親父さんは俺を弟のように扱って、小遣いまで握らせて」

遠いところを見つめる男の視線と湿った声が、高ぶった私の気持ちを落ち着かせた。

父の遺品の中からパンフレットがでてきたのでと私はパンフレットを取り出したが、男は「ああ」と言って見向きもしない。話の接ぎ穂がなく男の関心をひこうと、パンフレットの写真を見て文を読み、竹内先生の家が近くなので訪ねて行ったこと、先生は亡くなっていて、奥さんが一人で暮らしていたことを話した。しかし男は額の皺を深くして、マグカップの中を見つめている。色んなことを聞きたかったが、父の年二回の不在の行き先が判っただけでもほっとしていた。

言葉を探り合って胸の内が重いのは、男も私と同じようであった。

「今日の予定は？」と男がやっと言葉を発し、勇食堂のおじさんが教えてくれた民宿に泊まろうと思うと予定を言うと、「おじさんって、あれは俺の同級生だ」とすねる気配。あら、赤塚さんもおじさんじゃないと、言葉が素直に出そうで慌てて押し込んだ。Tシャツの中の盛り上がった筋肉が透けて見える感じがするのに、不思議と嫌悪の気持ちが湧かなかった。人間の気持ちなんて、本当にいい加減なものだと自分に呆れていたが、コーヒーの香りが男の匂いを消しているのか、洗いざらしを着ていて清潔感が有るからだろうかなど、私はまだ頭の中で理屈をこね回している。理屈ではなく、心に湧き起こる感情に素直になりたいと片方で願いながら。

「おう、勇の所へ行こうか」とほっとした男の声を聞いて、男も色んな思いを巡らしていたのだと思う――多分父や私についての。

家の裏に軽トラックとバイクが置いてあり、皮のジャンパーをはおった男に促されて、トラックの助手席に乗り込みシートベルトを掛けた。

「東京迄も、彫り上がった石を積んで行くんだ」と言って発車し、今、注文が入っていて、酒なんて飲んでいる場合じゃないんだと半ば冗談めいて言い、「皆のおかげで何とか食いつないでいけるんだよな。あんたの親父さんに世話になって感謝している」と付け足し、それっきり会話は跡絶える。

勇食堂の前の道路に降ろされ、男は駐車場に車を運ぶ。昼と夜の境目の熟しきった汁のでそうな陽が堤防の上に落ちそうで。べそをかいた幼い私が見つめている。そんな思いでしばらく夕暮れの海と向き合っていた。

その夜の勇食堂では、勇さんという明るいキャラクターの第三者がいて、男も少しは口が軽くなり、私も結構しゃべり感情をあらわにしたらしい——これは後で私が思うにだが。

「トラックを今晩置かしてくれ」と男は勇さんに前置きし、腰を据えて焼酎を何倍も飲んだのを覚えている。私も日頃飲まない酒を突っ張って幾杯か飲み、どうも泣いたり、男に楯突いたりしたようだ。誰でも頭の痛い二日酔いの朝は、前夜の所業は何も覚えてないと酒のせいにするようだが、頭の中は案外自分の醜態が蘇り、悔いのせいでなお頭が痛むのかもしれない。

《潮の風》と流れた文字が幾つも入った浴衣を着ているからにはと、下帯の結び目を解くと、確かに私の結んだものと確かめられてほっとしたのだが、しなだれかかった男の分厚い肩の感触や、支えられた手の熱さが思い出されて、本当に私は酔っていたのだろうかと自分を疑うと、頭の中がまた痛みだす。

食堂の横の玄関にゴルフバッグが幾つか置いてあるので、まだ宿泊客がいるのだろう。

「お早ようございます」と声をかけて食卓に着いた。流しで洗い物をしていた女が、「ご飯は自分でついで」とこちらを見ないで言ったので、遅い朝食に怒っているのかと気が重い。それで昨夜は男に部屋に連れて行ってもらったのかと思い出してみる。勇食堂を出るとき、自分一人分くらいの金額を支払った記憶は残っていた。

廊下に足音がして「行って来ます」と男たちの声と姿が見え、ゴルフバッグが運び出される気配がした。

どうも女の機嫌が悪そうなので、朝食を残してはと吐きそうになっても詰め込み、流しに食器を運んだ。女は掃除機を手にし唐突に言った。

「あんた、さっちゃんの娘だって?」

え! なんで知っているのかと驚いた。

「あんたの父さんも亡くなったって昨夜信ちゃんが知らして、だから宜しくって頼まれたんよ」

広い台所と食堂がやけに明るい。母が生きていたら同じ位の年齢の、ネッカチーフで頭を覆った民宿潮風荘のおばさんが窓を開けると、潮風が入り視線の先に桟橋が伸び、船のエンジン音がした。

「あんた、母さんの里知っとるじゃろう」ええ、ぼんやりと応じ、自分の頭の中を探ったが明確な場所は浮かんでこない。

「ここからバスでちょっとかかるけんど、一緒に行ってみんね。私もここんところ実家に寄っとらんし。嫁に行っとう娘がもうすぐ手伝いに来るし、父ちゃんが漁から戻る頃帰りつきゃいいけん」

この人は母の死のいきさつを知っていて、無愛想だけどこの人なりに慰めてくれていると頭では判っているのに、母のことになると体が拒否し足が震えてきた。それで、身体の調子がよくないので、またゆっくり出直しますと言い訳をした。「そうやろ、二日酔いの顔やもんね。あんたの母ちゃんとは小学校も中学校も同級生だった。生徒が少なかけん。皆仲がよかったけど、卒業したら離れてしもて。最後に会ったはいつやったろか」

気持ちと身体がばらばらになりそうで、支払う金額を唐突に聞き、驚くほど安い金額が伝えられた。

「あんたの父さん、信ちゃんとうちにも泊まったことがある。さっちゃんの子供ん頃の話ば聞きたがって、三人でよう話をした。信ちゃんは私たちの後輩で、確かさっちゃんとは親戚だよ。あんたの父さんもこの県の出身て知っとうやろ。信ちゃんは偉うなって帰ってきてもひとつも変わらせん。みんな信ちゃんて気安く言うてなあ。ゴルフ場の入り口にも、小浦観光ホテルにも役場の前にも作品が置いてある。東京の有名な建築家が信ちゃんをひいきにして、バブルがはじけても注文があるとよ。大きな石を彫ったり磨いたり時間のかかる仕事をようしよる。私らには説明を聞かんとよう判らん作品だけんど」

おばさんありがとうという思いが言葉にならなかった。黙って話を聞き、壁を伝って部屋に戻った。久しぶりに身体に現れた反応だった。震えが激しくなると歩けなくなる。まさかの時にと持参した薬を急いで口にした。

掃除機の音が追い立てるように聞こえ、落ち着こうと幾つも深い呼吸をした。

「大丈夫ね？　駅まで送ろうか」と心配するおばさんにただただ頭を振り頭を下げ、足を引き摺って宿を後にした。

一人になれば足の震えは治まるかもしれない。薬がきいてきたのか、薬さえ飲めばという暗示がきいたのか頭の痛みも少し薄らぎ、眠気がやってくる。この海辺の町が何処なのか、男に出会ったのも民宿のおばさんの話も、もうろうとして夢の中の出来事のように思われる。

家が途切れふらふらと堤防に寄りかかり覗き込むと、満ち潮なのか堤防に当たる波の音が繰り返し響き水位が少しずつ高まり、やがて自分の身体も、地球誕生から変わらぬ海の営みの中に組み込まれ、海水に浸かり引き潮に連れ去られると夢のように思う。すると父と母の顔が寄り添って海面に浮かび、波に乗り遠のいて行く。追って行こうと身を乗り出すと、引き戻すような男の声が聞こえた。

「あんたは甘えてるよ。自分の胸を切り裂いて、自分の臓器を舐めてみな」「なんか創らんと。野菜とか米とか家とか皆なにかを創ってるんだ。勇だって料理を創っている。何でもいいんだ。夢中になれるものを見つけるんだ。石の中から仏さんを創りだしていた親父の子じゃないか。いい年こいて」なんでこの男に説教をされるのかと、酒の力を借りてぐじゃぐじゃ言うなと反発する私のうわずった声がし、「この強情っぱりが」と頰を平手打ちするような男の声がして、耳の中に蘇った昨夜の会話が途切れ、夢から覚めた思いがした。

私は意地でも我が家に帰り着かなくてはと、気力を振るい堤防を離れた。

駅にようやく辿り着いて、潮風荘と大きく記した名刺を取り出し、公衆電話でおばさんに礼を伝え、勇食堂の電話番号を聞いた。昼前なので、まだ客が立て込んでないだろうとダイヤルを回す。女が対応し変わって男の声が耳に響く。「あいよ。お前さんよう食うて飲んだねえ。俺の腕じゃのうして魚が新しいから旨いって言いやがって。お前って結構面白い奴やん。また来んね。お待ちしてまーす」

赤塚さんに伝言をしようと思ったのに、金が切れたのか、勇さんだけ喋って電話は切れた。それでパンフレットを取り出し、男の作業場に電話を入れた。制作中で外にでているだろうと予想していたことだが、留守電に礼の言葉を吹き込むと気持ちも身体も萎えていったが、足は小刻みにまだ震えていた。

疲れ果て意識が束の間跡絶えていたのだが、乗り換え駅で不思議に目覚め、しばらくして特急列車が到着し「切符を拝見」と言われ特急券を求めると、またうとうととした。男の作品を見なかったことが残念という意識が潜んでいるのか、深い眠りの入り口に巨大な石が直立し傾き始め押し潰されそうで、胸の中が荒立ち目覚めた。自分の居場所がもうろうとして判らなかった。霞んだ目で外を見やると、薄墨色の空気の中で、季節外れの蛍があちこちで光を発し流れて行く。やがて霞の中の蛍の大群が車窓を覆い、ああ都市が近いのだと夕暮れの街の明かりのともったビルの重なりにようやく気づく。我が家が近づいていると思うと、一刻も早く蒲団に潜り込んで手足を伸ばしたかった。人の言葉に過剰に反応した、足の震えはいつのまにか治っている。

十一月も半ばを過ぎ、縁が切れないようにと願って礼状を出したのに、赤塚さんからは何の音沙汰もなかった。それで私はまた、着物をほどき半纏《はんてん》を縫い始めていた。刺し子をして少しモダンにしようと、あれこれ思いを巡らすのは気持ちが弾む行為だった。それに着用する相手の身体を思い描くことも。それには夢の中のようなことではなく、一針を進めるごとに、生命の力をもらうような確かな手応えを感じる作業だった。

封書が到着したのは十一月の二十二日で、こんなに待ち兼ねた手紙を手にしたのは初めてのことだった。でも私は思わずくすりと笑ってしまった。文字が小石のように小さく丸まっていたからだ。

仏壇に手紙を供え手を合わせてから封を切る。小石の文字が沢山並んでいた。

制作がはかどらず、寒風が吹きつけ始めたと書いてあり——早く半纏を仕上げねばと私は思う——もっか製作中の作品は福祉事業関係の建物の庭に置かれるもので、母をモチーフにしたということ、彫りあげたら一度見に来てくれということに、あなたなら辛辣な感想を述べてくれるに違いないと書かれ、あなたのお父さんやお母さんに大変世話になったと感謝の言葉が連なっていた。父は納得がいくのだが母が？　ちょっと不審に思った。その日の午後、同じ人物から書留が届き、お供えと信一と書かれた香典袋に五万円が入っていた。お返しをどうしようかと暫く思案した。

デパートに出かけ男物のマフラーを買った。曜日も確かめずに外出したので気が付くと、日曜日の都市の繁華街は人で溢れている。人波の中に、夫と寄り添い子供を二人連れた高校時代の友人を視線の先に捕え、道を曲がり避けた。逃げることが癖のようになっていた。母の死後、幾人かいた友人が慰めの言葉をかけてくれたのだが、私の頑なな反応で皆疎遠になっていた。長い年月が経ち、結婚して子育てや子供の教育と、それぞれの人生を忙しく過ごしている年齢だ。そんな様子も聞いてみたいと、なぜ気楽に声をかけなかったかと、悔いの気持ちが湧いていた。

仕上がった半纏にマフラーとコーヒーを添え、宅急便を送るとほっとし、そして手紙が来るだろうと今度も待ちわびているが、便りはない。

年の瀬の月に入り、一年以上が経つのに未収の金額がある寺に、幾度も請求書と入金を依頼する手紙を出していたのに応じないので、電話を入れた。こういう事務的なことになると、私は躊躇しないし諦めない。

水子地蔵は寺の利益が大半なのか作り手の利は薄かったが、同じ形なので父は考え込むこともなく数をこなしているようだった。しかしけっして機械は使わず、鑿で彫っていた。父はどの仏像も彫り上げると、仕事場の外に持ち出し、幾度となく水を掛け、たっぷりと水浴させ暫く安置する。石の内部で水が血液のように巡り、自然から切り取られた石の宿命を消し去るのか、ごく自然に穏やかにそこに座っている感じに仕上がる。幼い頃、石を動かすときは石屋のおじさんが手伝いにやってきて、私に声をかけてくれるのも嬉しいことだったし、父に寄り添い水をかける手伝いをしている母を見やりながら、私は水掛を仏さんの化粧と名付けていた。寺で魂入れの儀式が行われるまでは、じいちゃんや父さんの彫ったものと、我が家では誰もが熱心に仏を信じてはいなかった。やっと寺から連絡があり、集金に来いということだった。明らかに態度が横柄になっていて、改めて父の存在が思われる。

すっかり葉を落とした桜の木が、篠山の駅前の川筋に並んでいる。橋を渡り終え、ふっと桜に嫉妬している木彫家の奥さんを思い出した。新しい年に雛を見に訪れようと思い、赤塚さんに出会ったことを知らせようと思ったが、夫との思い出一筋に生きている人にとっては余計なことと黙っていることにした。

霊場の道筋のあちこちの札所の仏さんにお賽銭をあげ手を合わせ、二時間近く歩くと、身体がすっかり温まっていた。辿り着いた寺は小高い山を切り開いて建っており、白壁が巡っている。母の死後、事務的なことと盆暮れの挨拶は私がしていたので、住職や寺の関係者とは顔馴染みではあった。

未集金は半分手渡され、残りは来年払いと告げられた。舐められていると思ったが寺だからと腹立ちを押さえ込んだ。寺の門を出る前に、ふと誰かに誘われたような気がして寄ってみようかと思った。寺の広い敷地の中に、水子地蔵が安置されているのだ。その一角は寺の建物と内部の壁で仕切られていて、そこにあえて足を踏み入れたことはない。

別の世界だ——と視覚が胸の中に下りてくる。

四角い池を中心にした三方を、鉄パイプで組み立てられた五、六段の段が囲み、段上におびただしい水子地蔵が並んでいた。毛糸で編んだケープを羽織ったり、野球帽やベビーハットを被ったり、愛らしい模様のよだれかけを着けていたり、人が手を合わす祈りの対象になった地蔵は、雨風に打たれているであろうに、鮮やかな色合いの衣装でくるまれ寄り添っている。目を見張っていると、一人の女が門をくぐり池の側に佇んでいる私をみて一瞬足を止めたが、段上に上がって一つの地蔵に近づき、よだれかけを取り替えている。おおよそ二百は超えているだろうか。静止した地蔵の中で、女の黒髪が揺れ身体が埋没していた。全ての地蔵が赤いセルロイドの風車を手に握り、背後の樹木の細かい枝が冬の風で揺れると、風車が一斉に廻る。すると池の水面に映った赤い色をさざみが揺らし、噴水が時折噴き出してなお色を散らす。散った赤い色が目に入り目の奥で舞う——あのときの母のコートの色だ……。

ばあちゃんが逝って三回忌が済むと、母はたがが外れたように遊び始めていた。パチンコ、カラオケ、社交ダンスまではよかったのだが、ばあちゃんの三回忌の席でばあちゃんの親戚とやり合って、自棄酒を飲んだのが酒に溺れるきっかけだった。私が就職した頃はまだ家事もこなし、父の関係の事務処理もしていた。父が「今まで苦労ばしたけんよかたい」と、大目に見ていたのもいけなかったのかもしれない。もともと家事の嫌いな人で、ばあちゃんの元気な折は、スーパーのレジ係のパートに出ていた。どこかにアパートを借りてこの家を出ようと、ばあちゃんと小競り合いをする度に父にせっついていたが、父が義理があると受け合わなかった。ばあちゃんと母はしょっちゅう仲が悪かったわけでもなく、陽気な二人は互いの無口な夫の悪口を言い合って寄り添うことも度々だったし、筍の季節は筍を二人で掘り茹でて近所に配ったりしていたのも、私はしっかり覚えてるし、ばあちゃんは料理上手だったし、梅干し漬けなど母と共に手伝ったものだ。

母の胸の底に、ばあちゃんの死のきっかけを作ったという罪の意識があって酒に溺れたのなら、その時の傍観者であった私はなお責められる。

私の休みの日だった。ちょうど今のような年の瀬の月、多分街は忘年会の人で賑わっていたであろう。夕方から小雨が降り始め、取り忘れた洗濯物を慌てて入れた。少し湿り気があった冷たい感触が、昨日のように手のひらに蘇る。父と二人で夕食を済ます。母はダンスの会の忘年会だと昼過ぎに出ていったままだ。その頃は家でも父に隠れて酒を飲んでいた様子だったし、ダンス大会に出場するのだと高価な衣装を次々と買ったり、金銭感覚も少しずつ麻痺しはじめていた。母が崩れていくのを父も私もどこか遠目に見ていて、そんなことにも母は苛立っていたのかもしれない。父も私もこのままでは何かが起こると予感しながら、その何かをまさか私が起こすとは夢にも思っていなかった――言い訳はよそう――夜、十時を過ぎた頃、駅まで迎えに来いと母の伝言だと男の声で電話が入る。その頃私は運転免許を取得し、母の車を譲り受けていた。そのこともあって、深夜でも母に呼び出されると度々迎えに行っていた。

「寒かけん、早う行ってやれ」と炬燵《こたつ》に入りテレビを見ていた、運転免許を持たない父が、母を思いやったのも腹立たしかった。

雨に滲んだ信号を幾つか見つめ、駅前のシャッターの下りたみどり製茶園の前に車を止める。付近の居酒屋から酔客の声がしていた。「ここよー。ここに着けんしゃい」と公衆電話のボックスの前で、若い男と相合い傘の母が声をだし手を振っている。車を動かし、男が傘をたたみ、「ああ、よかった。僕、困ってしまって」と母を助手席に押し込む。「なにを！　ゆうちゃん後ろに乗れ、まだ飲むぞ！」と母がどなり、男が音をたてて車のドアを閉めると、私は頭を下げて発車した。結い上げた髪がほつれ、上気した顔に脂が浮いていた。父と知り合った頃は料理屋の仲居をしていたと、「だから家のこと何もできん。愛想ばっかりようして」と、ばあちゃんが私に告げ口をしたことがあった。そんなばあちゃんが嫌いだったが、この日の母もうっとおしかった。

「なんで迎えにきたんね。まだ飲みたらん」と母がなじる。私は無視し無言だ。母も押し黙る。橋を渡り左折して、我が家の仕事場の前で止める。

「あーあ、男が欲しかー」と母が捨てぜりふを吐き、酒の匂いを残し車から降りた。私は車を塀の方にバックさせる。

「オーライ、オーライ」と母の声がし、バックミラーに手を上げ誘導する母を見る。いらんことをして、消えろ！　と思ったとき、声が跡絶れ……一瞬、私は身体に柔らかい衝撃を感じ、ミラーに母の姿はなかった。

車の後部に寄りかかった母のコートの色が血の色に見えたが、血は出ていなかった。すぐに病院に運ばれたが意識は戻らず――ブロック塀と車に挟まれて内臓が破裂したのだ。

ヒールが小石に引っかかり倒れ込んだと立証され、酔っていたこともあり、私の過失は重くは罰せられなかった。

ブロック塀を作らせた母が悪いと慰めを言う人もいたが、本心は判らなかった。病気のせいにして出来事を直視もせず、人の噂がおさまるまでと私は入院をし逃げていた。父の言葉少ない、けれども父としては精一杯の慰めの言葉すら恐かった。あの時の私の母に対するうっとおしい気持ち、嫌悪が募り憎しみになり、一瞬であれ消えてほしいと願ったことが暴かれるのではないかと——。

いつの間にか女の人は去っていて、私は手を合わせ、瞑った目の中に死者と生者を結ぶ橋を見たいと念じていた。そして母ではなく一人の女としての寂寥が迫り、浮薄な言葉と嫌悪した母の最後に残した言葉が、真実となって私の胸をしきりに裂き叩く。私は今、心底男が欲しいと思っているのだから——五十五年の歳月を経た男の分厚い胸を切り裂いて、貯め込んだ熱いマグマに溶け込み寄り添いたいと。

目を開けると、同じ顔の地蔵が一様に笑みを浮かべ、握り込んだ風車が寒風の中で、けなげに輪廻を願いながら廻っている——女の情念が水子という言葉を生み地蔵という形を創ったのであれば、男の情念はどんな色でどんな形をとるのであろう。


氷雨になりそうな雨の日の郵便受けに、丸っこい封書の字を見た。

風邪気味だったが重くはならず、しばらく酒から遠ざかっていたので、久しぶりに勇のところへ出かけあんたの噂をしたと書いてあり、品物の礼が続いていた。

《俺のおふくろが逝き親戚の家を転々としていた折、俺の姉貴のように、あんたの母さんが優しくしてくれたことが忘れられません。中学を卒業すると故郷を離れ、日々の生活に追われ長い間会うこともなかった。しかし、竹内先生の内弟子時代に悩むこともあり、おふくろの墓参りに帰郷した折、あんたの母さんが結婚して九州にいることを知り、会いたくなったのです。あんたは愛らしい盛りでおれの膝に座り、離れようとしなかった。俺も膝に伝わる温もりに、悩みも消える思いがした。あんたの愛らしさと、兄貴のそして姉貴のような愛情に縋る思いで、東京から二度三度とお宅に御邪魔した。しかし、あんたの母さんはもう来ないでと告げ、なんだか裏切られた思いがしたものの、思えば親方夫婦に遠慮があり、自分の幸せを守る一心とよく理解でき、その後会うことはなかった。

指物を志向していた自分が、竹内先生の作品に出会い心打たれ、内弟子を志願し採用されたものの、なかなか自分の作品を作る暇もなく、木を彫る技術はあっても創造や造形の力がないと言われ続けると、俺の学歴のないせいとひがみもしたが、十年は辛抱し、お礼奉公もしなければと自分に言い聞かせる日々でした。

石に魅力を感じたのは、あんたの家で親父さんの仕事を見たときだった。親父さんは中学の修学旅行の留守のとき、津見の大水害の土砂崩れで家が全壊し、父さんも妹さんも犠牲になり、母さんは石の下から見つかったとのこと、石から仏を取り出す仕事には格別の思いがあり、最初の頃は石に復讐するのだと鑿を振るったと胸の内を漏らされた声が、今でも耳の中に蘇ります。

俺の嬉しさを伝えたくてパンフレットを送ると、親父さんはすぐに俺の作業場を訪ねてくれて、さっちゃんの死を告げられました。

あんたの親父さんは言葉の少ない人でしたが、親方夫婦もさっちゃんも勿論あなたも、心底愛しておられ、俺は羨ましい思いをしたものです。今は本当に寂しい。そして親父さんの冥福を祈るばかり。それでも石を彫っていると、俺にとって兄貴のような親父さんが側にいるようで、温かい気持ちが伝わり力が湧いてきます。

石の存在を感じ、俺の創造の力を見て欲しいと願っています。粗方の形が彫り上がり、仕上げの段階に入り、そこで写真を取りましたので入れておきます。》

人間椅子の温もりと気持ちよさが蘇ったが、もうそれは確かな手応えのあるものだった。

見つめた写真の中の作品は円形で、中がくり貫かれ上部の真中あたりに僅かな裂け目がある。円形全てが艶々と黒く磨かれ、底部の窪みの辺りに花弁か星か、白い文様が散っている。とろりと温もった精液が滴りそうな情感を覚えて、ああ、子宮なのだと思った。晴れの日に写したのか、凝縮した光がくり貫いた空間に取り込まれ満ちている。記憶にない羊水に漂った体感は、誰にとっても温かく心地よいものであったに違いない。

年が明けてまもなく、私は佐川病院に就職し、パートだが老人病棟の掃除婦をしている。肉体労働なので、余計なことを考えなくてていいし、夜は疲れてぐっすり寝込むので体調もいい。隣のじいちゃんは四人部屋にいて、もう歩くことはできないが、食べ物も口から入り短い会話を交わすこともできる。誰も面会に訪れはしないそうだが、昨日、デパートから羽毛の布団が配送され、今日は軽く温もりのある蒲団から顔をだしていた。時々のぞいて話しかけるが、

「父さんは元気かね」の繰り返しばかり。しかし私が父の娘と判るのは嬉しい。父がこうもじい

ちゃんの頭の中に残っているのは、誠実な父の優しさとお互いが孤独を分け合ったからだろう。

掃除仲間は年上のおばさんばかりだ。母と同じ位の年齢の人もいる。休憩時間はとても賑わうが、私はまだ会話の中に溶け込まないでいる。

「あんたは磨けば光る石たい」と冷やかしなのか声をかけてくれたおばさんがいた。玉ではなく、磨いてもあくまで石で有り続けるのは私の性格をよく見通しているのか、ことわざをわざと間違えたのか、とにかく親しく言葉をかけてくれたのは嬉しいことだった。

夜、父の仕事場の物入れから古書を取り出して、母屋の炬燵《こたつ》に入りめくる。このところ次々と読み耽っているのだが。石に関することはとても興味ぶかい。今夜は石笛のことを書いてあるところを読む。そして図書館に行き、もっと詳しく調べてみたいと思いが募り、そのうち石笛を作ってみようかと気持ちがはやる。母と子を結ぶ胎内の紐帯《ちゅうたい》のように、何かを創ることで人と人が結ばれ、傷つき傷つけられても身体に流れているのは同じ朱色ではないかと思うと、胸の内が微かに赤く染まる。

石笛はどんな音色がするのだろう。聞こえるのだろうか大地の声が。土への道を帰って行った人の声も——。

眼光

1

乳児院ハッピー・ハウスの重い木の扉を押し開けると、陽光に出会い解放感が広がる。上からマチさんの声が降ってきて、私を呼んでいるのかと半地下の階段をあがり驚いた。二階建ての観光バスが停車していて、手にカメラを構えた白人の男女がこちらを見おろしている。

「ハァーイ！　ハァーイ！」マチさんは彼らを見あげ声をかけているのだ。私はマチさんのTシャツを引っ張る。マチさんは私を睨んだが、私の視線の先を見て緩んだ表情をころっとかえ、「なあーんだ」と言葉を吐き捨て歩きだした。

ハッピー・ハウスの入り口の横には台座が据えられ、その上に、両手を広げ赤ん坊を抱きあげようとしている女の人の等身大に近い金色の像が立っている。その前にマチさんが立ち塞がっていたのだ。

「あんた、因幡の白兎の話知っとう？　ほら、鰐に毛をむしられ赤肌になった兎の……」

　こんな所で唐突に日本の神話のことを言われたって――毛をむしられた兎が頭の中に浮かんでいる――そうだ……あの白人たち、日焼けした赤い腕の金色の毛が夏の陽に光り白く見えていた……。

「なんかおかしかあ。急に思い出したと」マチさんが独り言のように言い、私はお腹の中で笑っていた。マチさんの連想は呼びかけに応じなかった人々への腹いせの匂いがし、私はそれを面白がっていた。

「ハーレムツアーの観光バスが寄るって今まで知らんかったあ。新聞やテレビの取材はよう来るばってん。やっぱハッピー・ハウスは有名かとよ」

　バスが追い越し大通りで消えていった。

「四十年前、この家の戸口に赤ちゃんが捨てられ、住人のマザー・ドリーが育てたのがきっかけでハッピー・ハウスが誕生し、娘のドクター・ドリーが後を継ぎ、放棄された子や、ドラッグやアルコール中毒者から生まれた子、ＨＩＶウイルスに感染している赤ちゃんのケアに力を注いでいます」観光ガイドの説明に立ち止まり金色の像を撮る人々と、三ヶ月の観光滞在でヘルプをする私たちと一体どれだけの違いがあるのだろう――ハッピー・ハウスでは我々ボランティアはヘルプと呼ばれ、東京都郊外都市在住の正木友美さんが事務局になり、交代で希望者が派遣されている――人を赤肌の白兎に重ねた悪意に、私は後ろめたい思いをしていた。

私たちは午後四時近くの、ハーレムの住宅街を歩いていた。四階建ての煉瓦作りの建物が五棟程寄り添い一群をなし、それぞれの入り口には七、八段の階段があり、装飾が施されている古い建物が並んだ通りだ。ハッピー・ハウスはその中の一棟で、階段を壊し半地下を入り口に改造し、金色の像を看板にしていた。

「白人の金持ちが住んどったばってん、大不況の時に黒人が集まり始めて、がらが悪うなったけん、白人はこの街から出ていったと」博多弁丸出しの観光ガイドのようにマチさんが説明し、初めてマチさんと出会って四日が経っていた。

日本で求めたニューヨークのガイドブックの地図には、マンハッタン島の百十丁目以上は掲載されていない。だからハッピー・ハウスの位置もアパートの場所も、地図の真ん中に、緑の羊かんのように横たわるセントラル・パークの、北の上の方角としかわからなかった。マチさんと二週間を共に過ごし地理を教えてもらい、マチさんは五日間の休暇の後、帰国する。そしておおよそ二ヶ月後に来る後任の為に私はメモしているのだ。

喉が渇く。我慢できない渇きだ。

「ちょっと寄っていい？」マチさんにおうかがいをたてる。

「コーラば買うとね」マチさんは、酒好きの女を非難するような口調で応じた。

私は昨日もこの店にたち寄っていた。乾いた風土のせいもあるが、この渇きは常用している精神安定剤の副作用もある。

薄暗い食料品店に入り、コーラのペットボトルを抜き取り、カウンターの上の鉄格子の間から紙幣を店主に渡した。品物は盗られてもいい自分さえ助かればとでもいいたげに、店主の周囲は鉄格子で囲まれている。ピストルで撃たれたら逃げ道があるのだろうか。まさか囚人ではあるまいし――不可解な空間だ。檻の中でまだ若さを残した背の高い店主がウインクし、私は手を振って応える。

出口で振り返ると店主が手をあげ、私は一瞬、黒い豹を見た気がした。白い上着の中の黒い引き締まった身体を想像するだけでも、私に残された僅かな若さがかきたてられる。

コーラの刺激のある液体が競って転がりながら喉を伝い、突然の雨で身体が湿っていく感覚……

「コーラなんて大嫌い。やっぱ日本茶よ」マチさんがつぶやく。私たちはパック入りのお茶を煮立て冷やし、ペットボトルに入れて一本ずつ持ち通勤しているのだ。マチさんの日傘の中に寄り添い、マチさんの汗の匂いを嗅いだ。この街でまだ日傘を見かけない。

三差路にさしかかり、マチさんは昨日聞いたことを言い聞かせる。

「郵便局はあの茶色の建物が目印。ここはよう迷うけん気をつけんしゃい。ほら国旗が見える、あれが郵便局たい。あの女は嘘ばっか教えて、反対側ば教えたと。何処までいっても郵便局はあらせん」(往復では方角は反対になる。マチさんが間違ったのかも)喉もとでひしめく言葉を呑み込む。(うちが嘘ばつきよると思うとると?)マチさんの細い目が光り、私の顔をスッーと切っていくようで私はマチさんの目に怯え、マチさんの言葉に反応し相槌を打つ――あの女は本当に意地悪な人、恐ろしい人ね――するとマチさんの言葉は一層滑らかになり、妄想に近づくのだった。「あの女は嘘つきたい。自分を見つめ直したいなんて。旦那はバブルが弾けて倒産、あの女は逃げてきとったと。ボランティアなんて遊び」

（まさか――）

「それにさあ、あのフランクとできとったとよ。酔っ払って夜遅く帰ってきて、バラの花ばもらって食卓に飾ったりしてさ。帰国の日に抱きあってキスしよったと」

「あの太鼓腹の管理人のフランクと？」

「そうたい、あの出っ歯の」

言葉が剝き出しになり、風景も人も異なっているのに、まるで日本のどこかの路上を噂話を交わしながら歩いている気分。辺りを見回すと、大通りには装飾を施した六階建て位のアパートが連なり、所々に十字架を掲げた教会もあり、建物は風雨に晒されそれに耐えた威厳が感じられる。よく見ると窓はダンボールで被われたり、ビニールシートや布を垂らした箇所も見受けられた。傍観者にとっては、この歴史ある建築物を見るだけでもハーレムは興味をそそる場所だが、住む者にとっては単なる居座りに過ぎないのかもしれない。

煉瓦の上を白く塗り直したアパートを目印に大通りから右手に折れ、モーニングサイド公園に至る道を進めばアパートに辿り着く。白い建物は今まで見たところ、この街で唯一花の彩りがあった。窓辺や出入り口に鉢植えが置いてあり、編んだ髪をすだれのように垂らした若い女が乳母車を押して現れた。住民たちが話し合い、この建物を飾りたてているのだろうか。目印にはよかったが、建物の白い色がこの街では根無し草のように浮いている。

角を曲がるとマチさんのあの女への悪意は息をひそめ、顔も肩も丸みを帯びた福々しい身体から、ハアーイ、ハアーイと優しい声がでるのだった。石段に腰をおろした老人や、たむろしている女たちが応じる惰性のハァーイ……。ハァーイは流れていく軽い声音にすぎず、私は少し煩わしく感じていた。マチさんの投げかける声音に小学生らしい女の子が振りむき、建物の陰に黒い顔が溶け込み、見かけない動物を見たような好奇心まるだしの目が一瞬光り、無言のまま背をむける。

モーニングサイド公園の手前の六階建ての、非常階段の鉄錆が年月を感じさせるアパートが我々の住まいだ。内部を改造し、エレベーター付きの手入れの行き届いたアパートだった。

入り口のガードマンの詰め所は、太った男女ではち切れそうだった。制服姿の女のガードマンの腰は椅子から溢れていたし、フランクのTシャツはズボンまで届かず、肌が溶けたチョコレートのようにはみだしている。笑い声をたてていた二人は我々を見ると真顔になり、フランクが出てきて、「おー、おかあさん」と日本語で言いマチさんを抱いた。

「お母さんって言葉、うちが教えたとよ」と、マチさんが照れる。

フランクは腰にさげた沢山の鍵を揺らし、戸口の錠を開けお辞儀をし私たちをうながした。

エレベーターが降りてきて、帽子を目深に被った小柄な東洋人の女が現れた。

「ハァーイ」マチさんが声をかけたが、若い女は無言で背をむけた。

「あの人は日本人で六階に居ると。コロンビア大学の学生で、会うと話をしよったばってん、この頃は返事もせん。フランクも愛想はよかけど気ばつけときき。うちたちの留守に洗濯室で洗濯ばしよるごとある。洗剤がよう減ると。ばってー証拠もなか。洗剤位ですむならよかたい」マチさんの声の溢れたエレベーターを三階で降り、鉄の扉の錠を開ける。

自室のベッドに身を投げだすと腰の辺りに鈍い痛みが走った。子供たちを抱えあげ、便器の横の台でのおしめ替えは久しぶりの労働だった。

「ジャパン・マートに買い物に行くよ。何ね、疲れたと?」マチさんがノックもしないで覗き込んだ。六室ある個室には錠がついていない。もうすぐ帰国なのでマチさんはとても元気だ。疲れて食欲がないと私が到着した日に言っていたのに、数日の間に彼女は元気になり、私の上向きの気分を吸い取られそうだ。

「疲れてはないけど、時差ボケがまだ残ってるのかな。ごめんなさい」謝ることもないのに、とにかくこの場を凌ごうと、私はまだ千葉市郊外の日常を引き摺っていた。

扉が閉まる音を聞きマチさんの外出を確かめると、身体中の力みが抜けていった。窓際で車の走る音や微かな音楽が聞こえるものの音はまだ穏やかで、夜のようにパトカーの空気を切り裂く音や、車や窓辺から流れでるビートの効いた音楽は始まってなかった。

緊張した意識と眠りたい願望が頭の中でせめぎあい、それにどうしてこの場所に来たのかという淡い後悔が絡み、頭の中が混乱して痛みに変わる直前、眠りに引き込まれた。

微かに聞こえるブザーの音が連続し、私は午睡から目覚めた。うるさい！　と思ったところで団地の部屋でないのに気づくが、気分は未だ日本にいる。ブザーの音がしつこい。やっと意識が目覚め、ベッドの上で誰も帰り着いていないのに気づく。

（誰かしら？）覗き穴をうかがうと、フランクの分厚い唇が目の前で後ろにも誰か居る気配。

扉を開けると、「ハアーイ」陽気なフランクの後ろに、痩せた中年の男と、フード付きトレーナーに半ズボン姿の少年が二人立っている。

「俺は鍵を持ちいつでも侵入できる。泥棒になりたいがお前が恐い」フランクは冗談を言い、「今日から空いた部屋に入る人だ」と紹介し、「寝てたのかい」と私の額を軽く突き、それが馴れ馴れしくて私はむっとした。

男たちは大きなスーツケースを二個引き摺って部屋に消え、「じゃあ」とフランクは、喜劇俳優のように手を振りながら消えて行った。

リビングと共同のキッチンを挟み、両方に三部屋が一列に並び、道路側の私と空室とトルコ出身の大学生で白人のナジャリ、そしてアフリカ出身のスウがいて空部屋を挟んで奥にマチさんがいる。ナジャリは単位をとるためにハッピー・ハウスに実習に来ていたし、スウは親戚のドクター・ドリーを頼って出稼ぎに来ていた。

ナジャリはフィットネスクラブに通っていたし、スウの帰りも遅い。私は落ち着かなかった。

夕食の支度をとキッチンに行くと、少年たちがソファに座ってテレビを見ている。映りが悪くて見ていると頭が痛くなるテレビだ。父親が現れたので、何か声をかけねばと出身地を問う。

「テネシーからだ」と男は答え、はにかんだ笑顔を見せた。

私を空港に迎えにきてくれた、ハッピー・ハウスの運転手兼掃除夫のナッツが年老いて退職するのかと思い、「ハッピー・ハウスで世話になるの?」と聞くと男はうなづく。

「奥さんは?」

「スーパーマーケット」と答え、三人寄り添ってソファを占領した。

「帰ったよー」と言う声が途切れ、紙袋を抱えてキッチンに入ってきたマチさんは興奮している。

「あの人たち、どうしたと?」

「ここに住むのよ。どうもハッピー・ハウスのナッツの替わりらしいし、奥さんはスーパーで働いているみたい」私はマチさんにそう伝えた。

鍋で炊いているご飯がぐつぐつと音をたて始めている。

「冗談じゃなか男を入れるなんて。あんた何んも文句言わんかったと? 誰が連れてきたとね」

「フランクよ」

「今日もフランクに出会ったとに、何も言わんかった。英語がわからんけん仕方なかけど」

「急に決まったんじゃない?」

「あんたさあ、ここはこの家族に占領されるばい。見とってんしゃい」

マチさんは素早く、キッチンの自分の調味料や茶碗や湯飲みを自室に運び始めた。

「あんたも早よう片づけて部屋さ持って行かな。バスルームの石鹸やタオルもトイレのペーパーも」日本語のやりとりであっても気配は伝わるのだろう。父親は私たちに内気な視線を送り、気弱な笑みを浮かべる。私はマチさんのように、あからさまに彼等を嫌悪することはできなかった。（あと十日もすればマチさんは帰国じゃない。それまで我慢すれば？）そう言いたかった。私はテネシーからやってきた、つつましい暮らしをしているであろうこの黒人家族に同情していた。

冷蔵庫の中もこの家族の分を空けておかねばと整理にとりかかる。スウもナジャリも外食が多く、冷蔵庫の彼女たちの棚には果物やチーズが僅かに入っていたが、私たちの場所はスーパーで買い込んだ食料品が詰まっていたのだ。

マチさんは残り物の野菜やご飯で焼き飯を作り、私はステーキにサラダで、二人で食卓を囲んだ。働くと日本では余り口にしない肉を身体が要求する。

扉が閉まる重い音が聞こえ、太った女が膨らんだビニール袋をさげ、編んだ髪と乳房を揺らし現れた。夫の三倍はありそうと私は箸を止め彼女の迫力にたじろぎ、男たちは立ちあがりたちまち賑やかなお喋りが始まり、背を向けた女のお尻に威圧され、マチさんのハァーイの呼びかけもでない。

女の喚くような英語が途切れ途切れに部屋の中から漏れている。「ベッドが狭い」「お前たちは向うの部屋だ」「シャワーを浴びろ」

「ほーら、洗濯も早よしとかな。ドサーっとあの人がするばい」マチさんは食事を切りあげ、すばやく次の行動に移る。

私は悠長に流しで洗い物をしていた。そこに女が現れビニール袋から食料を取りだし始めた。多量の鶏肉、油、野菜、パン、飲物……たちまち食料品がキッチンに溢れ、冷蔵庫を開け閉めする音を幾度も聞いた。

「あのー、冷蔵庫の中はそれぞれの置き場所が決まっている……」

女は私の遠慮がちな言葉を無視し、冷蔵庫が破裂しそうに食べ物を押し込んだ。

「塩と洗剤は有るか？　買うのを忘れた」

「それ使っていいよ」これもと私はふきんを差しだす。

女からも溢れる食料品からも押しだされ、私はリンゴを一個持って自室に退散した。

家族の声が賑やかに聞こえていた。窓辺から乾いた風が入り、スタンドを捻ると一隅が明かりに照らされる。ベッドとクローゼットとスタンドを置いた小さなテーブルだけの何もない、ボランティアには無料で提供される部屋だが、私はこの部屋が気に入っていた。全てを捨てたいと思っても日本ではこうはいかない。

天井から靴音が落ちてきた。階上の部屋には子供がいるのだろうか……走り回る足音が聞こえる。こうして夜は様々な音を引き連れてやって来るのだ。車の軋む音を道連れにして波のように音楽が大きくなり、パトカーや救急車のサイレンの音が押し寄せては消え、人生の荒い息使いが耳に吹き込まれる。窓の鉄格子の間から外を覗くと、向かいの三階建ての崩れそうな二棟続きの家は、様々な生活必需品が投げ出され廃屋らしいのに、茫とした明かりが窓から漏れているのはろうそくの灯かもしれない。路上から声が湧きあがり、何かが咆哮しているようであり、鉄格子の内にいる私は年老いたオランウータンの気分だ。ブラインドをおろし、のそのそとベッドにあがったが、身体は疲れているのに頭だけは冴えている。喉が渇く。睡眠薬を手にして戸を開けた。リビングから笑い声が聞こえる。少年の声だ。

家族はスタンドの光の輪の中で食卓を囲み、カードを手にしゲームに興じていた。キッチンは鶏肉を揚げた油の匂いが満ち、ごみ入れにしゃぶり尽くした骨が溢れている。笑い声が再び起る。私は睡眠薬を飲みくだし、彼らの側にいき、「面白そうね」と世辞を含んだ声をかけたが無視された。ちらと父親がこちらを見はしたが……。

睡眠薬で四時間は眠れる。しかし翌朝は目覚し時計が鳴るまで熟睡した。

朝の冷気が背中に当たりだれきった身体を刺激する。ブラインドをあげ、窓を閉めていなかったが気にならなかった——鉄格子が入っているのだから。一人暮らしの日本の団地の部屋の方が戸締まりを厳重にしていた。誰かが侵入してきそうな気配に絶えず脅かされていたのだ。ああ、乾いてさっぱりした朝の感触……キッチンから人の気配が伝わってくる。

マチさんはご飯を炊き、おにぎりに卵焼きやおかずを詰め合わせて弁当を作り、朝起きに弱い私は、サンドイッチと果物の弁当だ。

「昨夜は眠れんかったとよ。隣の部屋の夫婦もんがトイレにしょっちゅう行って。それに夜中に洗濯機や乾燥機ば何回も回すと。スウが遅う帰ってきて何やら話込んどった。うちたちの悪口ば言い寄るとじゃなか？」

「悪口言われるようなこと何もしてないじゃない」

「あーあ、気持ちようあちこち見物して帰ろうと思いよったとに。ここに到着早々、レイコに意地悪されるし、帰るときにはこの家族に嫌なめに遭うし」

マチさんがあの女と呼ぶ前任者が、レイコという四十代の主婦としか私は知らない。マチさんともお互いの境遇を話し合う暇もなく、なんとなくお互いがそれに触れたくない状態で、今は目先のことに追われている。ただ年齢と出身地だけは紹介しあっていた。マチさんは五十八歳、私と同年齢で九州は博多から来ている。「レイコは英語ができるけん、うちの悪口ば皆に言いよったし、うちと張り合うし、あの女が帰国してからうちは熱だして寝込んだとよ。看病してくれる人もおらんし、ジャパン・マートの吉田くんが労ってくれたと」

コロンビア大学の近くで、コンビニを経営している吉田くんの店でお米を買うことをマチさんが教えてくれたのだ。なんでもニュージャージー州に進出していた、日本の大きなスーパーマーケットが倒産し、吉田くんはそれで独立したらしい。この店ではお米は安いものの、マチさんの顔に似た大福餅も、日本の新聞も週刊誌も置いてあるが値段は日本の倍だ。吉田くんもマチさんを「お母さん」と呼んでいる。

ナジャリが顔を覆った明るい茶色の長い髪を掻きあげ、パジャマ姿でバスルームに消えた。昼間は髪をきりりと後ろで束ねたナジャリは、見るからに生意気そうな大学生で、私たちおばさんには興味がないのだ。私は彼女がソファにもたれながら携帯電話で話している甲高い声を聞いたくらいで、まだ会話を交わしていない。マチさんは英語が話せないせいか、ハッピー・ハウスでもアパートでも誰にも紹介してくれなかった。私は今、一方的なマチさんの見てきた人物像を吹き込まれている状態にいる。

「ナジャリは負けん気が強かばい。顔にでとろうが。ばってん幾つも提案ばしたけん、ドクター・ドリーのお気に入りたい。それはよかばってん、遊びの時間におとなしか子ば抱いて、日陰でじいーっと座っとるってレイコが腹かいっとた」と告げた。そんなところではマチさんはレイコに寄り添っていたらしい。

六時四十分、ハッピー・ハウスの白い上っ張りの制服を羽織り出勤だ。数人の人が建物の前を掃除をしている。マチさんの「ハァーイ」が始まり、「お早よう」と応じてくれる。朝はどうやら皆機嫌がいいらしい。

大通りにでて目印の白い建物の前を左に曲がると、建物の前にねずみの死骸が転がり、女が窓辺の花に水を注いでいた。

2

金色の像を見ると私の身体が反応し緊張する。ブザーを押し暫くして扉を押すと薄暗い空間が広がる。「ハァーイ」マチさんが一層気取った声をはりあげた。モニターの前の守衛が笑顔で応える。

半地下の一階は事務室に応接室に食堂が並び、裏に滑り台と遊戯道具が置かれた庭があった。地下は洗濯室らしく、私に制服をくれた洗濯女と、運転手兼掃除夫のナッツはどうやら地下室にいるらしい。二階の階段をあがり柵を外すと、踊り場とバスルームを挟み、ベビールームと、這い這いをする子供から歩き始めた子供たちの部屋が向かい合っている。三階と四階は四歳までの子供の部屋だ。

十個のベッドが並んだベビールームの片隅の揺り椅子に、見るからに憔悴しきった年老いた白人の女が座っている。ヒスパニックの夜勤の人だ。私はベビーたちの上のクラスの担当になっていたので、マチさんと別れた。

戸を開けると、這いながら子供が溢れ出てきた。まだ子供の名前が直ぐに浮かばず呼びかけの声がでない。

「早く子供を中に入れ戸を閉めろ」大柄なデニーが慌てて怒鳴った。

六人の子供は全員男の子だ。パピーは年長らしく、歩いてはわざと倒れて起こしてくれるのを待っている。イシメルはなぜかベッドに入れられていて、柵につかまりながら泣き声を張りあげている。たった一人の白人のアンソンは青い瞳がまだ眠そう。後の子供の名前……なんだったっけ。

「早くおしめを替えろ！」デニーが命令する。

抱きあげて踊り場の横のバスルームに連れていく。どの子のおむつもたっぷりと濡れていて湯気がたちそうだ。じっとしない子供に玩具を持たせる。固太りのダンチェは玩具もはねのけ私の顔を見つめ、黒い顔のなかで目が光っていて、その目が私の思いを見抜いているようではっとした。デニーに気にいられなくっちゃ。はい、一丁あがり！　そんな感じでやっていたのだ。

「ごめんね」日本語でダンチェに声をかけ、濡れたクリーンペーパーで、幹の間に隠れていた生まれたばかりの鳥のようなおちんちんの周りを拭う。冷たさが気持ちいいのかダンチェが微笑む。

「プ、ププー」と意味のない言葉をかけるとダンチェが笑い、抱きあげ久しく忘れていた愛しい気持ちが芽生えていた。

「どの子がうんちをしていた？」

（うーん、どの子だったたっけ。まだ名前も覚えてないのに）

「ちゃんと報告しろ。日誌に記さないといけないから」

（あら、始めの日からちゃんと教えてくれなきゃあ）

私は内に閉ざしていた負けん気が起きていて、デニーのすることを見つめ、とにかく仕事の手順を覚えなければと焦っていた。

デニーがタンスからその日子供たちに着せる上下を選び、二人で洋服を着せる。寄付された洋服はタンスにぎゅうぎゅう詰めだ。白いソックスと革靴を履かせ靴紐を結んで終わりなのだが、靴の裏側に記された名前が消えかけてどれがどの子の靴なのか……子供が暴れ靴を履かせるのも一仕事だ。それに靴は子供の成長に追いつかないのかどうも窮屈すぎる。

デニーは神経質できちんと仕事をしないと気が済まない人のようだが、タンスの中は乱雑だ。デニーの年齢は私より少し若そうだ。首の辺りで内巻にカールした黒髪は多分かつらだろう。とにかく決まった手順通りに素早く行動しなければと、デニーは子供たちに声もかけず仕事をこなす。子供たちの身仕度を終えると、デニーはベビールームに移行する。マチさんと赤ん坊にミルクを飲ませるのだ。デニーが部屋を出ていくと、狭い空間に閉じ込められた子供たちが私に襲いかかってきた。笑いながら眼鏡を奪ったのは一番年かさのパピーだ。ようやく取り戻すと、髪を引っ張るのはダンチェだ。ワッシンが腕時計にさわる。イシメルが大声で泣く。玩具を奪われたのだろう。絵本を引き裂き口に入れようとしているノエル。うろうろと這い回るアンソンの白い肌と金髪。私の主体性の無さを子供たちは見透かし嘗めているのだ。デニーがいるときはあんなにお利口さんだったのに。

朝食を知らせるインターホンがなり、デニーが部屋に入って来て顔をしかめ怒った。「絵本を子供に与えてはだめ!」

子供を抱いて一階におり、食堂の小さな椅子に座らせシートベルトを掛ける。階段ののぼりおりは結構息が弾む。丸いテーブルを囲みデニーが早口で祈りを捧げる。テーブルに手をのばし、届かなくて苛立つ三人の子供の椅子を引き寄せ、交互に食べ物を与える。小さな桃色の唇を開き、スプーンを見つめる子供たち。ペースト状の黄色と緑と朱色の食べ物を恐々と子供の口にはこぶ。「スプーンで口の中を傷つけるな」と言われていたのだ。

「もっとたくさんスプーンに入れて食べさせろ」空になった器を持ち、デニーは私の食べさせるのを苛々しながら見つめ、食べ終った子供たちはベルトを解いてとむずかっている。

キッチンのフランシスは頑丈そうな身体に老いが滲んだ人だが、声が愛らしい。「ミズ・マチはもうすぐ日本に帰るんだろう?」

「ええ、あと十日で」

「英語が喋れなくても、マチの顔を見てたら楽しいねえ」

そこでデニーが口を挟む。「どうして英語が喋れないのに、日本人は次々とここに来るのか私にはわからない」

どうやら私は歓迎されていないらしい。このさきデニーとうまくやっていけるだろうか。なんだか不安だ。

子供たちはようやく椅子からおろしてもらい、食堂中を歩いたり這ったりする。コンセントを抜こうとしているのはノエルだ。ダンチェが立ちあがっては二、三歩踏み出し、椅子が倒れダンチェが倒れる。

「あ、危ない!」思わず日本語で叫び抱きあげた。

「おろしなさい！」デニーがむきになって怒鳴る。

子供たちを二階に抱えあげ、今度は踊り場で遊ばせる。

ミルクを飲ませ終わったベービールームではマチさんが窓を開け、風が天井で回っている扇風機の羽根に運ばれ流れてくる。

階段をのぼる足音が聞こえ、野球帽が見え、バーサ――マチさんいわく、ハッピー・ハウスの古狸――のおでましだ。バーサはデニーと私の朝の挨拶を無視し、唐突に踊り場で踊りはじめた。横に張った頑丈な腰を揺すり、長いスカートを翻しサンダルを脱ぎ裸足になって。子供たちが反応しないのはいつもの気まぐれかもしれない。デニーは手拍子を打ち、バーサは歌を口ずさみながら床を踏み手を動かしている。七十過ぎのばあさんなのにとても可憐な声だ。私も手拍子を打つ――媚びながら。ポーズを決め踊り終えると、デニーが白い歯を見せ作った笑顔で拍手をし、私は世辞を言う。「帽子がとても素敵だ」

世辞を見抜き、バーサはフンとした様子で帽子をとり、縮れた白髪がスパゲティのようにのっかった顔をしかめる。ブルドッグの顔だ。

バーサがベビールームに消えた途端、怒鳴り声が聞こえた。私は子供の相手をしながら、ベビールームに近づき中をうかがう。

「窓を開けるなっていつも言ってるだろ！」バーサが窓を指差し怒鳴っている。

「空気が濁っとうけん開けたとに、なんが悪かとね」応じるマチさんは博多弁だ。

「赤ん坊が風邪をひくじゃないか。早く窓を閉めろ」

マチさんはベビーのおしめを替えている。

「お前の相棒の日本人は荷物入れの戸を閉めていない！」

おやおやどうやら私のことだ。手荷物入れはベビールームにあるのだ。戸棚の戸が閉めにくくて、そういえば閉めなかった……。

「もう、ほんとこのばあさんは朝から文句つけてうるさかねえ。閉めりゃいいとやろ」マチさんがやっと音をたてて窓を閉めた。

バーサはマチさんの反抗的な態度に再び怒った。「お前さんは早く日本に帰れ！」

マチさんはその英語はわかったらしく、博多弁で捲くしたてた。「なんば言いよるとね。うちがおるけんあんたは助かっとるとじゃなか？　ここの人数が足りんとはあんたのせいよ。みんなあんたがやかましかけんすぐ辞めるっちゃろうが。うちがどんだけ辛抱して働いたか、あんたにわかってもらわんでもよかばってん、あんたに指図されんでもうちはもうすぐ日本に帰ります！」

マチさんの気迫に押されたのかバーサは口をつぐみ、泣いている赤ん坊をひょいとベッドからつまみあげ、大きな膝にのせて揺り椅子を揺らし始めた。

そこへドクター・ドリーが現れ、子供が寄っていく。子供たちも誰が権力者かわかるのだろうか。すらっとした身体に着ている衣服はブランド品のようだ。六十過ぎと聞いていたが、衣服のせいか若く見える。しかしパンタロンの裾から見える靴が汚れていた。着飾っていても靴を見れば人柄がわかる……そんなことが私の脳裏をちらとかすめた。座り込みほんのひととき子供たちと戯れるドクター・ドリーの髪を、ダンチェが引っ張っている。奇麗に伸ばし毛先をカールした髪が、目尻の皺を覆い隠しているのに。（おやっ？）ドリーの黒髪全体が傾いだのだ。その一瞬私の目と出会い、ドクター・ドリーはさっと立ち、髪に手をやり階段をおりて行った。（ドリーもかつらだったんだ）。デニーは緊張し、バーサは子供を抱きドクター・ドリーに愛想の一つも言おうと柵を押し現れたのに。

九時きっかりにナジャリが出勤し、十一時にスウがターバンを巻き耳環を揺らしながら三階にあがって行った。それから子供たちを庭で昼食まで遊ばせるのだ。

今日の天気は晴れ。庭の真ん中に滑り台、周りにシーソーや木馬、木陰にベンチが置かれ、子供が三人は乗れる自動車があって、ビニールのおおきなボールが二、三個転がっている。三階から上のクラスの子供たち十人もおりて来て加わり、狭い庭は子供たちでパンクしそうだが歓声は聞こえない。子供たちは互いに言葉を交わすこともなく、自分一人のことで懸命なのだ。

四歳までのクラスは二十代のビーナスがメインだ。彼女は名前に負けず美しい。しなやかな身体、縮れた頭髪を男の子のように刈り込んでいるので中性のような感じだ。ビーナスは大学出でスーパーアドバイザーの資格を持ち、ジャマイカの出身だとマチさんが教えてくれていた。

ビーナスは子供たちから距離をおき、全体に目をくばっていた。スウは滑り台の昇り口に立っている。デニーはベンチに座り、二人の子を両脇にして歌を口ずさんでいた。ナジャリはイシメルを抱き、ちゃっかり木陰に座っている。私は自動車に三人の子供を乗せ、後ろから押していた。動き回っているのは私だけだ。(ああ、しんど)私は車を押すのをやめた。すると上のクラスの子がやってきて車を取り囲み、乗っている子供を引き摺り降ろそうとする。「だめ、だめ」と私は制止するがお構いなしだ。車からようやく子供を抱きあげおろし、最後に抱きあげたダンチェが言葉にならない甘え声をだし、顔を私の胸元に押しつけ、私の乳房の辺りをくすぐる——何十年ぶりだろう——この感触。甘く温かいものが身体の中を流れる。

「シスコ、ダンチェをおろしなさい」デニーの言葉が飛んできて、私は慌ててダンチェをおろす。足もとの二人の子が私の足に縋ってくる。抱いてほしいのだ。

ビーナスが声をかける。「シスコ、我々は子供の一日も早い自立を願っている。子供を甘やかしてはだめ。抱いてはだめ。あなたが日本に帰ったあと、マミーがいなくなったって子供が悲しむだろ」(ナジャリは子供を抱いているのに)私は反発しようとしてやめた。まだ四日目ではないか。とにかく溶け込まなくては。乾いた風がさらっと流れていて、八月の太陽もぎらついてはいない。乾いた風のせいか、粘ついた汗が湧いてこなかった。

「食事だよ」窓が開き、フランシスの屈託のない顔がのぞき愛らしい声が聞こえた。

昼食を終えると、ベッドの中に子供を寝かしミルク瓶を与える。昼寝の時間だ。ナジャリは食堂に行き、デニーの姿もない。私はダンチェのお腹を撫でた。するとダンチェは柵に縋って立ち、ミルク瓶を柵の外に投げ捨て抱いてという仕種をした。私はあわてて瓶を拾いくわえさせ寝かしつけると、となりのベッドのワッシンが瓶を投げる。拾いあげ与えると、今度はパピーが……どうしよう。子供たちは、私の手の感触や声を感じたい、人が側にいてほしいと願っているのだ。また、パピーが、ダンチェが――。

「どうした？　早く部屋を出ろ！」デニーが部屋の入り口に立っていた。デニーは戸を閉め、戸口の椅子に門番のようにでっかと座った。泣き声が室内から湧き起こっている。

「食事に行こう」マチさんが私の手提げ袋を持ち、ベビールームから出て来て誘う。

「食事に行っていい？」私はご機嫌をとりながらデニーにおうかがいをたてた。デニーは手で追い払う仕種をし、パンを頬張っていた。

子供たちの昼寝の時間で音が絶えていた。私は安定剤を服用しているせいか、緊張が溶けるともうろうとなる。踊り場の片隅でナジャリが横たわり、マチさんはベビールームの片隅で座り込んで目をつむっている。デニーは三階にあがって行った。私も踊り場のカーペットの上で膝を抱えて座りこむ。静かだ。もうろうとした頭の中はまるで霧が充満しているようで重苦しい。その中でふとあのタンスの中に無造作に詰め込まれた子供の衣服を整理したいという思いが、霧をかき混ぜていた。頭の中の霧が晴れるかもしれない。私はそんな思いに動かされ、部屋の戸をそっと開けた。

子供たちは熟睡している。寝顔を見回し、引き出しを開けた。ソックス、上着、下着が溢れ、タンスの中の物を整理するのに熱中していると、次第に頭の中が空になっていく。

「シスコ！　何をしている？」のさばった鼻が特徴の顔をしかめデニーが側に立っていて、私は言葉を失っていた。説明するのだとわかっていても英語がでない。気持ちばかりが焦り、「見て、見て」と私は引き出しを指差した。

デニーは肩をすくめ緩やかな口調で言った。「シスコ、今は昼休みの時間だ。お前が私以上に働くと私の評価がさがる。私はここで十年以上働いている。首になったらこの年で雇ってくれるところはないんだ。息子は銃で撃たれて死に、嫁と孫の面倒もみてるんだ。我々は一階の事務室でコントロールされている。監視カメラに映っているのだ。お前たちはタイムカードもないが、我々は遅刻も罰せられる。引き出しに衣服を突っ込んでいるのは私の抵抗だ。整理する時間がない、タンスが小さいって文句が言えないのだ」

見渡すとあちこちに監視カメラがついていた。私は詫び、踊り場のカメラに映らない場所を選び座り、デニーは業務日誌をつけ始めた。

籠を頭に載せ、若い女が階段をあがってきた。逞しいアフリカから出稼ぎに来ている洗濯係だ。また、洗った衣服をタンスに詰め込むのだろう。

空になった籠を持ち女が近づき私の耳元で、「明日、内緒でもう一枚制服をあげよう」と囁き、素早く階段をおりて行った。チップをどのくらいやればいいのだろう。マチさんに聞かなければ。

午睡から目覚めた子供たちを庭で遊ばせながら、ちらと腕時計に眼をやる。三時には開放されるのだ。交代の人たちが賑やかに入ってきた。ビーナスと交代する未婚の母のアレッサ、私と交代するヒスパニックの白人のサラは、金髪を無造作にかきあげ華やかなバレッタで留めていて、指には幾つも指輪をはめ真赤なスパッツをはき、なかなかの御洒落だが、白い顔の深い皺や首の弛みを白昼の光が無惨に照らしだしていた。

3

五日間働き待ちわびた休日の土曜日の朝、騒々しい音楽で目覚めた。朝の光が鉄格子の間から差し込み部屋は明るい。目覚まし音を止めていたので、時計の針は九時をさしていた。疲れはてて熟睡し、久しぶりに睡眠薬に依存しなかった眠りを貪り、いつもの頭の鈍い痛みも感じない。騒音は、どうやらモーニングサイド公園の方角から流れ込んでいる。人の気配がわからず戸を開け、辺りをうかがった。あのテネシーから来ていた家族は、昨夜も食卓を囲みゲームを楽しんでいたのだ。

「起きたと?」マチさんがキッチンから顔をだし、ナイフを手にし近づいてきた。

「それがさあ、冷蔵庫の中ががらがら。それにうちの部屋の隣も空っぽ」

「昨夜はあの人たちはいたわよ」

「それがおらんとよ」

マチさんが私の隣の部屋の戸をノックし開けた。ベッドがあるきりで人の形跡はなかった。

ナシャリがナップザックを背にし現れた。

「あの家族が消えたんだけど」

「あの人たちは今朝早くにテネシーに帰った」

ナジャリはそっけなく告げ、冷蔵庫からリンゴを取りだし噛った。歯が食い込む音を聞いたような若さが羨ましい。

「あのー、ハッピー・ハウスで働くんじゃなかったの？」

「あの人は医者だよ。奥さんは看護婦。エイズにかかった子供たちのセンターを作るために、ハッピー・ハウスや他の施設を見学に来てたんだ。あなたたちはあの人たちと交流しなかったの？」

そう言い置いてナジャリは外出した。

「あんたの英語は通じんかったとね。ハッピー・ハウスで掃除夫、奥さんはスーパーで働いとるってあんたは言んしゃったばい」マチさんが私を責めた。

「だって最初会ったとき奥さんは？　って聞いたらスーパーって言ったんだもん」

「あんたさあ、見かけで人ば判断したらいけんばい」

(何さ、マチさんだって意地悪したじゃない)

話題はそこまでだった。私は見かけで黒人家族に同情した自分が腹立たしかった。マチさんは私の腹立ちを感じたのか、話題を変えた。

「さあ、今日はダウンタウンに行くばい。おにぎりば作ったけん、持って行こう。早よ支度ばしんしゃい」

一人暮らしの気ままに過ごしてきた月日は、周囲に壁を巡らし人と交わらなかった。傷も負わなかったし人も傷つけなかったし、退屈もテレビや本を読めば多少は紛れた。嫁という他人や、隣人が煩わしくて逃げ出して来たというのに、マチさんが私の身体の中に潜り込み、身体の中から私を揺さぶるようで、私は何だかめまいがしそうな気分だったが、いつもは重い頭は不思議に軽くなっていた。

アパートを出ると、近くのモーニングサイド公園は黒人で占められていた。芝生の周囲を樹木で囲み、一隅に石を積みあげ滝が流れ落ち池がある公園の景色はすっかり変貌していて、幾本もバスケットのポールが立ち、子供たちが歓声をあげボールを投げあげ、芝生はバーベキューセットで埋まっていた。一家で一台のラジカセを持ち込んでいるのか、何十台のラジカセからビートのきいた音楽が流れ、人の歓声と音楽とが混じり合い沸き返っていた。日頃は犬の散歩をさせる人やジョギングの白人たちが見える公園を境にして坂道をのぼると、高台には世界でも最大級のゴシック様式のセントヨハネ教会や、コロンビア大学や高級アパートが立ち並んでいて、坂道をのぼることが成功への証しのように、高台から威厳に満ちた建物がハーレムを見おろしていた。しかし今日は、むせかえるような人の匂いと食べものの匂いと煙と音が、抑圧されたものを跳ね返し、乾いた空を突き破る勢いで立ち昇っているのだ。

マチさんと私は公園の脇のバス停に立ち、バス停のベンチには喧噪からはじき出された老人たちが座っていた。マチさんも喧噪に圧倒されたのかいつもの呼びかけの声もでない。

私は近くのバーベキューセットの中をうかがっていた。厚い肉や野菜が火あぶりにあい、悲鳴のような匂いをまき散らし、私は肉に噛りつきたいと口の中に唾が湧いていた。

三番か七番のバスのどちらに乗るかとマチさんが問う。ダウンタウンに行くのは二度目だ。三番のバスに乗っていないのでそれに決めた。ダウンタウン行きのバスは、セントラル・パークを挟み左右に分かれる。

バスに乗り込み、私たちは喧噪から遠ざかった。


セントラル・パークの濃い緑が車窓を染め美術館が現れ、公園沿いの高級アパートの玄関の車寄せには制服のドアマンが立ち、車窓に映る生活程度の変化が上昇していく。樹木がようやく途切れ、ブランドの店が立ち並ぶ五番街の通りに入る。

私の前に座ったマチさんの背中は丸みをおび優しげではあったが、触れれば固い芯にあたりそうな気がしていた。背中から眼をそらすと、華やいだショーウインドーの連なりの間の、荘厳な教会がふと視野に入る。

「ほら、もうすぐ黄色の看板が見えてくるけん、注意ばしとかな」マチさんが振り返ったのは、ブロードウエイの劇場街を抜ける頃だった。昼間の劇場街はネオンの煌めきがないせいか、人波だけが目立っている。

「あれあれ、あれが目印たい。さあ次で降りるばい」日本の自動車メーカーの看板が掲げてあるのを見た。(なあーんだ。また、ここで降りるのか……)ここでの下車は二度目でマチさんのお気に入りの場所でもあるのだが、私はがっかりした。今日は違う場所をうろつきたかったのだが、マチさんに言いだせなかったのだ。

私たちはバスを降り、メーシーズ・ニューヨークに直行しトイレに入った。そして一世紀半もの歴史あるデパートの、創立当時から動いている木のエスカレーターに乗り出口に向かい、品物は何も見なかった。最初ここを訪れたとき、「トイレはここですとよか。年のせいかおしっこばようしとうなると」とマチさんが教えてくれ、「このエスカレーターの木の音を聞くとほっとすると」とつけ加えたコースだった。

点滅する信号に慌てて道路を渡り息をととのえていると、マチさんが信号待ちで停った車にむかい声をかける。開いた運転席の窓から日焼けした東洋人が顔を覗かせ、マチさんが愛想よく韓国語を駆使する。信号が変わり中年男が手をあげ、車の波に消えていった。マチさんは笑顔のままだ。

「知ってる人?」

「ううん、知らん人。ばってーすぐわかると。同胞は。うちは在日韓国人やけんあんまり韓国語も上手じゃなか。ばってん自分の韓国名を言うと気分がよかと。韓国では結婚しても夫の姓にはならんとよ」

マチさんは、あんたなんかに会話の内容は教えてやらんとばかりに胸を張る。

「ねえ、自由の女神を見に行こうよ。買い物するなら荷物になるから後でしない?」

「うん、よかよ。あんたバスの乗り場ばしっとうと? その前にちょこっと弁当のおかずば買おう」マチさんは、どうしてもこの場所に寄りたい気持ちを滲ませていた。

韓国街（コリア・タウン）は入り口に韓国の銀行のハングル文字の看板が掲げられ、そこを入ると街並みの様相が変わる。街は食べ物の店が並び東洋人が往来していた。マチさんのいきつけの店に入り、ガラス戸棚に並べられた惣菜から、マチさんはお気に入りのピリ辛の品を取り出している。日本語や韓国語や英語が飛び交っていた。

「菓子ば買おう」とマチさんが言い、私は押さえつけられたような気持ちを跳ね返した。「今度は私が支払うから」

「誰が払おうとたいした金じゃなかろうが」

マチさんは軽くいなし、ハングル文字で書かれた安売りの広告らしい紙が窓ガラスに貼られ、中が見えないスーパーに入った。人が溢れ食料品が積み重なっている。味噌、醤油、蒲鉾……何でもありで奥には鮮魚店もあった。最初ここに来たときは安い値段に思わず買い込み、重い袋をさげバスに乗り込んだのだ。それで今日はカレーのルーを一箱求めようと手にした。パッケージは日本のメーカーとそっくりだったが、文字がハングルだった。マチさんが菓子を両手で抱え、「はよレジで支払いばして」と私に呼びかけている。（ここではどの位万引きの被害があるのだろう）私はそんなことを思っていた。

ようやく自由の女神の見えるバッテリー公園へのバス停を見つけると、思いがけず日本人の白髪交じりの男と若い男が立っていて、年上の男が話しかけた。「あんたたちも自由の女神を見に行くのん？」

「そうたい。うちはもう三ヶ月もニューヨークにおると」マチさんはたちまち男と意気投合し、大阪弁と博多弁が飛び交う。バスに乗り込んでも二人は並んで座りお喋りが続いていて、私は若い男に話しかけたが、大学生で名古屋からとそっけなく応じただけで会話は弾まず、後ろの席の二人の会話を聞いていた。

男は五十二歳でリストラにあい退職金の一部で旅にでたこと、女房がこの先、生活が不安なのにと旅行に猛反対したこと、ラジオで英会話の勉強をしていたので通じるか試してみたがあかんわと、明るい話題ではないのに、コミカルな言葉の調子と時折笑い声が聞こえ、何やら楽しげな雰囲気だ。

教会の裏の墓石が立ち並んだ一画が車窓に現れ生死は同じ明るさに見え、裁判所の威厳ある建物を過ぎ、バスは官公庁街のような場所を走っていた。

「あちこちの張り紙見たりホテルの人に聞いたんやけど、ここも掃除夫くらいしか就職はないんや」

「うちも探しとるばってん、ベビーシッターも年齢制限があって」

（え、マチさん職を探してるの？）二人の会話が途切れバスは終点に到着し、大学生が離れていった。

チアガールの一群が音楽にあわせてリズミカルな動きをしている横で、Tシャツや絵葉書が路上で売られている。公園内の建物は観光船のターミナルらしく、そちらに行こうとするとマチさんが、

「こっちよりあっちの乗り場のほうが安かよ」と言うのでそちらを見ると、少し先に行列ができそこからも船が出ているのだった。建物がないぶん安いとマチさんは咄嗟に判断したのだろうか。本当にこの人は目敏いんだからと思ったら、

「じゃ、ここでさようなら」とマチさんが男に告げる。

「え、あんたたち自由の女神見にいかへんのん。船に乗らんのん」男は心細い様子で言った。

「千円以上もだしてなんであんなもん見るね」マチさんが突っ放す――大福餅のような顔で。「バイバイ」マチさんは笑顔で手を振り背を向ける。私もつられて手を振った。

「あの男に関わりよったらせからしか。寂しゅうてたまらんとよ」マチさんの声が流れて男の耳に入らないかと私は振り向き、乗船待ちの人の群れに向かう男の背中を見た。

私は自由の女神を見たかったので、水際にマチさんを誘った。溢れるように客を乗せた観光船が行き交い、ハドソン川とイースト川が合流した湾の彼方に、自由の女神が小さな横顔を見せリバティ島が見える。

「マチさん、そこに立って」私はカメラを構えた。

「あんたさあ、あげん小さか女神が写ると思うとると？　フイルムがもったいないなか。うちはよかけん、あんたば撮ってやる」マチさんはカメラを取りあげた。

木陰のベンチに座りおにぎりを頬張り、マチさんが韓国街で求めたおかずを開けると、食べ物の匂いが風に乗り広がる。黒人の若者がダンスを踊り終え、帽子を回してお金を集めていた。どこか

ちていた。警官が二人現れ、私たちの視線の先の路上で物を売っていた男が追い立てられ、トランクに品物を慌てて詰め込んでいる。岸辺には海鳥が舞い、あの島の向こうに大西洋が広がっているのだと海の匂いを求めたが、食べ物の匂いも人の群れの匂いも乾いた風が連れ去っていた。私は気持ちがリラックスしていた。安定剤を飲み忘れていたのに。ここではハッピー・ハウスの人の噂話も、マチさんの口癖のあの女の悪口もでなかった。二人寄り添い私は満ち足りた気分でいると鼻歌が聞こえ、やがてマチさんは小節をきかせて演歌を歌いはじめた。

私は笑いだし、マチさんは歌うのをやめた。「あんたが暗か顔ばしとったけん、心配しとったと。あんたの笑顔はほんによかけん、もっと笑いんしゃい」

私は笑った。笑った無防備な私の中に、マチさんはするりと潜り込んだ。「あんたはなんでハッピー・ハウスのボランティアを希望したと？」

「うん、母も亡くしたたし、今年の春息子も結婚したたし、退職して目的がなくなって胸の中が空になったようで。そこへ息子と嫁が新婚旅行から帰ってきてみやげを届けに来て、子供を持たない代わりに、毎年夏休みにニューヨークに野球を見に行くって宣言して……」一体、子供とニューヨークと野球とどう繋がるのだろう。五十八歳の私には理解できない感覚だった。共稼ぎだしそれもいいねと微笑みながら、理由のない怒りを押さえ込んでいた。己の感情を伝えることを放棄していたし、人の感情を受け入れる懐も萎んでいた。

「息子と嫁に腹かいて逃げ出したたとね」

「うん、それと、団地の我が家の隣に、フィリッピン人のジャスリンって日本人と結婚した若い女がいてさあ。夜はパブで働き、昼は英会話教えてんの。それで息子が就職して独身寮に入って私が一人になったら、英会話を習えって押しかけて、仕方なく習ってたの。やれ覚えが悪い、発音が悪いって耳の中に息吹き込んだり。旦那が浮気したら殺すとか、マンションを買いたいからそれまで子供は持たないとか、すごく戦闘的なの。私が退職したらいつも押しかけて来てなんか人が恐くなって、不眠になるし頭痛もするし、それで安定剤や睡眠薬を医者からもらってる」そう、私の周囲に張り巡らした壁を、ジャスリンは軽々と乗り越え、私の日常に侵入してきたのだ。自分を守りじっと潜み、刺激はなかったが安逸だった日々に。若い女の旺盛で貪欲な生活力が疎ましく煩わしさから逃げたいと。それにはジャスリンを納得させる理由が欲しいと。私のような守りの姿勢の人間は、些細な動機や衝動に駆られ、逃げ出すために踏み出すのだ。幻想に向かい、少し後ろめたい気持ちを抱えながら。

今私は、乾いた風土の自由の女神の見える場所で、自分の抱えこんだ思いを、マチさんに鷲摑みにされ引き出される思いをしていた。自分の思いを人に語るなんて、今までの私にはなかったことだ。しかしマチさんが問いかけると、溜めこんでいた思いが口から言葉になり連なって出ていく。

「だんなは死んだとね」マチさんはまた、一摑みした。

「ううん、子供が二歳のとき離婚した」

「何でね」

「お定まりの浮気」

「あんた誇りが高いとじゃなか？」

「そう、あのときは私の誇りが許さなかった。子供のことも考えなくて」現実と向き合う勇気もなく、話合うこともなく逃げ出したのだ。

「なんして働きよったと？」

「何か当ててみて」

マチさんは目を細め——私の心の内まで見通すように——私を見つめた。

「あんたさあ、自分の周囲に垣根ば巡らしとるごとある。うちにも寄りかからんし、表情もあんまりなかもん。なんか一人でする仕事しよったとじゃなか？」

「ガードウーマンしてたの。スーパーやデパートで万引者を捕まえて責任者に渡す。人影に潜んで獲物を漁る気持ち……生活のために。私目立たないから、気づかれずに結構成績をあげていた。でも四十過ぎたら、私の目を見たら常習者はすぐわかるし、顔を覚えられているって事務に回された。給料はさがったけど、まあ定年まで働けたし」

「あんたは年金ばもうすぐもらえるっちゃろが。安定して恵まれとるとに、なんね。ぜいたくば言いんしゃんな。薬なんかここに来たら捨てなこて」攻撃的な口調が私の胸を叩き、なにか挑戦的な気分が身体の奥にじわりと湧いている。それを見透かしたように、マチさんは自分のことに話題を替えた。「うちなんか読み書きもできんかった。色んなことをして働くばっかりで。息子が中学に行きだして識字学級に通ったと。長男はカナダの日本料理店で働きよるし、次男はロサンゼルスでスーパーマーケットを経営している同胞の娘と結婚して、逆玉にのって孫が二人おると。うちの父が一人暮らししよったばってん去年死んで、五十万残しとったとよ。それで楽しみと善か行ないと一緒になったことに使いたかと、識字学級の先生と今でも仲ようしとるけん、相談したったい。そしたらハッピー・ハウスば教えてくれて、なんもかんも準備ばしてくれんしゃった。英語はできんでも地球人と思うてやりなさいって背中ば押してくれて」先生を思い出したのか、マチさんは立ちあがり、両手を上げ深呼吸をした。

公園を抜けると、高層ビルのツインの世界貿易センターが眼前にそびえ、見あげると身体が揺れ視線が揺らぐ。ガラス箱のように煌めきながら天に向かい誇り高く伸びた建物が、夏の陽射しを貫き、ガラスが降り注ぐような幻を見たのは、くらくらと揺らぐ私の視線のせいだろうか。

マチさんはニューヨーク名物の建物を見あげることもなく、私は慌ててマチさんを追っていた。

4

マチさんが帰国前の休暇にはいる前日、事が起こった。その日は曇り空から雨が落ち始め、まだ八月というのに肌寒かった。

ベビールームにはマチさんの替わりの人が雇われていた。黒い髪を後ろで束ねおでこが広く丸い眼、混血らしい浅黒い肌が滑らかで、ローズという名前通りの印象だった。挨拶を交わし、小学生の子供と夫と三人で暮らしていることを聞きマチさんに伝えた。

バーサが出勤し、マチさんとローズが言葉が通じないものの、打ち解けて笑い合っていたのがどうも気にいらなかったらしい。

発端は子供たちの昼寝の時間、マチさんが赤ちゃんの写真を撮ろうとして始まった。

私が昼食にマチさんを誘おうとベビールームを覗くと、

「お前はちゃんと許可を受けたのか！」バーサが怒鳴り、マチさんが困った顔で私を見た。

「マチはちゃんとドクター・ドリーの許可を受けている」

私が咄嗟に嘘で応じると、

「お前は黙れ！」とバーサが怒鳴り返す。ローザがウインクし肩をすぼめた。

「うちはあんたと一緒に記念写真ば撮りたいと」マチさんが博多弁で言い、バーサの肩に手をかける。

「私にさわるな！」その手を払いのけ、バーサがマチさんの胸を押したのを目撃した。その力が思いがけず強かったのか、マチさんはカメラを手にしよろめき倒れ、ベビーベッドの角で頭を打った。

「ああ、痛かった」頭を撫でるマチさんの手に血の色を見た。「いいといいとよ。こげんこと日本でも慣れとるけん」慌てる私をマチさんは制し、流しでタオルを絞り頭に当てた。「頭は血が大げさにでると。血がでたほうがよか。内出血しとらんけん」マチさんはそう言いながら痛むのか顔をしかめる。

バーサはあやまりもせず、紙袋からパンを取り出しちぎっていた。

ローズが「食事に行こう」と誘い、我々は部屋を出た。

子供部屋の入り口の椅子に座ったデニーは、知らぬ顔でコーラを流しこんでいた。

キッチンのフランシスが氷を包み頭に当ててくれ、「ドクター・ドリーに報告しなければ」と言ったものの、自分からは行動しない。

事務室に行くと、総務係と秘書を兼ねた太った若い女と、経理係の白人の男がコンピューターの前にのんびり座っていて、「今、看護婦が昼食にでかけている。帰ってきたら行かせよう」と応じた。子供たちはしょっちゅう下痢や風邪や皮膚炎にかかるらしく、看護婦が一人常駐しているのだ。

私は引き返し、後頭部の切り傷はたいしたことはないが、こぶができていると心配していた。

「ドクター・ドリーと交渉して賠償を請求しなければ」ナジャリが現れて憤慨した。

それを私がマチさんに告げると、「頼むけん、おおげさにせんどって。うちが悪かと」とマチさんはバーサをかばう。

ナジャリはリンゴが昼食だったし、ローズはハンバーガーが一個だった。「私はイスラムだから肉はだめ」ローズのハンバーガーから肉の匂いがしたのか、ナジャリが顔をしかめた。二人は簡単な昼食を終えると、さっさと食堂を出て行った。

看護婦がやっと現れ傷を見て、「大丈夫だ。医者に見せるか、塗り薬を買いに行くか、このままでいいかお前が選択しろ」と言う。

マチさんに伝えると、「血も止まったみたいだからこのままでいい」と応じた。

「マチは帰っていいでしょ。ドクター・ドリーに伝えて。彼女は明日から休暇に入ると。挨拶には来るって」

「いいよ。伝える」

私は看護婦に伝言しほっとした。ドクター・ドリーは苦手だった。ダンチェが髪を引っ張りかつらとわかり、ドクター・ドリーの目と見つめる私の目が出会った時から……。

「帰っていいんだって。大丈夫？」

「うちば病人扱いしんしゃんな」

マチさんの強気がでて私は少し安心した。

ナッツが掃除機をかけようと食堂に入ってきた。空港に迎えに来てくれ出会った時から、私はほっそりとした胡麻塩頭の無口な人が大好きだった。清潔な洗いざらいのジーパンに白のスポーツシューズを履き、なかなかのセンスだ。先代のマザー・ドリーの頃からバーサと一緒に働いていると聞いているので、七十には届いた年齢だろう。

「どうした？」ナッツがマチさんに声をかける。

「それが……」私が説明しょうとすると、マチさんが私の上着を引っ張る。

血の滲んだタオルを見たナッツは驚いて、「病院に行こう」と言った。

「看護婦が大丈夫だって。でもアパートに帰っていいんだって」

「じゃあ、俺が送ってやる」とナッツが言ってくれた。

「もうお別れなんだね」フランシスがマチさんを抱き、マチさんははにかみ、「サンキュウー」と言った。


二階にあがると子供たちはまだ午睡中で、ナジャリは定位置で身体を丸め横になっていたし、デニーは子供のベッドの陰に横たわっていた。

「ミズ・バーサ、バイバイ」マチさんが手提げ袋をさげバーサに挨拶した。

「気をつけてね。さようなら」ローズが応じた。

ナッツがあがって来て、労るようにマチさんの手提げ袋を持ってくれた。そのときバーサが使い捨てたおむつが入った膨らんだビニール袋を、よたよたしながら引き摺り現れた。(自分にも同情してほしいんだな。わざとらしい)私はそう思ったものの、すぐご機嫌をとりたくて、「ミズ・バーサ、私が一階に捨てに行く」と走り寄る。

バーサは差し出した私の手を払い、階段のところに引き摺っていき袋を蹴り落とした。袋が転がる音が消え、「後はお前が片づけろ」バーサがナッツに言った。

マチさんを労るナッツに焼きもちを焼いたのだろうか。それともバーサ流の屈折したマチさんへの別れの挨拶だったのだろうか。

（マチさんはどうしているだろう）濡れた道を急ぎ、食料品の店により飲み物を求めた。檻の中の精悍な豹が言葉を発した。「お前はどこに通っているのだ？」

「ハッピー・ハウスに日本からボランティアに来ているんだ」私は声を弾ませる。

「おー、あそこで働いているのか。もう一本持って行け」

「本当にいいの？」

「俺のおごりだ。あそこにはうるさいばあさんがいるだろう？」

「ブルドッグの顔をした……」

豹は笑った。

「うまくやれよ」

「ありがとう。あんたってハンサムだね」

私は英語力がなく軽い言葉を口にし恥ずかしく思いながら、ボトルを取り出し豹に掲げて見せた。白い歯が美しく豹は笑った。

歩きながら冷たい液体を口に流し込んだ。陽はまだ落ちる気配がない。

アパートに帰り着くと、ガードマンは本を読んでいた。「ハァーイ」声をかけたが彼はこちらを見なかった。知らない顔だったし、本を読んでいる人を久しぶりに見た。

マチさんはリビングのソファに横たわっていた。顔色はいい。

「どう、具合は」

「それが頭やろ。心配になって、保険会社のニューヨーク支店に電話した。そしたらここの近くの病院に行けって。そうばってん、うちは英語ができん……」

「一緒に行くよ。少しは私が喋れるから」

「あんたの英語もあてにならんばってー、よかたい」

私は急いで着替え、マチさんと連れ立ち外出した。


車が行き交い、犬を散歩させている人とすれ違い、雨あがりの坂道をのぼった。教会の先の病院は、吉田くんの店に行くときに前を通ったことがあった。半分は昔ながらの重厚な建物で、半分は現代建築のビルだ。腕時計を見ると五時を過ぎていた。

受付に行くと、時間外なので救急外来の受付に行けと言われた。emergency の文字を確認し、中国人らしい受付の女に事情を説明すると、紙を差し出しこれに記入しあそこに出せと別の窓口を顎で示した。

外国人用の用紙に、マチさんに聞きながら生年月日や居住地や国籍を記入し、サインはマチさんがしなければと渡すと、マチさんは姫のつく韓国名を伸びやかな文字で記した。「あら、いい字書くじゃない」私は思わず失礼なことを口走っていた。

「名前だけたい。うちは識字学級でもあんまり勉強せんかったけん」マチさんは謙遜した。

病院から保険会社の支店に電話を入れろと言われていたとマチさんが思い出し、私は公衆電話に急いだ。こちらから病院にコンタクトをとっておくから、支払いはしないようにと日本人の女が応対し、あなたのお友達は博多弁でとても愉快な人ですねと余計なことを付け加えた。本人も周りの人もなんて呑気だろうと、私は少し腹立たしかった。

やっとマチさんの韓国名が呼ばれ、部屋に入った。名前を呼んだ中国人の女の細い目からは、何の感情も読み取れなかった。コンピューターが置かれ、彼女が操作すると色んな図柄が現れた。机、椅子、チェスト……ベッドがなく彼女は椅子を選択し、傷の位置では頭の後頭部を選び、聞き取りのデーター作成だけで、彼女はマチさんの傷を一瞥もしない。白人の女が血圧と脈拍と熱を計り、待合室に戻った。

それから一時間ほど待たされ、案内されて廊下の先の鉄の扉を押すと、蛍光灯に照らされた明るい大部屋が広がり、白衣の一群がいた。彼らはコンピューターを操作したり談笑したり、紙コップを手にしハンバーガーに噛みついたりしていた。その二十人程の周囲をカーテンで覆った小部屋が取り囲み、私たちは端の小部屋に案内された。

先客が四人座っていて、彼らは新入りに見向きもしない。

「ハァーイ」マチさんの陽気な声に、向かい合った金髪の若い女がファッション誌から顔をあげた。

「あなたたちは中国人？」

「ノ、ノー、ジャパニーズ」とマチさんが英語で応じる。

退屈していたのか、女はもう一時間も待っていることや、ブティックで働いていてめまいがして病院に来たことを一方的に喋った。

「奇麗かー、女優さんのごとある」マチさんはまじまじと女を見つめ、私がマチさんの言葉を伝えると、若い女は両手を広げ女優のように大げさに喜ぶ。

女の横には初老の黒人の男がいて、目が赤く染まっていた。その横で白人の若い男がしきりに首をさすっている。私の横には見るからに貧血気味の東洋人の女が、胃の辺りを抱え込んで身体を折り曲げている。

「あなたは日本人？」小声の私の問いかけに、女は頭を振った。

隣の小部屋から苦しそうな唸り声が、壁越しに聞こえてくる。

ふいにミニスカートの女が飛び込んで来て、奥の若い男に抱きつく。

「触るな！」

「なにさ、電話くれたのあんたじゃない。駆けつけたのに」

女の白い腕に、ハートに矢が刺さった稚拙なタトウが刻まれていた。

「何か食い物買って来い」

「金は？」

男はだぶついたズボンのポケットをまさぐり紙幣を取り出し、女は紙幣をひらひらさせながら私たちの前を通り抜けた。

書類を抱えた中年の白人の医師が現れ、「私が皆さんの担当の×××です」とにこやかに名乗り、一人一人と握手を交わした。

やっと美人が呼び出され、あっけないほど早く戻ってきた。

「別に悪い病気じゃないんだって。薬の処方箋をもらっておしまい。長い間待ってそれだけ。幸運を祈っている」彼女は私たちと握手をし、しなやかな後ろ姿が消えて行った。

一時間以上待たされマチさんが呼ばれ、初めて医師が傷を診た。「一針縫うよ」さっと消毒しホッチキスのような物で縫って終わり――。「三日後に抜糸に来てくれ。念の為、化膿止めの注射をしよう」それでまた、待たされる。

書類にこの措置に納得する旨の同意のサインをマチさんがし、保護者または保証人の欄に私が署名をし、やっと夜の空気の中に放たれた。

黒々と教会が聳え立ち、建物の壁の彫刻が動きだしそうな気配に私は怯え、雨が降ったせいか空気が湿っていて、犬を連れた人が坂道をのぼり、私たちは寄り添って坂道をくだる。

小さな酒屋の前に男たちがたむろし、一杯引っかけているのかざわめいている。人の顔は夜の色より濃く、Tシャツの色が店先の淡い明るみに浮かんでいた。あちこちの窓から音楽が飛び散り、公衆電話機のコインの戻り口をいじくっている少年がいる。金券ショップの扉に施錠している男のズボンのポケットから、銃の取っ手が覗いている。私たちはいつしか小走りになり息を弾ませていた。

パトカーの音が聞こえる。

5

一人で出勤したその日、相棒のデニーは機嫌が悪く、デニーがベッドを整えている間に、私が手際よく子供たちに革靴を履かせ紐を結び終えたのに、デニーは私が履かせた全員の靴と靴下を脱がせ、引き出しから別の靴下をとりだし履かせている。どうやら私がデニーより先走ったことが気に入らなかったようだ。それにどうも、ベビールームの新入りのローズと気が合わない様子だ。

ローズが赤ん坊を全てベッドから敷物の上におろし、ベッドを整えているのを横目で見ながらデニーは、「あんなやり方して！」と吐き捨てるように言ったし、苛立ってローズに声をかけた。「ミルクをやる時間だ。お前さん一人でできるのかね。バーサが出勤する頃までやり終えないと彼女の機嫌が悪いよ」

「余計な口だしをするんじゃない。バーサの機嫌とりは必要ない。私は赤ん坊のことを第一に考えている」

ローズは顔に似合わず気性は激しいみたいだ。

赤ん坊は敷物の上に並べられ手足を盛んに動かしていて、ローズは大きな赤ん坊の幾人かに無造作にミルク瓶をくわえさせた。

「今日は天気がいいから太陽を浴びさせなくては」

「お前さん、赤ん坊は皆抱いてミルクをやり、抱きあげてゲップをださせるんだ。事故が起きたらどうする」

「私は子育ての経験があるし教育も受けている。バーサだって赤ん坊を膝の上にうっつぶせにさせ、軽く叩いてゲップをださせて終わりさ。神経質になるな」

身ぶりをしながら言いたてるローズにデニーは舌打ちし、三階にあがって行った。自分の担当の子供を私にまかせたまま――。

インターホンがなり朝食の準備が出来たとフランシスが告げる。三階のインターホンを押し、デニーにおりて来るように告げた。どうもビーナスに告げ口に行ったらしい。

「マチはとても仕事が上手だった」と、おりて来たデニーは私に当てつけるように言う。マチさんは英語はできないものの、デニーを頼り立てていたのだ。

子供たちに朝食を与えているところへドクター・ドリーが現れ、おどけて深々と身体を折り曲げ礼をする。ドクター・ドリーは今日は機嫌がいいらしい。この人にはデニーは低姿勢で何も発言しない。私はナジャリが色んな提案をし、ドクター・ドリーのお気に入りと告げたマチさんの情報を思いだし、ドクター・ドリーの機嫌のよさに擦り寄っていた。「ドクター・ドリー、子供たちの靴が小さくて、毎朝、靴を履かせるのが大変なのです」

「おお、子供が順調に成長している証だ」

私は益々調子にのった。「それから揃った靴下が見当たらないんです。引き出しに衣服が詰め込まれ溢れていて……」

「それだけたくさん子供の洋服がここにはあるんだ」ドクター・ドリーは一枚上手だった。「連絡しておくから、ナッツの車で都合のよい日に子供たちを靴屋に連れて行け」

とデニーに向かって言い、「もっとスプーンに食べ物を沢山入れろ」と私に注意し、互いのバランスをとった。

デニーは畏まって礼を述べ、私は頭に入れていた台詞を口にした。「もっと仕事を改善し熱意を持って取り組みます」

食べ終わったダンチェがもっと食べたいという仕種をする。

「ミズ、フランシス、ダンチェがお替わりだって！」私は大声で伝える。ドクター・ドリーがそのことをとても喜ぶのを知っていたのだ。「おお、ダンチェは素晴らしい」笑顔のフランシスがお替わりを運んで来た。

「ドクター・ドリーの言われた通りにすると、子供が喜びます」私は媚びた。

ドクター・ドリーが子供たち一人一人の頭を撫で満足げに食堂をでて行くと、デニーの顔が険しくなっていく。

私は内心で（やったあ）とはしゃぎ、気分が高揚しその気分が続いていて、デニーが私に口をきかないのも気にならなかった。

バーサが出勤し、待ちかまえていたデニーが子供室に連れ込み、ひそひそ話を交わしている。

きっとローズや私の悪口を言っているのだろう。

しかしバーサがベビールームに入っても、諍いの声は聞こえなかった。文句が言えないほど、ローズが見事に仕事をこなしていたのだと私は推測した。

その日デニーはナジャリに寄り添い私を無視していたし、私は息子を失い大家族を養うデニーへの慈しみの気持ちをすっかり忘れていた。

交代して帰ろうとベビールームに荷物を取りに入り、流しで手を洗っていると、「明日からここに荷物を置くな！　いつもお前は戸を閉めない」バーサの尖った声と、私のショルダー・バッグが投げだされた。

「戸が壊れているんだ。ドクター・ドリーに戸を修理して下さいって私が言うよ」私は冷静だった。

赤ん坊のベッドの上に吊るした玩具が扇風機の風に揺らぎ、ローズがねじを巻いたオルゴールから優しい音色が流れている。

「誰がやってもここの戸は閉めにくいんだ。今日はミズ・シスコより後に、ミズ・バーサあんたが荷物を入れていたよ」と、ローズが決めた。

バーサは背を向け窓辺に立ち、庭で遊んでいる子供たちを見おろしている——肩を落とした沈んだ背中だった。

「ミズ・バーサ、明日また会いましょう」私は背中に声をかけた。

「身体に気をつけてね」ローズが応じた。

帰り道、気分の起伏が激しくなっていて涙が滲んでくる。デニーと張り合う気疲れ、ドクター・ドリーの権威に寄りかかっての反撃の自己嫌悪、バーサの老いが滲み出た寂しげな後ろ姿が浮かび、様々な感情が身体の中でごたついていた。涙なんて息子の結婚式でも堪えていたのに——霞んだ視線の先に食料品の店が入っている。眼に溜まった感情の発露を、私は素直に誰かに伝えたかった。息子に寄り縋るような思いを抱いて店に入り、コーラやスナック菓子を抱えた。「今日はとても疲れたし、友達が日本に帰る。私はとても寂しい」

「ハッピー・ハウスは疲れる所だ。ところであのブルドッグばあさんは元気かい」

「彼女はとても元気だ。今日は彼女をアタックした」

「お前はどの位このハーレムに滞在するんだ？」

「三ヶ月」

「それだったらばあさんとうまくやりな。ドクター・ドリーも世辞さえ言っときゃうまくいく」

「あなたはドクター・ドリーを知ってるの？」

「勿論さ。あの鷲のようなばあさんはハーレムの有名人さ。金持ちでね。身体に気をつけろ。自分自身を大切にしろ」

豹は私が求めた品物を鉄格子の間から差し出し、「全部で五ドル」と告げた。どうも端数をサービスしたらしい。

私は六ドルだしチップだと言った。

「受け取れない。チップなんて俺を馬鹿にするな」

一ドル紙幣が戻され、私は思わず豹が牙をむいたようでたじろぎ、紙幣を摑み豹と別れた。豹の手の平の優しい桃色が眼に残っていた。

(息子は由子さんとうまくやっているだろうか？　気の強い嫁の尻に敷かれているのでは……今年はこのニューヨークに野球を見に来たのだろうか。何か起こらない限り連絡をするなと言ったのは私ではないか。そう自分を大切にしなければ）自問自答しながら歩いているうちに私は道を間違え、目印の花に彩られた白い建物は現れなかった。

モーニングサイド公園の場所を尋ねながらようやくアパートに辿り着くと、腰が抜けそうな疲労で倒れ込むようにエレベーターに乗り込む。すると掃除道具を持った眼の鋭い男が乗っていて、「マダムは日本人だろ。俺は日本に行きたい」と粘ついた口調で言う。

口調に絡み取られそうで私は、「日本は何もかも物価が高くて生活が苦しい」と言い残し、三階で降りた。

どうもこのアパートの掃除夫らしい。髪が縮れてないし、余分な肉の付いてないスリムな身体はインド系かなと思っていた。

シャワーを浴びると、身体の疲労が束の間抜けていく。

洗濯機が始動する音が聞こえたのかマチさんが部屋から出てきて、「お疲れさん、コーヒーば飲もう」とコーヒーを淹れてくれ、リビングルームのソファに並んで座った。

「どうやったね。今日は」マチさんは私の報告を待ち兼ね、好奇心を剝き出している。私はデニーとうまくいきそうにないと、思わず愚痴をこぼしていた。

「あんたが負けん気をだすけんたい。あの人はあんたに仕事ば奪われんかとびくついとると。あんたを見よったら一生懸命過ぎるもん。それにデニーも真面目。あの人にはあんたが頼りと甘えるったい。うちなんかベビーの名前も知らん。ベッドの柵に書いてあったばってん読めんかったもん。それでもやれたとよ」

「マチさんはとても仕事ができたと、デニーが褒めていたよ」

「あの人に褒められても……。バーサが褒めてくれんと。あんた知っとう？　バーサは読み書きができんと」マチさんがさらっと言った。

「本当？」

「あの女が教えてくれたと。後妻に入って旦那はもう死んだらしい。あの女は英語ができるけん業務日誌をつけよったら、バーサがお前は字が書けるのかってそのときばっかしは感心したらしか」

私は「へえー」と間抜けな相槌を打ち、マチさんがあの女と呼ぶ前任者と共に暮らした二週間余りの日々を推し量っていた。あの女にとっては解放され快楽の三ヶ月であっただろう。マチさんは仕事をこなすことで、自信を持ち得た日々であっただろう。そして私はどうやら眠っていた本来の自分が、頭をもたげている感覚を今味わっている。三人三様のしがらみから束の間逃れ、無償で働くという自負のみが共通のものであった。私たちは身近に接する人の噂話ばかりで、自分の未来やましてや子供たちの未来まで思いを進めることもなく、日本を脱出したことで、自分の人生に何か変化が起きるのではと淡い幻想を浮かべ、他者への思いの広がりを持ち得てないように思えた。私はマチさんが与えてくれた、刺激というとっくに忘れていた言葉を抱いていると気づいた。私の身体に潜り込み私を揺り動かす他者の恵み……。

「ジャパン・マートの吉田くんに会いに行こうや。あんたが帰るのを待っとったよ」と、昼寝をたっぷりしたのかマチさんの顔は艶やかだ。

モーニングサイド公園の中を抜け崖道をのぼる。いくつもの小道が、高台の教会の裏やコロンビア大学の方向に伸びていた。公園設計者の意図か、植えられた野草が栄養のいい色を見せている。オニユリやコアジサイ、ユウスゲと名前を思いだし、久しく忘れていた草花と思いがけず出会い、私たちは土を踏んでいた。

大通りにでると、学生や教師らしき人が行き交い、カフェ・テラスも人で溢れ、本屋やスポーツ洋品店や、銀行や小綺麗なレストランが並んでいて、ウエーターはインディオが多かった。小柄で髪の黒い彼らは、民族衣装を纏っていなくてもすぐにペルー出身とわかり、客の間をリスのように行き来していた。

ジャパン・マートでは、レジに吉田くんの妹がいて接客中だった。

「吉田くーん！」マチさんが奥に大声で呼びかけ、客の視線が一斉に集まり、のれんを開けて吉田くんが登場し、マチさんは頭に傷をおい、この近くの病院に行ったことを喋り始めた。

「……それがさあ、言葉がわからけん困ったとよ。あんた呼ぼうと思ったばってー、忙しかろうと思って」

「お母さん水臭いよ。何かあったら僕を頼りなって言ったじゃない」

優男の吉田くんの口調がなよなよしていて、歌舞伎役者の誰かに似ているそれも女形の……と、私はほころびそうな口をつぐんだ。

「あと四日で日本に帰ると。それでさあ、この前ここで、ワゴン車から日本の青年がスーツケースば降ろしよったけん話しかけたったい。そしたら相乗りのシャトルで空港からここ迄十七ドルって。イエロー・キャブだと三十ドル位とチップやろ。あんたそげん車ば知っとうね」

「うん、ブルー・シャトルがいいと思う。あちこちで予約客を拾うけど、約束の時間は守るし安全だよ」

「英語ができんけん、あんたそこに予約ば入れてやらんね。うちのアパートの場所もあんたは知っとうし」

吉田くんは了承し、飛行機の出発時刻を聞き予約の時間を言うと、マチさんは冗談じゃなか飛行機に乗り遅れたらおおごとと早い時間を指定し、「この人が米や色んな品物をここで買うし、後任の人にもあんたの店で買い物するごと申し送りをするけん」とつけ加えた。

「奥さん、この雑誌半額でいいよ」すかさず吉田くんが私に売れ残りの雑誌を勧める。

「あんたは本ば読むのを好いとうもんね」マチさんが口添えし、私は仕方なく七ドル支払いながら少し腹立たしかった。

「ハドソン川沿いば散歩せんね。色んな犬が散歩しよるけん面白かよ」マチさんが私の機嫌をとるように誘い、私たちは少し歩いた。

高級アパートが立ち並び、川沿いに樹木が行儀よく並び、ベンチに腰をおろすと対岸にニュージャージー州が見える。

「あっちば見てんしゃい。ほら、日本の女が集まっとる」マチさんが横を向き顔で示す。視線の先の小さな公園の砂場で子供を遊ばせながら、四、五人の女たちが立ち話をしていた。

「上役の奥さんのご機嫌取りが大変らしか」マチさんが憶測する。

犬を連れた白人の男女が川岸を行き交い、五匹の犬を連れた黒人がいて、私はその手綱捌きに見とれていた。

「犬を散歩させる商売の人たい」マチさんが説明をする。

帰り道、地下鉄の入り口の掲示板を覗いた。

「ときたま、日本人が日本語でベビーシッター求むって張り紙ばしとると。ばってん日本人学生むきたい」ため息をつくマチさんに深入りせず、私は好奇心に溢れ見入っていた。不用品の家具を譲る。共同生活者を求める。そして行方不明者の――十九歳、ライトブラウンの髪、ディープブルーの瞳、五月三日午後八時頃ヘルメットを被りホンダのバイクに乗っていた――若い女性が微笑んでいる明るい写真。若者のそして白人ばかりの尋ね人の張り紙はこの地域だからだろうか。

　車が行き交う坂道をくだる頃、陽が落ち始め影が薄くなっている。

「ニューヨークは秋や冬が来るとが早からしか。あんた着るもん大丈夫ね。風邪ば引かんごとしんしゃい」

「心配しないで。コートも持って来たから」

「モーニングサイド公園ば横切ろう」

公園に入ると大きな輪を描きながら白人がジョギングをしていた。私たちはベンチに腰をおろし一息入れ、私は気になっていたことを思い切って口にした。

「マチさん、どうしてロサンゼルスやカナダに行かないの？」

「ここに来ることは息子たちには知らせとらん。息子は息子の人生があるし、うちはうちの人生たい。カナダの息子は彼女と同棲しとるらしいし、次男は金持ちの娘と結婚して、嫁さんの両親とうちたちとは生活が違うけん近寄れんと。孫も英語使うけん、どうもこうもならん」

「だんなさんはあなたが三ヶ月も留守で不自由よね」

「ううん、主人の妹たちが面倒ば見よる。言わんかったばってん、主人は酒乱でうちに暴力振るうと。うちと違うて高校ばでとる頭のよか人たい。息子たちがアメリカの高校に入学して、うちたちは昼夜働いて送金した。息子たちが帰国せんと宣言して主人は人が変わったとよ。うちは何回も別れようと思って家出ばした。そうばって義妹たちが泣いて頼むと。今度も義姉さん行って楽しんできて、私たちが面倒ばみるけん、三ヶ月経ったら頼むけん帰って来て、兄さんばお願い捨てんでて言うけん帰らなこて。しょうがなか」

私は彼女の内に一歩踏み込んだことを後悔し、マチさんのプライベートを知りたい好奇心が引き出した答えの重さにたじろいでいた。私に何が手助け出来ると言うのだろう……聞かなければよかった。そうすれば愉快な人と出会った、そんな軽い気持ちで済んだのに。

6

昨夜、ナジャリは、九月の始めに授業が始まるのでもうすぐトルコに帰ると告げ、スウは、日本の東京で暮らしたい、それでマチやシスコの家は東京の近くなのか、広いのか？　と聞いた。「住所ば教えんしゃんな。この人が家ば尋ねて来たらどげんするね」マチさんが私に日本語で忠告し、私はマチの家は広いけれども東京からとても遠い田舎だとスウに伝えたりし、昨夜遅くまで私たちは菓子を頬張り珍しく四人揃って談笑し、頭の傷も無事癒えたマチさんのお別れ会だったのだ。

それから私はマチさんの部屋に寄った。

「マチさん、手紙を書くから住所を教えて」

「よかよ。ばって私は字が下手やけん、返事はださんけんね」マチさんは私の手帳に大らかな字を記し、そして「借家の小さか家よ」とつけ足した。

私はなんだか胸が詰まり言葉がでなかった。

「あんた、すまんばってん、バーサに伝えてくれんね。うちがバーサば好いとったと。ばってん英語ができんけん、それば伝えきらんかったと。それとマチが世話になったとドクター・ドリーにも言ってくれんね。あの人がうちば無視しとったけん挨拶に行かんかったと」

「うん、ちゃんと伝える」

「帰りとうなかー。往復切符買うとるし、三ヶ月しかおれんもんね。ああ、夢のようやった。夢の覚めるのが早かあ。さあ寝ろう。あんたも明日があるけん。それと偉そうなこと言うけど、うちは人と戦うて道筋をつけ、自分と戦うて道ば作りよると。人と本音でぶつからんと道はできんとじゃなか？　あんたも人の陰に隠れとったらたらいけんばい」マチさんは感傷的になりかけた私に喝を入れ、私は「おやすみ」と短い言葉を残し部屋を後にしたのだ。


朝マチさんを見送ることができず、逆に見送られて出勤し、私はバーサが来るのを緊張しながら待っていた。

帽子好きのバーサはつばのある帽子を被り、長いスカートを揺らしながら現れた。私は朝の挨拶に続けてマチさんの言葉を伝えると、「マチ……」と、バーサは呟いた。初めて言葉を発した子供のように——皺に埋もれたブルドッグの目は愁いに充ちて優しい——私はそんな思いでバーサを見つめたのだ。

その日のハッピー・ハウスは訪問客が多かった。子供たちの朝食の後に新聞社の人が取材に訪れ、上のクラスの子供たちと一緒に庭で並び写真を撮られ、私はこのときとばかりダンチェを抱きあげ後ろの列に並んだ。

「この人は日本から手助けに来ているんだ。こちらはトルコの大学の優秀な学生で、ここでの実習で単位を取る」ドクター・ドリーが記者の取材に胸を張り応じている。次に白人の慈善団体が見学に来た。

昼食時間に眼鏡をかけた白人の女がドクター・ドリーと連れだって現れ、女は私がダンチェと並び食事を与えていたアンソンの椅子を引き離し、自分と向かい合わせた。

「そうそう、とても上手だ」ドクター・ドリーが恐る恐る食事を与える女を褒める。ドクター・ドリーは三十代と思われる女を紹介もしなかったし、女もアンソンしか眼中になかった。食事が終わると昼寝の時間なのに、ドクター・ドリーは「庭で遊ばせろ」とデニーに言いつけ、女に会釈をして立ち去った。

(母親だろうか。でもとてもそうは思えないし……)私は好奇心を膨らませていた。

庭でも女はアンソンを抱き頬ずりをしたりしていたが、子供たちは近寄らなかった。子供たちは遊び疲れていたし、私たちは午後の気怠い空気の中にいた。

アンソンは女の腕の中で居眠りをしている。「部屋に連れて行かなければ。昼寝の時間が過ぎている」ナジャリが腕時計を指し、女に告げる。

女は眠り込んだアンソンにキスをし私の腕に渡す。身体は重かったが小さな顔と白い肌と青い瞳は、黒い集団の中ではひ弱に見えた。ダンチェが声をあげ泣き始める。嫉妬しているのだ。私は腕の中のアンソンをデニーに渡そうとしたが、デニーはワッシンとむずかるダンチェを引き摺っていた。

「誰？　あの人は」

「多分、養子を探しているんだ。アンソンは気に入られるだろう。ハンサムだしおっとりしているし、彼は典型的なアメリカ青年になる。でもさあ、明日から食事時に来るんじゃうっとおしい」

「え、また来るの？」

「慣れさせるんだ。でも一人だけを可愛がるからここでは困るんだ」

「前もあったの？」

「私が来た頃、一人引き取られた。だけどすぐ帰された。私は理由を知らない。子供の心に深い傷が残ったことだけを知っている」

心理学専攻のナジャリは真顔になり、それから顔をしかめた。

疲れているのか、子供たちはすぐに眠りについた。

「シスコ、今日の昼食は何を食べるんだい」デニーが問いかける。

「サンドイッチだ」私は勢い込んで応じた。

「シスコの作ったサンドイッチを食べたい。シスコ、ボールペンを持っていないか?」

ベビールームに行くと、ローズとバーサが仲良く口を動かしている。どうやらローズが自分のサンドイッチを、バーサに分け与えたらしい。私が戸棚からバッグを取り出しても、バーサは見向きもしない。なあーんだ、食べ物で釣るのか……。

「これプレゼントする。サンドイッチは明日持って来るから」私はデニーにボールペンを渡した。仮眠をしていたナジャリが目を開け、デニーにわからないように、私にだめだめという仕種を送っている。

いつもより遅い午睡から目覚めた子供たちを庭に連れだす。上のクラスの子供たちが滑り台も車も二台の木馬も占領していた。私は空いているシーソーの両側に二人ずつ子供を乗せて上下させた。ナジャリもデニーもいつもの位置に座り、ビーナスもスウも静止していて、大人たちは皆、エネルギーを温存しているようだった。子供たちと少し距離を置いた、言い方を変えれば醒めた視線で、彼女たちが子供を見つめていることに私は反発を感じていた。私は子供たちが落ちないように両手を広げ庇いながら、「ほーら、恐いぞー」と恐そうな声色をだしシーソーを動かすと、子供たちは相手の背中にしがみつき笑顔になる。そのとき突然私の背中を誰かが突いた。私はシーソーに倒れ込み眼鏡が飛んだ。子供たちが落ちないかとはっと顔をあげると、八つの目が私を見つめていて私は胸を撫でおろし、子供たちをおろし眼鏡を拾った。

ビーナスが一番背の高い女の子の手を引き、シスコに「謝りなさい」と言っている。女の子は頑なに口を結び言葉を発しない。ビーナスは同じ言葉を繰り返す。

女の子は私を見あげる。「この人が私を蹴った」

私はその視線の強さに刺され反射的に言った。「ごめんなさい」

「シスコ、子供に謝ってはいけない」ビーナスは私に注意し、「ビーナスはちゃんとお前を見ていたんだよ。怪我をしないか苛められないか、いつもお前のことを思っているんだ。この人はお前を蹴ったりしなかった。シスコと遊びたいのなら、手を使わないでちゃんと言葉で言うのだ。お前はここで一番のお姉さんだろ」女の子の編んだ髪を撫でながら言った。

「ごめんなさい」女の子は小声をだし、私は小さな手を握った。その時、スパッツがはち切れそうな太った女が現れた。

「ほら、いいことがあったじゃないか。ママだよ」ビーナスが告げ、女は子供を抱こうとしたが子供はビーナスにしがみつく。

「ミズ・スウ、絵本を持ってきて」

ビーナスは女をベンチに誘い、スウが絵本を渡し、女の子はビーナスと女の間に挟まり絵本を読むビーナスに寄りかかっていた。

交代の人が次々に現れ、デニーと私は解放された。

「もうすぐルネの母親は釈放されるんだ。それで社会復帰の為に面会に来るんだ。でも赤ん坊のときからここでの生活だろ。母親に懐かなくてビーナスが苦労している。でも母親が引き取るのが一番だ。親が不明の子もいるんだから」デニーが説明した。

「デニー、疲れたでしょ」

「家に帰ってまた仕事さ。疲れてなんかおれるものか。シスコ、言っておくけどお前は張り切り過ぎだ。日本人はすぐダウンする。休まれると私が困る、自分の身体に気をつけろ」そう言いおいて、デニーは勢いよく階段をのぼって行った。

私服に着替えたデニーと路上で別れ、仕事帰りに立ち寄った食料品店に豹はいなかった。鉄格子の中には野球帽を反対に被った青年がいて、顔付きから弟とは思えなかった。

「彼は今日は居ないの？」

「午後から休みです」

「彼は素晴らしい人ね。誠実で美しくて強くて」私は思い出す単語を並べる。

「その通りです」青年は豹が憧れの人のように、私の言葉に畏まって応じる。

「日本人が、会えなくて残念だと言っていたと伝えて」

「はい、確かに伝えます」

「彼の名前は？」

「ミスター・ジミーです。あなたの名前は？」

「シスコ、そうシスコが宜しくってね」

「畏まりました。ミズ・シスコ」

青年は緊張して応対し、私はすっかりいい気分になって、冷えたコーラのペットボトルを抱え、マチさんのように鼻歌でも出そうな思いだったが、日頃、歌には無縁だったのでリズムが湧いてこなかった。

7

九月に入り、私は腕に発疹がでていて、デニーによれば、セントラル・パークの緑にやられたのだと言う。私がセントラル・パークによく行くのを知っていたのだ。あそこの樹木が茂り勢いが良いのは、栄養のある薬や消毒液を散布するから……それが身体によくないのだとデニーは説明した。その緑の勢いが少しずつ薄れ始め秋が顔を覗かせていた。テレビのニュースでは、クイーンズやブロンクスで毒蚊に刺され死者がでていると伝えていたが、マンハッタン島には毒蚊の侵入はなく無事夏を乗り切り、私は一度寝込みたくなるほど疲れがピークに達したが、今は下降していて、安定剤も睡眠薬も必要なかった。

牛肉は安く、週に二日はステーキを食べ、出勤するときは気分がしゃんとなり、子供たちが怪我をしないかと心配し、豹の店に立ち寄ると気分が甘くなり、夜はひたすら眠りを貪った。息子夫婦や隣人のジャスリンに手紙を書くことも念頭になかったし、働いて食べて寝て、朝はするりと気持ちよく便を排泄した。

ナジャリがトルコに帰国し携帯電話で話していた声が跡絶え、デンマークからキャシーという大学院生が入居していた。インターネットでハッピー・ハウスのことを知り、何か資格を得る為に来たらしい。彼女は必要最低限の言葉しか交わさず、どこか気位の高い感じがし、それで職場ではデニーがすっかり私寄りになっていた。金髪をショートカットにした大柄なキャシーは、ニューヨークに知人が多いらしく外出がちだった。キャシーの部屋の戸が開いているときに覗き込むと、壁に飾られた豆電球が点滅し、机にはキャンドルスタンドが置かれ、家族らしい人が寄り添った写真が置かれていた。

スウの部屋はベッドの上に衣服が投げだされ乱雑だった。スウは働くときも長いスカートだったし、耳や首に装身具を付け安物の指輪を幾つもはめていた。顔に吹き出物が沢山でていて、日本でこれが治るような薬がないだろうか……帰国したら探して送ってくれ、その頃私はアフリカに帰っているからと、南アフリカの住所を記したメモをくれた。

デニーの噂話に寄ると、スウは六ヶ月間しか滞在できないらしく、半年働いては帰国し、またニューヨークに入国する生活をここ三年ばかり繰り返しているらしい。子供がいるとは思えない華奢な身体だが、離婚して二人の子供を親に預け仕送りしているとのことだった。

「時々熱をだしてどうも結核にかかっているらしい。親戚とはいえあんな人をドクター・ドリーは雇ったわね。ばれたら問題になる。それにさぼってばかりいてビーナスが迷惑してるんだ」とデニーは私に告げた。どうもハッピー・ハウスでは浮いているらしい。そのせいかスウは時折アパートで顔を合わすと、今では東京がブルネイに変わり、あそこはとても金持ちの国だから、一緒にブルネイに行かないかと誘う。そうだね、二人で金持ちのじいさんをゲットするかと、私も冗談で応じる余裕ができていた。しかしスウが痩せ始め関節が痛むと、毛糸で編んだ靴下を履きだしたのが気になっていた。

その週の休日、私はジョン・レノンとオノ・ヨーコが暮らしていたダコタ・ハウスを見学に行った。日本人の中年の夫婦からシャッターを押してくれと頼まれ、二人は門番の小屋の横に並び、私はファインダーを覗いた。レノンが射殺された門の奥に中庭が広がり、息子夫婦が同じ場所で記念撮影をしていた写真を思い出していた。見あげると重厚な建物は空を威圧し、威厳を持って見おろしていた。私はビートルズの音楽には無縁だったが、彼らの神話は知っていた。

道路をよぎり、アイスクリームや記念品のグッズを売っている場所からセントラル・パークに入る。ガイドブックに掲載されているオノ・ヨーコが名付けたストロベリーの丘は、涙のしずくの形の愛らしい場所で、その近くの広場の真ん中に〝IMAGINE〟と彫られた円形のモザイクが埋め込まれ、脇にベンチが置かれそこで男がギターを奏で、若者が三人立って歌っていた。私はベンチの端に腰をおろした。埋め込まれたモザイクの上にバラの花が捧げられ、キャンドルの焔が二つ、三つ揺らいでいたが私にはなんだか侘しく思えた。ジョン・レノンが偉大という知識とガイドブックを読んだだけで、私は何を期待してここに来たのだろう——母さんもあの場所に行った——息子夫婦の話題の中に入りたい、それだけの思いかもしれなかった。私はそこに居て、ジョギングをしている人たちのファッションに見とれたり、五台並んだ車椅子の列に視線を送っていた。

車椅子には、着飾り濃い化粧をした白人の老人が座り、何故か女ばかりで、互いに会話を交わすでもなく、ただぼんやりと通り過ぎる人を眺めていた。車椅子には黒人のメイドが付き添い、彼女たちは袋から菓子をつまんだり、ミネラルウォーターを飲んだり、仲間同士お喋りに興じていた。一人の老女が不自由な手を辛うじて動かし、懸命に何かを伝えようとしていた。私には水を飲みたいという意思表示のように思えたが、メイドはその手をじっと見つめ、わざと自分の飲みかけのボトルを老人の視野に入るように振っていて、それを追いかけ老人の手が宙をさ迷っている。白人の女たちは高価なアクセサリーを弛んだ首にぶらさげ、髪をきれいにセットしていたが、覆い隠せない老いが無惨だった。この辺りの高級マンションに住んでいて、晴れた日はこの場所に集まるのだろうか。黒人の女たちは若く逞しく、残酷なほど艶やかな肌が光を跳ね返していた。私は一群から眼をそらし、無性に帰りたくなっていた――私の居場所――ハーレム百十三丁目に。

レストランが並んだ地域を過ぎ、高層アパートが立ち並んだ地帯をバスは通過していた。マチさんが帰国して間がなく、私は寂しさと開放感の入り混じった感情を抱いていた。

いつものバス停で降りようと思いながら、気ままに百二十五丁目まで乗り過ごした。そこが開発され、ハーレムの目抜き通りになっていたのだ。

ディズニーのキャラクターグッズの店や、マクドナルドの店が並んでいた。明るく彩りに充ちた看板や新しい建物はどこかこの街にそぐわなかったが、人で賑わっていて日本の若者のグループにも出くわし、彼らのTシャツの胸の文字が英語で、黒人の若者のTシャツや腕のタトウが、家族とか誠とか縁とかの漢字だったりして愉快だったが、意味がわからない間違った字に出会うとがっかりした。

ガイドブックに掲載されていた、マイケル・ジャクソンなど有名歌手が巣立ったというアポロ劇場を探したが見当たらず、人に聞くと発音が悪いのか頭を振る。少し歩き前方に〝APOLO〟と書かれた看板を見た。何の変哲もない日本の映画館の趣だった。

ブティックや宝石店が並び、かつらや縮れ毛を伸ばすこてを売る店が連なっている。昼時を過ぎていて空腹だったが、この目抜き通りのレストランは私には贅沢に思われた。うどんかそばをかきこみたいと、日本に居るような気分で辺りを見回していると、ふとレストランの窓に視線が吸い寄せられ足が止まる。なかで見慣れた二人が向き合っていて、意外な組み合わせに驚いた。なぜ?どうして? 私は目をそらし、逃げるように足を早めた。早めた足が止まらず人混みを抜けると、安物の指輪を並べた屋台や、地べたに着古したジャンパーやジーパンを並べ疲れ顔の男が座り込んでいたりして、街の雰囲気が変わっている。

小さな店先に、色んな種類の焼きそばの写真が掲げてあったのでそこに入り、カウンターで焼きそばに食らいついた。店の中は薄汚れていて、カウンターの向こうの中国人らしい夫婦の白い上着も……。清潔な衣服を纏い、白い上着や白い靴下が美しく映えるこの街の住人の中で、あまり見かけない私たち東洋人は、細い目が狡猾に光っているような気がしていた。

店を出て辺りをうかがった。鷲と豹に出会わないかと。一体、ドクター・ドリーとジミーとどんな関係？　明日、デニーに聞いてみようか。でも面倒なことに巻き込まれたくない。何事も深入りせず、残りの日々を無事に乗りきるのだ。そう思う一方でこの街への好奇心が膨らんでいて、乗りたいバスの停留所が確かこの一帯にあるはずと好奇心に押されていた。

ガードをくぐると落書きで覆われた塀が続き、高層アパートの一群が現れた。白人が増え始め、耳にする言葉はどうやらスペイン語のようだ。昼間の酔っ払いが言葉を投げ合っていて警戒心が湧いたが、黒のTシャツに同色のスパッツ、使い古した布袋を手にした若さの欠けらもない私など、とっくに高層アパートの陰に埋没していた。私は主婦らしい髪の黒い女に英語でバス停を問う。女は首を傾げ、そこらにたむろしている男たちにスペイン語で何かを伝える。飛沫のような言葉が飛び交い、一人の男が近づき、「俺の車に乗れ。バス停に連れて行ってやる」と英語で応じた。数台の車が並んでいて、白タクの溜まり場だと気がつく。「私は金がない。しかし足は有る」と言うと彼は笑い、それなら十分程歩けと目印を二、三教えてくれ、私は礼を述べその場を離れた。背後でまた、ひとしきり言葉の飛沫があがったが、こちらに飛び散ってはこなかった。私はさりげなく振舞うことがこの街に溶け込む術だと知った――過剰な礼の言葉や握手は彼らには通用しないのだと。

ごたついた街並みを過ぎ、やっとバスの往来を見た。九十八番のバスはハーレム川沿いに、マンハッタン島の北端近くに至るバスだ。私はそのバスに乗りたいと、バスの地図を見ながら以前から思っていたのだ。バス停はスーパーマーケットの前にあったのだが、九十八の表示のバスはなかなか現れなかった。

このイースト・ハーレムの——ヒスパニックの人たちが住む——目抜き通りは小さな店がひしめいていて、果物や野菜が店先に溢れ、家具屋の店先にベッドの大きなマットレスが幾つも立てかけてある。私の居場所の黒人ばかりの地域と違い、ここは白人が多く白タクが勢いよく飛び交う。イエロー・キャブと呼ばれるマンハッタン島の中心部を行き交う黄色いタクシーは、この地域を敬遠しているのか一台も見かけない。黒人の街は何処かはにかみお人好しの様子で、古い建物が多いせいか憂愁を感じるが、この街は猥雑で余裕のない目が目先の生活ときり結んでいた。ドミニカ、プエルトリコ、メキシコなどの人種が入り乱れているのであろうが、私には人種の区別ができなかった。人々を見つめながら、私の住んでいる街のスーパーマーケットも、コロンビア大学近くのマーケットも、店員やレジの係はヒスパニックだったと改めて思っていた。彼らは仲間同士、スペイン語で話しているのを耳にしていたからだ。彼らのパワーが、マンハッタン島の一部から広がり始めている——。

バスが止まり、人が吐き出され人が去り、三十分以上経った頃、やっと目当てのバスの数字の表示を見た。

目抜き通りを抜け、右手の窓にハーレム川が現れ左手が雑木林に変わると、バスはノンストップになり、川幅は狭く淀んだ水の中にひょろりと草がはえた洲が見え、対岸にブロンクスの地が見え、そこにも高層アパートの建物が見える。デニーもバーサも、ブロンクスからハッピー・ハウスに通っていると聞いていた。あの一群の建物の中に彼女たちの巣箱も有るのだろうか。それとも古い煉瓦作りの家に居住しているのだろうか。貧相なハーレム川のせいか荒涼とした風景だった。乗客は疲れているのか沈黙し、バスのエンジンがひたすら回転している。対岸を走るトラックが近くに見え始め、私の視野が唐突にカーブを描いた大きな建物で覆われ、それが眼前だったので川が遮っているのがわからない位だった。私はそれを見たい為に、ひたすらバスを待ち続けたことを束の間忘れていたのだ——ヤンキー・スタジアムだった。群集の中で、息子夫婦が寄り添い興奮している姿が脳裏に浮かぶ。その有り様が小さく泡のように浮かんだので、私は愛しくなっていた。

終点のバス・ターミナルに到着し、私は思いがけずニュージャージー州とマンハッタン島を結ぶ、長いジョージ・ワシントン橋を見た。

8

その日出勤すると、デニーとパピーの姿とベッドが一つ消えていた。

夜勤の疲れ顔のおばさんが残っていて、私の出勤を待ち兼ねていた様子。それで私は思わず大きな声をだした。

「何が起きたのだ。パピーは？」

彼女は口に手を当て黙れという仕種をした。

子供たちはベッドの柵の中にいて、私の姿を見ると一斉に甘え声をだす。

ベビールームに行くとローズが、「査察が入ったんだ」と囁く。そのとき三階から数人の白人がどやどやとおりてきて、その後ろにドクター・ドリーがしおらしく従っていた。

暫くしてナッツが掃除道具を入れている小部屋から、ベッドを引き摺りだした。ベビールームのベッドも二つ隠していたのだ。

子供は何処に？　看護婦が赤ん坊を抱いて階段をあがってきた。「あなたも手伝って」と言うのでおばさんに子供を頼み、私は彼女の後ろに従う。一階の表彰状や盾や写真が陳列されている応接室から隣家に抜ける戸口があり、初めて隣家に入り階段をあがると、踊り場にはきらびやかな陶器が飾られ、壁には絵画が掲げられ、各部屋のドアは閉まっていて静まり返り、廊下には複雑な模様の絨毯が敷いてある。四階にあがりその上の屋根裏部屋に、赤ん坊を抱いたデニーとパピーと上のクラスの子が一人、身を隠していた。パピーを抱きあげると、首に手を回して縋った。デニーが身をかがめため息をつき、私たちは無言で足元を確かめながら階段をおりた。私の手の平に冷えたおしっこの感触が伝わる。私はパピーの額にキスをし、パピーの手が私の眼鏡を奪おうとしていた。

どうも子供の定員を超えていたらしい。

朝早くの査察騒動が落ち着き、普段の時間が流れていた。子供たちの昼寝の時間に、私はキャシーと共にドクター・ドリーに呼ばれ事務室に行った。ドクター・ドリーは私たちの肩を抱き、私はその愛想の良さを警戒した。

「子供たちもあなた方になつき、私はとても幸せだ。ところで相談なんだが人の配置替えをしたい。あなた方二人に上のクラスを受け持って欲しい」

「私は来たばかりだからいいが、シスコは今のままでいいと思う。子供たちがなついているし、もうここには長くいないのだから」キャシーが発言し、私は従った。

「ありがとう、ミス・キャシー、私もそれを望む。英語もうまく喋れないし」

「そうか、ではそうしよう。でもシスコ、あなたは今の土日の休みを月曜日一日にしてくれないか。皆は教会に行くので日曜日は人手が足りないのだ」

「ドクター・ドリー、それは引き受ける。でも私は若くはない。それで月、火曜日と二日休みを取らないと私は病気になる」

　ドクター・ドリーは私の予期しない要求に、「シスコ、ニューヨークの観光を楽しめ」と皮肉で応じ、私は動揺し後悔した。子供たちに一日でも多く接していたい――でも私自身の身体も大切だ……こんな風に私の気持ちは揺れる。押したり引いたりの言葉の駆け引き、それにいくばくかのユーモアや皮肉を込めることや確かな意志など、今までの私には無縁だったから。

「デニーはベビーたちの担当に回す。バーサやナッツは辞めてもらわなくては……」ドクター・ドリーは独り言のように言った。

やがて査察で忠告されたのか、二階の階段の柵が戸に変わり、子供たちの部屋には作り付けの衣服入れが増設され、木で作られた車や動物の玩具や布製の絵本が届けられた。人も増え、ベビールームは昼間は三人になっていたし、私の担当のクラスもスーパーアドバイザーの資格を持つというライザが、ベビー担当になったデニーに替わり着任し、若い女が増員され、私の勤務時間が十一時から午後七時までに変更した。朝七時〜午後三時、三時〜午後十一時、そして夜勤の翌朝七時まで、この三交代がこのハウスの勤務体制だったが、単位取得の為の実習生はインターンと呼ばれ、九時〜午後五時までの勤務、日本人のボランティアは十一時〜午後七時に変更になり、勤務表も配られず、新入りの紹介も挨拶もなく、いつの間にか人が入り人が去るといった、ルーズなややこしいやり方だった。

新任のライザはデニーと同じ位の年齢で陽気で要領がよくお洒落で、仕事は上手に手抜きをした。私に子供たちをまかせ、自分は絶えず携帯電話でお喋りをしたり本を読んだりしていた。「シスコはとても子供の扱いが上手だ」と、世辞を言われれば悪い気持ちはしない。それにライザはイベントを企画するのが好きだった。それは子供たちを喜ばすというよりは、ドクター・ドリーの気を引くことが目的と私は感じていた。

ダンチェの一歳の誕生日には、金銀のハート形の風船を部屋に飾りたて、フランシスにケーキを焼かせた。ハッピー・ハウスではおやつは与えない方針だったので、子供たちは初めて口にするケーキの味がわからないのか不味かったのか、余り口にしなかった。大人たちがハッピーバースデイの歌をうたい拍手をしても、子供たちは何やらとまどっているようだったし、ライザが写真を撮るおりには、フラッシュがまぶしかったのか金色の紙の王冠を被ったダンチェがべそをかき、私は彼が払いのけたケーキのかけらを拾いあげていた。

午後の庭での遊びの最中、カラフルな服装で現れるヒスパニックのサラが解雇されたのか来なくなり、テルビアと名乗るまだ大学生のような黒人の細身の女が雇われていた。

私は三時から彼女と組み仕事をする。

テルビアは縮れ毛をこてで伸ばしワックスで固めていて、高慢なお嬢さんの風情で、八十何丁目かに住んでいると誇らしげに告げ、すらりと伸びた足に革の洒落た靴を履いていて、スポーツシューズを見慣れた目には高価な靴に見えた。

日曜日はバーサもデニーもライザも上のクラスのビーナスも休みなので、私は伸び伸びと振舞えた。しかし私は責任があるので、三時からのテルビアの到着が待たれた。

アンソンは許可がおりないのか、なかなか養子にもらわれなかった。しかし土曜日は養子先に泊まりに行き、それで日曜日は私の担当の子供は五人だった。パピーとダンチェが歩き、他の子供も立ちあがり歩き始めていた。

遊びの時間は年長組も入り混じるので、私はなんとか互いに手を繋ぐことを覚えさせようとし、いくら根気よくしても実りはなかった。平等に子供たちを愛さなくてはとわかっていても私はダンチェに魅かれていて、日曜日には必ず抱きあげ、空を見あげさせようと努力した。広い世界があることを、子供の心に刻みたいと願いながら……。しかし飛行機が飛んでいる日も雲が湧いている日も、ダンチェは見あげることをしなかった。

夕食を終え少し時間をおき、子供たちを入浴させる。バスルームには子供用の浅いバスタブが置いてあるのだが、テルビアは、「私は恐くて出来ない」と子供を風呂に入れる仕事を拒むので、その仕事は私の日課になっていた。腰が痛む仕事だったが、子供たちをひととき独占できるので引き受けたのだ。

シャボンで覆われた身体にシャワーを浴びせると子供が嬉しい声をあげ、濡れた黒い肌が光り肌のあちこちに目を配る。「湿疹がないか気をつけて知らせろ」と看護婦から言われていたのだ。アンソンの白い肌はおむつにかぶれて臀部が赤く爛れていたが、あの養子先のお泊まりのベッドでどんな夢を見ているのだろう。それに引き換え、この子たちの逞しい肌と思いながら身体を拭き終わり、看護婦に習ったとおりにワセリンを身体中に塗り擦り込むと、黒い肌が艶やかさを増しなお輝く。

入浴を終えた子供に、パジャマを着せミルク瓶をくわえさせ眠らせるのだが、近頃は私が甘いせいか、パジャマのボタンを外すことを覚え、パジャマを脱ごうとすることが流行り始めていた。そうすると私が声をだして寄ってきて、ボタンを掛けるのを知っているのだ。それでミルク瓶をくわえさせると、私とテルビアは手分けして彼らの身体を撫でたり軽く叩いたりし、手の温もりを伝えることにした。ミルク瓶が空になり、彼らは人の手が身体に触れることに満足し寝息をたて始める。

私はそっと抜けだし帰り支度をしていた。すると激しい泣き声が起こった。慌てて引き返すと、ダンチェがベッドの柵の間に足を挟ませ泣いている。ようやくテルビアが抱きあげると、顔を寄せた制服の襟の辺りに血が付く。私は驚いてダンチェの口を開けたが傷は見えず、そのうち泣きやみ眠り始めたのでほっとした。テルビアは血の付着した制服を脱ぎ、子供たちの洗濯物を突っ込んだビニール袋に放り込んだ。

私は上のクラスの担当者に報告をせねばとテルビアに言い、テルビアは三階にあがりアイラを連れてきた。

アイラはダンチェの口の中を見、舌を引っ張りだし舌が少し切れていると示した。

「泣きやんだし大丈夫だろう。明日、看護婦に報告しなければ。シスコ、食事を与える時は気をつけろ」アイラは私に注意をした。

「そのことは理解している。この傷はスプーンで傷付けたのではない。ベッドの……」

「違う、違う。シスコが食事の時にスプーンで傷を付けたのだ」テルビアが喚く。

お嬢さん風なんて吹き飛んでいて私は驚いた。しかしこの嘘を暴かなくては私の責任になる

――私はビニール袋からテルビアの制服を取り出し血の付着を示し、私の制服を見せた。「どうだ、血は付いてないだろう」

「わかった。今日のことは報告しない。口の中の傷はすぐ治る」と言い残して、アイラは三階にあがって行った。

私はテルビアと握手をしようとしたが彼女は避け、私はしたたかに光るテルビアの目を見た。二日間の休みで睡眠を充分にとり、よく食べれば疲れも薄らぎ、テルビアとの感情のすれ違いも尾を引かなかった。

休み明けの日は雨だった。子供たちは二階の踊り場で遊んでいるはずだ。

私は出勤し二階の戸を開け、おどけた声で「お早よう」と言葉をかけ手を叩く。案の定子供たちが寄ってきて縋りつく。私は子供たちが音に敏感に反応するのを知っていたのだ。子供の人気を得る、そして誰よりも慕われる、その事が今の私の自己満足だった。

「おおパピー、ノエル、ダンチェ……」と子供たちにオーバーな声をかけ、縋り付く子供たちの額にキスをする。

（シスコ、子供たちにキスをしろ。そうしたらなつくから）と教えてくれたのは退職したサラだった。パピーが、「シスコ、シスコ」と言葉を発しながら小さな手で私のお腹を叩く。そこが柔らかいのを知っているし、言葉を覚えたのだ。

スーパーアドバイザーのライザは、子供たちが私にまとわりついたのを幸いに椅子に座り、本を開いていた。

「お願い、ちょっと荷物を入れて来るから」と若い女に子供たちを譲り、ベビールームの荷物入れに向かうと、後追いをしたパピーが入り口の柵を揺すり、「シスコ、シスコ」と連呼する。そこへ戻り抱きあげようする私の襟首をバーサが摑み怒鳴った。「子供を甘やかしていい気になるな！お前はここからでるな！」

私は不意をつかれ一瞬怯む。しかし言葉が口をついて出た。「私の目的はここで働くことだ。無給で奉仕をしている。私は子供を愛し愛されているのだ。あなたは嫉妬しているのか私に」

バーサの手を払い柵を外し、私は子供たちの群れに入り手拍子をとりながら、「リッツル、リッツル、リッツルスター……」と歌声を張りあげ、気持ちは湿っていたが外面は努めて明るくした。

しかしバーサは負けていなかった。部屋から出てくると今度はライザに矛先をむけた。「お前はさぼってばかりいる。サラリーが高いのだからもっと働け！」

ライザが立ちあがり捲くしたてる。「何言ってんだ。私は資格を持ち全体を見ている。それにこのクラスは私がメーンだ。働くときは働く。今はシスコが出勤して来たばかりだ。だから彼女のパワーの方が子供にいいのだ」

バーサは何を！　生意気抜かすなとライザの胸を突く。ライザがやったなと大きな乳房で膨らんだ胸を突きだす。

ナッツが階段の戸を押し顔を覗かせ、声を投げた。「やめろ！」

ベビールームから、デニーとローズの好奇心に満ちた視線が、光ながらこちらをうかがっている。

私は子供のご機嫌を取っている自分を、バーサに見破られた気もしていたし、デニーが後任のライザと私が仲良くやっているのに嫉妬し、バーサを煽ったのではと邪推したり、この未消化な気分は、いっそバーサと殴り合いでもすればすっきりしたのかもしれないと、私はいささか興奮していた。

やがてライザが椅子に腰をかけ、絵本を広げ子供たちをその前に座らせる。ライザが絵を見せお話を読むのだが、子供たちは見向きもしない。それで私は子供の視線を絵本に向けようと、「ほーら、恐い狼だぞー」「おお、恐ろしい」と懸命に大げさな声をあげていた。すると私の声がうるさいのか、「シスコが読め」とライザが機嫌の悪い声で言う。

私は慌てて、「英語が読めない」と一歩引いた。この人と今やりあっては残りの日々が暗くなる。

「シスコ、私はハーレムの女王になる。だからお前は何か私に質問しろ」絵本をたたみ、ライザはダンチェの誕生日に飾ったきらきらしたモールを取り肩にかけた。この人は突如、気分転換におどけた遊びを私に仕向け、私はありったけの英語で応じるのだ。

「女王様、今夜の夕食は何をお食べになりますか？」

「そうだな、召使。ステーキとシーフード」

「女王様、そんなに食べると太り、王様から嫌われます」

「王は年寄りだ。それよりお前は恋人がいるのか」

「いいえ」

「どんな男が好きか」

「はい、デンゼル・ワシントンのような」（私はライザが好きな黒人の映画俳優の名前を知ってい

た）

「ナッツは嫌いか？」

「いいえ、大好きです」

「やったあ、シスコはナッツが好きなんだ」

ライザは浮き浮きしてベビールームに行き、「シスコがナッツを好きになっている」と告げている。

「本当か。それならナッツが二階にあがってきたらキスをしろ」ローズが笑いながら言う。部屋の奥からバーサの声がする。「あんなじいさんのどこがいいんだ」

私はつられて大声で返す。「ミスター・ナッツは優しくて正直でセクシーだ」そこで皆が一斉に囃し立て、子供たちも何やらつられて笑顔を見せる。大人の機嫌のいいのが嬉しいのだ。私はさっきの諍いから引き摺っていた気分が、晴れるのを感じていた。そして鼻が上向き広い額が光り、口もとは緩んでいるがけっして目だけは笑っていない、ライザの手腕に脱帽していた。

それからナッツが現れると噂が広まっていて、皆が冷やかし始めた。みんな退屈しているのだ——日々の暮らしの繰り返しに——退屈していない私が喜んで道化役を引き受ければいい。

私は時折皆がいるのを見計らってナッツの頬にキスをし、ナッツははにかみ、皆はその度に囃したてた。キャラメル色のナッツの頬は白髪の不精髭が生えていて、ざらついた感触だった。ナッツは喜んでいるのかさっぱりわからなかったが、私は皆を喜ばせる役を演じていると意気をあげていた。

暮れるのが早くなり、ハッピー・ハウスの門の側の金色の像も陽が落ちると輝きを失う。

その日、門扉を閉めると、一足先に出たのか視線の先にナッツの猫背の後ろ姿を見た。野球帽を被りジーパンをはきジャンパーを羽織った……。私とは反対の方向に、路上の背中が遠ざかって行く。

「ミスター・ナッツ!」思わず叫んだ。「グッバイ、ミスター・ナッツ――」

ナッツは振り返らなかった。

(振り返ってお願い)「ミスター・ナッツ、明日会おう!」声を張りあげる。すると小さくなる背中の上に片手があがったのが見え、そのままナッツは夜の闇に溶け、私は胸の痛みを感じていた。

翌日ナッツの姿はなく、皆の関心はすっかり失せていた。

ホセと名乗る中年のスパニッシュの男が雇われ、声をかけて来る。「おいしいチャイニーズ・レストランを知っている」

愛想のつもりとわかっていても私は無愛想に突き放す。

「私はジャパニーズだ」

ナッツは年をとり解雇されたのだろうか。私はナッツに重なりこの街に溶け込みたいと願いながら、ナッツの名を呼んでいたのだ。だがいくらナッツの姿を思い浮かべても、私の一人よがりの甘い感傷を拒むように、幻影は振り返らなかった。

9

私の後任が来る日が近づき、私は追いつめられた気分で休日に手紙を書いた。隣家のジャスリンから、日記のように日々英文の手紙を書いて寄越せ、英語の勉強も目的だろうと言われていたのだ。「私は日本語で日記をつけて、だんなさんに見てもらっている。志津子も英文で日記をつけろ」と答え、「ジャスリンに厳しく言われ、私は「日記に書くことは何もない。毎日同じことの繰り返しだから」と答え、「志津子は何のために生きているの？　私の国では皆、目的に向かい元気です」と、二十三歳のジャスリンが浅黒い顔をしかめお手上げの仕種をした事など、久しぶりに日本を思い出していた。私は息子夫婦やジャスリンに、手紙を書くことが何だかうっとおしかったのだ。（形式だけの手紙を書いてどうする？）そんな気持ちでマチさんにも手紙を書かなくてはと思いながら、延ばし延ばしにしていたのだ。

ジャスリンにはダンチェの愛らしい様子を英語の辞書を引きながら綴り、息子夫婦にはヤンキー・スタジアムに見学に行ったと絵葉書に嘘を記し、マチさんには感謝の気持ちを記した。世話になったボランティア派遣の事務局の正木さんには、お陰で三ヶ月を無事乗り切れそうだし色んなことを学んだと、畏まった文章を綴り終え、私はほっとして外出し、マチさんに教えてもらった郵便局に初めて行き手紙を投函し、帰りにジミーの食料品の店に寄った。

ジミーは留守で顔馴染みの青年がいた。

「こんにちは。ミスター・ジミーは元気？」

「ええ、あなたが来たらコーラーを一本、サービスするように言われています」

「いいのよ。買うわ」

「ミスター・ジミーはこのところとても忙しいのです。ハーレム浄化運動のリーダーに選ばれたし、教会の運営の仕事もあるし。歌もときどき夜、クラブで歌っているんです」

「へえー、歌ってどんな？」

「知らないんですか。レゲエですよ。彼はバンドを組んでいたんだ。でも今は地道にこの食料品店をやっている。僕は学生なので彼から援助してもらっています」

「ジミーは素晴らしい人。あなたもラッキーね。私はミスター・ジミーとあなたを知りとても嬉しい。ときどきハッピー・ハウスで嫌なことがあるとジミーが慰めてくれる」

「ええ、彼はとても優しい。ハッピー・ハウスの壁に、ジミーとその仲間と写った写真が掲げてあります。見ましたか」

「それって本当？　知らなかった……」

私はキッチンに抜ける廊下の壁に写真が沢山掲げてあるのを思いだした。表彰状を受け取っている壇上のドクター・ドリー、クリスマスツリーを囲んだ子供たち、楽器を持った五、六人の少年の——あの中にジミーがいたのか——笑顔の写真があった。写真をじっくり眺める余裕がなかったのだ。いつもそこを通りながら。

「ミスター・ジミーも俺もハッピー・ハウスの出身です。あなたはそこで奉仕しているとジミーから聞いています」

青年は明るく告げ、私はクロスワードパズルの最後の解答に行き着いた思いをしたが、どう応じていいのか言葉がでてこない。

私は棚の前に引き返し、ワインやコンビーフや魚の缶詰や、日頃買いもしない品物を手にした。

「今夜は友達の誕生日なの。だから……」私は鉄格子の前のカウンターに次々と品物を並べ、青年はコーラー一本の値段は受け取れないと律儀に言う。

両手に持った膨らんだ袋がやけに重い。これで三日間は節約しなければと、私は頭の中でお金の勘定をしていた。

アパートで買い込んだ食料品の整理をしたが気持ちが落ち着かず、私は再び外出し坂道をのぼりセントヨハネ教会を目指した。一度、見学に行ったのだが、その日は丁度、団体のバスが停車していて、薄暗い内部で観光客が声高に喋りながら見学していたのだ。

夕暮れが近いせいかステンドグラスの煌めきが弱まり、天井が高く静謐でひんやりとした空間のなかで、四、五人が腰をおろし頭を垂れて祈っていた。並んだベンチの周囲は、この世から去っていった修道女や修道士の功績を称え写真入りの表示の側に、それぞれの祭壇が並びろうそくの焔が揺れ、正面に磔られたキリストの像が存在した。私は信仰心もなく神に祈る訳でもなかった。ジミーやあの青年にどう向き合えばいいのか、とにかく彼らと子供たちが元気で幸があるようにと、それだけのことを願いながら内部を歩き回っているうちに、いつしか気持ちが穏やかになり、グッズを売っている部屋に行き、ステンドグラスが美しく輝いている絵葉書を求めた。

帰りはモーニングサイド公園にくだって行った。公園の中の芝生はまだ枯れずに褪せた緑を残している。いつもの通り輪を描くジョギングの人が増え始めていた。突然、私の背後で嬌声があがり驚き振りむくと、草むらに若い白人のアベックが潜んでいて、男が笑い声をあげる女を懸命に制していた。女の視野に私が入ったのか、「マダム、見て、見て！ ほら、虹が、虹が」女は彼方を指差しけらけらと笑う。指差す方向を見上げても灰色がかった空が広がり虹は見えるはずもなく、仕方なくアベックに手を振ったが応答はなく、背後の異様な笑い声が尾を引き私の背中を追いかけ、力尽きたのか消えていった。

ドラッグの力を借り女は束の間見た虹を、私にも分け与えようとしていたのだろうか。

その日から二週間程が経ち、最初にジャスリンの荒っぽい字の英文の返信が到着し、マンションを探していると近況が綴られ、最後に彼女らしい辛辣な言葉が添えられていた。《書いたものをよく読み返せ、綴りが間違っていた。志津子は生きた玩具と遊び楽しんでいるんだね》

正木さんからは、後任が出発する日が決定したと記され、ケネディ空港にナッツさんとあなたとで迎えに行って欲しい。ドクター・ドリーに連絡を入れておくからということと、後任は三十一歳の埼玉の人で、彼女はサンフランシスコで一年間、チャイナペイントの勉強をしていたので英語はできると後任の紹介文が続いていた。ナッツが退職したことを知らせようと思ったが、いずれわかることだからと返事はださないことにした。

息子夫婦とマチさんからは返事はこなかった。予期していたのだが、どこか心の片隅で待っていたのだ。そのことに気をとられ、私は正木さんが手紙に記していた、私の後任の到着する日をすっかり忘れていた。

そして後任は唐突に姿を現わした。日曜日に。

子供たちが昼食を終え食堂で遊び回るのを見張っている所へ、黒い帽子を被った痩ぎすの女が入ってきて、「ああ、安藤さん」と言った。

「あら、今日到着だったのね。驚いたー」

「それがさあ、日曜日でドクター・ドリーも私の到着日を忘れてたんだって。だから私、イエロー・キャブで来たんだ。でもさあ、これってここのミスよね。だからタクシー代金は、ドクター・ドリーに電話連絡して払ってもらうことにした」

「荷物は？」

「ホセがアパートまで運んでくれるんだって」

私は久しぶりに日本語で会話を交わした。吉田くんのジャパン・マートは品物の値段が高いので、とんとご無沙汰していたのだ。

私の後任は真理と名乗り、子供たちにも、「私はマリよ。宜しくね」と声をかける。目敏く彼女の姿を見たダンチェが寄っていく。「わぁ、可愛い」彼女は声をあげ彼を抱きあげた。ダンチェの手が白い首に巻きつく。私の中にむらむらと嫉妬心が湧き起こっていた。

真理は疲れてないから志津子と一緒に帰ると言い張り、三時にテルビアが出勤すると、たちまちお喋りに夢中になり、私は黙って子供たちの世話に追われた。

「あら、お風呂まで入れるの？　重労働ね」真理は私の仕事ぶりを見つめるばかりだった。

ようやく子供たちが寝つき、テルビアと別れ、真理がピザを食べたいと言うので、坂道の途中のピザの店に寄った。真理のために何か夕食を用意しなければと思いつつも、ピザ代十二ドルや飲物代は、手持ちのドルが少なくなっている私には少し痛手だった。けちけちしまいと思っても私は長年の習慣から、一日幾らの食費の予算内におさめたいと思っていたし、その日暮らしの心境にはなれなかった。それでいてこの街に埋もれて、奔放にその日暮らしの生活をしたい願望が芽生えていて、真理が現れ帰国の日が近づき、私の矛盾した気持ちが揺れていた。

アパートに帰り着くと、外出がちのキャシーも、ブロードウェイの路上でアクセサリーを売っているボーイフレンドができ帰りの遅いスウも、珍しく食卓を照らすスタンドの光の中にいた。真理を紹介するとたちまち意気投合し、ここでもお喋りが始まる。

世代の違う、そして英語も達者でない私は何だか除け者にされた気分でピザを皿に取り分け、ジミーの店で求めていた冷えたワインを取りだした。

「オー、シスコのおごりだ。ミス・真理ようこそ」キャシーがグラスを掲げ、スウが赤ワインを口にし咳き込んだ。

「スウ、大丈夫?」私は彼女の痩せた背に手をかける。

「私を大げさに労るな。酒は好きなんだ」スウは手を払い、むせながらなおワインを口にした。

ピザもワインも瞬く間になくなった。

「シスコ、野菜や果物があっただろう……それにハムも。サラダを作れよ」キャシーが横柄に言う。冷蔵庫の中身は一目瞭然だった。外食の多いキャシーとスウは飲物位しか入れてないのだ。私はキッチンに入り渋々とサラダを作り始めた。

三人が交わす会話が聞こえる。

「ニューヨークでクリスマスと新年を迎えたいと望んでいた。一度観光で来たことがあるけど春だったので。ロックフェラー・センターのクリスマスツリーが見たい」と真理。

「私もあのクリスマスツリーには感動した。ところで真理、お前は東京の何処に住んでいるのだ」スウのいつもの質問だ。

「私の所は田舎だ。だからマンハッタンにやって来た」

「ハッピー・ハウスの子供の行儀の悪いこと。食べ物は散らかすし、庭に落ちてるものを拾って口に入れるし、喚くし。私は髪を引っ張られてもかつらじゃないからいいけど」どうやらキャシーが身ぶりをしているのか、笑い声が起こっている。

「ボーイフレンドがいるのか」真理が問いかけている。

「大学院に通っているボーイフレンドが国にいる。写真を見せようか」キャシーが立ちあがった。

スウがそのすきに誘いをかけている。「真理、男を紹介するよ。このアパートには電話機がないんだ。携帯電話持ってるか。持ってなかったら私が世話をするから買え。それからアクセサリーも……」

（危ない、危ない）私は皿を持ってテーブルについた。そこへキャシーが写真を持ってきた。大学の卒業式の記念写真らしく房のついた角張った帽子を被り、黒のガウンを羽織り眼鏡をかけた青年が、いかにもインテリという感じで記念写真のカメラを意識して写っていた。

私は疲れていた——気疲れだった。真理が持ち込んだ日本の空気に絡み取られたのかもしれない。汚れた食器を洗い、シャワーを浴びベッドに横たわったが、リビングでお喋りが続いているのか声が聞こえる。

10

真理は九十九セントストアでラーメン鉢を買って来たり、ダウンタウンの地理にも詳しく、美術館巡りなど関心のない私よりもキャシーと会話が弾むようだったし、キャシーと夜はよく出かけるようになっていた。

私はハッピー・ハウスの往復を真理と並んで歩き、マチさんに教わった場所を教えたが、ジミーの店は教えなかった。ちょっと意地悪かなと思いながら。

真理と一緒に働いた二週間はまたたく間に過ぎ、私は最後の五日間の休暇に入る前々日、出勤時間になっても真理の姿がリビングに現れないので、彼女の部屋の戸をノックした。

真理はパジャマ姿で戸口に立ち、「志津子さん、悪いけど私、生理痛が激しいから今日は休むわ」と言った。剃りこんだ細い眉、細い眼、華奢な身体、化粧をしていない真理は柳の枝のように思えた。

「生理痛ってどういう単語？　休むときは報告しなきゃいけないの」

「じゃあ手紙を書くからライザに渡して」

真理は英文で便箋に記し封筒に入れた。

私の生理は四十代の後半で終わっていて、痛みは忘れていたし何だかそのことを生々しく感じた。出勤するとライザが昼間の若い女が退職したと告げ、「忠告するとすぐ辞めるんだから。若い女の辛抱のなさは困ったもんだ」と大声で言い、それから声をひそめた。

「でもさあ、私だってここは嫌だ。うるさいばあさんがいるし、デニーは陰気だし……ドクター・ドリーは私腹を肥やしてるし。でも娘が子供を連れて離婚したんだ。だから私も孫の為に稼がなくてはってカムバックした」

「あら、以前ここで働いていたの？」

「そうだ。一階の壁に写真が飾ってある。お偉いさんに挟まれ表彰状持った私の……」

「あら、知らなかった、今日見るわ」

「ところで真理はどうした？」

ライザがきつい視線で私を見た。

「ごめんなさい」私はつい謝った。

ライザは彼女の手紙を一瞥し、「なんだって！　生理痛って病気があるのか。シスコが帰国するからここに慣れないと困るのは真理だ」と言い、憤然として階段をおりて行った。若い女が退職したことを今朝知り、怒っているのに重なった二重の怒りのようだった。

まもなくライザがあがって来た。「シスコ、今日アパートに帰ったら真理に伝えろ。ドクター・ドリーが明日から来るなって言っているって」

私は反応しまた謝罪した。「ごめんなさい」

ライザは強く応じた。「安易にその言葉を使うな。シスコが悪いのではない」

パピーが、「マリ、マリ」と言っている。

ダンチェの唇が、「マリ」と動いたような気がしていた。

アパートに帰る足取りが重かった。どのように伝えればいいのだろう――彼女たちは気まぐれだから気にすることはないと言うべきか、率直にライザが言ったことを伝えるべきか、私は真理の母親と同じ位の世代だから彼女を諭すべきか――どう彼女に寄り添えばいいのだろう。まだここに来て日の浅い彼女に。

帰りつくと真理は留守で、私は病院でも行っているのかと心配した。

夕食を終えても誰も帰ってこなかった。九時半を過ぎ、やっと真理とキャシーが揃って帰ってきた。

「キャシーと偶然コロンビア大学の近くで出会って」と真理が言い、「スシを初めて食べた。とても美味しかった」とキャシーが言い、日本語と英語が交叉する。

「あそこのスシ・バーは安くておいしい。シスコの送別会あそこでしょう」

「でも真理、私は学生だ。私の分しか払えない」

私は居心地が悪くなって真理を誘った。

「インスタントコーヒーでよかったら飲まない？」

「駄目、インスタントは。私が志津子さんに美味しいコーヒー淹れてあげる」

真理は自分の部屋に消え、私はリビングのソファに座り、思案を巡らす。

「来ない？」真理が声をかけ、私は重い腰をあげ彼女の部屋に行った。

ウォークマンがベッドの上に投げ出され、パジャマが脱ぎ捨ててあり、煙草の匂いをコーヒーの香りが消しかけている。真理はベッドに腰をおろし、私は椅子に座る。

「この部屋には椅子が有ったの？」

「管理人のフランクに頼んで持って来てもらったの」

「あんたさあ、今日は生理痛って書かないで、腹痛とか何か病気って書けばよかったのよ」

「どうしたの？　ほんとじゃん、嘘は書けないよ」

「それがさあ、さぼったって思われてんの」

私は一息入れてドクター・ドリーの言葉や、ライザが怒っていることを伝えた。

「何言ってんのよう。ライザは仕事をさぼってばかりいるし、テルビアは子供をお風呂に入れないし、なんで志津子さんはドクター・ドリーに言いつけないの？　私たちは無給でしょ。何でもはいはいって、シスコ、シスコと呼ばれ嬉しがって志津子さんが従うから……いいわ、明日、ドクター・ドリーに私が言う。それと私、キャシーと気が合うから上のクラスに替わりたいの。その希望も言ってみる」

私は友達感覚で応じる真理に唖然とし、真理が淹れてくれたコーヒーの苦みを飲みくだしていた。

翌日、真理は事務室に入って行き、私は彼女が二階にあがって来るのを固唾を呑み待っていた。

インターホンでライザが呼ばれ、一階におりて行った。

子供の相手をしていると暫くして、階段から二人の声がし、戸を開けて真理が顔を覗かせVサインをし、続いてライザが何食わぬ顔を覗かせた。

ライザがトイレに行くと、「スウが病気でアフリカに帰るので、上のクラスの担当にしてくれるって。志津子さんの替わりは雇うらしい。ドクター・ドリーは狐、ライザは狸。うふっ、ふ、ふ」真理は小声で嬉しそうに告げた。

私は矢張り英語力が必要だと痛感していた。

時間があっという間に過ぎ、子供たちを入浴させる仕事も最後だった。「スポーツ選手になるんだよ」「弁護士を目指すんだ」そしてダンチェには、「食料品の店を持つのかな」とジミーを重ね、語りかけながら子供たちの頭を洗った。縮れ毛の荒い感触が手の平に伝わり、やわな気分で俺たちは世間を渡らないと、子供たちの髪の毛が反抗していた。

真理とテルビアと私と三人で子供たちを寝かしつけるので、子供の眠りも早かった。大人の気配の多いほど彼らは安心するのだ。しかしその夜、ダンチェはいつまでも目を閉じなかった。彼のお腹を撫でている私を凝視し続けているのだ。消灯されたのに。

暗い部屋の中でダンチェの目が光り、黒い瞳が重く輝いている。彼はこのハッピー・ハウスの中で一番肌の色が濃い。だから一層、目が煌めくのだ。

「お前は一体、なに？」見開いた目は瞬きもせず、私の用心深く覆い隠した誤魔化しや、その場限りの善意や憐れみを見抜くように、ベッドを覗き込む私を一心に見つめる。

真理がドアを開け告げた。「志津子さん、もういいだろう。七時を過ぎているよ」

「先に帰って」

ダンチェの目が光っている。その光に応じたいと念じていると、自然に声が溢れた――「ねんね、ねんねん」幾度も繰り返し身体を軽く叩く。ダンチェの身体の感触と温もりが私の手の平に伝わり、記憶の底から言葉とリズムと愛の思いが湧き流れでていた。

ねんねんねんねんねんねんねんよー
ねんねこ山のうさぎさん
どうしてお耳がなーがいの
小さいときに乳母が
お耳を持って引っ張った
それでお耳が長いの

私はこの子守歌を母から聞き覚えたのだろうか……。

繰り返すうちに、やがてダンチェの眼光が薄らいでいき……それが別れだった。

踊り場で毛布を被り横たわっていたテルビアが私の気配に起きあがり、「ありがとう。気をつけて。さようならミズ・シスコ」と言い抱き合った。

夜風の冷たさに身震いし、目に雫が溜まる。濡れた目にジミーの店の灯りが見える。

「まだ開いていた……」私はほっとし店に入って行き、目を拭いながら飲み物を求めた。食料品は買いたくても、もう必要ないのだ。

「ジミー、あと五日で日本に帰る。買い物に寄れなくて残念だ」

「俺も寂しさを感じる」とジミーは鉄格子の中で肩をすぼめた。

「水曜日の夜、教会にゴスペルを聞きにこないか？　案内する。俺たちが世話をしてるんだ」

「勿論行く。どうしたらいい？」

「俺の店に七時半にこい。歩いて行ける場所だ。献金がいる。二ドルでも三ドルでもいい」

「いいよ。楽しみにしてる」

私はジミーの顔に、成長したダンチェを想い重ねていた。だがジミーの目はダンチェの目に負けていた。過酷な世間の灰汁がうっすらと溜まっている。


約束の水曜日はすっかり秋というのに、小春日和といった天気だった。でも夜は冷えるからと着て行く服装に悩み、整理したスーツケースの中から衣服を取りだしていた。

七時半きっかりにジミーの店に行った。ジミーは白いタートルネックのセーターの上に、黒い上下の背広を着てマフラーを巻き、シャッターを降ろした店の前に立っていた。セーターの白色と眼光が夜の色の中に浮かんでいて、私はそれを見つめ近づいて行ったのだ。

「とてもいい夜だ。私は息子と共に歩いていて幸せだ」と、ジミーと並び歩きながら私は言った。日本だったらとてもこんな台詞は言えないと照れながら。でも何かを語りかけねば……母親のような私からと思い切って口にしたのだ。

「俺は母親から捨てられた教会の前に。名付け親の牧師も天に召され、俺は今、教会に恩返しをしている」ジミーは即座に私の甘い言葉を吹き飛ばした。

ジミーは今迄、お母さんと言う呼びかけを決してしなかった……その距離が、三ヶ月の滞在で奉仕なんておこがましいと指摘しているようで、私は恥ずかしい思いをしていた。

「ハッピー・ハウスでは確かに世話になった。俺は赤ん坊でわからなかったが、マザー・ドリーは素晴らしい人だと思う。しかし娘のドクター・ドリーはどうだ。大学の医学部をでたインテリだが、母親が亡くなってから変わってしまったのだ。俺は今、あそこの内部告発をする人たちから話を聞き力になろうとしている」

「本当？　私には悪い人に見えないけど」

「彼女はあそこで働いていた人から訴えられ、幾つも訴訟を抱えているんだ。しかし金持ちだからやり手の弁護士を抱えているし、会計士も白人でこれも丸め込んでいる」

ジミーは私が日本に帰るので、少しだけ自分の思いを打ち明けた。そして帰りは守ってやれないので、イエロー・キャブを拾えば安全だからと言い、彼の言葉を聞き漏らすまいと緊張しているうちに、尖塔に十字架を掲げた教会に到着した。

建物の前で歌うらしく、折り畳みの椅子に座った群集の一塊が路上に溢れている。ジミーは前列の端に椅子を広げ、「ここに座れ、じゃあな」と教会の中に消えて行く。

腰をおろすと隣には小柄な老女が座っていて、私は日本から来たのだと告げ握手をした。「日本から一体どの位時間がかかるの？」

「飛行機で約十三時間です」

「遠い――」

日曜日のミサではないので、皆は普段着だった。教会の開かれた扉の前の石段に、黒衣の十人ほどの女たちが並びライトアップされ、女たちの全身黒一色が夜の色に拮抗し浮かびあがり、私と同じ位の年齢の人もいたし若い人もいた。

牧師がマイクの前に進みでて祈りの言葉を口にし、人々は頭を垂れる。

合唱が流れ始め、リズムが次第に早くなり、歌い手の身体がリズムにのり揺れる。独唱になり、風や光や水や生命の賛歌を聞いている思い。するとまた力強い合唱が湧き起こり、永遠の旅に旅立った人々が、そして今、旅を続けている人が踏み締めた大地の熱情が足もとから伝わってくる。声の流れが穏やかになりやがて歌声は跡絶え、ざわめきが背後で聞こえ始めた。

牧師が再びマイクを握り、彼も穏やかな口調で語り始めたのだが、何時の間にか激した口調に変わり、私は言葉が理解できず耳に入るそれも歌のように聞こえた。そのうち牧師はマイクを握り聴衆に近づき、ひときわ声を張りあげる。「ジーザス・クライスト、ゲット！」

聴衆は拳を振りあげ唱和する。「ジーザス・クライスト、ゲット！」

群集の声が熱気になり、冷気に満ちた空に立ち昇って行く。そのうち私も拳をあげ言葉を叫ぶと胸の内が熱くなる。

興奮の余韻のなか、牧師にかわりジミーがマイクの前に立ち、落ち着いた声で感謝の言葉を述べ何かを訴えると、群集の中から五、六人がジミーの側に駆け寄り、彼は大きく腕を広げ人々を抱き込んだ。

「仲間が増えました。彼らは今、神の祝福のもとにいます」ジミーの言葉と共に人々は手を繋ぎ、繋いだ手を振りあげると、群集は立ちあがり賛美歌を唱和する。私は夜空を仰ぎ星を見た一瞬、ダンチェの目の光を感じ、それが私には神のように思えた。眼光に射竦められ、己の周囲に築いた一人よがりの壁が崩落したと感じたとき、人が側に居て人々は慈しみの言葉と柔らかな旋律を口にしていた。

献金を箱に入れ、散って行く人の群れに入りモーニングサイド公園の方角を尋ねると、親切に道を教えてくれる人が続いていて、人々が言葉を口にすると、桃色の唇から言葉が綿のように流れ、私は歩いてアパートに辿り着いた。


翌日、荷物の整理を終え、手持ちのドルは七十五ドルだった。ブルー・シャトルに予約を入れていたが、万一、タクシーに乗ったとしても……だから三十ドルは献金できると、私はさりげなくジミーに渡そうと思い、辞書を引きながら昨夜の礼を綴りお金と共に封筒に入れ、外出した。

休日に歩き回ったハーレムの地を彷徨っていた。再びこの地を訪れる日が巡ってくるだろうか。歩いているうちに、ジミーへの手紙の最後に、《再びいつの日か会いましょう。私のアメリカの息子ジミーへ。志津子より》と記したことがひどく気になり始めた。余りにも安易で感傷に満ちたと……。私は何も変わっていないのでは？　何か人と触れ合えば、そこで色んなことを思い惑うそのことに疲れ、人との交わりを避けていたのだ……でも今は、正直に明確に自分の思いを伝えなければ。

ところが思いがけず、角のくすんだ建物の一階のジミーの店はシャッターが降り、周囲に立ち入り禁止の黄色いテープが張り巡らされ、数人の人が立ち止まり、パトカーが一台止まり、車の中で警官がマイクを握っている。

「何が起こったのですか？」私の問いかけに誰もが首を振る。辺りを見回し、余り騒ぎが大きくないと少し安堵し、彼には神の加護があると自分を落ち着かせ、私は隣の古道具屋に入った。鏡や使い古したソファが置いてある……「どうぞ私に隣のジミーに何が起こったのか聞かせて下さい」

いつも見かける店主らしい、アンクル・トムのような老人が応じてくれた。

「心配はない。いつものことだ。彼は死にはしない。今度も撃たれたがかすり傷だ。彼は用心している」

「でもなんで彼のような善い人が……」

「ジミーは小金を貯め込んで金貸しもしているのだ。恨む人もいる」

私は献金を入れた封筒を差し出し、明日、日本に帰るのでジミーに会えない、それで渡してほしいと頼み、老人の手に五ドルを握らせた。老人は「良い旅であるように」と言い、私は老人の身体に腕を回し顔を埋めた。この老人の身体の温もりと胸の鼓動を信じようと思いながら。

11

飛行機の中で、日本に向かっている感覚を失ったまま秋雨に煙った成田空港に到着し、湿った空気を肌に感じ、ようやく帰り着いたことを実感した。

午後を回り自宅に辿り着いたのだが、隣家のジャスリンは不在のようだった。

入浴を済ますとさすがに疲れがでて、荷物もそのままにし、空気を入れかえるため明け放った戸を閉め、蒲団に潜り込み眠りを貪る……どの位眠ったのだろう。夢を見たようだったが夢の残像もなかった。電話のベルの音で目覚め、目覚し時計の音と錯覚していた。やっとベッドの上ではなく、蒲団に包まれていると気がつき這って行き受話器を取った。身体の節々が痛む。

「帰り着いとったね。正木さんに電話してあんたの帰り着く日ば聞いとったと」懐かしいマチさんの博多弁が耳に入る。「あんたから手紙ばもらうとったばってん、返事ばださんでごめんね。バーサはどげんしとるね」

「うん、元気よ。だけど査察が入ってどうも辞めさせられるみたい」

「へえー、査察が？　あんたの後任はどんな人ね」

「三十代のフリーターの人よ」

「若い人も行くったいね。正木さんに聞いたら、七十歳の元学校の先生も行きんしゃったらしか」それからマチさんは声をひそめ、「主人がおるけんまた電話ばする。寒うなりよるけん、風邪ば引かんごとしんしゃい」と労り、「行きたかー。バーサが忘れられんと。あの人が病気になりんしゃったら看病ばしてやりたか。そうばってーあのばあさんはうるさかもんね。意地悪ばエネルギーにしよんしゃるごとある。あんたも色々あったやろ。聞かせり。じゃあね」とつけ足し、喋り足りない未練を残して電話はきれた。マチさんの好奇心は相変わらず活き活きしていると、耳のなかに声音が残っていたし、私の存在を忘れずにいてくれたと嬉しかった。そしてバーサや女たちのむせるような人の匂いを、マチさんに重ねながら恋しく思い、発音しにくい私の名前をシスコと呼び親しんだ人や街を思い出しながら、解き放たれたシスコと志津子の違いはないと背筋を伸ばした。

その日の夜は嬉しいことが続いた。息子夫婦が電話をよこしたのだ。そして窓に灯りがともっていたとジャスリンが訪れ、私たちは喜びが溢れ、お互いの名を呼び合い自然に抱き合った。

タクシーの運転手の夫が、非番なのかパジャマにジャンバーを羽織って出てきた。「これが寂しがっていました。こんな気性でしょ。人とうまくいかんのですよ。奥さんは優しいとしょっちゅうこれが話してました」と愛想よく言う。

「志津子さんは痩せて目も変わった。最初は声は優しかった。でも恐い目だった」ジャスリンはまじまじと私を見つめ達者な日本語で言い、私は怯むまいと見つめ返した……微笑みながら。ジャスリンも微笑んでいる。自分の娘のような愛しい気持ちが芽生えていた。

それから暫くしてジャスリンは念願のマンションに引っ越しをした。バスで三十分程の所だ。この距離が私には丁度いい。私は今、月に二回、英会話を彼女から習っている。ジャスリンの辛辣で厳しい英会話の指導は相変わらずだが、今ではそれも私を鼓舞する。ジャスリンの次の目標は子供を授かることだ。彼女は故国で出産しようか日本で産むべきか迷っている。日本で産むのなら、そのときは私の出番だ。

真理から思いがけず手紙が到着したのは、クリスマス前だった。

封筒を開けると丸い字が並んでいて、嬉しいニュースをお知らせすると書いてあり、《パピーが私が担当しているクラスに入りました。志津子さんが担当していたクラスの子と一緒に遊んでいたとき、パピーがダンチェを抱きキスをしたんですよ。兄弟みたいに。バーサが退職し、なんだか寂しくなり、雪がちらつき、スチームがとても暖かいです》と結んであった。

私は急いでクリスマスカードを求めた。

年が明け、真理から二通目の便りが届いた。

とても嫌な事が起こりました。私の後任はこの事で来なくなりましたと書き出され、ドクター・ドリーが逮捕され、テレビや新聞のニュースで報道され、新聞にはマザー・ドリーに恥ずかしくないのかという見出しで、記事が掲載されていたことや、援助金や寄付金の億に近いお金を着服していたのだと記されていた。《幸い、市が対策をとってくれ素晴らしい責任者が着任し、子供たちにオーバーコートを着せ公園で雪投げをしたり、おやつを与えることもOKです。人事も規律もきちんと整備されたし、私は安心して帰国します。ロックフェラー・センターのクリスマスツリーは最

高でした》

正木さんからも知らせが届いた。挨拶に続き、大変皆さんには世話になったが先方に不祥事が起こり、ドクター・ドリーと約束を交わし行なわれていた、日本人ボランティアの派遣は中止すると記されていた。私は今、正木友美さんという四十八歳の主婦に感謝している。人の出会いの喜びを感じながら。

思えば一昨年の五月の連休明けの夜、ハッピー・ハウスで働く正木さんのドキュメンタリーがテレビで放映され、それを見たのが縁だった。夫や娘の、「お母さんの人生だから」という理解あるコメントや、淡々と力みなく自然体で働く正木さんの姿に、あれなら私もできると安易に思ったし、事実、放映後、テレビ局に問い合わせの手紙が次々と寄せられたらしい。私もその一人だった。その後、正木さんは腱鞘炎と腰痛を患い帰国し、事務局を起こしたのだ。「英語ができなくてもハートの問題だから」と正木さんは言う。それでマチさんも私も勇気づけられたのだ。

マチさんは今ではすっかり腹を括っているようだ。

「ロスでもカナダでも主人ば引き連れて行こうと思うとると。孫の顔ば見せて楽しませてやりたか。働くばっかしで可哀想やもん。ばってん現実は厳しか。あんたはよかねえ、一人やけん。うちはもう一山も二山も越える。あんたば頼りにしとうけん」と電話で話していた。山を越えると言うマチさんの言葉が私の耳に潜り込み、身体に谺して力が湧いてくる。そしてマチさんが山に挑むときは、私も寄り添い山に挑むのだと思っていた。

真理は帰国したが、英語に磨きをかけようと就学ビザを取り再び旅立った。ボーイフレンドができ、ハムスターや九官鳥を飼っている黒人で、夜はクラブで歌っていると帰国したおりに電話で聞いていたのだが、そのうち彼の写真を送る同棲するかもしれないと、ニューヨークから住所を記してない絵葉書が届き、それっきり音沙汰がない。

私はいまこの居場所で、摑みかけているものに向かい踏み出そうとしている。踏み出せば、未知なるものに出会い心がときめき広がることを知ったからだ。たとえ苦難に出会おうとも。

ダンチェの目が未来を見つめ、眼光が未来に向かい広がると信じて。

小説

ピンク・バット

まるで薄い皮膜のような境界にあって
遠近を測るささやきの微かな共振
風信を送るよ
川向こうの、こちら側

夜明けのにおいが生まれている。かなりの幅の言寿川《ことはぎがわ》の流れも黒く、土手の雑草の群れも目を閉じている。防犯灯の灯りが橋を渡る男を見下ろし、つかの間、薄い影が尾をひく。

（たどり着かねば……）向こう岸に美しの原商店街と記された横断幕が見え、向かいあいひしめきあう商店の屋根を無数の電線がつないでいる。花屋や鮮魚店や八百屋のあるじが、仕入れのために目覚める時刻だ。

左手の商店街の裏のマンション群の窓から灯りが、夢遊病者のようにいくつか漏れている。右手の商店街の裏の工場跡地は薄墨の中、黄色めいた菜の花の群れが夜明けの浅い眠りの内にいる。(たどり着かねば……)長身の黒いレインコートを羽織った男は橋を渡り、商店街の中程から右折して蝙蝠橋に到る。小さな橋の両脇の石柱には、飛膜を広げた蝙蝠がとまっている。蝙蝠は日没の頃と日の出前に昆虫を漁るという。だが石に彫られた蝙蝠は永遠に飛ぶこともない。中国では蝙蝠は吉祥の象徴だ。男の父親は中国人で日本に帰化したが、信仰にも近い蝙蝠へのこだわりは捨てなかった。この石橋は男の父が寄進したらしい。

喫茶店の扉が道に面し、その隣家の老詩人の家は板塀で囲まれ、向かいの家々も塀で覆われている。突き当たりに鉄柵に囲まれた洋館が、航海に疲れた木造船のように路地の行くてをふさいでいた。

(帰り着いた)男は門扉を開き、安堵の吐息を漏らし石畳をふむ。芝の庭に大樹が数本、二階のバルコニーに面した窓は、昨夜の春の名残りの雪のせいか、よろい戸が閉まっている。扉の鍵穴に鍵をさしこむ。舞台装置ではない。私の育った家なのだ。たしかにと見境橋を境に取り戻す現実感覚が、鍵をまわす男の手によみがえる。

(寒い)寒気がまといつく。正面の二階への階段も男が立っているエントランスも、通いの家政婦の手入れがいいのか木材が飴色に光っている。左右に頑丈な木製のドアがあり、そこにも真鍮の飛翔するかたちの蝙蝠が張りついていた。(まさか……)ざわめく音が右手のドアの内から伝わる。

男は蝙蝠のノッカーを打つ。が、音はやまない。

ドアの内側は客用の応接室、それに続く父親の書斎に書庫。十年前に二階の父母の寝室や男の部屋や客用の寝室などを、貸間に改造したおりに、ピアノと薬簞笥を左右の貸間に残し、紫檀や螺鈿で装飾された中国製の家具や、書画、陶器類などいっさいを一階のその部分につめこみ、男は父に付随する物と父とを封印し施錠をしている。下水道をつたわり進入した蝙蝠が冬眠から目覚めようとしているのか。かつて父親を囲み談笑していた客人のざわめきが亡霊のように漂っているのか。男の脳裏に生まれた幻の音なのか。

（熱いシャワーを浴びれば……）すべてが流れ去る。思いに動かされ男はドアを開く。

壁紙も床のカーペットもベージュ色で、家具は黒のシンプルなイタリア製だ。スタンドの光に、壁に掛けた絵画の色彩が浮き上がる。暖炉に収まったヒーターも焰めいて色づく。男はパーソナルチェアに崩れこむ。精神に受けたダメージが肉体をも冒しているのだ。

（痛い！）臀部に張りついた蝙蝠が悲鳴をあげる。蝙蝠の広げた飛膜が食いちぎられている。歯形に熱湯がしみる。蝙蝠の翼は、ひろげた腕と手の指のあいだの薄い飛膜だ。血管がかよっている。鬱血もしていた。皮膜をたたんで壁にぶら下がれば傷は癒えるのだが、動けない。男の臀部に彫られた入れ墨だから。濡れた髪が男の首にまといつく。熱い蒸気がバスルームにこもり、華奢な男の身体が霞む。男は鏡を見ない。少しせりだした腹、振り返れば右の臀部の傷をおった蝙蝠もたるんでいるはず。払いのけた肩までの髪にも白髪が。首にも手で締められた鬱血の跡が。たぶん、鮮明に。ローションを塗る指先に生えたばかりのざらついた髭の感触が。男は生を確かめ安堵する。

「蛇に巻かれたよう」愛人は最初に男に抱かれたとき、そう呟いた。色白のきめのこまかな肌を、男は絹のパジャマでくるむ。ひんやりとした感触が、熱い身体の血のざわめきを沈める。睡眠薬を飲み、アイマスクをかけ、ベッドに横たわる。北枕は風水では最高の位置らしい。

とぎれとぎれの場面が横たわった男の脳裏に浮かぶ。

マンションのレースのカーテンを、ネオンの色が染めている。堰を切り奔流となる情熱が、いっとき浮き世のことを押し流すはずだったのに。

「陽性だった」愛人の言葉に男はひるむ。「嘘だよ、冗談だよ」冷静なまなざしに男は怯える。征服し翻弄しつづけてきたのは自分なのに。(ためされた……)愛を。立場が変わっている。愛人が臀部の蝙蝠を嚙み、抱いた首を締めても男は勃起しない。愛人は苛立ち、びてい骨が皮膚を突き破るほどの激しさで男の内部に侵入し、振動し果てる。その後の憐憫と侮蔑の浮かんだ目が！　見つめている男を。この部屋まで追いかけ。


午後に近い陽光がよろい戸から侵入し、ベッドの上の布団を筋状に刻んでいる。

電話の音で男は起き上がり、受話器を手にする。

「二階の左側が空いたよ」不動産屋の声を聞き、男は自分の家が〝ハッピネス・汀〟とあらためて気づく。家が傷まないように、家賃は家の修理や庭の手入れに使えばいいと、二階の住人は女性に限っている。男は女に興味がない。不動産屋は中学生の頃、男をいじめた悔いを引きずっている縁がある。

家政婦が男の注文した品物を冷蔵庫に詰めてくれている。粥のパックを取りだして温め口にすると、萎えた気分が上を向く。

何も考えず、行く末に目をつぶり、ソファに埋もれて音楽を聴く。ショパンのピアノ曲に男の気分が苛立つ、軽やかな音色に。

張国栄《レスリー・チャン》のアルバムに変える。チャンの声が、囁き声が、中国語が、男の耳に絡みつく。

《可以過下去（これからも暮らしていける）／譲以後可以愛下去（これからも愛していける）／不需太快楽質快活（最高とはいえなくてもそこそこ愉快に）／総有個伴侶（パートナーはいるのだから）

瘋戀到八十路（八十路まで熱愛でなくていい）／将彼此心結放在心裡（わだかまりは心に沈めて）》

男は、この曲の詞の中国語だけはわかる。訳詞を繰り返し読んでいるから。曲の名前は〝以後（これから）〟。しかし俳優でいて歌手でいて同性愛者のチャンは今、この世にいない。愛人の心変わりに傷心自殺したとか。海峡の向こうの香港での話だ。

男は読みかけの本を手に取る。アダム・ヘイズリットの短編集『あなたはひとりぼっちじゃない』の中の、《悲しみの始まり》と題された一編だ。

読み終わり巻末の作家の写真と視線をあわせる。少し首を捻りこなたを見つめた大きな眼。口元に笑みを浮かべ、光と影に分割された顔の写真の男は今、法律事務所に勤めながら長編に取り組んでいるという。父親は精神を病み自らもゲイだが、精神を病んだ人やゲイをテーマに自分は小説を書くのではないと語る作家はアメリカに居る。現在三十五歳と、男は視線の先の写真の男の才能と若さに嫉妬し、写真に手を掛ける。

いつの間にか陽が沈んでいる。男は日課に従い、果物やヨーグルトを口にし、すばやく野菜サンドイッチを作り食し、外出する。

パラダイス・カフェのドアを押し、隣家に接したいつもの席に腰を下ろす。

視線の先の流木が並んだような塀の向こう、詩人の家の半月形のステンドガラスの窓が、かすかに色づいている。父の友人の老いた詩人の生を確かめ、男はカップに手を添える。父の知人たちの死を幾度聞いただろう。自分には関わりのないこと。だが詩人だけは違うと、ソファで父と詩人が寄り添っているのを、ドアの隙間から覗いた幼い日を男は思い出す——あの日からしっとでからだの血がくろくにごりはじめたような。ちちにだかれたことのないおさないころの白いきおく。じぶんのうちに胎児になっていすわっているちちも、しじんがしねばきえるのか——珈琲マンデリンが寄り添っても、男の歳月が淀む。

パラダイス・カフェが二年ほど前、しばらく閉まっていたときも——半月はやよいのくれにぼうと、ともっていただろうか。それから以前のマスターと、どこかにているマスターがカウンターにいて、いつものマンデリンのあじがすこしじょうとうにおもえる。わたしはマスターにきょうみはない。愛をかんじるたいしょうとしての。あいてもむろんだ。しぐさでわかる——

マンデリンは、男の父親が愛用していた青磁のマイカップに注がれている。貫乳が地図のように小さな器に広がり、男は器に口をつけ手を添え、父が愛おしんだ物を奪おうとしている。酸味の少ない苦みのある液体を味わいながら。年月をかけ。

「都市計画で公園に整備されるんだって。このあたり」背後の女たちの会話が耳に入る。近頃、この話題が進展している。公園だって？　洋館の褪せたペンキの塗り替えも、空室を埋めることもやめよう。あの過去を積み込んだ老朽船は近く沈むと思いながら、男は立ち上がる。

見境橋を渡ると、男は生まれたばかりの過去も置き去り、マンションまで歩く。少しずつすれ違う人が増え、人の匂いと物の匂いがあいまいになり、今が密やかに息づき、あいまいさに紛れ込み、男は軽やかな足取りになる。

男は鏡の前で顔にファンデーションをのばす。小皺が隠れ、肌の白さが日焼け色に変わり、長い髪を後ろでくくると、顎の張った意思の強い容貌に変わる。薄い桃色を頬にさし、口に塗り、細い目の輪郭をアイ・ラインでふちどる。

クローゼットに並んだ衣服を取りだし着こむ。ベッドに愛人のジーパンや上着が投げ捨てられていて、着替えを終え店に行ったのだと男は安堵する。この部屋は宿り木にも似て、ふたりはここでときおり交尾し、それぞれの巣に戻り、再び、ここに来て身支度をし出かける。地下の駐車場の車に男はキイをさしこむ。

　ネオンの色が散乱する道をぬけ、けやきの大木が道の両側から繁茂し枝を広げた道路をぬけると、美術館のある公園、その周囲をマンションの窓の灯りが取り囲んでいる。高い建物と建物の間に、海底に沈んだような男の店がある。一階は支柱にかこまれ駐車場で、二階が店だ。淡いブルーの色の細長い建物には丸窓が三つ、明かりがかすか。男は愛人の車の横に車を寄せ、階段を上がる。がんじょうな茶色の木製の扉に真鍮の蝙蝠のノッカー、その下にピンクの色で『PINK・BAT』と横文字が門灯に浮かび、門灯の下に小さな旗が。虹色の。ゲイのシンボルの。

　扉を開くと、葉巻の甘いにおいがする。ワインの味が深みを増す香りの演出だ。灰皿に置かれた葉巻の灰が、人知れずこぼれる。

　カウンターの上の華奢なグラスが青白い蛍光灯に輝き、手や口が触れるのを待ちわびている。愛人が丹念に磨きあげ、今もグラスを手に磨いている。

　マンションの谷間に停泊している船の船長は男で、愛人はボーイに過ぎなかったのに。ジムで鍛え、マリン・スポーツに熱中し、愛人は男らしさをひたすら目指している。たくましく、強く雄々しく、男の腕のなかで、おかまと苛められた頃を訴えた若者の蜃気楼のような美はとっくに失せている。男はガラスを磨くように愛人を磨きあげたのに。金と時間と己の肉体を賭け。

　男は愛人とカウンターの内に立ち、首に手をやる、隠れている、鬱血した跡は。オーダーしたての白シャツの立ち襟を確かめ、ダークブルーの背広のボタンを掛ける。愛人は蝶ネクタイに黒のチョッキ、胸にピンクの蝙蝠のブローチをとめている。

男たちが集まり始める。カップルもいるし、シングルもいる。中高年の男たちは、高価な衣服で崩れかけた肉体をくるんでいる。所々にいる若い男はTシャツにブレザーを羽織っているか、ぴちぴちのジーパンにセーターの装い。

二十人も入れば船のラウンジを模した部屋の空気は希薄になる。木の羽根状の扇風機が頭上でゆったりと回り、船の舵が壁に飾られ、羅針盤がテーブルにはめ込まれている。スローテンポの音楽が流れ、スタンドの明かりのなかで、男たちが少し品よく、ステーキにむしゃぶりつく前の、前菜のような時間の内にいる。

男の華奢な手がシェークし、グラスに幾つも色が生まれる。愛人は男たちの間を、彩られたグラスを掲げ浮遊する。ソファに寄り添ったふたり連れの前のテーブルに膝まずき、木製の大きな卓上のキャンドルの炎で赤らんだ四、五人の男たちの談笑に微笑み、色を散らせながら。

カウンターで隣あったふたりが口づけをする。男に見られているのを意識しながら。愛人がカウンターの内に戻る。カウンターは防波堤だ。刺激され挑発されても、カウンターの中の居場所はいつもふたり。長身の細身の六十近い男と、日焼けした肌、いかつい上半身、つんつんと上向きに固めた短めの髪の、中背の中年男がならんで。

何もない。何も起こらない。争い事は。地上でどんな事があっても。いつもの航海だ。男仲間の。

蛍光灯の青い光が、カウンター内のふたりと、グラスに注がれたシャンパンやワインやカクテルの色をクールにする。気分は軽く、男は船長らしく、胸を張り、愛人は航海士に成り上がっている。ラウンジにたむろした男たちも、孤独も仮面も凪いだ海に捨て、赤裸々な島に到る、しばしのときを楽しんでいる。ごきぶりやねずみが暗闇に潜み獲物を狙っているのも、下水道管の中で蝙蝠がぶら下がっていることも、マンションの高い窓が見下ろし人々が噂話を交わしていることも、鉄骨が錆びはじめたことも知らず。

午前零時を過ぎると気怠い空気に変わり、換気扇もくたびれる。髪は薄くなっているが恰幅のいい熟年者が、若者の腰に手をまわし椅子から立ち上がる。男はカウンターを出て熟年の男と抱擁し、耳元で囁く。「いい朝を」

熟年の男は男の肩を軽く叩き、男はそれで安堵する。熟年の男は医師だ。男はＨＩＶ検査の予約をしている。医師はピンク・バット号の船医だ。皆が頼り信用しきっている。ＨＩＶに対抗するワクチンや薬の最新情報も、この男から会員に伝わる。ピンク・バット号と呼ばれるこのバーは会員制だ。だが会員がパートナーを連れてくるのは了解だし、いつの間にかパートナーが入れ代わることも刺激だし、新顔もいる。

ふたりが扉の向こうに消えると、カウンターの中に戻った男は肩に触れた医師の手を想う。若い男の前に膝まづき、コンドームを被せている消毒液の匂いのする手を。薄い皮膜の中で猛々しく固くなりはじめる感触で、船医は激情する。時には涙ぐみ。うめき声をあげ。果てた後の放心。しらじらと明け始めた光の中で、熟年者は投げ出した冷静さと誇りを拾い身につけ、幻の内にいたような暗闇から脱出して。光に向かい高速道路を車で駆け抜け、白衣をまとい、うがいをし、消毒液に手を浸す一日の始まりの儀式。

男も二、三度船医を抱いた記憶がある。愛ではなく打算と快楽で。

カウンターでひとり水割りを舐めていた男が立ち上がる。油気のない髪、丸まった背、捨てた孤独が背中に舞い戻っている。頭を空にするためにピンク・バット号に乗りこんだのに、早くも今日という日の日常が頭の中に積もり始めている。大学で哲学を教えている教授は、バイセクシャルで妻も子もいる。

「蝙蝠の交尾は雄は暴力的で、うしろから雌に近づき腕で抱いて背筋を噛み捕えるそうだ。雌は何匹かの雄と交わるんだ。雄の猛々しさと立派な性器に魅かれて」アメリカのヨーク大学の研究者のブロック・フェントンの説だと、教授は唐突に男に話し掛ける。だから蝙蝠は、「誠実さや家庭的平安を表わすお手本にならない」というのが研究者の結論らしい。教授の頭の内で分裂のきしみが始まっているのか。哲学はどう現実で活かされるのか。教授は船のタラップを下りていく。

最後のカップルが消えたのが午前二時過ぎ。

キッチンで愛人がインスタントラーメンを貪っている。男はマンデリンが無性に飲みたい。パラダイス・カフェの。ほろ苦い。

ピンク・バット号は錨を下ろす。

愛人が売り上げを計算している。男はパソコンを開き、顧客の書き込みをする。医師は二十年近く通っているし、教授は七年ほどのつき合いだ。男たちの名前が連なっている。人ごみで遠来の客も多い。

顧客名簿の中の生け花作家の誕生日が近い。首をかしげ内股で歩くのがこの男の癖だ。女たちが幾ら打算で競いあい近づいても、生け花作家は薄い皮膜で身体を覆っている。四十歳前後の生け花作家は洋服なのに、いつも縮緬の風呂敷包みを抱えてピンク・バット号に乗りこむ。

包まれた箱の中身は？　船長は好奇心がそそられる。

花鋏？　花木を縛る紐？　花の活性剤？

パソコンを閉じる。愛人とふたりだけになると、男の気持ちが張りつめる。昨夜の屈辱が蘇る。どっと疲労が押し寄せる。空っぽの目が見慣れた物質を見るように男を見返す。男の気分が老いる。自分の知らないところで密かに何かが。男の中に不安が芽生える。二十年の積み重なった歳月が割れるはずがないと、男は不安を摘みわだかまりを沈め視線をそらし、遠くの記憶を引き寄せる。媚や甘えや好奇心を溢れさせて男を見つめ、「お願い、愛して」と耳元で囁いた路上の若者を。耳に絡んだ吐息を。

父親が鬱病で自殺し母親が肝臓を病んでいると、弟妹を抱えた若者は身を売ったのだ。男に。娼婦のように。男は組み敷いた若者の肉体が震えていることに罪を感じた。それでいて身体の奥から突きあげる征服の喜び。猛々しい欲望の放出の快感が、いっとき罪を忘れさせた。だが男は罪の意識を消そうと時を置き、自らの欲望を封じ込む。

父親のように兄弟のように、男にまとわりつく若者に愛を感じ始めた日々、母親の死にも寄り添い、彼の弟妹の成長も見守った。束縛しないように、彼らの生活の中に入り込まないように。信じてほしい、私を。それが男の愛人への愛だし、そう願い続けた。男には信じる者がいなかった。愛する者も。神も。密かに嫉妬に狂い性欲に悶えながら、ひとりの若者だけを見つづけたのだ。

ピンク・バット号のカウンターに男と愛人が寄り添い立ったのは、愛人の二十一歳の誕生日だ。それまで愛人は、昼間、ピンク・バット号の床やカウンターを磨き、汚れ物の始末をしていたのだ。バイトにしては高い報酬をもらいながら。

男はそれまでカウンターの内に同性愛者を入れなかった。作家志望者や、俳優を目指す者、歌手の卵など、目的がある者たちがカウンターの中に男と連れだって立っていた。目的の為の金を得る手段として、彼らは距離を置き船客たちに接し、船を下りると、いっときの夢のように船の中のことは忘れた。忘れさせる為の金を、男は繋ぎの役目をする者たちに与えていたのだ。

バーテンダーの養成学校に通わせ、音楽会にも連れだって行き、画廊めぐりをしたり、本を与えたり、ドライブを楽しんだふたりの日々。船客たちに祝福された誕生日の、上気し輝いていた同性愛者の若者が、男の脳裏にフラッシュバックする。

目の前にいる愛人は、たくましい肉体、快活な気分、大勢の遊び仲間、今、男盛りの人生を単純に楽しんでいる。女たちとの友情も育みながら。過去の陰も今の悩みも引き摺らずに。

男はふたりの仲は永遠に続くと錯覚しながら、ふたりの向かう先が少しずつ離れていくのに目を

つぶり。みえない。みない。目が見えず、鼻や口から音波を出しながら、昆虫に音波がぶつかってはねかえり、それで獲物の位置を知る蝙蝠のように。男はいつか音も聞こえない日がくることも意識から追いやり。——くどくどとおもいなやんでどうする。ここはピンク・バット号のなかだ。かろやかにとび、くちとはなからおんぱをだし、えものをとらえているではないか。かねというえものを——

男はスタンドの光を消す。

蛍光灯の青白い光の輪の中、愛人がグラスを洗っている密やかな音が聞こえる。愛人はグラスに魅入られている。透明なグラスの縁や底に注がれた液体の色が残ったように、色が見えるらしい。隠れていた絵画を見るような。

男はグラスに興味はない。何ミリの酷薄さ。蛍光灯でしらじらしく輝く光なんぞと、男は愛人とグラスに嫉妬する。船を下りよう。突然襲ったグラスを粉々にしたい激情をおさえこみ、「先に帰るよ」と声を掛ける。明日は休日だ。いつもなら互いに予定を確かめ、一緒に映画や芝居を見に行くこともあるのだが。相手は、「おつかれさまでした」とそっけなく応じる。

男は夜明けが恐い。

車を飛ばし、マンションの駐車場に入れ、部屋で着替えをし化粧をおとし、美しの原まで歩く。いつもの運動を兼ね現実に戻る助走だ。ピンク・バット号に乗り込んでいる時間を、男は夢幻と目をつむる。見境橋は夢幻と現実の境界だ。男は愛人にこの橋を絶対に渡らせない。

夜と朝のあいまいな時刻、見境橋の上で男は春の匂いをかぐ。ふんわりと膨らんだ。――手をさしのべたくなるような、かたちのない、あのひ、ははがのこしていった空気のような。けしょうとこうすいのすごくいいにおいのする――

午後の時間、ランドセルを背負って独りこの橋を渡っていた。少年は友達を作らなかった。商店街の中から現れた少年の母が蝶のように近づいてくる。まといつかれると、少年はひらひらと近づく蝶が疎ましい。だが蝶は子供の頭上にとまっただけ。橋の中程で。

「お帰り。じゃあね」

――それっきり舞いあがり、誰にとらえられたのか。わたしをおもちゃのようにあつかったははおやは。あしをなげだせばくつしたをはかせ、ふろにはいればだきしめてキスをし。にほんじんなのに、アメリカにわたったんだ。そらをとび――

母は母の哀しみがあったのだろう。夢幻に向かって飛び去った母の冒険を祝福しなければと、今、男はそう思う。

蝶は異国で朽ちたのか。誰が寄り添っていたのか。蝶は昆虫針でとめられていたのか。握り潰されたのか。男が少年の頃、母をそうしたいと夢想したように。男が母を思い出すと、あの日の着飾った若い母が居て、記憶は妄想に変わる。

晴れの日の気配、よろい戸を開く。芝が伸び始め、緑の色に穏やかな風がまとわり、静寂の中にいると汚れた自分が見えると、男の内に哀しみが芽生える。老いへの坂道が目のまえに。――ちちはどうすごしたのだろう。この時期を。この日本で。つまにさられ、むすこにうとまれ、それでもちちには詩人の愛のささえがあったのか――

男は窓枠で切り取られた庭を見つめる。

男の父親はいつも人に囲まれていた。客間で談笑する父親は大人《たいじん》の風貌で、客は西洋館で振舞われる中華料理を食し、紹興酒に意気をあげ談笑していた。画家もいたし文学者もいて、父親の横にいつも小柄で柔和な面差しの詩人が寄り添っていた。彼の博学ぶりに一同心酔していたし、詩人は世俗のにおいがせず、禅僧のように謙虚で秘めやかで、求められれば低い声で知識を披露した。だが父親は一重にも二重にも仮面を被っていた。そんな父に詩人は魅かれたのだと男は想う。

マンション群の谷間に沈んでいるピンク・バットの建物は、以前は中華料理店だったらしい。男の父親はそこで働いていて、のしあがって店主になったらしい。

時の日本国首相によって日中友好条約が結ばれると、父親は甘栗や雑貨や漢方薬などの中国との貿易に、辣腕を振いだしたらしい。貿易会社の社長として世間的にも日本人らしく、家庭をと妻をめとり、子をなしたのかもしれない。故郷の父母も大勢の兄弟も肉親全てを捨て、日本人になり、事業と学問を身につけたいとひた走った父親は、出自を妻にも成人した息子にも語らず、家庭の写真すらなく、家族には非情だった。おそらく商売でも。そしてその底にバイセクシャルという素顔を隠していた。

　ときには妻に暴力を振るい、息子を脅かした。ひとりで抱え込んだ重たい荷物に打ちひしがれたとき、当り散らす相手は家族だったのだろう。父親に関する記憶は、男の憶測だ。旨い料理を作ってくれ、父母のように、母に置き去りにされた男に接してくれた、この館で働いていた無口な呉《ウー》夫婦から、途切れ途切れに聞き出したのだ。夫婦は誠実に働くことだけが生き甲斐だった。金を儲ける才覚とも無縁だったし、雇主を慕っていた。成功者として憧れ。お父さんが暴力をふるったのは、あなたのおかあさんがわがままでぜいたくだったからです。ぜいたくはいけません。と雇主をかばったのは、同国人の愛情だったのか。これも男のセンチメンタルな思い込みかもしれない。

　会計士からの電話で、男は物思いから覚める。ピンク・バット号は安全運転をしている。経理を任せている愛人の使い込みもない。と、男は安堵する。男は不安になると金銭の計算とチェックをする。確かな答えのでるものとし。

　中国との貿易も下降し始めると、男の父親の頭の中も混乱し始めていた。その頃から、詩人の影響か、父親は金儲けへの執着から離れる。――かねはほどほどでいい。あいするものたちにわけあたえたまえ。それがあなたがいまできる愛のかたち――と、詩人は男の父親に説いたのか。父はわずかに残った人間としての能力で、この西洋館を息子の名義にし、貸していた中華料理店を息子に譲り、呉夫婦に店を出す資金を与えた。

　男は西洋館を手ばなさなかった。中華料理店はバーに改造したが、中国の上海や、長崎の出島に残る西洋館を模した建物は、混血である男には住み心地がいい。だからこれは外観はそのまま、朽ち果てるまで。だが。

男は未来の明るい公園を思う。様々な過去が葬られ、整備された公園で戯れる親子、じゃれる犬、花花の彩り。

雑草も護岸工事のコンクリートで埋められ、夜はあかあかと防犯灯がともり、言寿川も眠れず、冬眠から覚めた蝙蝠たちもすくみ。

やがて公園も老い、再び住宅が立ち並び始め過去が未来を生み、未来が老いて過去になり、そのうち回っていた地球も疲れ果て。

男は回転する思考を止める。

キッチンに食べ物のにおいが溢れる。男は器用な手つきでチャーハンを作り、サラダやスープを作る。大学を中退し、中華料理店でコックの見習いをしたことがあるので味はいい。休日なので、美しの原商店街の呉夫婦の息子の餃子工房は、シャッターを下ろしている。シャッターには京劇を演じる隈取りをした男女が描かれている。男と呉の息子との親密な付き合いはない。息子も両親に金をくれた親切なおじさんという記憶しかない。男の父親のことを。

遅い昼食を終え、男はヘッドホンを掛け、リビングルームに据えられたCDプレイヤーの、リモートコントロールのボタンを押す。

チェリストのヨーヨー・マのアルバムのケースが、卓上に置かれている。まだ若いと形容できる眼鏡をかけた東洋人が、チェロを抱いて微笑んでいる写真の視線が宙を見上げている。

男は目を閉じる。〝中国の太鼓〟のチェロとピアノが絡みあった軽快なリズムが流れ出る。よろい戸から緑の庭に放たれた鳥のように、クライスラー作曲のバイオリンのための小品を、ヨーヨー・マが編曲しチェロの名手が奏でている。〝愛の喜び〟そして〝愛の悲しみ〟純粋で陰りのない愛の深遠を。〝我が母の教え給いし歌〟はドヴォルザークの歌曲をクライスラーが編曲し、更にヨーヨー・マがアレンジしている。

去って行った母への拘わりも、父への捻じれた愛憎も湧きでる音の泉に浸し、男は汚れた自分を洗う。老いさらばえ、その先の死への不安も愛人への猜疑心もゆるゆると溶け。パリで生まれ、アメリカにいる中国人の才能と音色に心奪われて、春の午後のひととき、昨日の寒さが消えている。温もりのなかで明るさのなかで、チェロの音色が男の身体に染み、身体の内に潜む猛々しいものを慰撫する。ソファの上で束の間の午睡から目覚めると、気分が和んでいる。男は珍しく昼間の外出を思いたつ。

休日はパラダイス・カフェも閉まっている。男は蝙蝠橋の手前の祠の入り口にたたずみ、両側に立てられた石柱に彫られた文字を読む。〝萬世太平〟左には〝五風十雨〟と記されている。男は祠に祀られている本尊さまを知らない。——木のにんぎょうが川を流れていたらしい。とおりがかった老人がすくいあげると、あせてはいるが、かおがしろくぬられて、くちべにもにじんでいて。こりゃめがみさまかもしれないと。するとあつまったろうじんのひとりが、あまごいとほうさくをいのる神さまだという。そりゃあおろそかにするとばちがあたると、まつったそうな——おさない頃、聞いた話が男の記憶によみがえる。誰が話してくれたのか。もしかして老詩人かもしれない。

祠の前を過ぎると、蝙蝠橋の根元に立っている褪せた赤いポストが男の目に入る。母親の指先が男の視野に浮かぶ。赤いマニキュアを塗った指先から、ポストの口にきえていくてがみが。——てがみはだれにおくっていたのだろう。かあさんは。ぼくはかあさんのそばにたって、せのびをして、ポストのくちをみていたんだ。それからかあさんが、ひらひらと空をまいきえていって。ぼくは、ごごのゆうびんはいたつのおじさんをまっていた。よろいどのそばにいすをもっていき、顔をだしていいたんだ。いつも、いつも。がっこうからかえると——とどかない母からの便りを待ち侘びている少年の姿も浮かぶ。男の脳裏に収まった写真が鮮明に。

美しの原商店街のシャッターは休日で一斉に閉じている。男はいつも閉じた店先を歩く。見境橋に立つと、男の視野に工場跡地の菜の花の彩りが目にはいる。黄色は幸運の色と、愛人が誰かに告げていたピンク・バットのカウンター越しのたわいない会話を思い出す。——今日のきゅうじつ、彼はなにをしているのだろう。トライアスロンのれんしゅうのじてんしゃをこいでいるのだろうか——盛りあがった筋肉で裂けそうなスポーツウエアの派手な色が男の脳裏をかすめ、男はくらくらとしながら見境橋を渡り終え、茶壺《さこ》通りをよぎる。

家々の庭に恥じらい気味の花の彩りが、生まれたばかりの木の芽の初々しい緑が。マンションの窓辺にも色が留まっていたりして。男は手にヨーヨー・マのアルバムを持ち、マンションに立ち寄ってラジカセを持ち出そうと歩いている。

とびらのなかで、かすかな人のこえがしているような。かぎはかかっているのに。男は鍵をまわす。

こもったにおいがする。人の？　男は1DKのキッチンに入り、閉まった部屋の戸を引く。

——いっせいにこうもりがとびたつおとをきいたような。みみもとのあたりで、まだざわめいているような——

ふたりの男があわてて衣服をまとっている。後ろ向きのズボンを履く男の背中が美しい。しなやかなやせぎすの。色白の背中に手の跡の薄紅の傷跡。Tシャツを被っている、見慣れた盛りあがった肩の筋肉が寄り添っていて。ベッドのシーツが乱れ。

男はふたりと向きあう。若者はどこかで見かけたような。

「帰っていいよ」と、男は若者に告げる。妙に冷静な気分で。その時、若者はピンク・バットの店の掃除をしている大学生だと男は気づく。愛人がつい先頃雇い入れた、バイトの。

玄関の扉が閉まる音が、しんとした辺りの空気を震わす。

男も愛人も無言だ。男はふたり掛けのソファに腰を下ろす。愛人はベッドに腰掛ける。

男の脳裏にかつての自分がオーバーラップし、あのときの罪の意識が蘇る。

「あいつを愛しているんだ」と、愛人が男に告げる。（本当に愛なのか。欲望ではないか）と怒鳴りたい気持ちを男は抑える。日焼けした顔を綻ばせ白い歯をのぞかせ、愛人は軽々と愛と言う言葉を口にする。

「どうする。この先」

「あんたに今までどおり従うよ」

「従うって？」

「ほんと言えばさあ。おれ、あんたのけつの蝙蝠もう見たくないんだよ。いつまでも張り付いている俺のようで。少し萎んでいじけて」

愛人は自分を卑下しながら、皮肉をこめて男の顔色をうかがう。

男は自分の臀部の蝙蝠を近頃、鏡で見たことがない。自分の肉体に現れる老いの兆しから目をそらしつづけているのだ。

男が無言なので愛人は苛立つ。

「あんたってさあ。おれには正体がいつまで経ってもつかめない。おれと同棲することもないし。鷹揚で物分かりがよくて。長年世話になって感謝はしている。いまさら空々しいけど、それは事実だ。信じてくれ」

男の身体の内で、血液の流れが奔流となる。しかし血管が破れ血が流れ出ないのは、誇りという厄介なものが阻止しているから。

「おれは肉体の改造にのめりこんで、それでバランスをとってるんだ。気持ちの。おれの未来に何があるって落ち込む。そんなとき、自分の肉体をとことんいじめる」

愛人はTシャツを再び脱ぎ捨てる。見事に鍛えられた肉体、人工的に。愛人は男を挑発する。

（ほら、みろよ。だいてやろうか。かなわないだろ）

男は奮いたたない。今、去って行った若者の背中が脳裏に残っている。かつての愛人にそっくりだった。

男は目をそらす。抱きあえば組み敷かれ、服従する日々が始まると。

「サーフィンやってても、押し寄せる波に、あんたの目が見えるんだよう。海に潜れば海底にあんたが潜んでいて。だから仲間とわいわいやって。でもあんたの目はいつのまにか、おれのまわりにいて。おれはそれがあんたの愛だってずっと思っていた。そのうち、おれはあんたにすっぽり飲み込まれたんだ。正直あんたから抜け出したい。今日だって、あんたの目がどこかに浮いている気配がしたんだ。だったらあんたと同じことしてやろうって。おれの部屋じゃなくここで。あんたは今のおれの歳だった。中年の。あの若者はおれなんだよ。あんたに縋った。おれがおれを愛してなんで悪い」

男は、役者の声を聞いている思いがしている。そうおもわないと、やりきれない。

「おれはあんたが老いるのが恐い。老人のあんたなんて。萎んだ蝙蝠を見るなんて。ピンク・バットが消えるなんて。それがおれの未来だなんて」

愛人の背後の窓に蝶が。男は摑んで昆虫ばりで……と思う。一瞬の幻が消え、色彩のないコンクリートの建物が連なっていて。男は途方にくれる。声をあげて泣きたいような。男は自分の中に居座っている胎児のような父親は自分だと気づく。――わたしをいつまでも、はははのたいないにとじこめていたい。ようすいのぬくもりのなか、たいじになり――

「時間をくれ。あんたを自由にするから」男は自由という言葉を口にして、はっとする。――じゆうってなんだよう。いまさら。あいしてたんだろうおれを。愛って、あんたのあいって、なんだい。セックスすること？　しはいすること？　こだまのように声が返ってきそうで――

くずれそうな自分を立て直す。愛人の上半身は裸だ。午後の陽の光が差し込み、鍛えた肉体の陰影が美しい。男は分厚い胸に縋りつきたくなる。やがて敗北感が男の身体に広がる。恐れと不安がまといつく。この先の航海をどう乗り切るか。ひとりで。

手にしたヨーヨー・マのアルバムに気づく。男は立ち上がり、ラジカセに手をのばす。愛人は物を投げつけられるのかと、のけぞる。そんな仕種が男はいとおしくなる。――こどもじみた。わらいながらふざけあえたら。いつもそうして、じゃれあって。もつれあって。セックスをして、いつものふたりにもどっていたじゃないか――

男は背を向ける。「明日、店は開けるから」と言い残して。

男は車に乗り込み、ためていた息を吐き出す。長い航海を終え、隠退する老いた船長の気分で。ハンドルに手を掛けうなだれると、ポロシャツの胸のあたりに、飯粒が張りついている。昼食のチャーハンの。男はみじめさにすくみ、孤独の深みに引き込まれる。

車を急発進させた。愛人の赤いジープを掠ったかもしれない。

車は茶壺通りにでる。――殿様に献上するちゃつぼなんてくそくらえ。かごにのったちゃつぼをおとこたちがかついで。しはいされたひとのぎょうれつが。ぎょうれつの男たちがきょうふとふあんにみちて、きものをきた女たちもわたしをみつめている。男の車がきしんだ音を響かせ止まる。ブレーキをかけなければ――

信号が赤にかわっている。男の車がきしんだ音を響かせ止まる。バスが隣に並ぶ。バスの運転士が男の車をちらと見下ろす。

高速道路に入る。家族を乗せた車が行き交う。インターチェンジを下り、男の車はドライブインに入る。キー・ケースを手にし、乱れた長髪を掻き上げ男は店に入る。

飲料水が喉をうるおし気分が落ち着き、男は走って来た目的を思い出す。みやげをもとめなければ。いつもみやげにする月餅の有名菓子店はとっくに過ぎている。店先にはありきたりの品物しか並んでいない。

車を発進させ男は林の中のログハウスを思い出す。そこで手作りのケーキを求めようと。休日もひらいているだろう、たぶん。

ログハウスが木立ちの合間にみえかくれしている。車が往来し踏み固めた道が曲がりくねっている。駐車場の空き地に車が二、三台見えた。

運良く、ロールケーキが三本残っていた。マーマレード、ブルーベリー、イチゴのジャムを巻いたケーキが。

「二本にしていただけませんか。よかったら」エプロンを着けた初老の男性がいう。頭に巻いたバンダナから白髪が溢れているが、顔には艶がある。隣に妻らしい瘦せぎすの表情のない女性が寄り添っている。

何度か男はここで休憩をしたことがあるが、言葉を交わしたことはない。「どうして?」「私どもの閉店は五時でして。それまでにお客さまが寄られたら」と、男性はあいまいに柔らかい調子で応じる。

男は相手の内包した固い芯に抵抗してみたくなり、腕時計を見る。三時過ぎだ。「じゃあ、帰りに寄ってみて残っていたら、それ、貰うよ」

「いえいえ、そんな。残りものは私たち夫婦が。でもおかげさまで妻のリハビリのつもりでここに移り住んで、こうしてお客さまが訪れてくださって。妻とふたりでケーキを作って、人様が喜んで求めてくださるなんて、会社人間には考えてもいなかった生活です」男はなお丁寧に男に応じる。隣で妻はうつろな視線をさまよわせている。

柔らかい緑にくるまれたログハウスに住む夫婦は、定年後の理想の生活のように男には思えたのだが。車がカーブを曲がる度に、助手席に置かれたケーキの箱が不安定に揺れる。

小高い山が近づいてくる。農家の庭の桃の花の彩りが優しい。花が盛りを終えると、この辺りはやがてむせるような新緑に覆われる。山に入ると、車は渓谷に沿い舗装された道をのぼる。

大きなカーブを曲がり、車は吸い込まれるように整備された広い駐車場に入る。白亜の城が、西洋の。小高い山を支配するように、建物が陽の光を浴び男の目前にある。駐車場には車が並んでいたのだが。

天井が高いロビーは静まりかえっている。深々としたソファにテーブルのセットがあちこちに。その間に置かれた水槽で、人工の熱帯魚が泳ぎ藻が揺らぎ、取り付けられた青いネオンの光が、切り取られた海を演出している。中央の白い壁に、モネの睡蓮を描いた絵の複製が重々しい額縁に収まっている。通い慣れている男は左手の扉を開く。

「いらっしゃいませ」エレベーターの前に受付の若い女性が座り、ガードマンが立っていて、男が面会カードを見せると、女性は深々と礼をする。

八階でエレベーターを降りると、前は円筒形のプラスティックで覆われたフロア・ステーションで、淡いピンクの制服の女性たちがたむろしている。男は挨拶を交わし、みやげのケーキを差し出す。おおげさな礼の言葉が飛び交う。

ドアに蝙蝠のノッカーが付いている。西洋館と同じかたちの。

ノックをして八〇七号室のドアを開けた。ガラス窓の向こうに空が広がっている。車椅子の人の左右に老いた男女が立っていて、逆光の中で、被膜を閉じた蝙蝠が寄り添っているようだ。

男の父親は九十歳を過ぎ、痩せて小さくなって車椅子に沈んでいる。黒眼鏡をかけているので、目の表情は分からない。頭は禿げているが、後ろのわずかに残った白髪を伸ばして、くくっている。父親の肩に手を置き老詩人がいて、夫を亡くした呉媽《ウーマー》が寄りそっていて、黒白写真のシャッターを切る一瞬を持っているように、三人は男を見つめる。

「春らしい陽気だね」と、老詩人が挨拶がわりに言う。父親が何か呟く。入れ歯をはずしているので言葉が分からない。

男は疎外された気分になる。

「美しの原もやがて都市開発され、わたしたちの束の間の歴史も消える。それで部屋が空くのを待ち、わたしもここで世話になろうと思う。君のお父上が、意志を失っても、なおぼくを求めるのです。ぼくと呉さん夫婦には、十分過ぎるお金をくださった。それに応えるのは愛情しかない」詩人は男の無言の問い掛けに応じる。

部屋が空くということは、ここでは人の死を意味する。――ちちがじぶんの金をどのようにつかおうと、わたしはなにもいえないのだが。わたしのちちおやは、つまよりも、むすこよりもあなたをあいしていたのですか。あいしているものに、かねをわけあたえたまえ。それがあなたがいまできる愛のかたちと、ささやいたのはあなたですね。いつもいつもちちによりそい。ちちをしはいしていた――

男の父親はもう十年まえから、男が自分の息子であることが認知できない。

このケア・ハウスができたとき、父親は微かに残っている自らの意志で、ここを終の住処と選んだ。父親にとって最後の贅沢だったのかもしれない。月々の維持費も多分高額だろう。全ては弁護士が管理している。

呉媽は息子の家よりも、男の父親を介護しながらの、ここでの生活を選んだのだ。自らの老後の為にも。現実を見極め。

広い部屋には、はめこみの家具があり大型のテレビも備えられ、ベッドは柵で囲まれているものの、床は転倒しても傷つかない毛脚の長いじゅうたんで覆われている。書棚には飾り物に過ぎない本が並び、アコーディオン・カーテンの向こうは呉媽の部屋だ。キッチン付きの。

ここはボタンを押せば介護士が駆けつけ、おむつを交換し、具合が悪くなれば隣接の介護施設か病院に移行する。日々、足の弱った父親にリハビリが行われ、大切に生かされている。

老詩人が父親の肩を撫でている。父親が「おう、おう」と、言葉にならない声をだす。詩人の手の感触は分かるのか。食事は呉媽が食べさせないと食べない。

「父さん」男は父親の肩に手をやる。父親はびくっとして怯える。その感触に男の気持ちがひえ、手をひく。——わたしはにくしんの義務として、きょうはここにきたのではない。きょうはとうさんにあいたかったのだ。とても。ろくじゅうちかいおとこが、こどものように。ぼくはとうさんのむすこですよ。たったひとりのにくしんの。この日本での——

父親が何かせがんだ気配で、呉媽は車椅子の向きを変え窓辺に連れていく。山裾に農家がちらほら見え、田畑の淡いみどりが広がっている。陽の光が弱まり、雲が空を覆い始め日暮れが近い。

「お父上は近頃、ここから景色を眺められると、自分は故郷に居ると思われるのです。私たちが中国語で話しかけると、時折、お父上は中国語で応じられる。媽媽《ママ》、媽媽《ママ》と。耳を寄せると、美しい響きで、お父上の声は、子供のように甘えを帯びていて」詩人は更に言葉を重ねる。「あなたにお知らせしなければと思っていました。でも事務的に、父上の信頼されていた弁護士からと思ったり、迷っていました。わたしたちは、お父上がまだはっきりと認識されておられたとき、墓地を買い墓碑も建てました。父上の提案で、墓碑には蝙蝠《ビエンフゥ》を彫りました。翼を広げた。それにわたしたちふたりの名前も」老詩人は蝙蝠を中国語で言う。男はもう自分はこの部屋から去るべきだと思う。じぶんのいばしょはここにはない。

部屋から退出する男の後を、老詩人も、車椅子を押し呉嫣も続く。ピンクの制服を着た介護士の若い女性が、車椅子の父親に声を掛ける。「今日はとてもお幸せですね」

老詩人が男に話し掛ける。「この詰め所の前を通ると、どうもお父上は蝙蝠のこどもが集まっているように思われるらしい。ほら、桃色の制服でしょ。だから、桃色の口を開けて鳴いている、ほら母親に餌をねだっているんだと。だから乳奶《ニューナイ》、乳奶《ニューナイ》、真可愛男孩《チエンコーアイナンハイ》って言うのです」

男は開いたエレベーターにのる。戸が閉まる一瞬、父親が口を動かした。確かに男に向かい「再見《ツァイチエン》」と。

車の側で振り返ると、建物の窓がカーテンで覆われ始めている。日が落ち始めていた。

高速道路は休日の帰宅を急ぐ家族連れの車で混んでいる。家の重なりが増え、都心の明かりの渦が近づいている。男はヨーヨー・マのアルバムを父に聞かせたかったと気づく。わからなくても、にくたいが音にはんのうし、かんじょうがわくかもしれないとおもっていたのに。

マンションの駐車場に愛人の車はない。

見境橋を渡る。防犯灯の辺りに三匹の蝙蝠が。被膜を広げ蛾を捕まえようと。吉祥のあかしと男が思った瞬間、幻の蝙蝠は消える。

珍しく、男は朝に目覚める。少し曇りらしく、室内がほの暗い。

今日は忙しくなると思いながら、髭を剃る。弁護士や税理士に電話を入れなければ。不動産屋にも会わなければ、銀行にも行かなかればと男は気持ちが張りつめ、珍しく闘争心が湧き、現実に根付いた気分が男を駆り立てている。

男は朝食を食べながら、昨夜、考えたことを確かめる。別れると決めたことを。愛人と。知り合って二十年という歳月が、泡のようにきえていくのだ。――うかうかとしんじつづけていた。わたしの死をみとってくれる人として。ちちのよこにつきそっている老詩人のように。かれはちちからしはいされたのではなく、ちちをしはいしたのだ。ちちはどうして、日本人になろうとしたのだろう。ぼくにもおまえはにほんじんだと、くちうるさくいいつのって。でもあなたは、いまあなたの祖国にかえっているのですね。ながいぼうけんをおえて。あなたのあいしたにほんじんの男と、同胞の呉おばさんとともに。こうもりにまもられて――ようやく弁護士に電話が通じた。

「あのケアハウスは終身ですし、そこの維持費は十分ございます。どうぞご心配なく。お父様は財産の管理はとても考えておいででしたし、わたしも信用していただきました。税金に取られるよりもと、匿名で中国のお生まれになった僻地に小学校を寄付なさったり。皆様にお分けになられ」

男は愛人に何を分け与えようかと思う。そう考えることで割り切れる自分、物や金で愛を易々とたち切ることのできる自分の非常な血を思う。父が祖国を、ははもそこくをすて夢にむかいひしょうしたのだが、わたしは？　男はピンク・バット号を沈没させようと考えている。自らの意志で。――マンションが建ちはじめてから、あの店はじゃまだったのだ。しゅういのかんきょうにとって。いまならうれる。マンション業者がてばなさないかといっているから。土地はせまいが、かなりのかねにはなる。それに、こきゃくめいぼのフロッピーをそえて。かれにわたそう――

男は不動産屋に電話を入れる。

午後を過ぎ、男はパラダイス・カフェのカウンターに座り、マンデリンと初めてケーキを注文する。マスターも表情をかえずに応じる。ケーキの甘さとマンデリンの苦みが溶けあい、男の胃袋を満たす。マスターの男の匂いを微かに嗅ぎ、男は席を立つ。

美しの原商店街を人が行き交い、果物や花や野菜の色が目に入り、小さな店で店主が動き回り、人が言葉を掛けあう度に人の息が春風と絡み、人の気持ちが上を向く季節になっていた。男はこの街こそわたしのふるさとだと思う。ほ乳類で唯一飛べる蝙蝠、被膜を広げこの土地を包みたいと、いとおしい気持ちが男の胸に湧く。

見境橋の中程で男は自分を呼ぶ声を背後に聞く。

「張《チャン》さーん、明朋《アキトモ》さーん」

振り向くと、顔見知りの呉の息子が。

「西洋館に行ったら、お留守で。パラダイス・カフェを覗いたら今、出られたって」と急いで言い、一息入れる。

「張萬思《チャン・ワンス》先生が。先生が。今さっき食べ物を喉に詰まられせ息を……。母があなたに連絡がつかない、明朋《アキトモ》さんを探せって。私も仕事の段取りを終えて行きます」

久しぶりに会った呉夫婦の息子も、白髪が混じり眼鏡を掛けていた。「父も母も本当に張先生には世話になり、一度あなたにも礼を伝えたいと。母が厚かましく、あんないい所にも入れていただき」

明朋《アキトモ》は、心急きながらも照れながら応じた。

「あなたのご両親にどれだけわたしも世話になったことか。それなのに私ときたら無沙汰ばかり。なにしろ」口ごもると、相手が言葉を続ける。

「行きませんか。落ち着いたら、ふたりで中国に。骨を撒きに行きましょう。張先生とおやじのふるさとに。じゃあ」呉の息子は背を向け、小走りに去る。

見境橋を人が往来している。痩せた長身の初老の男が急ぎ足を止め、空を見上げている。視線の先に翼を広げた鳥がいて、春の午後の茫として空に消えて行く。おかえりじぶんの巣へ、じゃあまたと男は胸の内で呟き、全ての拘わりを空に投げる。

——こだわりが、はるのあめにかわり新芽にそそぐといいのだが——

ここ　かしこ

あちら　こちら
飛ぶ　よりも　流れる

大気のぬくもりと
地面の発するわずかな熱を
私の表皮は受けとめていく
しるべは　ない
遠い行き先　それとも
帰巣の通路
私の皮膚の裂傷は
覗かせている　宇宙を
ぼかり　と
その虚ろに
星座の地図は描けるだろうか
ふわりと胡蝶が
浮かぶ

（詩　吉貝甚蔵）

極楽荘ばなし

玉子さんが亡くなったのは、十二月始めの早朝だった。それで、教会での玉子さんを偲ぶ会は、クリスマスの行事が終わった二十七日に行なわれた。葬儀ではない。玉子さんの遺体はなかったのだから。

住宅街の中の教会には、三十人ほどの人が集まり、平日の午後の集いで年配の女性が多く、その中で私たち三人は後ろの席に身を寄せ、私は日頃嗅いだことのない互いの体臭を嗅ぐ。左隣の佐久間さんは枯れた男の匂いがし、右隣の輝子さんは煙草の匂い。私？　脇の下から女の匂いが滲み出ている。

牧師さんは禿げていて、おでこのあたりが艶やかで、黒衣に包まれた身体も豊かだった。その背後に磔になったイエス・キリストの像が。あれこれ想像してもキリストの体臭は私の脳から湧き出ない。血の匂いも葡萄酒の香りも。

牧師の話が続いている。「信者であられた九十五歳のお父上を、そして九十八歳の母上を看取られ他者を愛し、主が導きたまう道を歩まれ、そしてあなたは多くの人々の祈りと感謝に支えられることを幸いとし……」

（自ら命を絶ったのです）私は胸の内で呟く。

玉子さんは私たち三人が生活している極楽荘の大家さんだった。と、玉子さんにまつわるはなしは過去になる。

玉子さんの両親は長寿をまっとうした。長寿は神のご加護かどうか。母親は転倒しては骨折を繰り返し、医者は玉子さんの虐待を疑ったらしい。ところが玉子さんもあちこちあざが目立ち始めた。夏の頃のうわさによると。

「母の骨が折れないように、母を抱いた私がクッションになるのです。私より骨太の人なのになぜ折れるのかしら」と、玉子さんは嘆いたらしい。私たちはこの頃の玉子さんを知らない。全ては極楽荘に偵察に来た民生委員の女性のはなしによると……だ。

「あの頃は葛藤されていたのよ。神様どうしたらいいのか分からないって。きっと泣いていらしたのよ。でも私の顔を見ると笑顔に。病身のお母様を助けお父様を看取り。それに玉子さんだって七十過ぎでしょ。お母様があんなに長生きされるなんて信じられない。認知症状も出て、ベッドの側の聖書を破ったり。これはヘルパーさんからのはなし。私、玉子さんが倒れはしないかと心配で。

それでショートステイのアドバイスをしたの。でも一回行ったきりで終わり。先方で母は甘やかされてちやほやされて、身体の機能が衰えましたですって。玉子さんがそう報告したの」

久しく遠ざかっていたうわさばなしだ。私は煽る。「玉子さんって本当に素晴らしい人。尊敬しちゃう」

「そうそう、立派な方だった」輝子さんが応じる。佐久間さんは無言だ。

「でも立派に生きるって大変だよね」民生委員は好奇心旺盛のおばさんに変わる。

「ほんと。ほんと」輝子さんと私は、お囃子のように相槌を打つ。

「実はね。あなたたちは知らないと思うけど、玉子さんには娘がいるの」

「彼女、結婚してたの?」輝子さんはそっけなく玉子さんを彼女と呼び、自分と同じ位置に引きずりおろす。

「未婚の母よ」

(やる、やる。やるじゃん)私はなんだか少しほっとした。

「頭のいい娘だったから玉子さんも期待してたらしいけど。そう、短大の先生になったの。でも、その後どうしたと思う?」

私は首を傾げる。

「教師を退職し、エジプトのカイロの大学に留学したの。ところがさあ、男に引っかかったのよ。観光バスの運転士の。娘はバイトで日本人観光客のガイドをしてたんですって」

輝子さんが立ちあがり、お茶を入れる。

佐久間さんは無言だ。女三人を無視している。佐久間さんは玉子さんがいなくなって何も喋らなくなった。（この人ね、『うるるん姫』って、ほら、オカマのショーで繁盛してる店の人気者だったのよ。三枚目の道化役で）私はでかかった言葉を飲み込む。そんな私を見張る為に、佐久間さんは食卓の一画にいるのだ。台所続きのこの板の間も床が抜けそう。エアコンがかすれた息を吐き出している。生温く気持ち悪い。でも今日は客がいて、うわさ、というご馳走を持ち込んでいる。

「玉子さんって上等だけど、いつも地味な服装だったよね。でもさ。すごく色鮮やかな刺繍をしたワンピースを着たときがあったの。白髪混じりの髪を内巻にして華やいで。私、お玄関で思わずどうしたんですかって間抜けな質問して。あそこはご両親も玉子さんも背が高く鼻筋も。外人っぽいでしょ。別人みたいだった。リビングに通されて紅茶とケーキのおもてなし。インコの鳴き声が聞こえて」（それで、それから）私の気持ちが高ぶる。

「玉子さんが洋服を撫でながら、娘の嫁ぎ先のお母様が刺繍をされてプレゼントよって言うから、あら、エジプトの？　って思わず聞き返したら、玉子さん、きつい表情になって誰から娘のことをって」

輝子さんが「近所の皆から」と、先回りしたので、客は「違う違う」と打ち消し、「お宅のお隣さんからって返事したの。だってもう隣は空き家だったんですもの。そしたら玉子さんはうっすらと笑みを浮かべた。あなたがたも知ってるでしょ。嘘はお見通しっていう軽蔑したような」

輝子さんはその表情を思い出したのか、両手を胸の辺りで組み肩をすくめた。

「そしたらたまたま、玉子、玉子ってお母様が入って来られた。少し足が弱っておられたけど、そのときはまだ……。ねえ、なんのおはなし？　って聞かれるから、お孫さんのって返事したら、お母様は、『あら、曽孫が生まれたのよ。写真の女の子は愛らしいの。混血でしょ。でも大家族生活が大変。大学も退学したし、私どもも幾度も送金をしました。玉子にこんな物、送ってきてきげんとりよ。玉子の娘があの一家の稼ぎ頭、日本人の観光客が多いから。それに私も玉子も頭が痛いの。先方さまはイスラム教徒でしょ。どうしたらいいのかしら』って私に問われて、どうお返事していいのか」

「民生委員も大変な仕事ですね」私はそれからを促す。

「それからどうも絶縁されたみたい。でも財産分与はしたらしい。やっぱり親子の縁切りもお金で解決したのかしら。あ、今日、私がうかがったのは」

ほらほらと、私も輝子さんも佐久間さんもと思うけれど身構えた。

「佐久間さん、七十一歳、新開輝子さん六十六歳ですね。あなたは二十代？」民生委員は眼鏡越しに私を見つめる。

「いつこの家を退去されますか。自治会費は玉子さんが来年の三月まで支払っておられるから問題はないけど。佐久間さんと新開さんは独り暮しの高齢者で、ふれあいネットワークの対象者に玉子さんが登録されているし」

「来年、三月までに立ち退きますよ」佐久間さんが不機嫌に応じ、「そのふれあい何とかは脱退します。独り暮らしじゃないんだから。我々はこの家で三人で……」

「ええ、それは知ってます。でも玉子さんは案じていたのだと思いますよ。家族ではないんだから。でも玉子さんも皆さんにお世話されてお幸せだったのに。どうして？　私、消防車のサイレンと電話で起こされた。玉子さんとこが燃えているって。私が駆けつけたときは手がつけられなくて。私も現場検証の折にはいろいろ聞かれたわ。でもね、玉子さんはやっぱり立派、ちゃんと教会のお仲間の弁護士さんに、なにもかも早くに委託されていたみたい。遺言状には全ては教会に寄付って記されていたって。ご親戚はがっかりね。私はあなたがたが見守ってらしたから出る幕はなかったし、ご近所が立ち退き、空き地でよかったわねえ」皮肉まじりのはなしに、佐久間さんがむせて咳き込む。（演技かな？）

客の口から絶え間なく言葉が溢れだす。「ねえねえ、焼け跡に残っていたあの金庫に何が入っていたと思う？　アルバムと娘さんの成長記録が。玉子さんらしいわ。捨てるに捨てられなかったのね。過去を封印してたのに暴かれるなんて。アルバムの中に大学生らしい男の写真があったんですって。それが娘の父親よ。随分と年下のハンサムな」

「そんなうわさ、誰から仕入れたんです？」佐久間さんが咳の効果がないもんで、言葉を発した。

（よしよし。やれやれ。もっと）私は、客と佐久間さんの口合戦を観戦したい。それに佐久間さんが言葉を発したのが嬉しいのだ。やっぱり争いなんだ。生きる意欲を駆り立てるものは。

「あら、民生委員は守秘義務が有るの」

「だったら喋るな。死者を冒瀆するな！」

（よう！　佐久間さん。さすがのせりふ）

「何ですって。自治会長や私は最後までこの町内に残り、自治会が解散するのを見守るって努力してるのよ。町内が再開発の区画整理反対派、賛成派とに分かれて何年もどんなに苦労したことか。玉子さんはそりゃあ介護でお忙しかったのは分っていたけど、私が言いたいのはあの一家は、長年、自治会って地域組織に何の協力もなかったの。共同作業の町内の清掃も話合いにも出てこなくて、全てお金さえだせばいいでしょうって。平たく言えばお高くとまっていたのよ。ご近所つき合いもなかったし。あなた方に何が分かる？　この地域の、あの一家の。あなた方はここで暮らしてたかだか二年位じゃない」

「帰れ！」佐久間さんが悲鳴に近い声を出したとき、バサっと外で音がした。一瞬の静寂が恐れを増幅した。玉子さんが訪れて外で倒れたのかと……そんな幻がよぎり私はガラス戸を引くと、冬の夜気が襲い身震いした。輝子さんと私の取り忘れた洗濯物がぶらさがった輪っかが、破れた提灯のようにガラス戸の両脇に。

　空き地の彼方を、特急列車の窓の灯りが連なり流れて行った。

「トタンが落ちたのよ」間を置き私は告げた。固まった皆の顔がたちまち溶けたので、「この家も長寿なんだ」とつけ加えると、

「この借家の借り主も長かったわ。立ち退き料を狙って居座るのかって思ったけど、夫婦して娘の嫁ぎ先に引っ越し。それから玉子さんがあなた方を引き込んで。驚いたわ。空き家に知らない人が入り込んで失火や放火も心配だったたし。玉子さんも失火だったんですってね。あんなに用心深い人がなんで。消防署も警察も失火って断定したから安心したわ。クリスチャンは自殺しないよねえ」

佐久間さんが立ちあがったので客を殴るのかとはっとしたが、階段を荒く鳴らし二階に行ったが、すぐに降りてきた。ジャンパーをジャージーの上下に羽織り。「暗いから送っていきます。立ち退くときはちゃんと連絡します」

「ここには電話はないの？」

佐久間さんがケータイの番号を教えた。

客は役目を終えて安心したのかやっと腰をあげ、手提げを手にした。襟元に毛皮のついた黒いコートを着たままだったので、客の顔はほっかほかの肉まんのようで、生命の旺盛さの証のように染めた髪の生え際が白くなっている。

佐久間さんが庭に駐車していた車をだす。白い物が私の視野を掠る。野良猫の白ちゃんだ。車の下が暖かかったのだろうか。私と輝子さんが手を振ったが客は見向きもしない。

輝子さんはくわえ煙草だ。火はついていない。人の気配はない。冬の冷たい月が欠けていて、かけらを風が音も無く砕きながら冷気に変えている。方々の空き地が暗さを濃くし、人家の灯りは土色の海に漂う小船の様子、その先に、つなみのように高層マンションが重なっていた。

玉子さんを包んだ猛々しい炎を、私たちは見ていない。佐久間さんは離れた新聞販売所に自転車を漕ぎ、タイムカードに到着時間が押されていたし、私は居酒屋のバイトが深夜になり、居酒屋近くのバイト仲間の居室に宿泊していた。輝子さんも運動を兼ねた早朝のお稲荷さん参りの日で、顔見知りの人がいた。消防車のサイレンは聞いたが関係ないと思ってと、事情聴取で述べたらしい。で、私たちは冬の夜明けのアリバイがあった。

ライターの炎が一瞬、輝子さんの顔の深い皺を暴く。身体に膨らみのない輝子さんは小柄で小顔で髪を刈りあげているし、普段は白色や青色のスウェット・ファッションなので、帽子を被っていれば遠目で少年に見えることがある。半纏を羽織り、煙草の煙を冬空に吐き出している輝子さんを残し、私は家に入る。玉子さんが居なくなって私たちは堪え性が抜け、三人の誰かが口を開けばその言葉に引っかかれ擦り傷を負いそうで、まともに向き合ってない。

この借家はトタンがあちこちに張ってあったが、辛うじて家という体裁を保っていた。私の部屋は一階の……と、これからの私に関するはなしは過去から現況に続く。

極楽荘と名づけたのは私だ。このおんぼろ家には勿論、番地がある。この地のＪＲの駅の近くには、極楽湯という銭湯もあれば極楽荘という麻雀屋もある。天国は天国社という葬儀場一軒で寂しい。だから、単純に極楽荘って決めた。そして私は麻雀のように勝ち負けははっきりしないけれど、なんだか少し小金が貯まってあがり！　って予感がし、短期の勝負が面白そうって玉子さんの機嫌うかがいに徹したのだ。

私は海に面した村のみかん農家の出身だ。父母もばあちゃんも兄弟もいる。両親は私が看護師になると思っていた。多分、私の顔からの短絡的な思い込みだろう。おにぎりを二つ左右にほおばり眉毛も目も細く、喜怒哀楽の下の三文字が抜け始終笑っているような、まんまるな。髪をおかっぱにし、ほっぺを隠してもほっぺはいつも髪を追い払う。小さいときはほっぺもリンゴ玉のようで、それなりに愛らしかったかもしれないのだが。中学に通う頃、ほっぺの赤色は徐々に失せひび割れに悩んだ。こうして出っ張って自己主張するほっぺは、善なる人、心優しき人の象徴のようで私を悩ます。反動でチョイワルおんなになる夢が悩みを追い払う。見知らぬ町に出奔する衝動が私を揺らす。学生時代は内なる衝動をなだめるために合気道に打ち込んだ。それと英語に。当時、田舎暮らしに憧れて、合気道を教えながら外国を放浪したおじさんが村に移住してきて、塾と道場を開いた出会いが私のラッキーチャンスだった。高校を卒業すると、それでも私はしおらしく町の福祉の専門学校に入学したが中途退学した。その頃は合気道も段位を取得していて、私はおじさん師匠のお気に入りになっていた。おじさんは私の放浪願望に気づき自分の体験を語って私を煽り、私を自分の見果てぬ夢の代行者に仕立て上げようと企む。私は従順に企みにのる。

「後輩がバンコクで俺が譲った道場を持ってる。助手がいるってんでお前さんを紹介しようと思うんだ」

なんとおじさんは両親まで説得し、両親から金を引き出した。その額、三十万円。両親に内緒で、おじさんは紹介料って十万円差し引いたうえに、私の処女を奪うべく押し倒そうとした。何となく予感がしていたので即座に守りの体勢をとる。師匠はまったく素のままだったので、ありゃりゃって感じだ。

「お前の顔じゃ抱く気も起こらんよ」捨て台詞につけ加える。「何が入ってんだ？　ほっぺた」「玉、玉。吸ってみたら？」と、からかったらおじさんは本当にわたしのほっぺを吸った。優しげで、したたかなほっぺを舌で巻き込み。

「ありがとよ」って。

内心おじさんを軽蔑しても、私の顔は寛容に笑っていた。

この時、私の顔は武器だと思ったんだ。

バンコクの町には、はまったけど、雇い主は嫌いだった。この中年の日本人男性は野心家だった。だから弟子も現地の金持ちの家の子供たちで、大人も。技の上達なんてどうでもいいんだ。日本の武道は社交の道具だった。だから私は失格。それでも私は弟子の中流ホテル経営者のおばさんに気に入られ、ホテルのメイドの部屋にもぐり込み、食費と滞在費を浮かした。そして日々、チャイナタウンやサンペーン・レーンの商店街や泥棒市場の、小粒の納豆が粘ついているような欲望が満ちた場所で泳ぎ廻っていたが、半年近くなると、私がマリファナやってるって道場で根拠のない噂が広がり、雇主は私を解雇した。私は帰国する金がないとごね、雇主の日本人が私を差別したと日本大使館に駆け込むと脅し、雇い主から往復の旅費に当たる金をせしめた。顔は笑顔で口調は怒りのアンバランスって、結構しぶとい女って思われるんだって、このとき私は私のほっぺを慰撫した。

帰国はしたが郷里には戻らなかった。道場のおじさんとは音信不通だが、両親には便りを続けていた。一方的に自己安心の為に。

それでも都会の片隅のアジアの民芸品を扱う店で、一年ちょい辛抱した。日本人の中年夫と若いタイ人妻のコンビが面白かったからだ。彼らの1DKのアパートに転がり込みダイニングルームで寝起きし、給料から貸室料を引かれたが私は彼らの冷蔵庫の中身を齧る。バンコクでの経験や合気道、そして私の顔が女たちを癒し面白がらせ売りあげには協力したのだが、夜のタイ人妻の猫の悲鳴のような声には参った。最初は泣き声と誤解していたのだが。

私の漂流はバンコクにはじまり、ベトナム、香港と続く。そしてやっと気がついたのだ。私のほっぺ顔は日本人にしか通用しないことに。それで私はおそまきながら何か手に職をと、振り出しのバンコクに戻りタイの古式マッサージを学ぼうと思いついたのだが、あいにく資金が不足していた。それで都会の郊外にいる母の姉、つまり伯母を頼る。伯母夫婦は、この地のJRの駅近くで八百屋兼果物屋を営んでいる。間口はそこそこだが奥行きのない店だ。息子はサラリーマンで、嫁が手伝っているのだが子育てで忙しいらしく、休みがちだ。近くに大型スーパーマーケットができて客は減少したがお得意さんもいて、伯母夫婦はいつ店仕舞いをするかの決断がくだせない。伯母夫婦は二世帯住宅を新築したので、二階の倉庫がわりの部屋が空いていて、私はそこにもぐり込んだので私の両親は安心し、隣のラーメン店の二階がスナック兼カラオケ教室で音楽つきだが私は苦にならない。

玉子さんは店の古くからのお得意さんだった。

ベレー帽を被りマントのようなコートを羽織った玉子さんと出会ったのは、店頭に秋の果物が並んだ季節だった。

「あら、どなた?」玉子さんはすぐ私に気がつく。私の顔は笑ってなくても笑っている。

「姪ですわ。あちこち外国うろちょろして、うちで休憩中というよりは小遣い稼ぎ中ですわ」伯母さんが客の相手をしながら、皆に聞こえるようにがなる。

伯父さんは朝の仕入れでくたびれ、二階の私の蒲団の中で一寝入り中、午後近くに現れる。

「お母さんが亡くなってだいぶ経つけど、玉子さんはふ抜けってとこかねえ。それでもクリスチャンだから、お仲間とホームレスの炊き出しにって、うちの買い物も多いし。金は有るしさ。神様がお見守り……」

「慣れない言葉使うんじゃねえ」って、伯父さんが、うわさばなしを断ち切る。

そんな会話を思い出しながら、その夜から、私は金が有るという玉子さんをどう攻略するかの物思いにふける。こんなときは隣のマイクで肥大した歌声が邪魔で、寝つきが悪い。

急がば廻れって自分に言い聞かせながら、玉子さんと出会って三回目に、玉子さんに野菜の入ったビニール袋を渡しながら、ひょいとリンゴを一つ投げ込んだ。玉子さんは、「何?」ってとがめたが、私が片目をつむると、「了解!」って。笑顔でなお膨張した私のほっぺは弾けもしなかった。

次の機会は伯父さんの小型トラックの助手席に座り、玉子さんご注文の里芋や水菜や牛蒡、それに伯父さんは肉屋や豆腐屋で材料を揃え、駅裏の公園に集まったホームレスの為の炊き出しの豚汁の材料を公園に届け、私は居残り手伝う。こうして私は私のほっぺ顔に依存し、小金を得るべく、好奇心を充たすべく、玉子さんに近づく。

私は玉子さんの境遇を、聞き上手になって伯母から引き出していた。伯母が表現したふ抜けっていう玉子さんの今の状態は、用心深くてご立派な人を、私のほっぺ顔で崩れさせるにはもってこいの時期と思われた。両親への献身で善意を使い果たした玉子さんの胸の空洞を、悪意や欲望やしたたかさで充たしたい。崩れた後、活力を取り戻す玉子さんを想像し私は好奇心を燃やす。

「美容院に行きたいから帰りに寄る」玉子さんが求めた品物を店に預け、忘れたのは故意なのか物忘れの予兆だったのか、今もって私には分からない。

私は伯母が書いた簡単な地図を手に、玉子さんの家を探した。冬風の強い日で、夕暮れの優しさを吹き飛ばし陽が暮れていた。駅前の人の群れが千切れて飛んだように歩いていたが、やがて人も跡絶え老いた家が散在する地域に入る。針金で囲まれた空き地の枯草が白髪をなびかせながらしわがれ声で、ひそひそばなしを交わしている。灯りが漏れる家の板塀に、区画整理反対と書かれた札が垂れていた。その先のレンガ塀に囲まれ老いた鷲が翼を広げているような平屋、そこが玉子さんの家だった。門の前の防犯灯の光の輪に入り、かじかんだ指先でインターホンを押す。

「どなた？」

頑丈な玄関のドアに、古びたクリスマスリースが飾られていた。

「わざわざ届けていただいて。久しぶりにケーキを焼いたの」玉子さんは来客を予期していたのか、リビングルームに招き入れた。

書棚も椅子もテーブルも、見るからに頑丈そうで四角張っていた。書棚の横に机が置かれ、玉子さんの両親の威厳ある写真が……。写真の前に鎖のついた十字架が置かれ、机の上の壁に、目も鼻筋も口も太い黒い線で描かれたキリストの顔と分かる絵が掲げられ見おろしていた。立ち止まってあちこちに視線を投げている私に玉子さんが説明する。「あれはルオー展が開催されたとき、美術館で買ったポスターよ。額に入れると印刷の紙なんて思われない。絵の具の厚みが感じられ…」って。「父の書斎は閉じたから、机と書棚の一つをここに移動したの。佐久間さんがいるから助かるわ」

私はルオーは覚えないが佐久間さんの名前を記憶に刻む。好奇心を膨らませて。

家具の濃い茶色が部屋の明るさを圧迫し、あせたじゅうたんの模様を曖昧にしていた。前に座った玉子さんはロングスカートに毛糸のショールを羽織り、蛍光灯の光の中で、疲れた占い師のおばあさんのように家具に埋もれていた。この部屋の中で丸みを帯びた物って、セピア色のカーテンに向かい置かれたロッキングチェアと、その横に吊るされた鳥籠だった。籠は小花模様のカバーで覆われていていて鳥は眠っている様子、だから玉子さんの声も低い。

ケーキが運ばれ甘味のすくない味だったが、紅茶はいい香りがした。玉子さんは私が手渡した袋からりんごを取り出し剝きはじめ、螺旋状に赤い皮が垂れさがっていく。果物ナイフの切っ先が私に向かい旋回していた。

「今どんな暮らし、してるの?」

面接の試験官のような問いだが、私は待ち兼ねていた。

「あの店の二階で寝泊まり。お風呂は伯母さんとこへ自転車で。おっくうで寒くて始終水洟が。洗濯はコインランドリーでするし、食事はカップラーメンやパンですませ、壁向こうのスナックがやかましくて夜眠れないんです」

「でも何か目的があっての生活でしょ」

「ええ。タイに行かれたことありますか?」

「残念ながら何処にも。父は大学に勤めていたから学会で外国によく行っていたけど。母が病身だったから」

で、私は村の道場の師匠のはなしをした。「十万も取るってあこぎですよね。その上、セクハラ。でもあちこち放浪したけど結局タイに再びって。今度はちゃんとタイの古式マッサージをマスターしようって。親にも心配かけてるしでも資金不足。私のこの顔じゃ、手っ取り早く稼げるヘルスやスナック勤めも無理だし。第一、男に興味がないし。これって、あの男のトラウマかしら。男を立てる手管は知ってるけど」

「男はプライドが高いから」

「プライドなんて高尚な。違うんです。男の身体の一部をおっ立てること」私はぐっとはなしをさげる。

「まあ」

玉子さんは顔を赤らめた。私は自分の善人顔に自信がある。相手が寛容に受け入れるっていう。案の定、玉子さんはリンゴを切って皿に盛り、「召し上がって」と差し出す。私は頬張る。なお膨張したほっぺは道化だ。玉子さんをくすぐった手応え有り。

「でも伯母さんとこのバイトも……。あの店の買い手が現れたらしくって。それに」

「なになに、何なの?」

「伯母は血縁だけど、伯父さんは他人でしょ。私の蒲団にもぐりこんで」

「え!」

「昼寝です。私はへいちゃら。蒲団も炬燵も伯母さんちの使い古しだし。でも、この頃、夜遅くに板戸を叩く人がいる。いくら隣がにぎやかでも、ノックの音は階段を伝わって耳に入る。そのたんびに戸を破って誰かが侵入して来たらって恐ろしい。奪われる物は何にもないけど。私がいるって知ってる誰か……伯父さんかしら?」

「冗談じゃない。あの方は古くから知ってるけどそんな方じゃないわ」

「でも男は分かりませんよ。蒲団の中で私の匂い嗅いでたりして」私の顔は笑っている。

「およしなさい。そんな憶測失礼です。でも聞いたからには放って置けないわねえ。駅前は夜、不良少年の溜まり場らしいから。このあたりもぶっそうで。でもいいの。私は」

「危ない、独り暮らしは」

「あら、やっと独りになれたのよ。私が見守るべき人はもういない。だからこの家も後二年以内になくなるの。印鑑押したのよ。役所の同意書に。捨てる物ばかりだから強盗に入られても、どうぞなんなりとお持ちなさいって言うわ。魂まで盗みはしないのだから」

魂なんておおげさな。って思ったけど私は神妙に膝を揃えて、玉子さんの口元を見ていた。面接結果が告げられるのを。

「エアコンが壊れて。どうしようって迷ったの。何もかも古びて壊れていくのね。佐久間さんがこの石油ストーブ運んで来たの。灯油の臭いは嫌いだけど、佐久間さんが全てやるから大丈夫って。おかげで足もとがとても暖かい。上のおやかんから、ほら湯気がでて喉も乾かないし」ストーブの炎を見つめ、玉子さんは言葉を紡ぐ。

「終戦後に親戚の一家がこの家に寄宿してたの。私と同じ歳の女の子がいて、私の持ち物を欲しがっていつもけんか。怒られるのは私。両親まで取られるんじゃないかって嫉妬したり。あの頃は石炭ストーブで、よくさつまいもをのっけて焼いていたわ。それを取り合って、ストーブに手が当たって私は火傷をした。母は火傷をしたのが玉子でよかったって。手の火傷の痕は今でも消えない。私の原罪の刻印ね。家はその後立て替えたけど。この頃、しきりに記憶が蘇るの。時間の余裕ができたからって思うけど。記憶を遡りながら生きるのも辛いものね」

私は落胆した。はなしが私の期待した方向に進まないことに苛立ちながら。

「あら、ごめんなさい。夜道は危ないわ。佐久間さんがいると送ってもらうんだけど。じゃあこうしましょう。あなたもいらっしゃい。ここじゃないけど近くに借家があるの。それも期限が限られているけど、人が住めばそれまで保てる。佐久間さんと輝子さんがいるけど、まだ一部屋空いてるのよ。お年寄りにって思ってたけど」

私はほっとして肩の力を抜いた。私の善人面は変わらないから大丈夫って思いながら。ようやく導きだした結果に満足しながら。この部屋で行儀良く座っているのは、うんざりって思いながら。

「でも、家賃、バイト料から払えませんけど」

「勿論、いりません。でも光熱費だけは三人で割り勘ね。佐久間さんが一番年上だから、佐久間さんを立ててね」玉子さんは「あっ」って口をつぐむ。

えへへ、もう一つお願いしなっくっちゃ。面倒なことは人頼み。「あのー玉子さんから伯母に、このことをはなしてくれませんか。私から言い難くくて」

「ええ、私からはなすわ。伯母さまも安心。大丈夫かしら。帰り道」

「ええ、誰かに襲われたら蹴あげるからご心配なく」

「そうね。武術って武器でね」

会話が途切れ、私は早く退散したいと気持ちが焦る。

扉を閉ざす音が冷たく聞こえたが、玉子さんは笑顔で見送ってくれたから、家賃無しの借家に入居のおいしいはなしは大丈夫だよねって、私は自分を労る。角を曲がり背伸びをした。玉子さんに取り入って疲れたのか、冬空に押しつぶされそうな感じ。「うーん」と、息を吐き出し冷たい空気を飲み込むと胸が冷える。

パチンコ屋のネオンが見えてきた。人が行き交い、振り返ると玉子さんの視線が。炎を見つめていた……人の内心はお見通しって感じの視線が。果物ナイフの切っ先まで脳裏に浮かんでひやり。あー、ほっぺが冷たい。寒い、寒い。

角のパチンコ店は賑々しいネオンが廻り、その並びの本屋と八百屋はシャッターをおろし、ラーメン店から湯気が這いだし、横の二階に続く階段の入り口には、「スナックしのぶ」の紫色の行灯が。私は裏の路地に廻り込む。おしっこの臭いが昼間でも抜けない道、大便、小便するな！　パトロール巡回中って張紙があるが効果はない。店舗の裏の侘しい顔が連なっていた。汚れたエアコンがでっぱり配線が垂れさがり、張りつけた板に蔦が這い上り、ガスボンベが砲弾のように並び、汚れた板壁を切り取り作った板戸は知った者しか分からない。手垢のついた取っ手の下の鍵穴を回す。すぐに脚立のような階段。置いてある懐中電灯を灯す。伯父さんの作業着からこぼれたのか、パチンコの玉が床の上で光った。一階の便所で野菜や果物に降りかける肥料のように私は放尿し、一息ついた。

やれやれ。束の間の居住地が一年半の保証付き家賃なしで確保され、玉子さんに更に接近でき、玉子さんの知人との同居が始まる。ということで、これからのはなしは佐久間さん輝子さんが登場する。

私の伯母夫婦は、店舗が売れそうで機嫌がいい。どうやら不動産屋が買い取り営業するらしい。息子が背負った自宅のローンを少しでも軽くできると、良き新年が迎えられる気配だが、長年、小さな商いをしてきた夫婦は、油断は禁物と温泉旅行の誘惑にものらない。伯母夫婦の節くれだった手を見ていると質実の証しのようで、私のように二年も経つと、どこか海外に脱出したくてむずむずする性分の者はせつない。でも、どうやら伯父さんの何かが崩れ始めた気配。昼寝もパチンコ店での時間も長くなり、店が終わると、「スナックしのぶ」の階段をあがる。カラオケにはまったみたい。それで伯母さんは苛立って私にあたる。

「伯母さんもカラオケで歌ったら気持ちええよ」私が勧めると、

「金払って歌うのは、とうちゃんひとりでええ。あれが金使うみち、今頃覚えておおじょうするわ」と、愚痴る。そんなときに、玉子さんが私に部屋を提供するはなしを伯母にした。

「やめときな。なんでもホームレスだった男と清掃おばさんがいて、玉子さんの財産狙ってるってうわさだよ」

「じゃあ、この店売れたら、私、伯母さんとこに潜り込む」

「冗談じゃない。嫁が角立てて怒るさ。今でもちいそうなっちょるとに」

ということで、伯父さんがダンボール箱数個とラジカセとスーツケースを車で運んでくれた。炬燵はくれたが蒲団はだめだって。

借家には、前の住人が捨てるのも金がいるってことで、冷蔵庫もエアコンも食器棚も、日常雑器も残して引っ越したらしい。日暮れていたので佐久間さんも輝子さんもいた。

「玉子さんからはなしは聞いている。お互いプライバシーに侵入しない。うわさばなしは厳禁だ」と、佐久間さんは私に言い渡す。（どこかで見た顔？）やっと私の記憶が人形にたどり着く。そこで笑いが噴き出しそう。ほっぺが膨張していたら醜いと私は笑いを押さえ込む。黄色の毛糸の帽子からはみだしているのは、皺のあるキューピー人形の顔だ。キューピー人形が年を重ねたらこんな顔なんだと視線を交えると、丸い目が私を見据える。多分、私のほっぺを見てるんだ。ほっぺが佐久間さんの目玉に吸い込まれそうで、私は視線をそらす。

「じゃあ、あとは輝子に聞け」佐久間さんは男声でも女声でもなく、キューピー人形がだしそうな声で告げ背を向ける。小さな羽根が背中に付いているような猫背の後姿が、二階に消えて行った。

「あいつとは何でもないいんだ。呼び捨てするから連れ合いに間違われて、ほんと迷惑」輝子さんは、インスタントコーヒーを無造作にマグカップに入れ、お湯をなみなみと注いで差し出す。「人が使った食器は嫌で、わっちは茶碗と湯飲み買ったけどさあ。食器棚の使っていいよ。わっちの部屋は床の間付き。仏壇はないけどさあ。あんたのとこは押し入れ有り。玉子さんが言っただろ。蒲団もあるって。でもこの冬空じゃ干せないし」

私の喉を熱いコーヒーの大粒が転がり、胃袋に滴っていく。

「あんた、その面で、ころりって玉子さんを転がしたのかい」

「私じゃ玉子さんは転がりません。厳しいもん」私は軽く受ける。

「佐久ちゃんは玉子さんのお気に入り。おかまだからさあ。分かるだろ。玉子さんタイプはあんな男に安心するんだ。それに佐久ちゃんの実家は倒産したけど材木問屋だったんだって。大学出て学もあるしさぁ」

「うわさばなし、いいんですか？」私は声を潜める。

「佐久ちゃんの紹介してるのさ」輝子さんは動じないし表情も変えない。柔らか味のない筋張った体型で、皺を伸ばせば凛々しい顔だが目がきつい。

輝子さんは冷蔵庫から缶を取り出し、ぷしゅっと開けて口をつけた。「飲むかい」

「アルコールはだめ」

「わっちは、肝臓やられて酒は禁止さ。入院中に佐久ちゃんが見舞いに来てさあ。拾ってくれたんだ。ここに。家賃いらないからって。わっちは佐久ちゃんが働いてた、ほら、知ってるだろう。『うるるん姫』って店。そこともう一軒の清掃やってんだ。佐久ちゃんはあちこち流れて四十を超えて、あそこでショーの道化役やって。結構、人気があったんだ。あの顔だろ。頭が良いからショーの演出したり。でもさ。時代は変わっていくんだ。それに、わっちの仕事は体力が勝負だけど、佐久ちゃんの歳じゃあ化粧をしたら道化も化物になる」

私に眠気が襲ってくる。好奇心も鈍っていた。早朝に伯父さんと仕入れに行ったし、とにかくここに辿り着いたと安堵したし。

輝子さんは酒が入ると、どうやら口が達者になるらしい。私は輝子さんに捕まった狸か狐か知らないが、輝子さんの前に空缶が三つに増えて、これから獲物に食らいつくぞって輝子さんの構えだ。

やれやれ、眠い、眠い。

「それから『うるるん姫』辞めたら、今度はガードマン。でも『うるるん姫』は覗くのさ。わっちが清掃してたら、輝子元気かって。わっち位しか佐久ちゃんの親友はいないんと違う？　それからホームレスになって。だけど佐久ちゃんは頭が良いから、ホームレス仲間集めて組織がどうのこうのって。ホームレスを支援する人たちがいて玉子さんと出会ったってわけ。佐久ちゃんの口癖は人生は演技なりって、いつも役者気分。わっちは身体が元手だから身体のことで悩むけど、佐久ちゃんは頭使う難しいことで悩むんだから。でもさ、優しいのは自分の気に入った人だけ。結局、わがままかなあ。でもわっちは古いつき合いで、信頼ってものがあるって佐久ちゃんが言ってくれて。今は凪ぎのとき。身体治して金をちょこっと貯めて……。逃げずに聞きな」煙草の箱から一本抜く。

「煙草吸うかい」

「いいえ」

「酒も煙草もだめか。じゃあ男は」

「興味ない。それより旅の資金稼ぎが今の目的」

「金か。若いんだから手っ取り早く稼げば」

「そんなの嫌だ。面白くないもん」

「旅か。わっちなんかいつもコップの中で揺られて旅しよるようなもんさ。そのうち、割れないかとしょっちゅう心配してさ。男の苦労も金の苦労も息子の苦労も、ガラス越しになんとかやり過ごして。なんか独りがいいんだよ。狭い場所でゆらゆら揺れて生きてるってのが。こんなはなしすると佐久ちゃんが喜ぶんだ」輝子さんは立ちあがって古びたカーテンを開けガラス戸を開け、煙草の煙を吐き出す。

「佐久ちゃんはここに来てから半年になる。見な」輝子さんは煙の先の庭に駐車した車をあごで示す。

「玉子さんからゲットさ。中古だけどさあ。それにお手当ももらって。玉子さまさま。わっちは休みの日に、玉子さんちの掃除で時間給ってとこ。床にワックスかけて磨いて。先行きのない家を手入れしてと阿呆らしくなるけど、小遣いになるからさあ。玉子さんがころころ床で転がれって念じながら磨くのさ」

足音がした。輝子さんは空缶をさっとビニール袋に入れ流しの下に押し込み、煙草の火を流しでもみ消した。

「風邪ひくなよ」輝子さんが声を掛ける。声の方向を追うと、佐久間さんがガードマンの制服制帽で立っていた。

「飲むな！　吸うな！　うわさばなしはやめろ」

「この子のはなし聞いてたんだ。若い子のはなしって、たわいないけどさ」輝子さんはポリスに言い訳するように嘘をついた。

佐久間さんが出て行くと、輝子さんは私を引き留める。

「昔の制服着て偽ガードマンさ。それで玉子さんちの周囲を巡回するのさ。往復歩くと運動になるって言い訳して。玉子さんちの灯りが見えると安心するんだろうよ。玉子さんもご安心ってとこ。でも玉子さんって人は、自分の廻りを垣根で囲ってんだ。その垣根を開けたのが佐久ちゃん。わっちはまだ、垣根の外。風呂も便所も磨いてるのに、台所と寝室には入れないんだ」輝子さんは冷蔵庫を開け、「ちゅうちゅうちゅうはいは切れたか」と、手荒く閉じる。「下の段、空いてるから使いな。この家の風呂掃除はあんたがやりな。冬場は週二だよ。風呂は」

「あのー、もう寝ていい？」

「勝手にしな。ここじゃ、佐久ちゃんもわっちも気ままにしてんだから。玉子さまの前ではそうもいきませんけどね」

輝子さんは少し酔いが廻ったのか、それとも私とおしゃべりができ機嫌がいいのか、私は眠気で頭がふやけていて答えがでない。

輝子さんの部屋は玄関脇の座敷、私は続きの四畳半、部屋の間仕切りは襖が外され、厚いベニヤ板で仕切られている。廊下に面して私の部屋は破れ障子だ。階下はこの二間、二階は分からない。どうだっていいやん。玄関のある住居は久しぶり。早よ寝よう。押し入れには人の重みでひしゃげた蒲団が重なり、毛布は二枚もあった。マフラーを首に巻き、蒲団を重ね潜りこむと、かびの臭いがする。それでも身体が温まってきて意識が薄れていく。消える意識の最後にぶらさがって、玉子さんの家のキッチンと寝室に侵入するんだと、こそ泥みたいな思いが尾を引いていた。

一夜が明けると、佐久間さんと輝子さんと私と、玉子さんを巡りながらのはなしが始まる。

伯母さん夫婦はだまされた。といっても店が売れることに違いはない。不動産屋が開業するのかと思っていたら、不動産屋は隣の本屋も買い取りコンビニに転売するらしい。それでも狭いので、路地を突き抜け裏の乾物屋も買ったが路地の権利で揉めていると。そんな説明があって、本屋と乾物屋と八百屋の主が、「スナックしのぶ」で会合を持った。おかげで私は伯母の店で当分働ける。

佐久間さんも輝子さんもマイペースで、余り顔を合わせない。私がたまにご飯を炊き余すと、炊飯器の中が空になることもあるが、冷蔵庫の中は安泰だ。だが食卓の上はやばい。店から失敬したみかんを三、四個置いていたら無くなっていた。それに洗剤だ。汚れ物をためていたので洗剤を買い、洗濯機の横に置いたままにしていた。ところが私の物を取り込んだ翌日、輝子さんの物、佐久間さんの男物の下着や上着が軒下にずらり。台所に陽が差し込まない。はっとして風呂場に行くと、洗剤の箱はあったが中が減っていた。冬晴れの朝のことで、佐久間さんは早朝の新聞配達から帰り一寝入り。輝子さんの部屋は音もなく同じく睡眠中の様子。古い洗濯機は音も大きい。私が音に気づかず爆睡していた昨夜のことか早朝の隙を狙ったのか。間抜けな私をあざ笑うように、カラスの鳴き声が……。

以来、三人が出会うのは夜のひとときだが、台所に人の気配がすると、私は自分の部屋に入る。私は切れそうだし輝子さんに絡まれるのがうっとうしいし、佐久間さんは向こうがあえて私に近づかない。きっと私がこの家に来て、自分の生活のリズムが乱されるのが嫌なのか分からないが、私は佐久間さんに興味はないし輝子さんにもだ。私の関心は玉子さんだけなんだけど、玉子さんには佐久間さんが張りついていて、私の出番がない。佐久間さんは玉子さんの次の日の予定に合わせ、車での送迎は勿論、庭掃除に雑用と動き回っていることがここ数日で分かった。それに夜の巡回もで佐久間さんは多分、頭も身体も疲れ、私を振り向く余裕なんてないと推測し、私は己の作戦を練る。輝子さんは馴染みの食堂があるらしく、炊事はめったにしないし、玉子さん、佐久間さんは食事はどうしてるの？　生きる根源は食に有りだよね。ってことで、私は店の漬物を玉子さん宅に持参し偵察することにした。十二月のはじめの、月に二回の店休日のことだ。

インターホンを押すと、キューピーさんこと佐久間さんの声が応じる。「どなた？」

「え？」予期していたが改めて驚く。名前を告げると、間を置いて扉が開いた。なんと佐久間さんは花柄のエプロン姿だ。見慣れた毛糸の帽子を被ってないので、頭の周囲に髪はあるが上は円形につるりとしていた。見合う私の顔は多分、笑顔だ。ほっぺが、私のびっくり感情の露出を守ってくれている。私のほっぺは本当の道化役者だ。キューピーさんに対抗し、勢力を競い合う……。

「玉子さんはおつかれで、おやすみされてるから」相手は一歩も入れない構え。

「じゃあ、何か手伝いましょうか。今日は休みだし」

「だったらあの家の掃除をして。いつも輝子がしてるから。玄関の格子戸拭いたりさあ。庭の枯れ草始末して表も掃いて。ご近所がうるさいんだよ」

「あら、隣も空き地だし。なんで少ない近所を気にするの」

「玉子さんの借家って、町内の残ってる方々はご存知だから」

「それがどうしたの」私は口調で反発すると廊下の端のドアが開いて、

「さーちゃん、どなたか？」玉子さんが半身を表わす。

「わたし、わたしでーす」私は声を張りあげる。佐久間さんは顔をしかめる。

「さーちゃん、あがってもらって。リビングにね。どうぞ、どうぞ」

私はいそいそとブーツを脱ぐ。ここでは佐久ちゃんはさーちゃんなんだと、笑いを押さえ込む。

(何さ、気取って)佐久間さんの後ろ姿に毒突きながら。ビニール袋から漏れる漬物の臭いを気にしながら、あがり込んで佐久間さんに従う。リビングルームに続くダイニングルームに入り驚いた。円形のテーブルに小花模様のテーブルクロスが掛かり、食器棚にも花模様の器、トースターも花模様のカバーで覆われ壁紙も。この部屋は人工の花園だ。

「リビングでって言われたろ」佐久間さんが咎める。

「漬物持って来たから」

「玉子さんはおしんこは食べない。持って帰りな。臭いが」佐久間さんは眉間に皺を寄せる。佐久間さんが磨くのかどこもかしこもぴっかぴっかだ。なるほど、輝子さんは入れないはず。毒舌を吐くだろうきっと。「何さ、ちょっと頭が変なんと違う？　この少女趣味」って。

玉子さんが花柄の綿が入ったような部屋着を着て入ってきた。別に私は追い出されない。「さーちゃん、ちいちゃんのお水替えてね」

（ちいちゃんって？）もたげる好奇心を押さえながら、私は壁に掲げられた幾つもの小さな絵を見つめる。

「イコンよ。父が海外に行く度に骨董屋から求めてくるの」玉子さんは父親がまだ生きて在るかのように言う。

「主にお使えしてる方が描いたの。主の洗礼にも主の昇天にも、背後に光があるでしょ。私が好きなのは、ほら、この受胎告知。一輪の百合を手にした大天使ガブリエルが、主の誕生をマリアに告げているのよ。光が差し込み優しい風を感じるでしょ」

（私は感じないけど）

「朝、目覚めると辺りが明るい。その光に感謝する。今日も生きてることに。曇りの日、雨の日も朝、光は生まれ注がれ光の息吹きの中で、私の見えない魂の在り処を確かめるの。それが私の祈りよ」

玉子さんの言葉にぶっつかるように、ガスの炎の上のケトルがひゅーって音をあげた。「さあ、紅茶でも。さーちゃんお願いね」玉子さんは私をリビングルームに誘う。ダイニングルームとリビングルームはドアでつながっていた。

リビングルームに入り私は悲鳴をあげた。羽音をたて鳥が飛んでいる。白い鳥が。

「ちいちゃん、ちいちゃん」玉子さんが呼びかける。

「嫌だ、いやいや、鳥は嫌い」私は手で顔を覆う。

「大丈夫、怯えているのはちいちゃんよ」

玉子さんの手に止まって、鳥はようやく落ち着く。落ち着かないのは私だ。

玉子さんは鳥籠にインコを入れた。インコはこちらを見ている。玉子さんにとってはその仕種が可愛いのか、「ちいちゃん、ちいちゃん」と呼ぶと、インコが「ちいちゃん、ちいちゃん」と、感情の籠もらない声で応じる。

ドアの側で様子をうかがっていた佐久間さんが、紅茶を運んできた。

「あなたもここで」玉子さんは促す。

(嫌だなあ。鳥と佐久間さんがいるなんて)私は不満だが顔は笑っている。

「あなたにお願いがあるの。教会のバザーに出す小物を編んでるんだけど、近頃、目がかすんで疲れるの。簡単な物よ。教えるから手伝ってくださる?」

「ええ」面倒だと思ったけど打算が蠢いた。

玉子さんが立ちあがり、毛糸とかぎ針を持って戻ってきた。

「これが見本、長編み短編みの小さな円形だからすぐできるわ。ほら、こうよ」玉子さんはテーブル越しに身を乗り出して私に示す。私は玉子さんの手元を見つめ同じことをする。佐久間さんが見ていて、「俺も出来そうだな」と言う。

「だめだめ。あなたはほら、父の書斎の片づけがあるでしょ。それに要らない衣服はあなた方の越冬カンパに廻しそれとあなたは字が上手だから、この小物に添えるレターを書いて下さる？」

「何て書くんです？」佐久間さんはエプロンのポケットからメモ用紙を取り出す。

「洗剤不用のアクリルのたわしを編みました。茶渋がきれいに取れます。お使いくださいますと幸いでございます。どう？　これでいいかしら」

佐久間さんがインコのように復唱する。

なんだか役者の舞台稽古のような。

「明日まで十五くらい、お願いしていいかしら。ここで編んでもらってもいいけど、お構いできないの」玉子さんは小さなあくびをして、あいまいな意思表示をした。

「あ、もう昼過ぎね。さーちゃん何にする？　宇宙軒の焼きそば？」

佐久間さんは返事をしない。私はそれが帰れってことだと、「私、帰ります」

「あら、じゃあ、持ち帰り用を一人前ってね」

佐久間さんは納得って、ダイニングルームで出前の注文の電話をかける。（そうなんだ。昼食は出前なんだ）

私はやきそばと漬物をぶらさげ、毛糸の袋を大事に抱えて門扉を閉めた。

帰宅して作業にとりかかったが、玉子さんの見本はかちっと編まれているが、私のはなんだか緩めでぐすぐすしている。ま、いいかと編み進めそのうち単純作業にあきて、やきそばを食べると眠くなった。私って短絡人間なんだと炬燵にもぐり込む。

薄いベールの向こうで、鳥を手にした人影が見える。誰なのかはっきりとしなくてもどかしい。「ちーちゃん、ちいちゃん」と呼び掛ける声で目覚めた。午後の浅い眠りだった。頭や肩に痛みを感じた。緊張してたんだきっと。玉子さんの前で。炬燵の上の毛糸の色がうっとおしい。

台所で冷たいウーロン茶をぐーっと。私は冬でも冷たい飲物愛好者だ。タッパーにいれた冷やご飯を雑炊にして漬物で夕食はそれでよしよし。私は炬燵にあたり義務感にさいなまれながら、かぎ針編みにとりかかった。

《佐久間さんへ。玉子さんに届けて下さい》と書いた紙を袋に貼り付けて、翌日玄関先に置いていたのが輝子さんとのもめ事のきっかけだった。

夕方、客が途切れると私は、「伯父さん、伯母さんお先に」って声を掛け、すたこらさっさ。玉子さんの後ろ楯があるから伯母夫婦は文句が言えない。

コンビニで弁当を買った。

玄関の格子戸がぼうと明るい。輝子さんが帰っているのだと戸を引いたが鍵が掛かっていた。佐久間さんがくれた合い鍵をねじ込む。台所で会話がもれている。忍び足でそーっと部屋に……。

「分かってんだよう。帰ったのは。来な」輝子さんの酒焼けした声が背中に刺さる。台所続きの板の間に入ると映りの悪いテレビでドラマが。家族で会話しながら夕食の場面だ。

「あんた、玉子さんちに行ったんだって。佐久ちゃんの領分に侵入したらわっちが許さんで」輝子さんは早くも挑戦の構えだ。

私は笑っていた。ほっぺのせいで。

「笑うな、わっちをこけにするな。インコを恐がったくせに。両手で顔を隠したんだって。佐久ちゃんがあんたが恐がった顔が見たかったってさ」

昨夜、私が熟睡してたときに、佐久間さんと輝子さんはうわさをしたのだ。私のほっぺをさかなにして、むしゃぶったのだ。こけにされたのは私なんだ。よし、この面、嚙ませてやるよ。

「私はね、インコと同じ名前。だからさあ、玉子さんが私を鳥籠に閉じ込めてるって、それが恐かったんだ」

「嘘つけ」

「だったら玉子さんに聞いたら。私の愛称はにこにこちいちゃんでーす」

玄関で音がした。「お帰りなさーい」私はわざと陽気な挨拶をした。

「玄関鍵が掛かってなかったぞ」

「すみませーん。私です」私は素直に謝ったが、佐久間さんは無視する。

「飲むなって。自分の身体は自分で守れ。病院に舞い戻るのか。今度は面倒はみんからな」

輝子さんは椅子からさっと立ちあがりよろめき、支える私の手を払い、戸が音をたてて閉まった。

佐久間さんは食卓に並んだチュー缶を潰してビニール袋に入れ、「玉子さんがありがとよって」花柄の封筒を食卓に置き、背を向け二階に消えて行く。格好つけて、男らしく。（様になってないよ）

私は冷蔵庫から緑茶のボトルを引き抜き、初老のテレビ、老いたエアコンを消し、戸締まりを確かめる。佐久間さんに注意される前に。

炬燵にあたり弁当を広げ、もらった封筒を開けた。

《バザーに協力いただき感謝でございます。ほんのお礼の気持ちを同封致します。たまこ》

一筆箋に文字が行儀よく並んでいて、千円のピン札が一枚……缶コーヒー、パン、弁当、……千円也と私はほっぺを撫でた。が、輝子さんはどうしてる？　と一応は気にはなる。ベニヤ板に耳を当てる。すると泣き声がベニヤ板を湿らしながら私の耳に入る。（輝子さんは酔うと泣き上戸かも）

「佐久ちゃんのバカバカ」って言葉も伝わる。私は耳を離し、炬燵にもぐり込んで丸くなった。

（佐久間さんが玉子さままで妬いているんだ）この家のどこもかしこも人の吐息で埋もれているように思えた。その吐息を跳ね返す力が私にはあると思ったものの、なんだか若さが傲慢に思える。

そして、期間が限られたこの家での暮らしが、輝子さんにとっても佐久間さんにとっても酷いような気持ちがした。いっときの気紛れな人の優しさに触れた後の別れの傷の深さを知り尽くしながら、なおそれに触れたいと願っているのだろうか。私はそんな思いを抱きながら寝つけない。今、輝子さんに私が優しい声を掛けたら、輝子さんが砕けて散っていくような気がした。輝子さんは、ガラスのコップの中に溜まった涙の中で、ゆらゆらと揺れながら一夜の旅をしているのだろうか。ああ、夜明けが待ち遠しい。日が差し込み、私の気持ちはしたたかに立ちあがるだろうか。輝子さんを案じるより、未来、私のほっぺが萎れ垂れさがるのを防ぐ手立てをと私は混乱する。

歳末、佐久間さんは、公園での越冬越年の炊き出しの準備で忙しいらしい。玄関の三和土や板の間に段ボール箱が重なる。中を覗いたら砂糖や味噌、石鹸やタオルも入っていたし、駄菓子も入っていたので一袋抜いた。

輝子さんがテレビを見ながら、駄菓子の袋を手にし、ぼりぼりやっている。食卓の上に配布するチラシが重なっていた。《野宿する人の命に温もりを、野垂れ死にを許さない愛を。支援のカンパ……》

「佐久間ちゃんがさあ、玉子さんに布を買ってもらうから、半纏を縫えってさ。日にちもないし、わっちは針持ったら手が震える。まったく男はなんでもすぐ出来るって思ってんだから」と独言の憂さばらし。酒の臭いがしないから、今日は飲んでいないらしい。

「商店街で安くて半纏売ってるよ」私は応じて、なんだ、輝子さんは佐久ちゃんに頼まれものして、のろけてるんだと気がつく。「公園での大晦日の餅つき、加勢するの?」

「わっちわね、あん人たちの中に入ると仲間と思われて、男がいっぱい寄ってくるのさ。面倒なことはごめんだ」で会話は絶えた。


大晦日、伯父さんは私を助手席に乗せ、売れ残りの野菜や果物を寄付だと公園に運ぶ。玉子さんは、もち米やプロパンガスを贈ったらしい。佐久間さんが伯父さんの車を見つけ、走って来て礼を言う。公園は炎と湯気が立ち込め、男たちのはしゃいだ熱気が溢れていて私は退散だ。

伯母さんの家でテレビを見、風呂に入る。独りが好きなので、伯母さんちの賑やかな輪の中にいると早く帰りたくなる。おんぼろ家の私の部屋に。輝子さんはどうしてるだろう。田舎の両親に電話を。伯母さんも私の近況を伝えてくれて終わり。兄貴が結婚して同居し孫も三人、どうやら私のことは期待しても無理と、両親はあきらめ気味だ。しめしめ。帰り支度の私に、伯母さんはバイト料と寸志と書いた封筒をくれた。それと雑煮の材料を。あ、そうそう、暮れに玉子さんが店に来て、「母が一、二度着たもので失礼ですけど」と、カシミヤのセーターやカーディガンを伯母にプレゼントしていたのだ。それで伯母さんは玉子さんにって、メロンと空の菓子箱におせちを詰めて私に持たせた。

暗い玄関を開けると、廊下に輝子さんの部屋からの光が筋になって漏れていた。私は障子を手荒く開け明かりを灯した。こうしてもう新年がすぐそこに。夜明けの日が昇り始めているだろう。で、新年の私たちのくらしのはなしもすぐそこで、どうなることやら。時が駆け足で過ぎて行く足音が聞こえる。

元日、午後近くに目覚めた。輝子さんは留守なのか寝ているのか。晴れの新年の始まり、雑煮をかき込んで玉子さんちに行かなければ。冷蔵庫のおせちの箱は安泰だった。

玉子さんは留守なのか。インターホンを押し続ける。やっと応答があり扉が開き、玉子さんはガウン姿だ。髪の毛が乱れていた。

玄関に入ると、聖歌なのか音楽が漏れている。挨拶をしたが、玉子さんは寝ていたのを起こされたのか機嫌が今いちの様子、追い払われそうな予感がしたが私は居直る。

「ごめんさい。あがってもらっていいんだけど、暮れは輝子さんが忙しくて来なかったので、お掃除ができてないの」

そこへインターホンがなった。玉子さんの弾んだ声で来客が分かる。佐久間さんが作業着姿で入ってきた。

「新聞配達終えて、今朝、仲間が作った雑煮です」佐久間さんは小鍋を差し出す。「これから公園の後片づけなんで玉子さんの世話頼んだよ」佐久間さんは私に言葉を残し、「すみません。夕方には寄ります」と立ち去り、車の去る音が聞こえた。

「おあがりなさい」玉子さんはそっけなく言った。キッチンの冷蔵庫を開けると、ジャムの瓶やコンビーフの缶詰、ヨーグルトの容器が入っていた。私はおせちの箱とメロンを入れる。野菜は不足だが果物はあると素早くチェックする。冷凍庫には冷凍食品のそばやスパゲッティの袋が。

玉子さんは洗面を済まし、ようやく目覚めた感じでガウン姿のままダイニングルームの食卓に座る。「せっかくのお雑煮だけど、いつものようにパンとコーヒー、それにヨーグルトにはブルーベリーのジャムをかけてね」

私はメイドの気分だ。佐久間さんは執事のように玉子さんに仕えているのだろうか。

「あ、コーヒーじゃなくてジュースにする。バナナ一本でしょ。それにリンゴは半分、牛乳にちょっと蜂蜜入れてね。さーちゃんが分量を決めてくれたの」

気紛れ女王さまの威厳あるご命令だ。プッツンしないで我慢我慢、と私はメイドの謝礼を期待している。

「野菜をサラダにして食べないと」私はもっともらしいことを言いながら、ミキサーに材料を放り込む。

「嫌いなものを食べてまでも長生きしたくない」玉子さんは投げやりに応じる。

「鳥籠のお掃除はさーちゃんが慣れてるから、してもらうわ。あなたは餌を替えてね。お水も」玉子さんは眼鏡を掛け新聞を広げる。

私はリビングルームに移動し、インコとにらみ合う。インコはほっぺどころか身体も膨らます。やっぱり嫌だ。顔をそむける。インコが威嚇するように鳴く。えい！　合気道の気合いを入れ鳥籠に手を入れ餌箱を取り出す。インコが羽音をたて鳥籠の中を巡り、その音が聞こえたのか玉子さんが来て、「ちいちゃん、ちいちゃん大丈夫、大丈夫だから」鳥籠に手を入れ、指に止まらせる。「ちいちゃん、ちいちゃん」インコが自分の名前を呼ぶ。私は身を固くして見つめていた。

差し込んでいた初々しい日の光が、はや老いていく。リビングルームに陰が広がり始めていた。ストーブの炎の色はない。

玉子さんは足を膝掛けで包み、揺り椅子に座っている。頭が時折揺れていた。居眠りをしているのだろうか。私は背後から観察している。威厳ある女王さまの凋落の有り様を。インコが鳴いたと同時にピンポン、「佐久間です」。玉子さんの背筋が伸びる。私は見つめていた視線を外す。

「この二、三日、夜が眠れないの。だから昼間はもうろうとして、眠りと目覚めの境界線上をよろめきながら辿っている感じ。夜になると頭はすっきりするんだけど、気持ちは過去を遡って行くし、身体は老いの方向に向かうしで、頭の中が分裂しちゃう。さーちゃんも輝子さんも暮れから忙しいって来ないんだから」佐久間さんが現れると、玉子さんは冗舌になり身体の不調を訴え愚痴る。

「ここは寒い。ダイニングで熱いコーヒー飲んだら、気持ちがすっきり立ちあがりますよ」佐久間さんが玉子さんをあやしながらダイニングルームに誘う。

「ストーブ消したかしら」

「つけていません」私は断言する。

「だから寒かったのね」玉子さんは、私にはそっけない。ダイニングルームはエアコンの温もりが満ち、佐久間さんが慣れた手つきでコーヒー豆を挽く。たちまち香りが広がる。微かな湯気が空気を和らげ、玉子さんは食卓に座り、執事とメイドは立ったままでコーヒー椀を手にする。

三脚の椅子が円卓を囲み玉子さんが座ると、華やかなテーブルクロスや壁紙の花模様に、玉子さんは埋没する。私の脳裏に思い出が蘇る。祖父が亡くなった葬儀の折だ。母親に急かされて棺の中に花を投げ込んだ。幼くても恐れの感情が湧いていて、ひたすら母に花をせがみ、早く箱が花で埋もればいいと祖父の顔から視線をそらしていたっけ。

「まあ、この子ったら、楽しそうな顔して。笑ったら駄目」誰かに怒られた記憶……。

熱く苦い液体が暗い管の中を滴っていく。やがて冷たい液体になり排泄されるのだ。苦い味もいっときのことと、私の脳裏から祖父の顔を消す。

コーヒー椀が空になると、二つの空席に玉子さんの両親が腰をおろし、どんな会話を交わしていたのだろうかと、頭をもたげた感傷が好奇心と想像に変わり、競い合い刺激に変わっていた。

「さーちゃん、今年はそうね、父の蔵書を大学に寄贈しようと思うの。先方のご希望もあると思うから、ちゃんと分類してダンボールに詰めようかしら」

佐久間さんが明かりのスイッチを押す。暮れかけた人工の花園が人工の光に浮かびあがる一瞬、「ダイニングも寝室も壁の張紙変えて、やっと私の家って思える気がする。私だけの時間も充分あるし。聖書を勉強しなおそうかしら」

「聖書の旅をされたら？　そんなツアーたくさんあるらしいですよ」メイド役の私が口を挟む。

「何処にも行きたくないの。聖書を読み込み、主のみ跡を辿る旅を魂という場所で続けるの。それが私の祈りの旅」佐久間さんはリビングルームで鳥籠の掃除をしているらしい。玉子さんもそちらへ。私は執事から命令されて少量の米をとぎ炊飯の準備をする。おせちを食べてくれるだろうかと思いながら。

「さーちゃん、昨夜は徹夜だし疲れたでしょ。それが終わったら帰っていいわ。明日来てね。私はこれから音楽聞いて本読んで過ごすから。そのうち眠って永久に目が覚めなかったりして」

「よして下さい。正月から縁起でもない」

「あら、私はお盆もお正月もないわ」

鳥の鳴き声に混じり、玉子さまと佐久間執事の会話が扉の隙間から漏れてくる。

「あのね、ほら、いつか聞いた『うるるん姫』のショーのはなし、愉快だった。ねえ行きましょうよ。気分が晴れるかもしれない。入場料幾ら？」

「あれは俺がおもしろおかしく脚色してオーバーにはなしたんですよ。とてもとても玉子さんが見たらひっくり返る。なんせおかまのショーで」

メイドはひっくり返りそうな気分で聞き耳を立てる。魂の話が一転してショー見物のはなしになるんだから。

帰り際に、玉子さんはお年玉って、佐久間さんと私に封筒を渡した。輝子さんには直接さしあげるわだってさ。いい歳こいた大人にお年玉だってと誰かに告げたい感じ。でも私は玉子さんのお役に何も立っておりませんと口先だけ遠慮すると、

「あら、クリスマスにプレゼントしなかったから」

お返事が返ってきたので、ありがたくいただいた。

「戸締まりは全部見ました。ここも暖房切りますよ。部屋は温まっておりますから」

どうやら佐久間さんは、玉子さんの寝室にも出入りしてる様子だ。

封筒の中に幾ら入ってるんだろう。佐久間さんは勿論沢山だろう。ちらとうかがうと、佐久間さんは、ひどく疲れていて目の下が黒ずんでいる。大丈夫かしら。運転は。私は車の助手席で気持ちが揺れている。車は闇をかき分け走っている。元日が終わろうとしていた。

日曜日に佐久間さんは背広を着たらしい。私はその日、佐久間さんと会ってないので、夜に出会った輝子さんのうわさばなしだ。袖丈の直しとズボンの裾上げは輝子さんがしたとのこと。

「佐久ちゃんは役者だけど、今度の役はだめ。だってさ、背広の肩幅が違うんだもの。佐久ちゃんが着たら、肩が垂れちゃって哀れな格好になるんだ。わっちはズボンも袖も長い方が、あんたの役柄の道化に見えるって言ったのに」

「佐久間さんがショーに出演？　まさか……。違うよね」

「教会に玉子さんのお供さ。お父さんの背広を出して、これを着ろってご命令。生地が上等の厚手だから、針は折れるし、手がふるえ気はあせるし。とんだとばっちりくって。でもさ、玉子さんがくれたお金で自転車買ったんだ。佐久ちゃんにも半分ださせてさ。一緒に使おうって」

庭に視線をやると、自転車が夜目にも光って見える。新品だ。横に佐久間さんの錆びた自転車が並んでいた。二人は玉子さんから幾らお年玉をもらったのだろう。私は店の売り上げを伯母さんから頼まれて、毎日、銀行に入金に行く。私の通帳には、塵のような入金額の数字が並んでいて一万という数字で終わっていた。何も買わない。弁当、飲物以外はって思いながら、今日はコンビニで大福餅二個を買った。輝子さんは自転車だが私は餅だ。

二月の私の休日、肩を襲った寒さで目覚めた。電気炬燵に半分埋もれて寝ているのだが。時計は九時を過ぎているのに部屋が薄暗い。窓は白いビニール布を押しピンで張っているので寒風は防止できてるが、家自体があちこち隙間だらけだ。破れた障子もそのまんま。佐久間さんが覗いたってかまやしない。私はほっぺを突き立て夢見る乙女って感じで寝てんだから。だけど今日は冷える。暖かい日が続き、暖冬暖冬って言葉がインプットされ油断してたんだ。台所に行くと、案の定、窓の外に雪が。庭の枯れ草にかぶった雪、空き地にもまだらに雪が。空はまだ陰気な重い雲が広がっている。

「寒いだろう。エアコンつけな」背後に佐久間さんの声がした。私はパジャマにダウンジャケットを羽織っている。しまった。油断は禁物。佐久間さんは男性だ。

「車にシート被せるの忘れてさあ。天気予報を見てたのに」佐久間さんは、カシミアの焦げ茶色のセーターに、折り目のついた灰色のズボンだ。玉子さんのお父さんのおさがりだろう。多分ね。でもその衣装は似合わないよ。キユーピー人形がかしこまっているようで。

佐久間さんは食卓に座り、持ち帰った新聞を広げる。「明日も曇りのち雪か」一言、せりふを吐く。続いて、「お願いがあるんだ」と私に。「玉子さんが食欲がないんだ。それで何か作ってくれない？　例えば、タイのトム・ヤム・クンとか」

「あれはスパイスの加減が難しいの」私は逃げ腰だ。

「なんでもいいんだ。温かくて目先の変わったものだったら。夕食だから考えてよ」なよっと寄り掛かってきた感じ。よし、報酬目当てに腕を振るうか。ってことで、私と佐久間さんは執事とメイドの関係に再び戻ることになった。ものの、私は料理は不得手だ。

夕方、まだら模様の雪は姿を消す。張りつめた冷たさが、雪の名残りの水をガラス状に凍らす。車はのろのろ運転で、駅前は渋滞していた。商店街の肉屋で鶏肉とガラを求め、伯父さんの店は店休日だが、私は裏の戸口から侵入してセロリとトマト一個を盗む。

待ち合わせ場所の駅前の駐車場に行くと、夕刊を配り終え、迎えに来た佐久間さんの車が駐車していた。

「寒かっただろ」佐久間さんはやけに優しい。玉子さんの家を訪れるチャンスが転がり込んで来たんだもの。寒さなんて。

「ううん、玉子さんの為だもん。張り切ってる」と、嘘をつく。

玉子さんは私に花柄のエプロンをくれた。ポケットや胸元にフリルがふるふる、身につけると多分、私は少し変身するだろう。愛らしくね。ジーパンにTシャツを重ね着し、インド綿の薄い夏物のスカートをはいて、年代ものの皮ジャン羽織ってマフラー巻いてたんだもの。このエプロン姿じゃ八百屋の店では浮いてしまう。ちょっと恥じらったが身につけた。

「似合うわよ。少しおしゃれしたら」

玉子さんの言うおしゃれ感覚と私の感覚は違うんだ。佐久間さんのように、着せ替え人形にされたらどうしよう。幸いなるかな、ここには若者の衣類はないんだ。ところが玉子さんに命令された佐久間執事が、ボール箱を抱えてダイニングに入って来た。

「開けてみて」

高級なんとか書いてある蓋を開けると、防虫防かび加工って書いた紙袋が。黒いオーバーコートだ。

「着てみて」

軽い。生地がいいから。でも袖も丈も長くって、その上、ウエストから下が切り替えのラッパ状に広がる凝った仕立て。お嬢様じゃあるまいし。でも困ったことに私の顔は嬉しそうにしてんだ。

「オーダーメイドよ。これも」もう一つの箱から、玉子さんは花柄のワンピースを取り出す。「ねえ、これも着てみて真珠のネックレスつけたらパーティにも着ていけるわ」

そんな柄じゃないって分かるでしょ。何だかみじめって感じ。

「いただけるんですか。こんな上等な洋服」

「そう、長い間、眠ってたんだもの。どうぞ使ってやって」玉子さんは私の姿を見つめる。私じゃない。洋服をだ。

「さあ、夕飯の用意だ」執事が割り込む。私は洋服を箱に突っ込む。

「あら、今日はいいの。食欲ないんだから」

「今日の夕飯は楽しみですよって、言いましたよ」

「あらそう、聞いてたかしら」

ああ、もう時間がないんだからって私は鶏肉を取り出す。玉子さんは臭いがしたのか退散だ。

「洋服、大切にしてね」

「着させてもらいます。こんな高価なもの勿体なくて」本音は本真珠のネックレスのほうがいいんだけど。

おおざっぱにスープの味付けをする。スープでご飯を炊く。残りのスープで鶏肉を茹でる。キッチンに生活の匂いが立ち込める。炊き上がったご飯に茹でた鶏肉を切って載せれば終わり。濃厚スープにセロリの細かく切ったのを入れてスープ皿に移せばよし。冷蔵庫にひよこ豆の袋があったのを前に覗き見してたんだ。これこれ。トマトとセロリとひよこ豆をドレッシングで和えて。フレンチドレッシングの瓶はどこどこ？　あー、くたびれた。

その間、佐久間さんは車で灯油を仕入れてくる。私はダイニングルームのレースのカーテンを閉めながら、佐久間さんが灯油のポリ缶を運び込むのを見てたんだ。庭に突き出した小さな洋館風の建物に。あそこは倉庫代わりに使われているのだろうかと想像しながら。

「カーオ・マン・ガイっていうタイのご飯です」

玉子さんはテーブルに座り、執事とメイドはかしこまっている。

「あら、匂いがおいしそう。ゆっくりいただくわ。さーちゃんは朝が早いから、もういいわ。明日は雪らしいから来なくていい。車じゃ危ないし」

「早く食べて下さい。スープは冷めると……」

「分かってますって。そんなこと。私、人から指図されるのって大嫌い」

佐久間執事が後ろから、私のエプロンの紐を引っ張る。

佐久間さんが戸締まりを確認し、「エアコン消してくださいね。電気も」と言うと、

「さーちゃん、ご苦労さま。ちゃんとやるわ」

玉子さまこと妖怪老婆は甘え声で応じる。なにさ。お手当は?

帰りの車の中で、佐久間さんが言う。「玉子さんは妬いてんだ。あんたの若さを。この頃、自分の本心を隠せなくなったのさ。俺や輝子やお前さんには。でも教会とか外ではご立派だから、まだいいや」

「もっと外に連れ出したら」

「なにせこの寒さだろ。それに外出は日曜日の礼拝や美容室だけ。それも俺が車で送り迎えだろ。そのうち足が弱ってくるさ。好きなようにさせよう。人に尽くしてきた人生だろ。だから、我々に寄りかかって尽くされる喜び味わってんのさ。だから我がままも許せるってこと。真綿でくるむように優しくするんだ」

「今日の材料代もらえるの？」

「倍にしてやるよ。余った肉や握り飯、持って帰ってんだろ」

「肉を焼いて、ビール飲もうか」

「輝子が嗅ぎつけると、あいつが飲むから。お前さんがひそかに食べて飲めよ。おれはお前を降ろして、飯食いに行く」

「あのさあ、玉子さんが見たいって言ってた『うるるん姫』のショー、皆で行こうよ」

「やめろ、俺の過去に踏み込むの」

私は口をつぐむ。

フロントガラスに白い粒が当たり始めた。誰かが白いはなびらをむしりとって投げつけているような。ワイパーが動き出して避ける。人も車も見かけない道はまだ黒い。明日は白く染まるのだろうか。私は闇がいつまでも続くようで怯えていた。

玄関に灯りがともっていた。酒の臭いはしたが台所に輝子さんの姿はなかった。車から降ろした衣装箱を部屋に入れほっと。焼肉は明日にしよう。匂いで輝子さんが現れたら大変だ。私はカップラーメンとお握りで空腹を満たす。

　空き地は枯れ草が老い果て、雑草の新芽でうっすらと緑に染まり始めていた。その地で暮らした人の痕跡など跡形もなく、やがて辺りは雑草が謳歌するのだろう。

　伯父伯母はひっそりと店を閉じた。春菜の季節というのに。やがて二十四時間営業のコンビニの白々とした光が、小さな商いを積み重ね生きてきた人の痕跡を消すだろう。そこに小さな八百屋や本屋が軒を連ねていたことなど、幾人が懐かしく思い出すだろうか。閉店の挨拶の張紙など見向きもせず、人の群れが行き過ぎる。

　私は世話になったお礼に伯父さんに招き猫の置物を、伯母さんにブローチを贈り、伯母夫婦が気兼ねしてる嫁に、玉子さんからもらった花柄のワンピースを進呈すると、「絹の服って初めて。同窓会に着て行く」ってすごく喜ばれた。オーバーコートは袖を切り取り、裾丈もハサミで切り取り、スパッツを下にはけば何とか着れると思い箱は捨てた。

　バブル期を過ぎていたので、店の土地の値段は思ったほどの金額ではなかったらしい。伯父さんは配達の仕事を探していたし、伯母さんは知人の紹介で惣菜店で働くことになった。夫婦で温泉旅行に行き、互いに相手の失敗談をおもしろおかしく私に告げる。夫婦っていいなって思いが私の頭を過ったが、すぐに消えていった。私は来年の春、玉子さんとも佐久間さんとも輝子さんとも、この街ともおさらばして日本脱出だ。借家の期限は一年後で、玉子さんと知り合い拾われて半年が来ようとしていた。

佐久間さんの予告どおり、玉子さんは足が弱ってきた。でも玉子さんの家は、お父さんからお母さんへと引き継がれた年季の入った手摺りがあちこちに取りつけられていたし、バリアフリーが行き届いていていたし、車椅子もあるらしいと、これは輝子さんのはなしだ。その頃、輝子さんは、私が玉子さんにタイ料理を作り、それがいたくお気に召しリクエストがあったと佐久間さんから聞いたらしく、おでんを煮て佐久間さんに持たせたり、私と輝子さんは互いに不得手な料理を競い合っていた。玉子さんが食べていたか、佐久間さんの胃袋に収まったかは定かではなかったが。

さてさて、私自身は「近ちゃん」という地どり専門の焼き鳥屋で、夕方からお運びさんすることになった。なんと世話してくれたのが佐久間さん。でもこれには佐久間さんの魂胆が見え見えで、結局、昼間に玉子さんの朝食兼昼食エンド夕食の用意ということだ。金になるならやるよって直ぐ返事をした。

その週、佐久間さんがどう画策したのか、玉子さんの意志なのか定かではなかったが、輝子さんの休日を待ち、我々三人は玉子さん宅に集合しリビングで弁護士に会った。四十代の俳優の渡哲也に似た真面目チャンタイプだ。なになに、何事？

玉子さんは揺り椅子に腰をおろし庭の方を向き知らぬ顔だ。インコが鳴いても。「ちいちゃん、ちいちゃん」と喋っても。

「玉子さんが皆さんに世話になるので、きちんとした報酬をと言われるものですから。それと来年三月にはあなた方も立ち退きですから、それの承諾書もいただいておきたいということで。それで皆さん、それぞれの預金通帳と印鑑を私どもで作り、それに毎月のお手当を振り込むことを了承してください。あくまでパートタイムジョブとしての報酬で、金額もこちらで決めました。なにか異議でも？」

一同、「いえいえ、何も」

ということで、私たちはそれぞれの役割分担を確認し、書類に後日印鑑を押して提出して預金通帳をいただくってことで、会議は終了し、佐久間さんがかしこまって紅茶を入れ、買ってきたケーキを出し、玉子さんも加わり和やかにという段取りがそうはいかなかった。

玉子さんが揺り椅子から立ちあがってよろめき、「今日は何のおはなし？　皆さん集まって」と、こちらを向き問うたのだ。

佐久間さんが立ちあがって大柄な玉子さんを支え、弁護士の隣に座らせる。玉子さんは弁護士の顔を見て、笑顔を作ろうとし笑顔にならず表情が凍る。（玉子さん、笑って、わら……）って、私は私のほっぺの効果を期待して玉子さんを見つめる。だが玉子さんの視線は横を向き弁護士を見つめる。

「そうだ、あなたをお呼びしてたのね。うちは、ほら、始終、この人たちが出入りしてこうして賑やかなの。きっと神のお引き合せね」玉子さんのうつろな目に光が宿る。

「さーちゃん、聖書をお願い」

佐久間さんが机の上の聖書を差し出し、一同ほっとする。しおりの挟んだ頁を開き、玉子さんは低い声で読みあげる。

父がその子供をあわれむように、主はおのれを恐れる者をあわれまれる。主はわれらの造られたさまを知り、われらのちりであることを、覚えていられるからである。人は、そのよわいは草のごとく、その栄えは野の花にひとしい。風がその上を過ぎると、うせて跡もなく、その場所にきいても、もはやそれを知らない。しかし主のいつくしみは、とこしえからとこしえまで、主を恐れる者の上にあり、その義は子らの子に及び、……（詩編１０３編、14～17節）

「あら、礼拝に行ってるみたい。ごめんなさい。私、皆さんに感謝してる。私が全てを失って空になっても、どうぞ皆さんご心配なく。充たしてくださる見えない存在があるのですから」そうつけ加えて玉子さんは微かに笑みを浮かべた……ように私は感じた。

輝子さんが休みの日。私は正直ほっとする。玉子さんちに行かなくていいから。ほんと慣れない炊事するなんて思いもしなかった。でも料理の本買ったり献立考えたり、それなりに興味が湧いてくるのが不思議だ。私がもらった通帳には月末に六万円が振り込まれる。それに材料代は上乗せして佐久間さんがくれるし、余りは私の食料になる。佐久間さんは十万、輝子さんは五万らしい。これは私が輝子さんに探りを入れ聞き出した結果だ。輝子さんは玉子さんの洗濯も担当なのだが、乾燥機があるので外には干さないとのこと、それ以上のことは佐久間さんの指示で玉子さんのうわさは厳禁だ。佐久間さんが朝刊を配り終えて、玉子さんちに寄り異状なしを確認して、帰ってきて一寝入り、私は夜が遅いので朝はたっぷり寝込んで、佐久間さんと交替で玉子さんちに。佐久間さんは正午に出勤し、執事とメイドがしばしば一緒に片づけものをし、遅くに目覚める玉子さんの面倒をみるって習慣にようやく私も慣れた。それにしても佐久間さんは役者だ。父のように玉子さんを論したかと思うと下僕のようになり、本の整理に玉子さんを誘う時は教授になってと、ほんとよくやるよ。でも疲れたのか夕刊の配達は辞め、私はほっとした。佐久間さんが倒れたら私たちチームも崩壊するって思ってたから。

こうして、空き地の雑草の命が旺盛になり、借家の庭は雑草だらけだが、玉子さんちは佐久間さんが手入れをする。数本の樹木は脚立にのぼって。落ちたらと私は佐久間さんを案じる。玉子さんへの郵便物も減り（だって返事も便りも書かないんだから）、親戚に両親や自分の着ない衣服や品物を贈呈するダンボール箱を幾つか発送した。お礼の電話が長々と掛かったりしたが、玉子さんは相槌か気のない返事ばかり。大学に寄贈するお父さんの蔵書を送りだし、玉子さんの脳裏から月日が姿を消した。日曜日の礼拝は佐久間さんが、前日から玉子さんの着ていく洋服をコーディネートする。それでも玉子さんは夕暮れになると、独りになりたいのか佐久間さんを思いやってか分からないが、帰れ帰れと促す。夜はどうも頭がすっきりするらしい。

この夏は猛暑だった。私は「近ちゃん」で友達ができた。台湾出身の留学中の大学生で日本語がぺらぺら、台北で両親が食堂をしているとのことで料理が上手、それで調理を手伝っていた。ちょっとダサイが人柄の良さが顔に出ている。私にちょい似の……。笑顔が可愛いいんだ。無論、男だ。私は同世代の女とは付き合わないし、つるんでどうこうの時間もない。彼とも閉店後、近くの屋台でビールを飲む関係だ。彼は年下で私が主導できるし、向こうも私に興味が有り、話が盛りあがるんだ。だからすごく遅くなっての帰宅で、輝子さんとはすれ違いが多い。でも、その日は台所が明るく私はびくついた。案の定、「ちょっと寄りな」輝子さんのドスのきいた声が。猫のように背を丸め、輝子さんと向かい合う。

「あんたさあ、昨日、玉子さんに何を喰わしたん。往生したでわっちは」

「佐久間さんが知ってる。夏だしサラダは冷蔵庫に入れてるし。生のものはないし。昨日はさあ、玉子さんがさつま芋のお粥が食べたいって言い出して。昼は例のヨーグルトにトースト。夜はお粥食べたと思うよ。何があったか言ってもらわないと」

「玉子さんがお漏らし、したんだよう。それも風呂ん中で。今日はわっちの当番だから、掃除したのさ。風呂の蓋開けてびっくり。浮いていたのさ。大便が。佐久ちゃんに告げるべきか黙って掃除しとくかって、わっちは悩んだんだ」

「それで」

「黙ってたんだ。玉子さんはわっちには空威張りしてんだ。その気持ち汲もうって。わっちの方が切なくなってさあ。それにお金もらってんだから、始末しなきゃあって」

「よかった。輝子さんさすが」

「あんたに分かるもんか。わっちゃ佐久ちゃんは少しでも金が欲しい。老い先どうなるかみじめなんだから。でもさあ、人情ってものも身体にこびりついている。これが困るんだ。玉子さんはあの家、処分したら老人ホームにでも入るんだろ。わっちたちはまた流れるんだ。どっかに杭があってひっかかりゃあしめたって。あんたは何さ。目的か何かと理屈つけて。ちびちび貯めてすたこらさっさっなんだろ。外国へ。聞いてんだよう佐久ちゃんから。あんたの魂胆は」

酒を飲んだんだ。誰かと会話をしたかったんだ。輝子さんの気持ちは分かる。でも正直、眠いんだ。佐久間さんは何してるんだろう？　二階にいるんだろうか。どこもここも開けているのに風がない。空き地が多いので、佐久間さんが網戸を張り直してくれていた。私の部屋の窓も輝子さんの部屋の窓も。経費は大家の玉子さん持ちだ。そこだけが新品だ。階段を踏みならす音を待ったが……佐久間さんは明日に備え眠り込んでいるのだろうか。蒸し暑い夜、階段を這いあがってくる女の話し声を、避けているのだろうか。私も何だか寂しい。どうしよう。寝そびれちゃった。

「ビール飲もうか。私のが冷えてる」私は冷蔵庫から缶ビールを出し、輝子さんに勧めた。酔い潰れたら私が寝床に運んでやるからと、言おうとして止めた。輝子さんだって空威張りしてんだから。わっちは少々の酒で寝込むもんかと、もう一波熱い波を被りそうで。

それから二日後、玉子さんは入院した。輝子さんのほっとした気持ちが顔にでていた。私は相変わらずの笑顔だ。佐久間さんがボストンバッグに下着や必要なものを詰め込んで運ぶ。私も助手席に一緒だった。ベッドで点滴をしながら玉子さんは寝込んでいた。多分、薬で。日頃から睡眠導入剤や安定剤を飲んでいたんだ。なんだか安らいでいるように思えた。枕元に聖書が置かれていた。佐久間さんのはなしによると、脱水症状を起こしたらしい。私も責任があるのだろうかと佐久間さんに問うたら、飲み水までつきっ切りで世話はできないとそっけなく応えた。この人はほんと本心の分からない人なんだから。玉子さんはお漏らしを気にして水を飲まなかったのだろうか。足が不自由だからトイレに間に合わなくて。

検査は受けたくない自然に委ねたいと、玉子さんはだだをこねたらしいが、佐久間さんが上手にあやして、あちこち検査をしたらしい。頭も検査したが、四、五カ所、頭の抹消血管が詰まっていて命に関わるほどではないが、ゆっくりと悪さは広がっていくらしい。それに軽いうつ状態だとか。全ては輝子さん経由で私に伝わったはなしだ。輝子さんとの距離は少しは近づいた手応えありだが、佐久間さんとは執事とメイドの関係続行中で、それ以上でも以下でもない。

玉子さんは半月ほどして退院した。が今度は目が霞んで本が読みづらいと訴え、佐久間さんと眼科へ。今度は白内障の手術で二日入院した。日帰りできるとのことだったが、玉子さんの体力と気力ではと頼み込んで。佐久間さんも輝子さんも、何だか玉子さんが入院するとほっとするようす。私も。でも皆、なんとか夏を乗り越えてと玉子さんのことは頭の中から抜けないんだ。これが人情ってものなのか、金蔓をなくしたくない打算なのか。ま、詮索はやめよう。って私は台湾人の彼との、たわいのないちょっとした時間を楽しんでいた。その間、秋の気配を感じる頃、玉子さんは、今度は手の骨折で入院、命に関わる病気でなくて一同ほっと。

そうだ。玉子さんの入院中に、玉子さんちを探検したんだ。佐久間さんは玉子さんのつき添いだし、私だけだったんで。でも残念なことに各部屋はロックされていた。渡廊下の先の小さな洋館の扉も。でも玉子さんの部屋だけは鍵は掛かってなかった。ドアを開けると一斉に見つめられて私はびびった。人形って分かっていて。洋服は色あせていたが、顔は歳を重ねてないフランス人形が。ベッドサイドにもチェストの上にも。椅子の上にも。アンティークのフランス人形は値段が高いってすぐ思ったんだ。クローゼットやあちこち開けて見たかったけど、人工の視線なのに人形の目が恐い。

輝子さんに告げ口したくて、出合ったときつい言っちゃった。「玉子さんの部屋なんか気味が悪い」

「何が、ああ人形だろ。お父さんの外国みやげってさ。あれだけは手放さないって強情張ってんだって。だって家がなくなったら、あの人形持って、どっか老人ホームってわけにいかないだろって佐久間ちゃんが。馬鹿だよねえ。玉子さんの行く末案じたってどうなるものでもないのにさ」輝子さんは軽くいなして会話は終わる。

こうして季節を道連れに、玉子さんは老いの坂道をくだっていた。その先に何が見えていたのだろう。私たちの季節は別れに近づく指標だった。この頃の玉子さんはベッドに差し込む光の中で、己の魂のあり場所をまだ探っていたのだろうか。人形に囲まれて。

私は今、再びのタイでの生活のあれこれを想いながら、はなしの終焉が近づいている気配を感じている。


佐久間さんが玉子さんちの庭の落ち葉を掃いているのを、私はキッチンから見つめていた。落ち葉を袋に詰めて洋館に運び込むのも。洋館は物置き状態なのだろう。そして佐久間さんは大型の石油ストーブを運び出してリビングルームに据える。灯油の臭いが微かに伝わる。インコのちいちゃんがしきりに鳴く。玉子さんは寝室だ。佐久間さんがその部屋に消える。きっと着替えの手伝いだろう。玉子さんは、この頃、佐久間さんに反抗し怒ったり拗ねたり、勿論、甘えも。と、思うと威厳に満ちた態度で難しいことを教えたり。物忘れも再々らしいのだが、教会には佐久間さんがつきっ切りでフォローしているし、今、私たちがカバーしている玉子さんの状態は教会の知人たちには、ばれていないみたい。幸いなことに隣近所も空き家や空き地が多く、玉子さんのおつむも肉体も衰えていく様子は、我々が言わない限り、うわさは広がる恐れはない。私は別に隠すことでもないと思うのだが、全ては佐久間さんの采配に従おうって思っていた。

どうも玉子さんの預金通帳は普通預金の現金通帳のみで、あとは銀行の貸金庫らしい。普通預金通帳には弁護士から月々振り込みがあるらしい。玉子さんはその通帳を佐久間さんに預けているらしく、佐久間さんと輝子さんが台所で話しているのを私は盗み聞きしたんだ。月々、余したってしょうがないやとか、あの娘には食事の材料代、上乗せしてやってんだからいいやとか。私を除け者にして甘い汁吸っているに違いない。まあ、たいした金額じゃないと思うから、おめこぼし、しなくっちゃ。年の差考えて。佐久間執事の玉子さまに対する、おおいなる献身を考えて納得しなければ。そんなこんなうろちょろ思案する日が重なり、借家で迎える二度目の歳末が近づいていた。年が新しくなると私もそろそろ逃げ支度の計画たてなきゃあ。

金曜日の午後近く、玉子さんの家に行く道で冬晴れの空を久しぶりに仰ぐ。飛行機雲が一筋尾を引いていて、私も浮上する感じ。そう、飛行機が飛び立ち、身体に感じる上昇と気持ちの上昇、日常を離れるわくわく感やちょっとした不安な気持ちが入り混じる……どう言葉で表わしたらいいのか。飛行機が水平飛行になる前のいっときの気持ちなんだけど。そんなことを思って玉子さんちに着いた。

おや？　リビングルームのドアが開いている。廊下の通りすがりに視線をやると、なんと佐久間さんが玉子さんの肩に手を廻しソファに座っていて、片手で猫を招くように私に入れという合図、「ちいちゃんがいなくなったんだ」「いなくなった」玉子さんが復唱する。

鳥籠に主はいなかった。いつものちいちゃんという言葉と鳴き声が記憶になる。リビングルームのガラス戸が少し開いていて、冷たい空気と石油ストーブの炎に煽られた空気とが開いた戸口でせめぎあっていた。そこをくぐりぬけて飛翔するちいちゃんが浮かぶ。でも、なぜ？　ガラス戸が開いていたのだろう。そして二人は庭を探したのだろうか。そんな気配もない。あきらめたのだろうか。それとも故意に逃がしたのか。玉子さんが……。なんとなくこの穏やかな晴れの日に、ちいちゃんを解き放したい衝動が玉子さんを突き動かしたのだろうか。幾つもの湧き起こる疑問を押さえ、私は、「寂しい。ほんと寂しい」と告げた。喪失の哀しみに浸っていた玉子さんが浮上するかのように呟く。「去る者は追わず」

そして、肩の佐久間さんの手を退けて立ちあがった。私は玉子さんに寄り添い支える。痩せて軽くなったと思い、私は初めて玉子さんの身体を手の平に感じながら寝室に連れて行き、ベッドに横たえた。

「ありがとう」囁くように玉子さんが言い、「お世話になったわねえ」と、しんみりと私を見つめる。

「まだ、お別れは早いです。だって新年も来てないし、春も……」

「そうね。あなたの顔は愛らしい。子供がそのまんま大きくなったみたい。近頃、子供の夢をよくみるの。それがお人形と区別がつかなくなる。人形と子供が遊んでいる。花の中で手をつないで……私はどこ、どこに居るのかしら。わから……」玉子さんの目が細くなって閉じた。耳を近づけると寝息が聞こえ、私は、悲しいのに顔は笑ってたんだ。

その夜、バイトを終え彼の部屋にいった。パソコンでチラシ作ってと頼み、彼がいいよって引き受けてくれたんだ。

《インコ捜してます！

全体は白ですが、お尻の部分に淡い水色が入り、頭の部分は黄色、羽根に黒の斑点模様があります。よく鳴き、時々、ちいちゃんって自分の名前を呼びます。見つけた方には謝礼をします。ご連絡をお待ちしてます。》

最後に佐久間さんのケータイの番号と、佐久間さんが玉子さんに進呈していた、ちいちゃんの写真を入れた。佐久間さんがそうしてくれって頼んだから。明日、佐久間さんと私がそれを近くの電柱や空き家の壁に貼ることにしている。彼はすぐに手慣れた動作でパソコンを操り印刷をしてくれ、ちょっと首を傾げた愛らしいちいちゃんがチラシの中で蘇る。黄色いくちばしが開き鳴き声が聞こえそう。五千円を謝礼にあげた。私は佐久間さんから一万もらう。だって佐久間さんは玉子さんからゲットしたケータイを持っていることが分かったから。私といるときもケータイを持っていたんだろうか。一度も鳴らなかったけど。

チラシを貼った翌日、佐久間さんはホームレスの人たちと打ち合わせっていって、ダイニングルームの食卓にケータイを置いて出かけた。「応対頼むよ。見つけた人には取りにうかがうって謝礼は一万ってとこかな」

玉子さんは寝室に閉じ込もっていた。私はその日、南瓜のスープと、干しぶどうや茹で卵や玉葱のみじんぎりを加えマヨネーズで和えた南瓜のサラダ、それに豆腐のハンバーグを作ったんだ。玉子さんの夕食に。その調理中に電話がなった、二度。

「貼紙見ましたよ。この寒空に可哀想なこと。ベランダに羽根が落ちてたんです。うちもインコを飼ってるの。だからインコの気持ちが分かる。寂しかったんじゃない？　だからうちの鳴き声を聞いて寄ったのよ。でももう、カラスに食べられてるわ」おばさんの声は何だか弾んでいて、最後にむごいことをつけ加えて切れた。

「逃げるような飼い方するな」おじさんの声は何だか怒っていて、私は謝ってばかり、「ごめんさい、ごめんなさい」

あー、疲れた。玉子さんはまだ現れない。昼食抜きだろうか。声を掛けようとしてやめた。ちいちゃんのこと聞かれたら困るから。と思って、え！　とひらめいた。もしかしたら佐久間さんの隠蔽工作？　わざと逃がしたことを隠す為の。

佐久間さんが戻ってきた。

「連絡があったけど説教ばかり。まいっちゃった。インコの愛好家って、インコの気持ちが分かるんだ」私は電話の内容を伝える。

「そんなことを言うのはきっと自己愛の強い奴さ。でも色んな奴がどんな連絡してくるか面白いじゃない」甘く声の語尾があがる。分かった。佐久間さんは、ちいちゃんを捜そうなんて思ってないんだ。生きているなんて思ってないんだ。もしかして、見知らぬ人と会話したい好奇心？　色々考えたってどうしようもない。私のひとり遊びの探偵ごっこに過ぎないんだから。

「ご苦労さん、いいよ。もう帰りな」佐久間執事が許可をだす。そこへケータイがなる。佐久間さんは喋りながらリビングルームに行った。私は早く外の空気が吸いたい。その日、私は玉子さんに会っていない。

バイトが終わり、彼にコーヒーをおごった。なんだかもう会えないような気がして。そしたら私の勘が当たったんだ。台湾に帰国するって。やっぱり日本が性に合わないって。わがまま息子かも、日本に憧れたのかも。あんなに笑顔だったのにって思いながら、成りゆきで彼のアパートにもつれ込んだ。昨夜、チラシ作ってもらって五千円猫ばばしてるし。愛でも恋でもなく友情でも欲情でもなく、しいて意味づければ別れの感傷ってとこかな。交わりながらふっと玉子さんが浮かんだんだ。そしたら気持ちが萎えちゃって。彼は盛りあがって頂上に、そして果ててすっきりしたみたい。それでさよならして私は朝帰り。でもどこかに、ちいちゃんの死体が転がっていそうで、びくつきながら帰り着いたら、そしたら、そしたら、そしたら。

玄関が開いていたが人の気配はない。台所の食卓に、佐久間さんのメモ書きが。玉子さんの家が全焼した。連絡をケータイに。と書かれた……。

火災の原因はリビングルームの石油ストーブらしい。玉子さんがストーブにつまずき転倒したらしい。玉子さんの側に鳥籠が転がっていたとのこと。そんな時間帯に、玉子さんはなぜストーブの火をつけたのか。調査の結果が出るまで、私たちは息を潜めていた。互いに自分が疑われまいとアリバイを主張し、私の場合は一度だけ交わった彼が証言してくれて、ほっとした。佐久間さん、輝子さんのことは知らぬ存ぜぬで。だって互いのプライベートに侵入しないようっていう、私は佐久間さんの掟をしっかり守っていたんだもの。

佐久間さんの玉子さんへの献身ぶりは、誰もが認めていた。例えば入院した折の担当の人々とか、町内の民生委員、玉子さんの外出先の教会関係者、美容院の美容師などなど。でも私は佐久間さんの献身には疑問が残る。でも、真実の献身とはと考えると、私の頭では答えがでない。玉子さんがいなくなってから私の頭の中は、玉子さんが支配していた。ふっと家とともに消えてしまったんだもの。親戚の方が後始末をされ、我々、三人の他人は玉子さんの死の証となるものは見ていない。それで私は置き去りにされた子供のように、実在しない玉子さんの後追いをしていた。それで私は玉子さんを自殺と決めた。そう思わないと、玉子さんの威厳も、私の感傷も保たれない。

玉子さんが薬でもうろうとしながら震える手で、石油ストーブを操作している。嫌いな灯油の臭いに耐えながら。青から黄色、赤と炎の色が変わり、「ちいちゃん」と、呼び掛けながら鳥籠のカバーを外すと、ちいちゃんは不在。いないと分かっているようで分かっていなかった玉子さんは取り乱したのだ。ちいちゃんも逃げたと。そのとき玉子さんの内部に押さえ込んでいた、出口のない本能が暴発したのだ。分厚い殻を突き破り。その衝動で、玉子さんは弱った足でも己の意志で動かし炎を潰したいと願ったのかもしれない。胸の中で燃え盛る炎と現実の炎の境界を彷徨いながら。

蒲団の中で夢から想いへと私の意識が変わっていた。どうやら外は雨らしい。微かな雨音が雨の匂いを連れ私の感覚の戸口に佇む。暗い朝で、有りそうで無さそうな魂を探る光もとぼしい。

民生委員の訪問に続き、玉子さんの弁護士が借家を訪れた。私たちは二回目の面談だった。玉子さんの生前の意志どおり、暮れのボーナスをそれぞれの口座に振り込み、各自のお手当の振り込みは年末限りということ。この家は新年の三月一杯限りの契約なので、それまでに引っ越しということ、その折は事前に連絡という事務的なことだった。我々は誰も玉子さんのことを話題にしなかった。教会仲間の信者である弁護士の脳裏には、立派な玉子さんが座っていると多分、佐久間さんも輝子さんも分かっていたのだろう。

全てが終焉に向かっていて、私たちは弁護士から知らされた、教会での玉子さんを偲ぶ会に列席することにした。

賛美歌が終わり、牧師が最後の言葉を言った。「わたしの目には、あなたは高価で尊い。わたしはあなたを愛している」（イザヤ書43章４節、新改訳）

人が散り始める。佐久間さんの車に、輝子さんが乗り込む。佐久間さんが私をうながす。私は首を振る。独りになりたかったから。

橋の上で、ちいちゃんと言う声を聞いた。私を呼んでいる。父母の声？　伯母さん伯父さんの声？　そのとき私に明確な目的が生まれた。新年に会いに行こう。エジプトのカイロに居るちいちゃんに。私は千佳子だが彼女は？　彼女を探しだしたら、私の脳裏から玉子さんは消え去るだろうか。冬日が注ぎ、川が穏やかに流れている。いのちを包むように。私の顔の膨らみも水滴で濡れ、今、私は崩れかけていて、立ち止まっている。

雲のベッド

1

父親が急死すると正直、良子はほっとした。

出勤してまもなく父親の車が電柱に激突と知らせが入り、残念ながらと警察の人から告げられたときは不安が霧のように視界を覆ったが、受話器を置くと早や束縛感がゆるゆると解けていく感じがした。良子はそんな思いを覚られてはと、かねてからの父親の遺言で葬儀は行わないと、とっさの嘘をつき、私ひとりで見送るので三日間休暇をいただくと告げ、悔やみの声を聞き流しながら職場を離れタクシーを拾った。

この世に私が生まれた時から私を見つめた男が永遠に消える。死と対峙するのだと、良子はタクシーの座席から前方を見つめる。日常が千切れながら次々と流れていく。流れに逆流していくエネルギーが身体を充たしていくのを感じていた。

現実に直面すると、自損事故で迷惑は他者に及ばなかったし、高齢者の運転だからと曖昧な言葉を誰もが口にし、事故処理は終った。

父親は農家の六人兄弟の四番目で、早くに郷里を離れて以後、疎遠だったので知らせる相手もなく、良子自身、友人はいなかったので、全てが良子の思い通りにいくはずだった。良子は葬儀社の会員になり積み立てはしていたし、父親は墓を建てていたし母親を祀った仏壇も有り、ひっそりと意思を失った父親を独り占めして、己に悔いが残らない旅立ちを。

「軍隊では偉いさんだったそうで。道理で声もよく響いて、背筋がしゃんとしとられた」カラオケ教室で一緒だったと婆さまが告げ、「だから軍歌を、よう歌いなさった」と、別の婆さまが数珠をまさぐりながら棺をのぞき込む。

「頭がよかった。だから碁ではかなわなかった」囲碁仲間だと爺さまが良子に挨拶すると、「東京の大学の法科をでておられる人に、あんたがかなう筈がない」と連れ合いが夫を落とす。「ゲート・ボールじゃ俺が勝っていたろうが」と反撃したところに仲間の一群が現れ、にぎやかな挨拶が交わされ、誰かがたしなめた気配が頭を下げた良子に伝わる。

「お顔がきれいでよかった。品のある人だったよねえ」

「東北の、ほら何とかいう県、ああでてこん」

「青森ね」

「いいや。違う。とにかくそこのお殿さんの家老の家柄だったらしい」

「でもさ、神経衰弱になりなさって、あちこち放浪された。それで遠く離れたここの人情に魅かれて落ち着いたって。成れの果てですが口癖だったよねえ」声を震わす婆さま。

「気前もよかった。碁盤やらあれこれ寄付もされたし。寂しゅうなった」爺さまが手を合わす。

誰もが暗黙のように事故のことは口にしなかった。こうして群れてお悔やみに来るのだからと、良子は電話で小波を立てながら伝わって行った出来事の果ての大波を被っていた。ひたすら波が引くのを願いながら、芝居を見物しているような覚めた己の気分を覚られたらと、ひとりになりたいとしきりに願った。精神安定剤と入眠剤と一口の辛口の酒で意識を失わないと、明日は多分、痛みが首筋を伝い頭の中で暴れる。

(しぶとい爺さんだったよね)良子は波が引き棺の中に声をかけると、父親の口元に笑みが浮んでいる。言葉を吐きだすと、張り詰めた意識が弾けたのか足元がふらついた。小さな庭の闇が迫る。廊下のカーテンを引き障子を開めると、忍び込んだ闇と香と弔問客の体臭がひしめいていた。死者と数時間、闇を分かつことに耐えられない、しかし好奇心に満ちた視線を浴びていたことに耐え、父親が被っていた仮面を己の中で引き裂いていたのではないかと、良子は自らを鼓舞すると涙が湧いた。自己憐憫と自己賞賛の奇妙な涙だった。

もう、誰も訪れはすまい。台所で人声がする。はっとして様子をうかがう。

「親族もご近所も誰も手伝いに来ないし、お返しも追加、主任が届けに来て文句言われたのは私。うん、これから帰る」「靴の整理から受付も。あー、疲れた。夕食もまだよ。あと五分でここを出るから。明日も私が？」「あら荒井君が運転？」「わかった。私はお見送りだけね」

携帯電話をバッグに仕舞う間を測り、良子は襖を引いた。コンパクトの鏡が光り女は口紅を塗っていた。葬儀社の係員が残っていたのだ。

「あら、お疲れでしょう。お客さまにお茶を差しあげるのは失礼致しました」

「いいのよ。手伝いもいないし。お寿司でも取り寄せましょうか」時計を見ると午後九時に近い。

良子が挑戦的な気分になったのは相手の服装だ。黒のビジネス・スーツに白の単純なブラウス、長い髪をきりりと束ねた四十代のこういうタイプは苦手だ。

「急なことで、今は気が張っておられますが。お体に気をつけて」

かけられた言葉に――初めて知った。もう一人の父親がいたみたい。あなたも聞いていたよね。あの群れて来た人たちの話。学歴、経歴、家柄、あれって全て嘘――言葉がほとばしりそう。口を結び、時計の針が五分を刻んだ。

車庫から父親の車と同じような軽自動車が立ち去ると、丁重だが距離を置いた対応は商売だと良子は改めて思う。

死者は未だ父親として座敷に存在していた。嘘で固めた矜持をまとい最後の抵抗のように魂を抱え込み。

豆電球の明るさにすると渦状の線香の火が鮮明になり、健気に死者を守る役目を誇示する。火は活きている、そう感じると小さな火が野火のように広がり己にせまる。ああ、熱い。たまらなく。

立ったまま眠っていたのか。一瞬の幻覚を良子は夢に仕立て、身体に漲った出口を求める熱気は、明日、父親が灰に化した折に冷めると良子は夢と折り合いをつけた。夜明けが待ち遠しい。

尿がほとばしり終えると、空腹を覚えた。幾度も石鹸を泡立て手を洗う。水の感触をたっぷり味わい流れを止め、鏡の中の良子と向き合う。前髪が顔の半分を覆っていた。耳の下で切り揃えた髪はたっぷりとし、目も唇も強情そうな髪に萎縮し、白髪が目立ち始めていたが弱い灯の中では気にならない。良子は前髪をかきあげ唇を大きく開く。不揃いな歯に守られ、ざらついた表面の桃色の肉が口の中でうごめく。穴から肉を伝い息が吐き出される。そのうち息の臭いを嗅ぎ、顔をしかめ唇を閉じる。怒るのだ、今日の己がこうむった理不尽に対して。そして唇をゆるめ微笑む。己への労わりを込めて。

顔の筋肉のこりをほぐすのよ。ほら、何十年も続けている私――九十歳の女優の顔がテレビの画面に大写しになり微笑む画面を良子は鏡の中の自分に重ねる。若さを誇示した女優はとっくに滅びているのに、良子の視線を捕らえた場面が蘇り、なにやら安堵の気持ちが広がり今では習慣になっている。

洗面所のタオルを替え、風呂場の父親のバスタオルを丸めると少し気分がさっぱりとした。

いつもなら己の肉体に関わる一通りの習慣を終え、良子は自分の部屋の布団に横たわり、スタンドの光の輪の内で推理小説にのめり込む。外国の。カタカナの登場人物の名前や、犯人を追い詰める側も罪を犯す側も、事件は全て異国の街の出来事だ。幼児の折の性的虐待や溺愛、異常性欲、偏執、復讐、孤独、絶望、全ての動機は遠い場所で生を受けた人間の話なのだと。だから異国の彼、彼女たちが良子の夢に現れることはなかったし、彼らが日常の良子の世界を脅かすこともなかった。いっときのゲーム感覚は視覚に飛び込む残虐さはなく、殺人に至る心理は文字であるがために時間が持続し、最後には必ず正義が悪を征す快感に至るのだが、良子は文字が創り出す陰に引き込まれる。意識を陰が覆うと、その日の昼間の現実が消え去った。人間社会の複雑に絡み合った樹木に足を取られ棘に傷つき、森陰に潜む悪意が殺意に変わる異国の見知らぬ町の男女の道程に刺激され、膨らむ己の好奇心。

インスタントラーメンをむさぼり、濃いコーヒーをすする。父親の座椅子がテレビと向かい合っていた。良子は座椅子を父親の部屋に運んだ。乱雑な部屋に父親という男の体臭を嗅ぐ。壁に吊るされた洋服、シャツ、押入れは開いたままでパジャマやシーツがはみだしていた。警察官はこの部屋で薬袋を手にした。長年飲み続けている血圧の薬以外はなかった。自らを死に追いやる痕跡はなかったらしい。彼らは冷蔵庫まで開けたが、形どおりの検証を短時間で終えた。至るところで、もっとむごい事故が起きているのだ。八十半ばまで生きたのだからと娘が思う位だから、警察官も葬儀社の社員も、胸を強打して命を失った爺さまに同情する時間はないのだ。良子の視線の先に、レシートやちぎったチラシで溢れたくず籠があった。もしかして？

良子は丸めたティッシュの陰の小さな透明の袋を拾う。中に白い粉はなかった。良子が与えた風邪薬だった。父親が病で寝込むと私が困ると、父親の風邪の気配を感じると与えていたのだ。すぐに眠くなるので、良子は不眠の折にこの薬に依存したことがあった。

薬はいつ服用したのだろうか。父親が逝った場所は車で三十分ほどの海に近い良子の知らない所だ。

「重要な物ですから。あなたの連絡先も財布の中に有り助かりました」警察官からリストとともに示された受領書に印鑑を押し、良子は父親のベルトに括りつけてあったと差し出された信玄袋の中身を、リストと照合したのだ。預金通帳、家屋、土地の権利書、年金証書、健康保険証に印鑑など。袋は母の手縫いの物で良子は見覚えがあった。

「どうして持っておられたのでしょうか?」と警察官は詮索しなかった。「認知症でも?」の問いかけも。深入りするとややこしくなる。そんな対応で良子はほっとし、口をつぐんでいた。認知症の気配があったから亡くなる前に父と口げんかをしたのだと。でも父は財産を腰にくくりつけ、いったい何処に向かっていたのか。

「そんなに私が信用できないなら面倒はみないから」

「お前がいつ俺の面倒をみた? 休みの日に食べ物を作ってくれるだけ。パンツは風呂で洗え。食べたい物は自分で買え。命令ばっかりして」

「私が父さんのことを思ってないとでも? 詐欺に合わないか。もし身体が不自由になったらと心配だらけ。だから、歩きなさい、自分のことは自分でしなさいと。だけど、もしも何かあったらと、大事な書類や印鑑の置き場所を教えてと言っているだけ」

「俺の金を当てにするのか。俺をどっかに追いやる気か」

「冗談じゃない。家を建てたのは父さんのお金。でも私は自分の部屋の建て増しはローンで払いました。母さんの保険金だって私は貰っていません」

刺々しい口調が蘇って良子の身体を刺す。でも言わないでおれなかった理由があったと、良子は胸の内で呟く。

あの雨の休日、町内の自治会長の奥さんに商店街でつかまった。

「ねえ、知っている？」

良子はまた、他人の噂話とうんざりした。近所つきあいもなかったし、他人の動向に関心のない良子は、自治会長の奥さんという立場で知り得た情報を、誰かに喋りたい吐き出したい奥さんの相手には都合がよかったのだ。奥さんは喋り終え「あー、すっきりした」と、いつも満足していたのだから。

「お宅のお父さんのことでちょっと」

「父が何か」

「苦情の電話があったのよ。どこかでコーヒーでも飲まない？」

「休みの日は家の片づけで忙しくって。お金のことでしょうか」年金生活だが金に不自由はしてないはずと良子は思ったのだが。

「お金ならあなたに言えばすぐに解決するけど。あのね。私、まさかって思って、ちょっと調べたの」奥さんはそこで声をひそめ雨傘で路地を指す。昼間の商店街はさびれたといっても行き交う傘が当る。路地には小料理屋が二軒に向かいは質屋で、どちらも閉まっていた。

「この商店街の中の総菜屋さん、あそこのパートで働いている愛想のいい人、知っている？」

「ええ」

「お得意さんだから、あなたのお父さんを暇な時は店先まで見送っていた。お年だし、時々、飴玉くれたりしていたからって。そしたら、この前、お尻を触られた。撫でたんだって。寂しいお爺ちゃんと思うから店長にも誰にも言わなかったけど、奥さんから同じ町内って聞いていたから話しておいたほうがって。彼女は優しいから」

「あの調べたってどういうことですか」

「ほら、商店街の入り口で、自転車に保冷箱を積んで飲料を売っている人、あの人も同じタイプよね。胸は盛りあがっているし、三十代後半かな。あそこで、お宅のお父さんが飲み物を飲んで話し込んでいるのを見ていたから、聞いてみたの」

「お尻触りましたかって？」

「ええ。彼女言いましたよ。でもお尻じゃなくて背中を撫でたそうよ。お父さんはその後も、へらへら笑ってまた近づいて来るって。あんたも飲みなっておごるそうよ。今度、身体を触ったら大声をだすって言ったら、そんなこと俺がしたかと笑って惚けたふり」続きそうな言葉を良子は遮った。

「お二人には私がお詫びの品を持って謝りに行きます」

「あんたさあ、ひとり暮らしのお年寄りだからって、皆、同情でもって許したのよ。娘がいるなんて知らないから。私だって好意で言っているの。町内で評判になったらどうする。痴漢がいるって。主人の立場もあるし」奥さんの声が硬くなった。良子の冷静な反応に苛立って。

「痴漢は犯罪って判っています。だから娘の私が償いを。父を傷つけないように言い聞かせます」

「償いだって大げさな」

良子は気持ちが高揚していた。正当な論理で絡みついてくる相手を、どうしたらやり込められるかと。

「父はゲート・ボールやカラオケ教室で、地域の温もりに浸って楽しんでいます。噂が広がってそこでも疎外されたら父は生きていけない。長年、親子で寄り添ってきたから、生真面目で、つましい父のことは私が一番判っているつもり。でもね、奥さん。父親という男が抱え込んでいる暗い沼は私には見えない。そこに溜まっている汚泥も、うごめいている生き物も。私がいくら愛情を持ってしても沼を小奇麗な池には変えられない。だから父が起こした事は、私はお詫びや償いしかできません」

「はあ？」傘の陰で年上の女がまじまじと良子を見つめた。

「ひょっとしたら痴呆が始まったのかも。医師にも相談してみますから。改めてお礼にうかがいます。ご面倒をおかけして」

「お礼なんて来なくて結構。主人はこの事は知りませんから」奥さんはわが身を守るように傘で顔を隠して背を向けた。あなたたち親子って何処か普通じゃない！　背中にそんなせりふが貼りついていた。

だから父と口論したのだ。

言い争いの最後に良子は捨て台詞を吐いた。「父さん、お尻触るだけで満足なの？　乳房でも何でも触るといい。訴えられたら私が言ってあげる。父は狂っているって。あのときのように誤魔化せないのだから」

そのときテレビのお笑い番組でどっと笑い声があがり、父親も笑ったのだ。

やり場のない怒りを抱えて、風呂場で身体の隅々まで丹念に洗い、湯に身を浸すと気持ちが落ち着いたのだが過去が蘇っていた。


父親は食品会社に勤めていた。海苔の製造販売の商店時代から昼間働き夜間の高校にいき、主人夫婦から可愛がられ、店員だった母と縁結びをしてくれた先代の社長夫婦を神様のようにあがめていた。社長のひとり息子が大学を卒業し帰郷する頃には、ふりかけ海苔や新商品を開発し、経理や販売士の資格をとり下積みの努力の人だった。しかし先代が亡くなると、二代目社長は良子の父親を疎んじ始めた。自分より会社のことに精通し、社員の信頼も篤いことに嫉妬したのだろう。しかし、良子の父親の商売に対する勘と売り上げの実績は利用した。株式会社になり大学卒の社員も採用し始め、支店を増やしドライブインに和食の店を出店し、食品会社は多角経営に乗り出した。

「俺が目をつけた所に出店すると、必ず当る」

夕食時に矜持と愚痴が延々と吐き出された。良子は父親という男の存在が、己の意識の中で変化する過程を味わうことで父親の話に耐えた。情愛に応える誠実、努力、忠節に同情したが、やがて憐憫に変わり、良子が地元の大学に進学すると、社会の歩みに取り残された馬鹿正直な男に変わった。良子が大学で学んだのは理屈だった。だから、父親の現実を頭の中の理屈で解決しようと思ったのだが、メビウスの輪のように、父親と向き合うと行き着いた馬鹿正直の結論は振り出しの同情に変わり、再び輪を描くのだった。父親の行く末を見届けなければ輪は頭の中で回り続けるだろう。良子の内部には、孤独癖と目立ちたい欲望とが同居していた。孤独癖が頭をもたげると読書にのめりこみ、目立ちたい思いがこうじると会話に割り込み理屈を述べた。表情に乏しく、顔の半分を覆った髪形が重く若さを潰していた。

良子が会話に加わると、一瞬、「おやっ?」と視線を浴びる。すると身体の中が熱くなり、理屈を武器に交戦し支配したい欲望が口からあふれ出す。「それはこうだ」「それはこうすべき」「それは間違い」と。

そのうち大学の友人と呼べる幾人も、良子が近づくと口をつぐみ始めた。決定的だったのは良子がやっと会話に加わり、「それは」と口にし、「こうだ」と話始めたとき、男子学生が「ナンセンス!」と怒鳴り遮った。数人がいて拍手をした。良子の目が薄い刃物のように光を帯びた。

「ちゃんとした日本語使ったらどう? 野次に過ぎないじゃない。私の論理もちゃんと聞かないで」

彼らの視線が良子からそれ、背を向けそうになった。

「鬱陶しいと言いなさい。私の存在が！」言葉で引き止めねばと暗い情熱が身体を熱くする。

「存在だって？　おおげさな」

「いいえ、大げさではない。私が在学すること自体をナンセンスと否定している」

「良子さん、彼が言ったのは、それは単純な言葉でしか表現できなかった彼の一時の感情よ。感情は理屈では割切れない。それに深入りしない、絡まないこと。頭のいいあなたなら言葉を流すはず。それに、あなただってナンセンスって言ったことあるでしょ。誰だって口走っているじゃない」

それは、それにと、いつもの私の言葉を他人が使っている。冷静な女子学生の言葉が教師の言葉のように良子の頭を押さえつけた。「いいえ。私はそんな誰もが使う安易な言葉なんて使ったことがない」

「口論はこれをもっておしまい」おどけた男子学生の声を聞いた。（先に私が彼らに背を向けねば）

大学は二年で中退した。孤立していると絶えず強迫観念が襲い、自分の存在が顧みられないことに苛立ったから。父親も母親にも自分の気持ちを話せなかった。彼らも気難しい娘を遠巻きにしていると感じていたので。

良子は簿記の専門学校に通い始め、回答のでる数字にのめり込む。すると、良子は自分が透明な存在ではなく、自分で回答を出せる確かな存在だと確認でき数字が苛立ちを抑え、読書にのめりこめば自分が寄り添える活字が創りだした相手がいて、感情は枯れていないと思えた。しかし現実には父親が働いた糧で良子の生活は成り立ち、母親がパートで稼いだ金から小遣いを貰っていたので、父母の存在を無視することは出来なかった。

母親は良子の周りでは、唯一、明るく社交的で寛容な人間だった。父親は世間では愛想のよい仕事一途の人だったが、そちらに生気を使い果たし、家では陰気で抑圧されている感情を吐き出した。母親が幾ら寛容でも、夫の愚痴の聞き役と母親の理解しがたいところで彷徨っている娘との狭間で、寛容さは摩滅し始めていたに違いない。

その日、母親は風邪気味と、珍しくパートの仕事を休んだ。良子が帰宅しても布団の中にいたが熱はなかった。

「何か食べる?」

「みかんをむいてもらおうか」「ああ、おいしい」

それが最後の母と娘の会話だった。

ある朝、隣に寝ていた父親が異変に気づいたが手遅れだった。夫を起こす事もなく、冬の夜明けの寒さに連れ去られて。

父親の影に隠れて良子は母親を見送る儀式を終え、そのとき初めて世間体に徹した父親を見た。善良な夫、生真面目で仕事に打ち込む男、但し、細身の身体から印象として、しぶとく誇り高いとは誰しも思わないだろう。謙虚さが滲んでいる。親戚に気配りし参列者に頭を下げ続け、世話になったと同じ言葉を繰り返し。

良子は、ひたすら目立たないようにと願っていた。母親の突然の死について問われるのが恐ろしく、弔問客の視線を避け続けていたのだが。

「それが風邪で店を休むって言ったのは家内の嘘でした。社長から前日、退職をせまられた。同じ会社に夫婦で働くのはよくないって理由で。突然で私も知らなかった。それなら私に言えばいいのに。嫌がらせですよ。妻の同僚に連絡いれたら、そう聞かされて。それが家内にとってショックだった。だから」通夜が始まる前に、父親が母親の身内に急死の事情を告げていた。本当にそうだったのだろうか。母親は父と同じ会社の支店のパートの店員だったのだが。

「ストレスも原因となりますか？」と急き込んで問う良子に、「まあ要因の一つではあると思いますが」と、医師は曖昧に応じていたのだ。だから、父も私も母親の突然の死に関わりがあるかもしれない。もしかして防げる手立てが有ったのかも。寛容さが胸を破り流れ去る前に。良子は胸が痛んでいた。

「幼い時から辛抱強く、愚痴なんて聞いたことがなかった」母親の姉が父親の話を聞きながら泣いた。良子は身を硬くしていたが父親の話にすがると、張り詰めた気持ちが熔け始め涙が湧いた。そう、社長が母を追い詰めたのだ。弱者を狙って。と、社長を敵対する者に仕立て。

それから四年経ち、良子は二回転職した。タクシー会社の経理では男たちの粗雑さに辟易し、建設会社の事務所では同僚の女性のお喋りが鬱陶しかった。

その日、ハローワークの職探しから帰宅すると、父の会社の社長の声が留守番電話に吹き込まれ、社に来いと夕暮れの時間が指定されていた。

(私の就職を父が頼んだのだろうか。それとも父の定年退職のこと?) 憶測が頭の中を駆け巡った。父親は五十五歳の定年をやがて迎える。本人は会社に尽くした俺は六十歳まで働けると自負していたのだが。

退社時刻で車が混雑し、バスが時間に遅れて乗り場に到着した。

目的が判らないこと、約束の時間に遅れたことで、一層良子の不安は増幅していた。社屋は工場を含め、成長の証のように建物の新しさが初冬の衰える夕日を威圧していた。二階の事務所には人々がいて、良子は視線を感じながら社長室に辿り着いた。

母親の葬儀の折、出会った社長と父親の他に、見知らぬ夫婦がソファに座していた。

「身内にも話合いに加わってもらって」社長が夫婦に良子を紹介し口火を切った。

「寿退社の人がいて、こちらの娘さんをいい販売員になると期待して採用し試用期間がまもなく終る、その時期にとんでもない事が起こって」

「父が何か?」

「嫌らしい行為だよ。娘さんは二十一歳。元気がないので店長が声をかけた。そしたら営業本部長がって。だから今日、親御さんにも来ていただき、わが社として誠心誠意お詫びを。その前に本部長に経緯を聞いたのだが、行為を否定も肯定もしない。だから貴女に連絡を」

父親は膝を揃えてうつむいていた。

「父がどんな行為をしたのか、具体的にそれを説明していただかないと」良子は久しぶりに獲物にありついた獣のように、社長にくらいついた。身体の芯から熱さが湧いていた。

母親を退職させた理不尽な男、それが母の死の遠因ときめつけながら。

「肩に手を置いたり、さりげなく身体に触れる。食事に行こうと囁いたって娘さんが店長に告げ、そして、いつもお店で私を見る目が嫌らしいと訴えた。店長から報告がきて、まさかと本部長を呼んだ。ところが口を開かない。大切な娘さんをお預かりしている責任問題だから、とにかくお詫びを。本来ならお宅にお詫びにうかがうのですが」社長は詫びろと父親と良子を促したのだが、良子はここで認めたら父親の今後に関わると踏みとどまった。

「それは父が加害者と決めつけている話ですよね。父が身体に手を触れたとしても偶然も有り得ます。視線がみだらだって、それは抽象的な感覚でしょう。父だって傷つきますよ。この会社にどれだけ長く父が貢献しているか。その間に父が一度でも不祥事を起こしました？　性的な嫌がらせは会社の信用問題に関わる。警察に訴えて決着つけたらどうです？　誰か証人は？」良子は社長の先手を打った。

「もう、いいです。娘は退職させますから。でも、娘の気持ちを傷つけたのは事実ですよね。それに対して詫びはしてもらわんと」娘の父親が口を挟んだ。

「当然のことです。お辞めになるのですから、それ相応のことを本部長も」社長が父親を促す。そのとき父親が立ち上がり口を開いた。

「愛していたのです」小声で、それだけ告げると父親は肩を落とした。

愛という言葉を口にするなど無縁な風情の男の一言が重い空気を変えたのか、良子は一瞬、風が吹き抜ける気配を感じた。風に乗るのだと誰かが囁き誰かが背中を押した。

「父は年を重ねることや、連れ合いを失った寂しさを抱え込んで。そこに若い娘さんが現れた。触りたい、抱きたいとかの下種な感情ではなく、それは愛情でもって見守りたいっていう感情だと思うのです。肩に手をやって励ましかもしれない。社員教育の一環として、食事でもして社員の心得を伝えたい気持ちを持った。そして絶えず気配りし見守った。それを、嫌らしい視線、鬱陶しいと若い女性は感じたかも」

「ご迷惑をおかけしました」父親が夫婦に深く頭を下げた。

「大事な娘さんに、本部長は思い入れが過ぎたのでしょう。勘弁してやってください。若い未来の為に、本部長共々、出来るだけの誠意は尽くしますので」社長が最後を締めくくった。

夫婦を送り出し、「たいしたもんですな」と、見るからに精力的な社長が良子を揶揄した。あなたがた親子は共犯とでも言いたかったのかもしれない。言えばいいのに。あんただってほっとしたのだからと思いながらも、良子は口をつぐんだ。もう幕は降りたのだから。

父親は社長室に残った。男ふたりが話し合い、多分、父親は幾らか代償を払うのだろうと良子は席をはずした。

帰りのバスの車内は勤め帰りの疲れた男女で溢れていた。

息子の身体の熱が引き手足が冷たくなり始めていた。バスが揺れ人と触れ合う度に、良子は手を洗いたい、熱い浴槽の中で身体の隅々をこすりたい衝動で身体を硬くしていた。

その夜、父親は助平と思うと、爪楊枝で歯をせせりながら寝そべってテレビを見ている父がうっとうしく、おならの臭いまで嗅いだ気がし、愛情と思うと嫉妬が湧き起こった。私の感情を振り回してと良子は会ったことのない若い女を頭の中で抹殺し、老いを感じ始めた女優が若さを武器にした新人に役を奪われ、殺人に至る小説を読みふけった。


父親は定年を迎えると、隣市に進出した店舗の店長として後五年は働けることになった。嘱託で退職金は五年の分割というのが条件だった。それを機会に父は隣市の郊外に土地と家を得た。

良子はその都市の中心地に店舗を構える、アパレルと雑貨の店に経理係として就職した。一階の店舗は間口が広く、二階は高級な洋服やバッグが並んでいた。三階が倉庫と社長室事務室になっていて、事務員は良子を入れて三人で、常務の肩書きの仕入れ担当と、総務、人事担当者はいずれも中年の男性だった。事務室は衝立で半分に仕切られた店員たちの休憩室兼用で、若い女たちの、あけっぴろげの話題は良子を愉快にさせた。悪口、男関係、セックス、遊び、旅行と、彼女たちの声は軽くふわふわと仕切り越しに飛んできては良子の耳をくすぐって消え、若い女たちはよく入れ替わった。

誰の邪魔もせず邪魔もされない、この職場に良子は居ついた。仕事だけはパソコンを駆使して、てきぱきとこなし、売り上げ状況や在庫の管理などデーターをこまめに作成し提示し、良子そのものは影が薄かったが仕事の成果は存在していた。賃金に対しても地位にも不平を言わなかったが、内心では定年までこの職場に居つくという強固な意志を抱いていた。そんなところはどこか父親に似ていたが世間体は皆無で、誰からも慕われもせず良子自身もそれを望んではいなかった。愛情とか友情とかそんなものに振り回されるなんてと思いながら。

良子の楽しみは、季節ごとの店のバーゲンで上質の高価な洋服やバッグを買うことだった。

良子の部屋は四畳半の板の間だったので其処を納戸にして、買い入れた洋服やバッグを収納し、六畳の自室を建て増し、欲しい物は手に入れた。

良子の洋服の好みは、ふわふわした物だった。袖もふっくらと膨らんだドレッシーなワンピース、それが自分の貧弱な体型を補ってくれると思い込んでいたから。休日は納戸で選んだ服を着て、映画を観にいったり書店をうろついたりした。

良子の勤務先も支店を出し業績を上げようとしていた。そんな折には父親から得た知識が役立ち、さりげなく社長に提案した。会社の発展は自分の身の保全につながる。中年だった同僚が定年退職し若い男性が入社した。彼は良子の存在は無視したが、良子の仕事振りには依存した。

良子は三十代半ばを過ぎ、退職した父親はゲート・ボールや公民館の囲碁教室やカラオケと、堰が切れたように遊びに没頭していた。良子は或る日、突然、父親が見知らぬ女を紹介し、女がこの家に居つくのではと不安が頭をもたげ、もしもの折にはと戦闘的な気分に陥り、メビウスの輪は良子の頭の中で回り続けながら年月が流れ去った。そして思いや認知症になったらと父親の深まる老いに直面し、自らの老いから目をそらし始めたとき、父親は良子が密かに望んでいたとおり、あっけなく生を終えたのだ。

死者は生者を過去に誘う。父親と交わした刺々しい最後の会話から、ずっと良子は過去の世界に引き込まれていたのだが、幼い頃の懐かしい父親の思い出には辿り着かなかった。良子は線香を絶やしてはと襖を引いた。

香の香りが纏いつき、棺の中の微かな父の咳払いを聞いた気がして良子は思わず手を合わせた。メビウスの輪を、己の意思で断ち切りたいと願っていた自分におののきながら。

二、三時間は眠れると入眠剤を服用し、目覚し時計の針をセットし食卓に置いた。玄関の戸を叩く音を聞いた気がし、薄れいく意識の中で警官が再び訪れたのかと不安になり、電話のけたたましい音が執拗になりおびやかす。全てを投げ捨て食卓に顔を伏せた。

黒いドレスは胸に花を飾れば祝いの席にふさわしい、一度も着たことのない物だった。素材がオーガンジーで、ふわりとした袖の中に細い腕が透けて見えた。手首の切り傷の跡は見えない。丸まった背中、広がった黒い布地が風を孕んでいる。落ちる、落ちる。窓から自分を見つめている父の母の視線を掠り、地上に伏せた顔を髪で覆われた私を、父母が見下ろしている。ふたり並んで。

そこで良子の記憶が消えていった。

春から夏へ移ろう季節の太陽が雲のベッドで未だ眠っていて、晴れなのか曇り日になるのか定かではなかった。

2

「その日、息子は薬でもうろうとしていました。でも私に会うと背筋を伸ばし私を見つめた。父親の前では、きちんとしないといけない思いが、こびりついていたのでしょう。病院の休憩室での面会で、息子がふらつきながら立ち上がり、棚からトランプの箱を持って来た。そんな息子を目で追いながら私は椅子に座り、ぼんやりと息子が消えてくれたらと思っていたのです。『父さん、これをあげる』息子が幼子の口調でトランプを差し出し、それが最後でした。手渡されたトランプが私を責め続け、苦しくて手記を綴りました。亡き息子に寄り添う事が出来たらと。親子の関係について悩んでおられる方の少しでもお役に立ちたいと願っております」

区民センターでの講演は重い話だった。父母への暴力、入退院の繰り返し、当時大学生だった息子の自殺に至る関わりを書いた本が、会場の出口の机に積まれていた。良子は新聞に掲載された記事で講演会を知ったのだった。

良子は外の日差しに目が眩んだ。向かいのフェンスで囲まれた運動場で、高校生たちが体育祭の練習をしているのか歓声と太鼓の音がし、秋の日差しが燃え尽きようとしていた。人の群れが良子を追い越し散って行った。良子は左に曲がるべき所で右折した。見知らぬ場所を彷徨ってみたいと足が向いたのだ。

郊外電車の踏切を渡る。駅舎の辺りのコスモスの彩りが健気だ。

良子は視線を上げる。

視線の先の丘陵は頂上まで家で埋め尽くされていた。気分が高揚し体が火照る。好奇心が身体の内で暴れ始めているのだ。とにかく坂道を登ろう。好奇心の暴力には歩き回り疲れることが薬だ。坂道の上から金属を光らせ良子の脇を車がかすった。背後で停車する軋る音を聞くかと怯えたが、一呼吸置き振り返ると影もない。男が運転していたと安堵した。

「あら、良子さん、こちらにお知り合いでも?」若菜さんのハスキーな声が。

「……」

若菜さんに見つかったらと怯えていたのだ。

「モデルでもされていたの?」

「個性的ね。いつもファション楽しみ」

若菜さんはそんな人だ。若菜さんのネックレスや指輪は大型で、彫金教室で作成した作品だ。良子は金属を切ったり溶接したりしている若菜さんを思い浮かべ、自分を重ねる。背中を丸めた初老の個性のない女が嫉妬という凶器を磨いている。良子の身体の内側で好奇心は怯えと取組合いをしていた。この丘陵地帯の住宅地に若菜さんが住んでいると聞いたことを思いだし、どんな家なのか見たいとうろついているのだ。

良子がショッピングセンターの三階にあるカルチャー・センターの英会話教室に通いはじめたのは四月。それから半年が経っている。

初級のクラスは十人で始まり、良子は若菜さんと隣り合わに座ったので品の良い匂いをかぐ。すると自分の体臭が気になる。近頃はペアを組んで会話をしたりするので、マニキュア液で爪を光らせたりした。洋服には困らなかった。

良子を除き皆は専業主婦だった。水曜日の午後一時からの九十分コースだ。講師は日本人の妻を持つ三十代のカナダ人で達者な日本語を使う。

最初は英語での自己紹介だった。趣味、家族構成、住所、英会話を学ぶ目的など。三十、四十代と見える四人、後は五十代から六十代だ。趣味はペインティング、フラダンス、バイオリンと続き、若菜さんはアンティーク家具のコレクションに今、興味を持っていると言った。皆は夫がいて息子や娘がいて、孫がいる人もいた。良子は緊張していた。

「私は離婚しました。息子は結婚し、彼は離れてくらしています。だから私は暮らしています、ひとりで。私の趣味は読書と音楽を聴くことです。私の英語を学ぶ目的は、ニューヨークに行く為です」声が少し震えていたのを誰か気づいただろうか。講師や皆が離婚という言葉に注目した。それで快感を覚え緊張が緩んだ。英語の練習だもの。想像でいいやと良子は気持ちが軽くなった。

その後、テキストは自宅の間取りに進んでいった。寝室は何室、それに居間、食堂ほか。若菜さんは四寝室と言った。家族や自分の誕生日はどのように過ごしますか？　ケーキを作る。花束をプレゼントする。フランス料理店で外食をする。そして若菜さん、「息子の誕生日は一月です。私は焼きます、ローストチキンを、息子の為に。そして私は火を起こします、暖炉の。私は座ります、ロッキングチェアに。桜の香りがします」

「桜の香りって？」誰かが質問した。

「暖炉で桜の木を燃やすのよ」と若菜さん。

「私の誕生日は、私の息子家族が訪れます、私の家に。彼らはケーキを持ち、私の為に」良子は心地良く作り話を述べた。

そのうち、誰かがオーストラリアに旅したとみやげのチョコレートが配られ、次の週には若菜さんが京都の骨董市に夫と行ってきたと、匂袋と和菓子を配った。次は誰かがクッキーを焼いたと持参した。良子は十月に入り長崎に友人と旅したと長崎名産の、びわゼリーを配った。講師も長崎の町並みが好きだと話題が広がったのだが、何を食べたか何処を観光したのかと質問され、良子は中華街でちゃんぽんを食べたとか知識の中の長崎を慌てて引き出さねばならなかった。やれやれ。デパートの物産展で買ったけど、ばれないよね。良子は己と会話をした。

テキストは日本の行事を述べる過程に入っていた。雛祭りに端午の節句、節分に、七五三など。

五十代の人が夫の還暦について述べた。還暦は新しい人生の始まりだと。だから情熱の色の赤い物を贈る。「私の夫は、とても幸せだと喜んでいました。それは我々の息子や娘が贈り物をしたからです、彼に。赤い帽子とセーターを」

英会話の仲間はみな自家用車を運転して来ている。

「良子さん、お車?」って、若菜さんが尋ねたことがある。

「若いとき、大きな事故にあったの。それがトラウマになって。運転できなくなった」父親の自損事故を思い出しながら、良子は日本語の会話で嘘をつき萎縮した。

良子は定年退職すると、父親の記憶の染みついた土地を売った。家は、もはや価値がなかった。その金で便利の良い場所に在る中古のマンションを買い移り住み、中小企業の勤めだったので年金は少なかったが、父親の預金が残されていて、つましくすれば老後の金の心配は少し薄らいでいた。

ショッピング・センターは、歩いて七、八分の距離だった。良子にとって英会話の教室に通うことが唯一の人間関係だったし、空想の簡単な話を異国の言葉で話し架空の家族を作り、それで疎外感が薄れていた。

良子が定年退職した直後は土地の処分や家の中の整理で追われ、一段落すると疲れ果て体調が崩れた。人に騙されないようにと気が張っていたのだ。体調が戻ると退屈が頭をもたげた。本を読み続けると目が痛み頭痛がし、眼鏡店で眼鏡をあつらえたりした。

ある日、文章でも綴ってみようかと思いついたので、公民館での文章教室に見学に行った。同じような年代の七、八人と講師も年配の男性で、とりあえず入会した。会は新聞の投稿欄や、何かに応募することを前提にした原稿用紙一枚半の作品を書き、自作を読みあげ皆で合評をする過程に入っていた。親子、友人、夫婦や日常のさりげない情愛が大方の主題のように良子は感じ、二週間後の自分の作品発表の折はと、久しぶりに目立ちたい欲望が芽生えていた。

その日の集まりは欠席者がいて五人だった。良子は人数分コピーした自分の作品を配布し読みあげた。

「カーテン越しに忍び込んだ朝の光に誘われて目を覚ますと、私は自分の乳房を抱きこんで丸まっていた。いつもは手足が冷えているのに両手が温まっている。そのまま温もりを抱いていると身体の内部が熱くなり、出場所のない熱気が腰の辺りでひしめき疼きを覚えた。久しぶりに味わった感覚に私は未だ若さを保っていると安堵し、暫く布団の中で自分を抱いた男のことを思い出したりした。それから……」読み終えたが誰も口を開かない。

「小説を書いたらいい」講師が言った。

「ちょっと主旨が違うようで」男性の会員が遠慮がちに告げる。

「主旨が違うってどういうことですか？　私は感じたことを率直に書いたのです」と良子は反発した。

「こんな書き方ではなくて、孤独を違う視点でお書きになったらと思うのだけど」と意見を述べ、女は良子から視線をそらし他の人に話しかけた。「ほら、あなたが書かれたペットロスの。新聞に掲載された。あれはよかった。胸に浸みて共感が湧いたわ」

「もう、あれから生き物は飼えない。私が後、何年生きるかと思うと責任があるから」

会話が雑談に変わり、良子と作品は置き去りにされた。

「あの、皆さん、私が感じたようなこと有りません？　あ、そうか、ご主人や奥さんが隣に寝ているのだ」良子は唐突に言った。

向かいあった女性が、「まあ」と言って笑い、恥じらいなのか怒りなのか講師が顔を染めた。隣の女性が拍手をし、いつもの終わりを告げる合図だった。棘のある言葉を誰も言わなかったので、良子の挑戦は未消化のまま終った。

玄関で靴を履いていると、「まあ」と言った女性が、「今日は面白かった。次の例会もいらして」と良子の背中に声をかけ、その労りが苦く口惜しく良子は退会した。

映画や図書館を訪れたり講演を聴きに行ったりしたが、会話がなかった。マンションの住人たちとも挨拶をかわすだけ。かかってくる電話は何かの勧誘で良子は邪険に応対し、そんな日は、訳の判らない怒りを抱えて息絶えるのではと不安に駆られたりしながら年を越した。冬の陰鬱な日々は冬眠の動物のように過ごした。ようやく新しい住まいで迎えた春、近くのカルチャー・センターのチラシが新聞に挟まっていたのだ。

英語を学んでみようか。日頃、慣れ親しんでいる本の中の彼や彼女たちが手招きをしている。私の居場所が出来るかもしれないと、良子は英会話にたどり着いたのだった。

水曜日は、何を着て行こうかとクローゼットに並んだ洋服を見回して選び、離婚という過去と息子とその家族がいる女性になり、ニューヨークに旅する目的を持って出かけるのが楽しみになっていた。理屈を述べようにも英語では無理だったし、講師は平等に女性たちを扱おうと心がけていたし、女たちも競争意識はなかった。皆、目的が旅行の折に喋ってみたいという軽い動機だったし。

九十分が過ぎると、互いの洋服やバッグやアクセサリーをほめ合い、軽いおしゃべりをして別れた。皆、家族がいて沢山の友人がいて趣味を楽しんでいたので、あえて英会話の教室で友人を得ようとは思っていないのが、良子には幸いだった。良子は友人を得ることが煩わしかったし、嘘でかためた自分の領域を侵されたくなかったので。だから若菜さんの住まいを見てみたいと思ったのは、偶然、足が向き好奇心が押したからだ。

暖炉があるのだから屋根に煙突があるはずと、坂道を上り下りしながら、両側の家の屋根を見上げる。全てが二階家で、手入れの行き届いた樹木や塀で覆われていた。日本家屋があり洋風建築があり、住宅の展示場のような家々が並んでいた。庭や軒先に洗濯物が干され、ベランダに布団が干してある見慣れた風景ではない。良子はベッドや乾燥機や暖炉のある家は、本の中の異国の家の描写で熟知していた。邸宅のダブルベッド、ロフトのシングルベッド、豪華ホテルの寝室、モーテルの人の臭いの染みついたベッド。暖炉で燃やす秘密の書類、暖炉の温もりで判断を誤った死亡推定時刻。コインランドリーに通う女を狙う男、乾燥機の人工の熱風に煽られる人形の髪。

良子の視線の先の家々は穏やかに、陰とは無縁のように秋の日差しを受けていた。何故か人通りがなく、時折、車とすれ違うだけで、犬の吠える声もしなかった。そのうち良子は家々から威圧されているような感じを覚え、歩き回ったせいか脇の下に汗が滲んでいる。表札を見回ったが、若菜さんの家は見つけることができなかった。見つけたとしても、それがどうしたと、良子は膝に痛みが生まれ好奇心が萎んでいる。

幾つも角を曲がっているうちに方向が判らなくなった。誰かに電車の駅の場所を聞こうと人声を聞いたようで角を曲がると、サングラスの男と女が言い争っている様子、良子が避けようと背を向けたとき、「ちょっと、お願い！」背中に声が当った。振り返ると女が手招きをしている。逃げられない。近づくと細身の男は若く、あちこち継ぎはぎした流行のジーンズに白の薄手のパーカーを着ている。女は彼の腕を捕まえていて、「すみません。ここをつかんでいて」と男の腕を良子に託し、斜め前の家に走って消えた。良子は面食らって男の腕を握ると、腕が微かに震えていて無言だ。良子は無言の男と並んで立っていると、フリルのついたエプロン姿の呼び止めた女が、Tシャツにパンタロンの溌剌とした女と連れ立って現れた。四十代だろうか？　化粧を綺麗にしていると良子は一瞬そんなことを思った。

「ほら、この人よね」エプロンの女が問う。

「うーん」女は男を見つめる。

「ううん、違う。この人じゃない」見つめた女が首を振り視線をそらす。

「あら、あなた言ったじゃない。ジーパンにサングラスにスニーカーって」

「でもこんなに格好よくなかったし、髪型が違う気がする」

「あの、どういうことです？」良子が苛立って問う。

「ごめんなさい。ちょっと……」

「すみません」そっけなく応じると女ふたりは背を向け、出てきた家に揃って消えた。

男が腕を振り払い、良子は手を離した。

「どうしたの？」歩き出した男の背に問いかけたが返事はない。引き返して女たちを問い詰めたかったが、良子は男の背中を追い坂道を小走りに下り、電車の駅がちらと視野を掠った。あの駅前に食堂があったはず。

「ねえ、ねえ。何か食べようよ」声を強める。男の歩みがようやく緩んだ。

良子は男と並び、急き込んで言った。「私につき合わなくてもいい。でも私は訳を知りたい。何なの？　何か言いなさいよ」

「あの人たち失礼よ。あなたが喋ってくれたら、おばさんが引き返して文句を言うから。でもその前に何か食べよう」良子は長身の男を見上げたが男は無言だ。

駅が近続き、良子は男の腕をつかみ駅前の食堂に入り、男は意思を失った人のように良子の向かいに腰を下ろす。

「うどんにする？　何でもいいから注文して。おばさんがおごるから」

「……」

「じゃあ、うどんでいいのね」

男はうなずいた。

湯気が空気を和らげたのか、「頂きます」と男は礼儀正しく言った。

「ねえ、教えて」客は二人だけだったが良子は声をひそめて尋ねた。「何だったの？」

男はサングラスをはずした。色白の肌にひげの剃り跡はなく、頬が染まり唇の上にうっすらと産毛が。黒い髪を短く刈り込んで、細い目が眠たそうにはれぼったい。内も外も汚れてはいないと思い、これは現実だろうかと良子は無表情な若い男を目の前にし、うどんの汁を吸って高揚した気分を抑えた。

「ご馳走様でした」男が告げた。

「教えて。何かしたの？」良子は慌てて繰り返す。

「下着泥棒」

「え！」

「間違えられただけ」

「じゃあ、何で黙っていたの？　抗議しなかったの？　許せない。あの人たち」

「あんなもんですよ。僕の母親の年代の女は」男は伏せていた視線を上げ良子を見た。「僕、なんで黙っていたか判ります?」

「意気地がないからよね」良子は手に伝わった男の腕の震えを思い出して言った。

「違う。僕、下着盗もうと思って、あそこをふらついていた。そんな気分だったってこと。だから咎められても、どう言いようもない」

「でも、どこも洗濯物なんて見えなかったじゃない」

「回り込んだ裏ですよ。セキュリティきついって思うけど案外抜けている。裏の家の庭と庭がくっついていて防犯カメラもないし。僕は母親の下着を見慣れているから興味ないけど、軽く人騒がせしたかっただけ」

「迷惑よ。私まで巻き込んで」

「迷惑? 僕の腕つかんで興奮しませんでした?」

「それは、あの人に頼まれたから。興奮だなんて」若い男にからかわれていると判りながら良子は恥らった。そんな自分が醜いと思うといたたまれなくなり、会話の限界だとバッグから財布を取りだす。

「名前と電話番号教えてもらえます? 迷惑かけたから母からお詫びの電話を入れさせます。僕は内林隆平」

「いいの。お詫びだなんて」そう言いつつも電話番号を告げると、男は携帯電話を取り出し素早く打ち込んだ。

　つい名前が。電話番号までも教えて。良子は自分のうかつさを責めたが間に合わなかった。

　電車の駅前で隆平が手を出したので握手をした。隆平の冷たい指が絡みつくように良子の手を握り込み、良子は慌てて手を引いた。隆平は憐れみと冷酷さが入り混じったような笑みを浮かべ背を向けた。良子も背を向け振り返るなと己に命じた。一瞬の隆平の不可解な笑みが良子を不安にした。六十二歳の女を手玉に取るような仕草が演技に思え、握られた手の感触が爬虫類に触られたように蘇った。早く手を洗わなくては。衝動に突き動かされながら二つ目の電車の駅に着いた。


　手を洗うと気持ちが落ち着いた。振り返ってみれば男に手を握られた記憶がなく、隆平の仕草は、いまどきの若者の軽い挨拶なのかと納得したが、気持ちが落ち着かなかった。

　襟元にフリルの着いたワンピースを脱ぎ洋服の胸元の汚点を見つけ、うどんの汁で汚したと自分の慌てぶりが思い出され頭の中が混乱している。

　夕食を終え、風呂に浸り、気持ちが落ち着きテレビの前に座った。講演で聞いた話も隆平と出会ったことも現実なのか妄想なのかと、良子は今日の出来事を現実と妄想の狭間の曖昧なことにしたかった。曖昧なことは時間の経過とともに薄れて忘却の彼方に去る。確かな事として記憶に残らないようにと良子は願い、今はビタミン剤と同じようになった安定剤と入眠剤を飲んだ。もう、何十年と常用している。医師もふたり代わり会うのは月に一度、薬をもらう為だ。

「長く続けて脳は大丈夫でしょうか」

「飲むのは気休めですよ」

同じ会話を繰り返しながら、薬を入手すると安堵する。

手にした小さな錠剤が今夜は頼れる友人のように思えた。疲れていたので眠りにすぐ引き込まれそうになり、テレビを消し布団に入った。顔の運動は？　したかしら。

防災のベルがなっている。火事だ。良子は身体に火がまといつくような気がして目覚めると、音がまといつく。それが枕元の電話の子機だと気づいた。そこに子機があることを忘れていたのだ。もしも身体が動かなくなったらと不安に駆られ置いているのだ。救急車は呼べるだろうと。なったことのない電話が？　手に取ると女の声が。

「夜分遅くにお電話差しあげて」明るく屈託のない声が。スタンドを点した。良子は暗闇が不気味に思えたのだ。

「隆平の母です。息子がご馳走になったのですって。あの子、またご迷惑おかけするかも。そのときは遠慮なくお電話ください。メモしてくださる？」

良子は無言のまま起き上がってメモ用紙を探した。操り人形のように。「ええ、メモしました」

「どうも。ちょっとお待ちになって。隆平、隆平。電話しましたよ。聞いている？　母さん確かに電話したから。いいわね。失礼致しました。おやすみなさいませ」

電話はきれ、電話番号を記した紙と、「隆平、隆平」と声高に連呼した声の余韻が取り残されていた。下着泥棒のことは話したのかしら。妙なおばさんに誘われたなんて、まさか。

電話の音に刺激されて、眠っていた脳が蠢き始め考え事が浮んだ。迷惑をかける？　どんな。

布団に入ると、苛立ちが抑えられなくて寝返りを繰り返す。どうして、あそこで隆平に、あんなことで出会ったのだろう。それが取り返しの出来ない事のように思え、身体を締めつける気がして起き上がり、安定剤を取り出した。

薬は効かなかった。もしかして、これがきっかけで不眠症になるのか。大学中退後の眠れぬ夜の苦しさが蘇る。「ナンセンス、ナンセンス」と男の怒声が絶えず耳奥で聞こえ、自分が汚れていて体臭をふりまいていると自己嫌悪に駆られ、手ばかり洗った後で手首を傷つけたのだ。そして血の色におののきながら自から病院に走ったのだ。医師のアドバイスで、確かな証として専門学校で簿記の資格をとり、ほどほどに生きることも学び、六十歳の還暦も迎えたではないか。過ぎ去った昔のことなど今更思い出して何になろう。でも、あの頃の私の苦しみに母は気づいていて、密かに胸を痛めていたのだ。母がなつかしく、母より長く生きたことがつらい。

何も考えまい。良子は睡眠薬をと再び起き上がった。父親が亡くなって暫くに、医師からもらったのが残っていたと思い出したのだ。

水曜日には晴れやかな顔で英会話に行かなくては。予習もしなくては。

頭の中のあれこれの想念が弾けそうと感じたとき、頭の中は空になり、良子は自分のいびきを聞いた気がした。

何時間寝ただろうか。時計を見ると朝五時過ぎ、頭の中はまだ白い。尿意を覚えて目覚めたのだ。便器にまたがると、階上から微かな水の音が流れ落ち、人の気配を感じてひやりとした。布団に倒れ込んだ。眠い。とにかく。

子機がなった。反射的に取り耳に当てる。

「良子さん、僕です。隆平」

「何？　何なの？」

「ごめん、起こして」

「トイレに起きたところ」

「なあんだ」

「お母さんの電話は聞いたから。おばさん、まだ眠たくて」

「良子さん、男います？」

「男なんていないわよ」良子はそこで意識がはっきりとした。「息子がいるけど。結婚して近くに住んでいる。夫は死んだので」嘘で誤魔化さないと。

「じゃあ、今、ひとりで寝ているのだ。寂しいでしょう」

「いいえ、別に。同情してもらわなくて結構。それより失礼よ。こんな朝早くに」良子は電話を切ろうとしたが、またかけてくるだろうと予感がした。

「ごめんなさい。僕、電話する相手がいない。不眠症で眠れない。キレそうで。それで良子さんのことを思い出して」

「あら、私も若い頃、不眠だった。薬飲んでいるの？」

「飲んでいるけど効かない。この前、病院で注射して眠ったって感じたのが最後。注射はなかなかしてくれない。依存するから」

良子は耳に入る隆平の声を深刻に受け止めなかった。隆平には見守る父母がいる。私は聞いているだけでいいのだ。害はない。

「若いのだから運動して、彼女とデートして」

「親の言うようなことを。良子さんらしくない。僕、ストーカーやって、親に連れ戻された。東京で一浪して予備校生の時、相手は大学生の女で何度も寝て、僕、セックスが下手で、あいつが僕をリードした。そのくせ僕に飽きちゃうとポイ捨て。別れるとき、あいつ、純粋で馬鹿正直だって言いやがって、それが許せなくて。待ち伏せして、殴ったら傷害罪になるから怒鳴ってやった。純粋をもてあそんだ口先女って」

「どこで？」

「あいつの大学の構内。皆がじろじろ見てさ。僕、大学なんて関係ねえから」

「それから？」

「あいつにファックスをした。セックス仕掛けたのはお前だろ。淫乱女の下着裂いてやるって。僕、ミスしたって気づいたけど遅かった。だってそれって証拠になるもん。いろいろ有ってさあ、僕の実家に連絡いれやがって連れ戻されたって訳」そこで隆平は声を落とした。「僕の親父、弁護士。正義面をしているから、母さんは欲求不満の塊。判るでしょ。この構図」良子は相槌が打てなかったし、なによりストーカーって言葉に怯えていたのだ。

「ごめんね。おばさん、頭がもうろうとして」

「良子さん、僕を見捨てるの？」

「違う。中途半端な時間に薬を飲んだから眠いだけ。お昼に電話するから」

「うちの電話番号を知っているの？　母さんが教えたのでしょう。そうやって予防線を張る、あの女は。あの外面女、鈍感女。悪いけど、僕、昼間は寝ている。頭が働かないから。携帯にメッセージ入れて。メモして」隆平は友人に言うような軽いのりで喋っていた。

それから何を隆平と喋ったのか……。とにかく会話が途絶え、夫は癌で死んだ、息子家族はすぐ近くに居ると、良子は己に言い聞かせながら眠りに引き込まれていった。

昼近くに目覚めた。枕元のスタンドの光の輪が取り残され、紙片が輪の中に有った。電話の子機は有るべき場所に収まっていたのだが。

スタンドの明かりを消し、カーテンと窓を開けると車の流れる音が待ち兼ねたように侵入した。ベランダに布団を干し、溢れる日差しを避けた。

遅い時間だが決まりきった日常の手順をこなさなければ。掃除機を取り出す。畳の二部屋、ダイニングルームの板の間、荷物と書物を押し込んでいる鏡台と仏壇のある板の間をきれいにする。新聞を読みながら、朝食の濃いコーヒーとパン、ヨーグルトを食べながら、ゆったりとした時間を持つ。食料品の買い物と、帰り道のぶらぶら歩きをする。食事の用意。英語のテープを聴く。テレビを見る。本を読む。

時間に追われるようで良子は苛立った。朝食は昼食に変わっていたし、いつもの時間帯と違うショッピング・センターは、品物も人も眠たげに思えた。良子自身が眠たかったから。毎日二十分は歩かないといけないと強迫観念に押されたが止めた。

マンションの郵便受けの前に人が立っていて、避けようとしたが相手が声をかけた。

「時折見かけるけどお宅、何階?」痩せた爺さまは、良子に父親を思い出させた。

「お宅は?」良子は反撃にでた。

「二階の二〇一号室、遊びに来ませんか。私の所は皆のたまり場でして。このマンションの理事をしとるから」

「すみません。忙しいので」

「あんた、口実を作らんでもいい。嫌ならそう言えばいい」

「いいえ、本当に忙しい。時間に追われて」

「それはよろしくない。なんで人生そんなに急ぐ。私なんか公務員をしとったが、女房孝行しようって定年前に退職して二人で旅行楽しんで、ところが女房の方が先に逝きましてなあ。娘たちは寄りつかんが、理事をしているお陰で皆さんが助けてくれる。人のお役に立つことが生甲斐ですよ」

良子はこのお喋りにつき合っていたらと苛立ち、背を向けようとした。

「待ちなさい。ここは便利な場所だけど、それだけ色んなことが起きる。ほら、この前の事件を知っていますか?」

「いいえ」なになに事件って? 好奇心が。

「へえ、ご存知ない。車のパンク事件」

たいしたことないのに、おおげさな。ちょっと気落ち。

「八階の大野さん、化粧品セールスの派手な人。あの人の赤い車のタイヤが土曜日にいつもパンクしている。それで自動車会社の人に調べてもらったら誰かが。犯罪ですよ。だから、交番と私と大野さんと連携プレーで犯人捕まえたら、大野さんの元旦那だった。逆恨みですな。女のひとり暮らしや子供たちを守らなくてはと思いまして、このマンションの男性諸君で周辺の夜間のパトロールを考えている。でも勤めの人は多忙で。だから男女のペアで。どうです? 参加されませんか」

「私、身体の調子がよくなくて」良子はしおらしく告げた。

「旦那さんは?」

「単身赴任中です」とっさの嘘。

「ああ、まだ稼いでいらっしゃるのだ。個人情報保護で、うかつに誰彼に家庭環境は聞けない。住人が言っていました。干している布団や洗濯物で推測するって。大野さんはあれから男物の下着を買って干している」

あなたでは？　ベランダ見上げてチェックしているのはと、良子は出かかった言葉を飲み込んだ。

「ちょっと疲れていますので。失礼します」

「旦那さんが留守なら、健康の為にグラウンド・ゴルフでもされませんか。美原公園で金曜日の午後です」

「スポーツは苦手なもので」良子は会釈をしてエレベーターに逃げ込み、ため息をついた。爺さまはエレベーターが何処で止まるかサインを見ているに違いない。良子は五、六、十階を押した。

帰り着くと急いで布団を取り込んだ。夕暮れの気配が漂っている。ベランダから下をうかがったが爺さまはいなかった。

一時間ほど風呂場にいた。身体のすみずみまで洗い、浴槽のぬるま湯に浸かり、うとうととしていた。身体に絡みつき締めつけていた感覚がゆるゆると流れ出て、昨日から今日に掛けて異質なものが侵入し荒らした頭の中も、程よい温もりが慰撫してくれていた。自分ひとりを守るくらい、たやすい事に思えた。孤独を愛し孤独に強い私と自分を称えると、なお気分が和らぐ。

食事を終わり、英会話のテキストを開く。半年を過ぎると優劣がつき始めていたので、予習、復習をしなければ取り残される。良子は慌しく過ぎた一日だったが、やっと自分のペースを取り戻した気分になっていた。

くたびれて布団に入った。本の続きが読みたかった。ひとりの女の嘘が人から人へと悪意のネットワークを通じて、膨れ上がって行く途中なのだ。行き着く果てに何が？　読み始めると明日に日付が変わる。そう思っているうちに意識が薄らぎ始めた。隆平のことも、出会った爺さまのことも置き去りにしたまま。

いつもの朝を迎えた。どうやら曇りの日らしい。水曜日は明日と良子は新聞の日付欄を確認した。電話はならなかった。そのことで良子は安堵したが、隆平の声が耳奥に居座っている気がした。変わらない日常が狂いなく過ぎていく。買い物の帰りに、あちこち歩き回ったが見慣れた風景にうんざりした。ここに移り住み一年半が過ぎていた。その間、この辺りを漠然と時計の針のように回っていたのだと、良子は改めて自分の行動半径の狭さに気づいた。

キラキラ通りとかフクフク通りと名づけられた商店街には鮮魚店やパン屋が並び、スーパーマーケットもあった。銀行の支店や郵便局のある一帯には、洋品店や美容室が並んでいた。病院もあればクリニックも有り、市の中心地まではバスや電車でさほど時間はかからない。良子は映画も見ず、勤めていた場所にも近寄らず、父親と暮らした場所も訪れず、便利さに依存し、この場所で引きこもっていた気がした。墓がある霊園にもご無沙汰と思ったとき、もしも私が死んだらどうなるのだろう？　誰が始末を？　準備をしておかなくてはと良子はひどく心細く不安になった。良子は思いを断ち切ろうと花屋に寄った。花を選んでいると後ろから肩に手を置かれ振り向くと、昨日、出会った爺さまが。

「私と出会ったのも気づかんで」

慣れ慣れしい口調にむっとした。気分転換に花を求めていたのに。

「私の家内はカサブランカが好きでして。この辺りの店で私を知らない者はいない。じょうちゃん、そうやろ」爺さまは若い女の店員に相槌を求める。

「そう、奥さんの葬式のとき、斎場にカサブランカを父さんと配達したよね。足らなくてさあ、あちこち駆け回って集めた。あれからもう三年近くなるかねえ」

「そう、あんたが高校卒業して店の手伝いし始めて。ここの娘さん、こちらは同じマンションの人」爺さまは娘を紹介し、また、そこでお喋りを始め立ち去る気配がない。

良子は仕方なくカサブランカを四本求め、爺さまに二本差し出した。

「私は人に物をもらうのは嫌いなので」

「遠慮せずに仏壇に飾らんね」花屋の娘が爺さまに寄り添う。

「そんなら、いただこう」爺さまは勿体つけて受け取り、あっさりと立ち去った。

娘は笑みを浮べお金を受け取り、良子は爺さまと娘の仕掛けた罠にはまったねずみのようだと惨めになった。早く帰らなければ。ろくなことがない。この曇り空の下で。

明日、英会話教室に何を着ていこうかと、クローゼットで洋服を選ぶ。買っていてよかった。年金暮らしではとても買えない洋服がクリーニングを終え、几帳面に季節ごとに整理され並んでいたし、しゃれたランジェリーも引き出しにラベンダーの香りのする石鹼と共に入れてある。夫から暴力を振るわれ捨てられた女が整形をし、ブロンドのかつらと赤い絹のワンピースや、黒の透明なビキニ型のパンツ、バラ模様のレースのブラジャーをクローゼットの隅に隠し持っていて、それらを身につけ変身し、街で男を拾い、欲望でぎらぎらした男たちを殺す推理小説を思い出し、良子は夫を離婚で捨て、夫を癌で逝かせるなんて害はないと、ふっと気分が上向きになった。そうそう、カサブランカの爺さまには、夫は生きていて単身赴任で不在になっているのだ。板の間の片隅に、隆平に出会った折に着ていたワンピースが丸めてビニール袋に入れてあった。クリーニングに出さねば。隆平はどうしているのだろうと思った。耳の奥で声がする。「男がいなくて、さびしいでしょう」

水曜日は雨。皆は車だと思いながら良子はコートを重ねた。

時々、英会話の講師は皆に質問する。夕食は何を作りますか？　あなたの夫の好きな食べものは？　この辺りの美味しいレストランを紹介してください。

「あなたの夫の好きな食べ物は？」の質問が良子に。

「私は忘れました、別れた夫が何を好んでいたのか。私の息子は好きです、天ぷらが。でも今は、彼の妻が作っているので、それを。私は嫉妬しています」

「おお、それは残念。あなたは見つけてください、早く。次の夫を」講師はウインクし、皆が笑った。

良子は愉快になり、「私は感謝します、あなたのアドバイスに。そして私は努力します、新しい夫を得る為に」と応じた。

緊張しないようにと飲んだ安定剤が程よく効き、良子はすっかりリラックスしていた。

その夜、良子は読書に熱中した。一人の退屈した中年主婦が口にした嘘が、悪意をまぶしながらやがて脅しに変わっていく物語の続きだ。

誤診を気づかれないかと不安な外科医。同性愛者の弁護士、ケアハウスで万引き者と疑われる老女。金で買った腎臓を移植している実業家。何気ない日常が、ふとした軽い悪意で挑発され、それぞれが抱えている怯えが炙りだされ殺意に変わる連鎖が続いている。やがて連鎖は振り出しに戻り、主婦は毎日、夫や息子や娘を送り出すと無言電話に悩まされるのだ。

真相が近まっていたが、時計の針はその日を過ぎていて、良子は未練を残しながら本を閉じ眼鏡をはずすと、電話がなった。隆平！　と直感し、電話を待ち構えていた自分が炙りだされた思いがよぎった。パジャマにカーデガンをはおり、ダイニングルームの椅子に腰を下ろし受話器を耳に当てた。

「良子さんてひどい人だね」怒りを含んだ声が。

「何が、私のどこが？」

「だって携帯にメッセージ入れるって約束したのに」

「あら、ごめん。忙しかったの」

「なんで?」

良子は、こんな若造に振り回されてなるものかと踏ん張りながら惚ける。刺激を楽しみながら。

「あのさあ、おばさん、ボランティア活動で」

「ようするに忘れていたのだろ。すぐ言い訳をする。母親と変わりないよ。良子さんも」

「あら、一緒にしないで。私は私。それにすぐ言い訳するって何よ。それは、私が言い訳したことが有ったような言い方じゃない」

「僕さあ、今日、母親にむかついている。また、病院変わって初めての先生。母親が情報仕入れてきて、いい先生だからって。そしたら、そいつがカルテに何も書かない。だから僕が書かなくていいのですかって指摘したら、前の医者から資料は来ているからって。母親とばかり喋ってさ。それで僕、怒って先生の机の上の書類をめちゃくちゃにしてやった。そしたら、そいつが、『お母さん、叱りなさい。謝らせなさい』って怒鳴ったけど母親は知らん顔。親子共におかしいって思っているかも。まあ、いいや。薬が変わったから。だけど、あいつ、ちょっといい男でさあ。僕の母さん、社交ダンスにゴルフって派手な女。父親は僕を避けているし、夫婦仲もあんまり。だから、僕、母親が不倫している気がして」

「いいじゃないの。不倫したって。あんたの家庭が壊れなければ」そんなくだけた物言いを隆平が好むと良子は即座に判断した。

「良子さん、不倫したことある？」

「あるわよ」

「へえ、どんな男と？」

「つまらない男。顔はまあまあだったけど」

「旦那さん、生きていたときでしょ」

「勿論、そうじゃないと不倫じゃないよね」

「なんで、そんな男と？」

「旦那が単身赴任でいなかったの。隆平君のお母さん、四十代だよね。おばさんも四十歳を過ぎていた」ああ、夫は癌で死んだことになっているのだ。隆平には。こんがらがってと良子はひやりとした。

「セックスした？」

「当たり前でしょ。セックスが目的だから」

「父さんと母さん、セックスをしているのかなあ」

「聞いたら」

「僕の両親、そんなことを聞ける雰囲気じゃない。良子さんとなら何でも話せるけど。何処で知り合ったの？」

「バーよ」

「で、よかった？」

「何が？」

「セックス」

「お互い魅力感じないから燃えなかった」

「それじゃあ、何もプラスがないじゃない」

「それがね。刺激よ」

「どの位続いたの？」

「一年かな」

「ふーん。母さんもやっているのかなあ」

「さあ。チャンスはあるよね。社交ダンスとか」良子はちょっと隆平を挑発した。このマザコン息子と思いながら。

「この話、やめよう」

「あら、あんたが聞いたから、おばさんは馬鹿正直に答えたのよ」

「そうそう、東京のあの彼女が僕に言った、純粋、馬鹿正直って言葉が耳の中に居座っている。良子さんが今、使った馬鹿正直は判るけど、純粋の定義教えてくれない？」

しまった。良子は自分のうかつさに気づいた。隆平の広げた網にうかうかと絡み取られたようで。

「ごめんなさい。おばさん、夜は頭が働かなくて。辞書のとおりと思うけど」

「皆、そうやって逃げる。自我の未発達、自己の確立ができてないって言う奴がいるけど、それと純粋はちょっと違うと思う。僕が純粋ってことは、今の世知辛い世の中で生きていけないってことだよね」

「おばさん、いつも十一時に寝るの。もう朝の一時が近い。電話きるわよ」良子は受話器を置いた。油断ならない。言葉に気をつけなくては。良子は理屈っぽい自分をすっかり忘れていた。

電話がなる。しつこく。もう止めて！

「良子さん、電話きらないで。今日、医者がバイトでもしてみたらって。でも昼夜逆転の生活だろ。僕、ホストでもやろうかな」

「してみたら。東京の歌舞伎町で稼いだら。あんたなら売れるわよ」

「そう簡単に決めつけないで。僕、純粋だから女をだませないし稼がなくていい。家は裕福だから。お休みなさい」

電話を乱暴に置く音が聞こえた。誇り高く、幼稚な？　甘えて冷淡にして。演技かな？　良子はダイニングルームの電気を消した。

布団の中で、自分の身体を抱いた男が浮んできた。隆平の甘えを含んだ声に誘われて。隆平に話したのはまんざら嘘ではなかった。夫については嘘だけど。私は独身だったから不倫じゃないと、良子は封印した過去を覗いてみた。

アパレル会社に就職して毎日同じことの繰り返しにあきあきして、ちょっと刺激が欲しかったのだ。男は商社の支店長で単身赴任。良子は会社の近くのスタンド・バーでカクテルを飲んで、一息入れて帰宅する日々があった。ひとりの男とひとりの女がカウンターで隣り合って。お定まりのよくある話。東北訛りが誠実そうに聞こえたりしたけど、飽きてくると耳ざわりになって。

(どうやって別れたの?)(私、結婚しますって言ったら、祝い金くれたの)(いくら?)(三万。もっと強請ればよかった。だっておばさん、処女だったから)良子は隆平とまだ、話している気分だった。おっと、間違えたら大変、夫が単身赴任の間の不倫物語なのだから。隆平に嘘がばれたら怖い。恨まれる。隆平は純粋を振りかざしながら追い詰めてくるだろう。執拗に。

暦をめくった。十一月。夕方、空が細波のような雲に覆われ茜色に染まっていた。洗濯物を取り入れ良子はしばらくベランダにたたずんでいた。コンクリートの建物が連なりその先の山々が視線に入ったとき、めまいがした。目をつむり深呼吸をして見開くと、視線の先の駐車場の車の間で、こちらを向いて手を振っている男がいる。隆平! まさか。部屋に逃げ込みカーテンを引いた。しばらく畳に座っていたが誰も訪れる気配はない。定かでない人影に怯えるなんて。四日前の会話が思い出された。

「不倫女の偽善者!」

「なんとでも言いなさい。だって本当のことを言ったのだから、それは偽善じゃない」しまった、理屈はだめなのだ。

「良子さんが体験を話したから、あれから僕、母親が不倫しているって妄想に悩まされている」

それから、家を出て自立しようか、何がやりたいのか目標が定まらないとか愚痴が続いた。

「パソコンしないの？」

「良子さんは僕の今の状況を理解していない。目が痛むし、身体はだるいし」

「おばさんは年だし疲れやすいの。お父さんかお母さんに相談してよ」

「だめなの。ふたりとも。話になんない。良子さんなら、僕、緊張しないから何でもさらけだせる」

「おばさん、明日からいないの。息子の嫁が具合悪いから手伝いに行く」嘘で逃げなくては。

「じゃあ、そっちの電話教えて」

「あんたさあ、おばさんに依存しないで」

そこで、電話がきれた。

良子は依存という言葉が隆平を傷つけたのではと案じていた。それから電話が途絶えていたから。

父親へのコンプレックス、母親の明るさや過剰な愛情に押しつぶされて。私になら何でも話せるといったのに。良子は隆平に思いを巡らし、でも己が大事と思い直していた。隆平には家族がいるし未来もある。私の未来って？　と良子はこの部屋で、くる日もくる日も同じことを繰り返し、行き着く先に死を迎えると思うとベランダで感じた一瞬のめまいが、あたかも死に誘う予兆のように感じられた。浮上せねば。

良子は夕食時にチーズをかじりながらワインを飲んだ。子機がなり続け良子は目覚めた。午前三時だ。

「いつ、帰って来たの?」

「何処から?」

「あれ? 嘘だったのだ。やっぱり」

良子は、はっと気づいた。息子の家に行く事になっていたのだ。嘘がばれる。

「違う。嫁は、つわりだったから心配ないの。三日間、掃除、洗濯して帰って来た」

「息子さんとこは共稼ぎ?」

「ええ、孫は保育園に預けている。二番目が生まれたら、おばさんは忙しくなるの。面倒みなくちゃいけないから」

「ふーん。息子さんの勤めは?」

「警察」

「キャリア?」

「あんたに関係ないことでしょ。それよりどうしていたの?」

「僕、今、最低」

「どうして?」

「二日前にさあ、キャバクラに行った。母親が金くれて運転してくれ、ふたりで探して。僕がオナニーばっかりしているのを母さんは知っているのだ。だからいつもうるさい。臭い、手を洗え、風呂に入れって。それでキャバクラでも行って発散したらって話になって。そこで、あやかって女と意気投合して」

「あら、よかったじゃない」

「そうやって簡単に相槌打たないで」

「はい、はい」

「良子さんも母親と同じ。僕のことを真剣に考えてくれてない」

「隆平さんのことを思ってなければ、こんな時間帯に話、聞かないわよ」

「ごめん。僕しつこいから皆から嫌がられる」

「で、どうしたの？　あやかとは」

「それがダメだった。いいとこまでいったのに。僕、セックスできなくて」

「当たり前よ。薬を飲んでお酒を飲んだからよ」

「ウイスキーさ。僕、不能かなあ」

「原因があるから大丈夫。なんなら医師に聞いてごらん」

「先生や母親には言えない。だから良子さんに。あ、ごめん、あやかからメールが入っている。また、電話する」

良子はほっとした。多分、隆平は、あやかに移行するだろう。私を離れて。

どうした？　また子機がなっている。

「良子さん、あやかから勧誘さ。また、店に来て。会いたいってどうして女って鈍感なのだ。僕をもてあそんで。良子さんは違うよね。良子さんのとこ、これから行きたいのだけど。僕、キレそうだから。教えて。場所はどこ？　車で行くから」

「ダメ。おばさん、明日は病院で検査をするの。頭がずきずき痛んでいるから」

「じゃあ、僕、キレまくって暴れる」

「どうぞ」しまった。本心が口から飛び出したのだ。私は関係ないからと。

「判った。医者にも、父さん、母さんにも言ってやる。良子さんが暴れて発散しなさいって僕をそそのかしたって。良子さんは恐ろしい女だね」

弁明の間もなく電話はきれた。

恐ろしい女？　冗談じゃない。すぐ近くで、ガラスの割れる音やテーブルをひっくり返す音が聞こえる気がした。講演会で父親が話した、息子が父母に暴力を振るう様子が蘇ってくる。

私のせい？　本当に頭が痛み始めていた。良子は起き上りメモ用紙を探した。母親に電話をと。

隆平は多分、自分の部屋だ。電話機はどこに置いてあるのだろう。父母の寝室につながるといいのだが。

電話の応答がない。通信音を執拗に鳴らし続ける。（恐ろしい女、僕をそそのかした）と、隆平の声が周りを飛び交っている。言葉を早く消さなければ。

「どなた？」不機嫌な母親の声。

「何か起こったらって、あなた言いましたよね」

「ああ、隆平の知り合いの」

「今、隆平さんの電話がきれた。これから暴れるって。私がそそのかしたからって」

「あの子、言葉に敏感に反応するから」

「私、そそのかすことは言っておりませんから」

「ご迷惑はかけませんわ。余り息子に関わらないで」

「何ですって。関わるも関わらないも、真夜中過ぎの電話は私も迷惑。お母さんには話せないからって私にばかり」

「あなたの息子さん、警察官ですって？　だから、あのおばさんは大丈夫、変な人じゃないって。僕に声をかけて同情してくれたって隆平が頼りにしていますの。あなたのご住所をお聞きしていいかしら。お詫びにうかがいますから」

どんな母親か会ってみるのも。好奇心が囁く。それで住所を告げた。

「ほら、音は聞こえないでしょ。隆平は暴れていませんもの。さっき車で出て行きました。朝方の海がきれいって。海を眺めていたって時々朝帰り。繊細な子なのです。私と違って。今、困っているのは隆平がペットを飼いたいって言い出して。私、生き物が大嫌い。どうせすぐ飽いちゃつて世話は私ですもの。それも蛇を飼いたいって。だから言いましたの。この家出て行って自立してからって」

「失礼します」

「お休みなさい」

海を眺めに行ったって本当かしら。あやかと抱き合っている？　勃起しない性器に焦りながら。でも、よかった。事が起こらなくて。良子は安堵し冷めた布団にもぐり込んだ。眠ること。ただ、ひたすら。今は。


良子は未明に目覚めるようになった。薄墨色の時間帯だ。子機は沈黙を続けていて時間を持て余した。再び眠るのには薬が必要と入眠剤の半錠を飲む。もしくは昼寝をした。そんな日が続き、水曜日の英会話の時間帯に眠気がさして、良子は英会話のテープの聞き取りが出来なかった。音が流れている。そんな感じだ。会話の内容について講師が各々に問い良子の順番が来た。

「ビルとスーザンは何処で出会いましたか」

「……」

若菜さんが隣で囁く。「カリフォ……の太平洋岸」

「海」

「何処の？」

「アメリカ」皆の笑みを浮かべた表情？

「ごめんなさい。今、私はとても眠たくて」

講師が両手を広げて肩をすくめる。軽蔑している。私を。良子は疎外感を覚えた。そんな日の夜は、隆平はどうしているだろうと思った。母親が良子の住所を聞き、お詫びに行くと言ったのも方便だった、母親が私への電話を止めているのだと一人の女を敵役に仕立てたりもした。抹殺はしなかったけれど。

七五三の宮参りの様子がテレビのニュースで報じられた夕方、宅配便が届いた。

差出人は隆平になっていて、住所はおおよその見当がつく場所だった。デパートの包装紙をはがし、箱を開けると、スカーフが入っていた。茶色にクリーム色の文様はお馴染みのパリのブランド品で、良子はその値段を知っていたし、隆平の名を使って品物を送り着けてきた母親が許せなかった。

良子は自分の怒りを、いかに簡潔に隆平の母親に伝えられるかと送り返すことにした。

「せっかくのご好意ですが、私にはこうした高価な品を頂く行為を致した覚えがありませんので、お返しさせていただきます。隆平さんの自立の日を祈るばかりです」

メモを入れ包装紙を裏返して包み直し、良子は宛名を内林隆平母上さまとした。自分の名前を記し住所は書かなかった。

翌日の午前中は落ち着かなかった。小包を中央の郵便局から発送しようと思い、久しぶりに市の中心地に出かけることにしたのだ。洋服やバッグを選び化粧をした。

晴天の日が続いていて良子は自分の肉体が虫干しされているように感じ、小包を送り返す行為さえも、まっとうな直裁な行為に思えた。

郵便局で小包を手放すと、県庁や銀行が立ち並ぶオフィス街を抜け、二つのデパートを軸に放射状に広がった商業地域に入る。或る日、蒸発した女が久しぶりに訪れる街、良子はそんな心境だった。和菓子の店の次の三階建ての店のショーウィンドウには、冬物を着たマネキンや小物が飾られていて、二階への、らせん階段も見えた。華やいだ店の三階の事務室で、昼間の蛍光灯に照らされながら働いていた自分が思い出され立ち止まらなかった。三十年近く働いたのに何の感慨も湧かず、退職金は僅かだったので、父親の遺産があったからこそ自分の住処も手に入れられたと思うと、良子は父親が思い出された。どうして？　財産一切を身に着け自動車でダイビングするつもりだったのか、海に。抑圧され続けた老いの果ての復讐？　誰に。娘に！　切れ切れの憶測が頭の中を交差する。この雑踏の中で私ひとりが死に引き込まれている。

突然の気分の落下に良子は戸惑い昼食をと思った。食べること、とりあえず今は。惑乱した頭をなだめなければ。

確か英会話のレッスンで誰かが言っていた。食堂街のイタリアンの店のペペロンティーノがお勧めって。時計は午後二時過ぎ。足が小走りになる。

注文した赤ワインを含む。

良子はやっと周囲を見回す余裕が出来た。昼食どきを過ぎているのに中高年の女たちが席を占め、一組の若いカップルがいた。女は良子に背中を向けていた。その時、良子は小包を思い出した。もしも隆平が受け取ったら？　彼は母親を愛し憎しみも抱いている。私は憎しみに加担しているのだろうか。良きおばさんを演じながら巧妙に陰を広げていく老女がいた。小説の中で。

食堂街のトイレに入った。手を洗い顔を上げると、鏡にひどく暗い顔をした女がいた。良子は顔をしかめ息を吐き笑った。隣で手を洗っている人がいて、背後を通り過ぎる誰も笑いに気づかない。私は存在しているのだろうか。良子は鏡を見つめた。凝固した笑みで女が見つめ返す。良子はその不気味な表情から目をそらし離れた。

贈り物、ケーキ作り、クリスマスイブのレストランの予約、水曜日の英会話の教室はクリスマスの話題で持ちきりだった。

さて、お正月は温泉にでも行くことにしようか。息子家族と。何処の？　良子は帰り道を辿りながら、嘘の家族のお正月の予定について思案を巡らした。

マンションの駐車場の横で、女の子がふたり、ローラー・スケートをしていた。車が出入りするので危ないと良子は声をかけた。「車が来たら危ないよ。別の所でしたら？」

「おばちゃん何階の人？」二人は水面を滑るように良子に近づいた。

「学校終ったの？　何年生？」

「私、ゆかり。友達はみきちゃんだよ。一年生」

「ふたりともいい名前ね」

「おばちゃん」ゆかりが甘えた声で。「お菓子持ってないの？」

「え？」

「二階のおじいちゃんは飴玉やチョコをくれるの」

良子はひどく冷淡な気持ちになり、「野菜しか、おばちゃんは持っていない。あげようか。人参がいい？　大根がいい？」と応じた。

ふたりは返事もせず良子の周りを滑り始めた。からかった大人を包囲するように。其処へ車が現れ女の子たちは散って行き、車がクラクションをならした。

郵便受けは空だった。

部屋はひんやりとし、良子は電気ストーブを点した。お正月はレンタルビデオを見ようと良子は過去に見た映画を思い出していたが、俳優の顔は浮ぶのだが名前が出てこず不安になった。長く常用している薬のせい？　医師に聞かなければ。図書館で借りた五冊の本の返済日もせまっている。昨日読み終わった本の題名は？　カタカナだった。サイコサスペンスの。ええっと。

全ての不安を洗い流すのだと長々と入浴した。身体を拭いていると電話のなる音が聞こえた。隆平？　隆平の母親？　バスタオルで身体をくるみ受話器をとる。

「良子さん、隆平です」

「あら、久しぶり」さりげなく、言葉に気をつけて。

「携帯取りあげられたから、公衆電話」

「何処の？」

「入院している病院から。親父や母親の面会は拒んでいる。それで良子さんと話したいから面会に来て」

「ええ、メモするから。場所を教えて」

隆平はバスで来るといいと、バス停を告げた。「総合病院の中の開放病棟だから。それから僕、金払うから、チョコレート一箱買って来てくれる？　六人部屋。昼前に来て。昼飯一緒にするから」

「判った。何処のチョコ？」

隆平は店を指定し電話が切れ、受話器が濡れていた。良子は風邪を引いたら大変と風呂場に駆け込んだ。父母の面会を拒否しているって、何が起こったのだろう？　そう思いながら、即座に見舞いを了承した自分を悔やんだ。こうして隆平は突然、私に火の粉を振りまくのだから。と思いながらも隆平が自分を求めていることに満足し、やがて好奇心が立ち上がった。見舞いにふさわしい服装は？　明日は晴天だろうか。気温は？　早く眠らなければ。

布団に入りスタンドの明かりを消した。好奇心が膨張しきって弾け、良子はふっと雲に乗った気がして眠りに入った。薬を飲むのを忘れたまま。顔の体操も置去りにして。

曇り空だった。迷った末、淡い紫に淡い桃色の花柄のワンピースを着た。黒いハーフコートに濃い紫のマフラーを巻く。

チョコレート店で十五個入りか二十個入りかと迷い、多い方にした。

中央郵便局前のバス停のベンチに腰を下ろした。バスの時間まで三十分も時間がある。良子は尿意を覚えた。緊張しているのだ。朝、コーヒーを飲んで、それから？　安定剤を半錠飲む。リラックスする為に。あれ？　飲んでいない。良子はバッグを開けたが入ってはいない。とにかくトイレに行かなければ。郵便局の隣のコンビニに入り、ガムを買いトイレに急いだ。

バスに乗り運転士に聞くと、目的のバス停までは四十分ほどだと言う。

ビル群が消えマンションの建物が消えると、ビニールハウスが点在する地帯に入る。灰色の雲が空を覆い、視線の先の風景は雲に抑圧されていた。良子は隆平と出会った折の事が思い出され手の感触が蘇る。

バスは緩やかなカーブを通過し、道は上り坂に入る。辺りは新しい住宅が連なっていた。小さな公園の前でバスを降りる。病院の看板が目の前にあり方角を示していて視線を上げると、小高い丘の中腹に三階建ての白い建物が見えた。

一階の開放病棟は別棟になり渡り廊下で結ばれている。入り口に受付があり面会者名簿に記入し、私の足跡が残ると良子は緊張した。隆平から連絡を受けているからと頑丈な扉はすぐに開けられ、病室番号を教えられた。

隆平は窓際のベッドだった。良子が入室しても男たちは無関心に見えた。仕切りのカーテンもなく、体育系の合宿のような雰囲気だった。黒のセーターにジーンズの隆平が背中を見せて外を見ている。華奢な後姿を良子は見つめていた。どう呼びかけていいのか判らなかったのだ。

隣のベッドで本を読んでいた三十前後の男が顔を上げ、「隆ちゃん」と声をかけた。無関心のようでいて様子をうかがっていたのだ。隆平が振り向いた。

「何だ。お久しぶりです」隆平は挨拶をした。何も変わっていなかった。礼儀正しく清潔で長身の色白の若い男。ただ表情に乏しく、心の内で何を思っているのだろう？　良子はぎごちなく笑みを浮かべた。

隆平はチョコレートの箱を受け取り、チョコレートを配りながら、「こちらは僕の兄貴分」「こちらは僕のおじさん」「良子さんです」と、室内の昔を紹介した。

良子は頭を下げ回り、向かい合った部屋にまで隆平の後に従った。そこは女たちの部屋だった。

「きみこさん、僕、隆平」と、布団を被って寝ている女に声をかける。女は布団から顔を覗かせた。良子と同じような年齢に見え暗い顔だった。

「話していた良子さんが来た」隆平は良子をうながした。

良子はベッドの側により、「隆平さんが呼んでくれたので」と声をかけると、女は手を差し出し良子は思わず手を握る。女の表情は変わらなかったが、手を差し出した行為で快復したいという女の意思を受け止めたと良子は感じ、言葉はいらなかった。

隆平が痛々しいほど周囲に気を使っているのが判った。

私は利用されているのだろうかとバスの中で思ったことが恥ずかしく、良子は胸が詰まった。

隆平がベッドに腰を下ろし隣に座れと促した。ベッドの横の物入れの上にCDが積まれ、枕元にヘッドホンと文庫本が置いてあった。良子は『堕落論』坂口安吾と題名と著者名を読み取った。

「この病院の裏手に喫茶店があって、其処のランチがおいしいから」

「この前はごめんね。うどんを食べたかったから、つき合わせて」

「あのうどんで救われた」隆平が即座に応じた。窓ガラスの向うの冬枯れの樹木が雨筋に打たれ震えていた。

「僕、レストランのガラスを割った。家族で夕食に行って。海が見える店で母さんのお気に入り。両親は僕をちゃほやして遠巻きにしているのが判った。外食するときはいつも何か僕に話があるのだ。レストランだと人目があるから、僕がキレないだろうって安心してさ。ほら、良子さんに話した、病院変わって新しい先生。ハンサムな。母さんが挨拶だって商品券贈ったら送り返してきた。だから、また、医者を変えるって。母親はいつも金で相手の機嫌を取る。それにフレンチの高価な食事している自分が許せなくて店に迷惑をかけたけど、僕、それで自主的にここに入院ができた。親が入院には反対だったたし、いつも薬で様子をみようってことになっていたから。だから親とも会わないで、ここでこれから先のことを考えようと思って。担当の先生は女で、良子さんと同じ位の年齢の人で何だか安心した。そしたら良子さんに話を聞いてもらいたくなって。ガラス、幾ら弁償したと思う？　四十万。業務用の特別誂えだからさあ。父親に借りができた」

「それだけのお金があったら何ができるかしら。ほんと、もったいない話だよね」

「そう言うだろうと思った。昼飯に行こうか？」隆平は皮のシャンパーを着た。

受付で隆平は外出許可をもらい、傘を借りた。

「裏道が近い」隆平は良子を誘い病院の裏手に回る。

雑木林の中を、けもの道のような道を辿る。ぬれ落ち葉を踏みしめ、良子は前を行く隆平のスニーカーを見つめて。

さっきの商品を送り返した医師の話は私へのあてつけ？

母親にスカーフを送り返したことを知っていて。スニーカーの動きが止まる。隆平が振り向き、母の好意を無にしたと殴られるかもしれない。ガラスのような境界を破り誰もいないこの冬枯れの雑木林の中で。そんなことを想いながら良子は隆平の後に従う。常緑樹の葉から滴る雨が傘に当る。微かな音が良子を脅かす。隆平が振り向く。

「坂道になるから滑らないで」

ようやく林を抜け、家々が立ち並ぶ一角が視線の先に広がり良子は息を吐いた。

「あそこがアウトレット・ストア。ブランド品が安いから行ってみる？」

「ブランドに興味はないの」

「最初に出会ったとき、どうして、あそこにいたの？」

「知った人が住んでいるから」

「なんて人？」

「内緒」

「僕の家は良子さんがいた丘の反対側。遠くに海が見える」

「そう」

喫茶店に辿り着いた。こじんまりした店内は雨のせいか薄暗く客も少なかった。

「今日は僕のおごり。チョコのお金渡さなくちゃ」

「いいの。お見舞いだから」

「助かった。小遣いもらっている身だから」

高価なチョコレートの値段を知っているくせに。良子は隆平にちょっと絡んだ。

「私を名前で呼ぶのは、やめてくれない？　おばさんでいいから」

「僕、おばさんって言葉が嫌い。だからどんな年齢の人でも名前で呼ぶ。だって、その人の個性があるから。でも、これには僕の深層心理の中に、母親の姉貴の本当の叔母さんに対する憎悪がある。僕の母親がいつだって正しいと決めつけて、物事の表面だけ見てさ。僕に説教を垂れる。だからそいつと一緒にしたくないの。良子さんも、きみこさんも」

「光栄ね」

「きみこさんは自殺に失敗して。理由は知らないけど。あの部屋、若い女の子ばかりだろ。ひとりだけ布団被って寝ているから、時々、僕は声かけをする。皆、昼間は英会話や陶芸や園芸をやっている。あの病院は通院でも、そういったケアがある。僕の隣の人は住宅販売のセールスマンで、あのおじさんは鉄工所の社長」

「あら、男は名前で呼ばないの？」

「可愛げがないから」

良子は気持ちよく微笑し、隆平の顔に薄く苦笑が浮ぶ。

ハンバーグにフライドポテトと茹でたブロッコリーが添えられ、緑が綺麗だ。

「眠れるの？」

「入院して二日間、眠っていたらしい。と言うのは僕にその間の記憶がないから。だけど、ガラス割ったときの手応えは残っていた。手に怪我もしたし。まるで弾丸になって突入するような弾けた気分だった。パトカーのサイレンで現実に戻ったけど。そしたら割った窓から風が入るのが判った。皆が騒いでいるのに、僕、許せないよね。そんなことを感じていたなんて。僕の家族の席が一番窓際で、僕は海に背を向け父親と母親が並んで向かい合っていた。僕はふたりに見つめられ萎縮して、次々と運ばれる料理の味も判らなくなって。後ろに海を隔てるガラスがって気になって。純粋ってガラスのように脆いって誰かが囁く」

「このハンバーグはいい味だよね。久しぶり、外食は」

「良子さんは眠れる？」

「ええ。おかげさまで」

「夢を見る？」

「まあね」

「どんな？」

「男の」

「へえ、誰？」

「内緒」

「亡くなった旦那さん？」

「え！　いいえ。嘘。冗談よ」

「ま、いいや。僕の病室、夜は凄い。いびきに歯軋りに、突然、わめいたりして。先生に聞いたらそんな人は夢を見ているって。最初は驚いたけど、隣の兄貴分が僕のいびきで眠れないって言ってさあ。それで僕は確かに寝ているって実感した。勿論、薬でと思うけど」

「よかったじゃない」

「まあね」

良子は安堵した。うまく会話の舵取りができたと。

「携帯電話がないし、これからは良子さんに電話が出来ないと思う。それに良子さんは孫の守りで忙しくなるのでしょう」

「うん、まあね」息子も孫もいないのだけど。

「きみこさんが立ち直るといいのだけど」

「大丈夫よ。手に力があったから」

私からきみこさんに隆平の関心は移行していると良子は感じた。同世代の女を怖がり、寂しそうなおばさんを狙って自分へ関心を向けさせ甘える。隆平はそれらの事が無自覚？ と良子は推し量った。

外に出ると、雨足が激しくなっていた。

「じゃあね。ランチごちそうさま」良子は寂しげな別れの演技はできなかった。手を差し出したのは良子が先だった。隆平の手を包む。きみこさんの手と同じように冷たかったが感触は違った。ガラスを突き破った傷跡のある若い男のこぶしだった。

バスの中で良子は訪れた病室を思いだしていた。まるで皆雲のベッドに寝ているようだと思った。不安定なひと時の休息。無限の空に浮上か荒野に落下か、曖昧な境界で。

隆平の枕元の文庫本の、あの一節を隆平は読んだのだろうか？ 良子は大学中退後にバイブルの一節のように暗記した文を思い浮かべた。

（……生きていると疲れるね。……生きる時間を生き抜くよ。……そして戦うよ。決して負けぬ。

負けぬとは、戦うことなのです。……戦っていれば、負けないのです。……人間は、決して、勝ちません。ただ、負けないのだ。）『堕落論』〈不良青年とキリスト〉坂口安吾著

とぎれとぎれに思いだした言葉が生きていたと良子は気分が浮上した。きみこさんを置き去りにして。

バスの窓を水滴が打ち砕けガラスの上を滴り落ちる。風が強くなったようだ。

十二月の水曜日、英会話の教室では、講師に贈るクリスマスプレゼントの話し合い、忘年会をするか新年会をするかの話会いなど良子には苦手な話題が続き、息子や孫や友人との食事会などの嘘もすっかり定着していて面白みがなく、そんな気分が反映してか集中できなくなっていた。そのうえ隆平からは何の音沙汰もなかった。電話はできないと告げられていたのに、何処かで声を聞きたい自分がいた。要するに刺激が欲しいのだ。刺激を欲すれば人と交わらなくてはと良子は矛盾の中にいた。

もう一度、あの病院に行ってみようか。きみこさんのその後も知りたいし。晴れた日にはそんな思いが浮び、冬の雲が覆う日には推理小説の陰の中の人と交わるのだが、眠りから目覚めると彼らは意識から消え去っていて、去り際に残した重い靴の響きや汚泥が脳の中に折り重なっていた。何が必要か考える事もなく、ぼんやりと曇り空の下、商店街を歩いた。

キラキラ通りのパン屋に入ると、香ばしい匂いが広がっていた。良子はふと、凍らせたフランス

パンを凶器にした殺人を思い出した。あれはフランスパンの中に棒を仕込んでいたに違いない。そうでなければ、このフランスパンがと、良子はパンを見つめた。血を吸ったパンを何処に捨てた？　森？　家畜小屋？　食べたのは、狼、豚？　クイズのように記憶を辿る。

肩を誰かが触った。はっとして振り向くと爺さまだった。

「久しぶりに見かけ、この店に入ったから」

良子は私の後を追って来たと腹立たしいが、込み合っている店内でフランスパンを振りかざすこともできない。

「お元気でした？」

「元気、すこぶる元気。ここはマーフィンが美味しい」

客が良子の側に立ち、金属挟みでフランスパンを取る。

「じゃあ、お勧めを求めますから、ここで」

「外で待っとる」爺さまは宣言してドアから出て行く。

何さ、馴れ馴れしく。良子は心の内で毒づきながらも、カウンターでマーフィンを二個別にしてもらった。

「私、失礼します。これをどうぞ」良子はマーフィンを渡した。

「いやいや、この前も花を頂いて。お茶でもどうですか」

「急ぎますので」

「そうやって逃げる。ところで、ご主人は暮れには帰宅されますか？」

「え？　いいえ」

「単身赴任も長くなると、そういうものですかねえ」

「ええ、来年あたり別れようと思っています。年金の半分は妻がもらえますから。夫には女がいて私の方が有利。マンションも私名義ですし。ちゃんと手は打っていますから」

「今時は女が強いから。でも私は女房に尽くしましたよ」

「羨ましい。それで、お話って？」

「いや、正月明けに、家で新年会を計画していまして。鍋でもつつきながら親睦を深めたいとマンションの親しい方に声をかけている。奥さん、来ませんか。女性が少なく九階の大野さんも来ますから。手伝ってくださるとありがたい」

「一月は私、留守します」

「へえ、何で」

「ニューヨークに旅しますので。ひとりになるから人生を楽しもうと」

「ほう、旦那の退職金も半分ですか？」

「いいえ、要求しませんわ。だってへそくりしましたから。その位しないと相手が可哀相だから」

爺さまは黙ってしまった。良子は相手を嘘で惑乱できたと戦闘気分を収めた。

「今後ともどうぞ宜しく。留守しますときは、ちゃんと管理会社とお宅さまにご挨拶して出かけますから」

「はあ」爺さまは気のない返答をして口をつぐんだ。

良子は愉快になった。そして何処でこの爺さまを振り切ろうかと画策した。ところが。

「やあ」爺さまの知人らしき人と出会った。やはり爺さまだ。

「お揃いで」知人の爺さまがにやけて問う。

「この人は、わしの再婚相手」と応じる爺さま。

嘘！　止めて。声が出ず良子は思わぬ反撃に立ち尽くす。

「冗談、冗談。同じマンションの人で、グラウンド・ゴルフに勧誘しているところ」

「ああ、来ませんか。はまりますよ。健康にいいし。じゃあ。また」

やれやれ、病院が近づいた。

「知人が入院しているので寄って行きます」

「じゃあ」

「風邪に気をつけてください」良子は背を向けた。

「インフルエンザの予防注射をしとりますから」と、爺さまが背中に不機嫌な声を投げた。

良子は待合室に置いてある血圧測定器で血圧を測った。いつもは低血圧なので、丁度いい数字が出て安心し椅子に座り大型テレビに見入った。暖房が暑い位に効いていたし、皆、人は静かに座っていた。着膨れた爺さまが我が家に帰り着くのはと良子は壁時計を見上げた。一息つくと、成り行きで口にしたニューヨーク行きの嘘が気になり始めた。本当に行って見ようか。夫も消去したことだし。

翌日、良子は朝から気持ちが高揚していた。幸い穏やかな朝で、日差しも柔らかな曲線を描き食卓に注いでいた。良子は朝食を終えると計画をメモした。パスポートは昨夜探し出していた。英会話を習い始めて皆に刺激されて取得していたのだ。それが弾みとなっていた。ニューヨークの旅のガイドブックを求める。旅行に必要なスーツケースを購入する、など。すると英会話教室の誰かが言っていたホームステイの話と、斡旋する会社の場所を思い出した。こんなときにパソコンがあれば情報がすぐ入るのにと、パソコンを持っていないことが悔やまれた。職場であれほど使いこなしていたのに。そう思うと、てきぱきと仕事をこなしていた自信が蘇ってきた。自分の存在は仕事の成果の陰に隠れていたけれど。

街はクリスマス商戦の最中で、人の欲望を充たすための商品の彩りで溢れていた。とりわけ赤い色は冬の季節の中で、人々に一瞬の熱情を駆り立てる色だった。十字架に磔になったキリストの血の色や、サンタの爺さまが人々の苦悩を和らげようと重い荷物を背負い、赤い服で夢を与えている事など誰が思うだろう。良子は師走の雑踏の中で浮かれている街に毒づいた。それは英会話の仲間から連鎖した屈折した思いだった。良子はニューヨークに行く事で、思いから解き放たれるだろうかと未来に思いを移行した。ホームステイの斡旋会社はオフィス街のビルの三階にあった。カウンターの女性は狭いブースに案内した。担当者は若い男性で小太りの体型が良子に安心感を与え、黒い髪を黒人がしているように幾筋も編み垂らして、青い縁の小さな眼鏡をかけているのが面白かった。

「あら、素敵な髪形」良子は言ったことのない世辞を口にした。

「癖毛なもので。気分転換ですよ」

そんな会話から入ったので、良子はリラックスした。

「シニアのホームステイとして……」青年はパンフレットを差し出した。

「私ひとりの私の為のホームステイをしたいのです」

「ニューヨークへの目的は？　一月はひどく寒いですよ」

「ただ、漠然と二週間ほど住んでみたいだけ」

「行ったことがあるのですか？」

「ええ、ツアーで一度」嘘がでちゃった。

「マンハッタンには条件に合うような所はないなあ。アパートの長期滞在なら日本人が経営しているところも」

「いいえ、ひとり暮らしで、それも私より年上の人の家がいいのだけど」

「難しいなあ」青年はテーブルの上のノートパソコンを操作した。

「ブルックリンって、イーストリバーを挟んだマンハッタンの向いの島ですけど。そこで老人が自分の家の二階をB&Bで登録しています。日本人の女性オンリーって条件でかなり前からですから、少しは日本語ができるかも。歴史のある街だから古い家と思いますよ。美術館もレストランもショッピング街もあるし。ほら、ここです」青年はパソコンの地図を良子に向けて説明する。

「ブルックリン橋とマンハッタン橋でマンハッタンと結ばれているし、地下鉄もあるし」

「それがいい。お願いできるかしら。その人、お爺さん？」

「いいえ、現在七十三歳で、ええっと、夕食はオーダーされれば別料金で手料理を差し上げますって。但しご希望の時期に空いているかどうか。時差で、今、問い合わせはできません。二月にかかってもいいのですね。十五日間は」

「ええ、勿論」

連絡が取れ次第、伝えます。運賃を入れた総額の見積りもと、青年は良子のパスポートをコピーし、打ち合わせを切り上げた。

B&Bって？　あ、そうか、ベッドとブレックファーストだった。本屋を目指しながら良子はあれこれを想像し、急な思いつきで費用が少々高くなっても、とにかく実現せねばと気分が膨らんでいた。旅にお金を使うのは初めてだった。

十二月三週目の水曜日には、良子の夢は現実となっていた。新しい年の一月の最終の月曜日に旅立ちと決まっていたが、良子は英会話の仲間に告げなかった。ほんのひと時の人生の漂流を大切にしたいと思っていたし溺れることもあるだろうと。その日、レッスン終え講師が来年三月でこの教室も一区切りだから、僕の里帰りを兼ねてカナダへの旅をしませんかと皆を誘った。

「何月ですか?」若菜さんが問う。

「皆さんに合わせますよ。僕と家内が手配をしますから」

「わあ! 行こう」皆が声をあげる。

「次のレッスンはお休みですから新年に決めることに。よき夢を見てください」と講師が挨拶をした。

「どうする?」若菜さんが良子に問う。

「私、群れて行く旅は苦手なの」

「あ、そう」若菜さんは良子をあっさりと捨て人の輪に入り、良子はそっと席を抜けた。

郵便受けに手紙を見つけた。あら、隆平からと良子は頭から抜け落ちていた隆平を慌てて拾った。予想に反し骨太の大らかな文字だった。

ご無沙汰の挨拶から始まり、きみこさんの近況が綴られている。きみこさんは元教師で、今は休憩室で時折、隆平と話を交わしているらしい。

「きみこさんのペットは豚だそうです。太郎という名前の雄のミニ豚だと、きみこさんはそれだけ情報を僕に与えると、後は僕が質問しない限り太郎の話はしません。だから僕はきみこさんから、さりげなく太郎の話を引き出せるかに夢中になっていました。

例えば、餌は？　九官鳥と鶏の餌に黄な粉をまぶす。それで終わり。散歩は？　近くの公園で。こう言った短い会話です。

僕の中で愛らしい太郎が育っていきます。春は庭の土を鼻でほじくり花を食べ、夏は陰を求めて日陰に頭を突っ込むと聞けば、ぷりぷりとした豚の尻を僕は浮かべます。ひとりが嫌いでストレスになるので、誰かが面倒を見ないといけないそうです。まるでストーカーのようにつきまとい、テレビを見るときは膝の上にのっかり、機嫌を損じると抱いても身体を震わせて怒りを伝える。トイレもしつければその場所で済ませ、清潔好きで、冬は暖かいカーペットの上で冬眠だとか。衣装も沢山持っていてクリスマスにはサンタの衣装を着せるとか。そして悪賢い。これだけのことを聞き出しました。

僕は外泊許可が出て、家に時折帰っています。病院ではケアとして陶芸を選択し、師匠は親父くらいの年齢で、手でひねる技法で珈琲カップを作ったところ、センスがあるとおだてられ続けています。土の感触は、太郎が鼻先で土をほじくる本能と変わらぬ魅力あるものです。ところで、きみこさんに戻りますが、僕は太郎に会いたくなり、きみこさんに、誰が散歩に連れて行っているのか時間帯が判れば、そこに会いに行きたいと申し出たところ、太郎は自動車に突進して死んだと。その時はピンクの爆弾が破裂したようだったと、きみこさんは告げました。僕はきみこさんの妄想なのか本当の話なのか深くは追及できず、それ以来、きみこさんとは話題がなくなりました。

……だからこそ終末風景を彩るピンクの爆弾は美しくある！　そんなことを誰かが書いていたの

か僕の頭に浮んだ思いなのか、僕は太郎の末路を時折、想像します。きみこさんは何か僕に暗示を与えたのでしょうか？

良子さん、お元気で。良き新年を。

僕は正月を家で過ごし、その後、退院の運びとなる予定で、作陶を続けます」

冬空から水滴が落ちそうな日の早や宵闇が部屋に忍び込み、冷蔵庫を開けると光が漏れた。

「日本には大晦日にそばを食べる風習があります。長い麵に長生きを願いながら」

英会話の教室で、誰かが日本の風習で述べていたと思いながら良子は年越しそばを食べ、テレビの除夜の鐘を聞きながら布団に横たわった。見知らぬ異国の老女と暮らす日々に思いが行く。古い家の中はどんな匂いがするのだろう。そんなことを想いながらスタンドの明かりを消した。

元旦の朝の眠りが誘う。良子は夢と現の境界で飛行機に乗っているようで、窓からの視界にピンクに染まったベッドが浮んでいるのを見た。

かすれ

令和五年七月十二日水曜日、私はかすれに魅せられた。

「書の未来、照らす光に」見出しの文字は黒に白抜きの書道展の予告で、見開き全体に漢字、かな、前衛などの受賞者の作品が掲載されているM新聞だった。二十七の掲載作品は印刷媒体なのに迫力が伝わり、私の視線はかすれに。最初の一文字は豊潤で、私は作者の呼吸と同じように文字を追い酷暑を忘れ、結びに至りほっとする。作品の寸評に《豊潤から軽妙な渇へ、渇筆を絶妙に配し》などがあった。

夕刻、書に打ち込んでいる友人に電話で問うた。

「書のかすれは作為なの？」

「筆に空気を含ませるのよ」

その感覚を会得するまでの鍛錬の厳しさを、彼女は言外ににおわせ、それだけを口にした。

八月、お盆が近いと五歳年下の従弟の三回忌と思ったとき、かすれの文字が脳裏に現れた。従弟は京都府立医大に就職し、一九七十年の万博時に京都にもと観光に誘ってくれ、その折、ジャズの好きな私の為に、レイ・チャールズのチケットを用意してくれていたのだ。

前席に座り、バックバンドがいたのかは記憶になく、手足の長い、少し猫背の黒人が現れオルガンを弾きながら歌い始めた。しわがれた声ではない。むしろ金属的な鼻にかかった声に、かすれが覆いかぶさっている感じがする。声質は持って生まれたものなら、かすれをかぶせたのは彼の人生か技巧なのか。生で聴いた声の感想だった。

今、八十七歳の私は、その日、ジョン・コルトレーン、マイルス・デイヴィスやチャット・ベイカーを聴きまくった。金管楽器の中で奏者のかすれがもつれ束になって吐き出され力強い音に—かすれの余韻を残し、再生する強さに心動かされながら。

私は死者を忘れ、明日は目覚めるだろうか……音のかすれに私の微かな怯えが絡まり、眠りについた。

夏の疲れのまま季節は秋の入口、ふと、どうしてかすれに取りつかれたのだろうと夕食後に思考を巡らせると、亡霊の如くあなたが脳裏に現れた。長い間、懐かしむこともなかったあなたが。

私の出生は大阪府大阪市住吉区、あなたが五十半ば、母、三十過ぎの子である。母にあなたとの出会いを尋ねた折、「写真館に飾られた私の写真にひとめぼれ」と応じた。

私が持っていた父母のアルバムは、身辺整理の折、家族写真をコピーし、母に抱かれた私の写真を剥がして姉に託した。アルバムには、丸髷を結った若い頃のはっきりした顔立ちの母の写真があり、私と姉はあなた似の平凡な顔立ちに思える。

家族写真は五歳上の姉があなたの膝上に、横に母、背後に異母兄の三人が並んでいる。私は母のお腹の中らしい。そう思って見入ると、母の帯下が少し膨らんでいるようだ。左端の長兄は同志社大学時にラグビーの球が当たり肋膜を患い、昭和十一年七月に二十二歳で死去したとのこと、私の出生から三月後、「女の子でよかった」と私を抱き喜んだとは母の話だ。

酔ってご機嫌のあなたが私の手をとり、姉がオルガンを弾いていて、「タラッタ、ラッタ、ウサギのダンス」と歌いながら踊っている、大阪時代の唯一のあなたの記憶が蘇る。


あなたが脳溢血で倒れ離職、大分県別府市での一年間の療養で、あなたは片足を引きずる位に回復し、その間、あなたの故郷、大分県佐伯市本町では古い生家が壊され新居が完成し、佐伯藩家老簀川家の次女で気位の高い祖母は蔵に移り住み、そこで生を終えた。

佐伯には海軍の基地が有ったので、戦時中は幾度も空襲にあい、その度に近所の大きな防空壕に母、姉と避難したが、あなたは頑なに家を守ると壕に入らない。

無事、終戦を迎え、軍需工場に動員された姉も県立佐伯高等女学校を卒業した。姉は大阪から佐伯尋常小学校に転校し、卒業時には、教育熱心だった毛利藩の藩主が創立した成績優秀者に与えられる毛利賞を授けられ、それでいじめを受けたらしい。

ステッキを突き背筋を伸ばし少し足が不自由なあなたの傍らには、いつも姉が付き添っていた。

その頃、貯えが乏しくなり、手先の器用な母がシンガーミシンを踏み、都会風の洋服が受け、細々とした収入を得ていた。庭をあなたと姉が家庭菜園にし、私は収穫係、あなたにも母にも叱られた記憶がなく、あなたにどのように可愛がられたのか記憶が飛んでいる。

姉は他家を訪れる折の作法などをあなたから仕込まれ、小学校六年生から始まったなぎなたの早朝稽古には、あなたがいつも付き添い、戦争が始まろうとしていた時期だった。

九十二歳の姉に、「お父さんはいつもお姉さんといたよね」と言うと、「厳しかった」とそれだけ。姉は現実を見つめ明確に対処し、幾ら年を重ねても私は今もって地に足が着いていない。

六十半ばのあなたの病の兆候は歯から始まり、原因不明のまま痛みが顔面を襲う。

当時、母の弟、叔父は出身地の岡山県倉敷市の倉敷中央病院に勤めていた。そこで癌と診断され入院治療の為、一家は倉敷市に転居する。あなたが満洲から持ち帰った調度品や陶器類は骨董商に渡り、母の箪笥にミシン、こたつなど身軽な引っ越しだった。私は中学一年終了時、朴訥な森先生、同級生一同が駅で見送ってくれた。

倉敷市の叔父が借りてくれた家は、市内を二分する鶴形山のトンネルの脇の佐伯の町名と同じ本町、大通りを渡れば川向うに大原美術館があり、川沿いに白壁の町家が並んでいた。トンネルを抜ける、或いは山越えをすると、小、中，高校があり、あなたが入院した病院もあった。五段ほどの石段を上がり板戸を引くと、敷石伝いに縁がありそこが玄関で、奥に八畳の座敷、六畳二間，四畳半の茶の間、納戸、庭がある家は広すぎ、家賃や父の入院費は祖母、叔父の援助があったと思う。祖母が早くに未亡人になり、弟は大阪の我が家から大学に通っていたので、援助は当たり前と母は思っていたに違いない。あなたは病院の個室で手厚い手当を受けていた。

姉は大原美術館の並びの歯科医院に職を得て受付も助手もこなし、年配の医師の信頼を得ていた。母は毛糸店から注文の手編みのセーターなどの内職、私は倉敷中学校の二年、宝塚のスターを夢見ながら歌のレッスンに通ったり、姉にテニスのラケットをねだったりの甘ちゃんだった。

学校帰りに病院に立ち寄り、半顔をガーゼで覆ったあなたの傍で声をはりあげて歌っていた。

「よい声を聴くと気分がいい」とあなたが言うのが嬉しくて。

当時、哲兄は岡山市の税務署勤務だったが見舞いにも来ない。下の温兄は復員後、妻の郷里の福岡県若松市で高校の教師をしていた。

ぽつねんと横たわって天井を見ていた、あなたの脳裏に去来したのは何だったのだろうか。

数ヶ月後、あなたは座敷に寝ていた。私はあなたの耳元で新聞を読み上げたりしていた。

十日ほど経ち、叔父からの知らせで、異母兄二人が妻を伴いあなたと対面した。あなたの顔近くに哲兄夫婦，温兄夫婦が並び、母は足をさすっていて、私はあなたの手をさすっていた。私の背後に、姉が膝上に本を置き、ひっそりと座っていた。あなたが哲兄に話しかけようとするが、声がかすれ聞き取れない。あなたがかろうじて手を動かす。哲兄が「紙と鉛筆を」と言い、私は慌ててあなたの手を放す。

あなたが何を記したのか、哲兄が紙を見つめ皆の視線もそこに。しばらくの沈黙、「ち・か・こ・を・頼む」と哲兄が読み上げ、皆、無言。私は紙が哲兄の手中に握りこまれるのを見た。(私はこの人の荷物にはならない)。

昭和二十五年三月十九日、働き収入を得る手段さえ無知な私に、頑な性格が生まれ、あなたは見知らぬ家から旅立った。

あなたが案じた末娘はやがて八十八歳を迎えます。未婚で過ごしたので天谷家の長老です。それであなたに関した事柄を私の終活として、あなたに報告します。

先ず大分県佐伯市潮谷寺の先祖代々の墓のことですが、哲兄の長男、あなたの初孫で、あなたが名付けた私の甥、勝郎宛の私の手紙で経緯を伝えます。

天谷勝郎さま

やっと寒さがゆるみはじめましたが、晶子さん共々お元気でお過ごしでしょうか。

今日、お便りしたのは、二月六日に佐伯の潮谷寺にて、母の二十五回忌の法要を終えました。その折、私が老齢だし、ただ維持費を払えばいいということではなく、どなたが信心を持ち檀家として訪れ勤めを果たし、お墓を守るのかと。天谷の墓を永代供養墓に移転をしてはとの、住職からの提案でした。

昭和五十年に父深吉の二十五回忌、そして兄たちの母の五十回忌を兼ね、親戚も招き哲兄が施主として供養したのはあなたもご存じで、その折、傷んだ台座や花入の新設、檀家としての本堂の屋根の吹き替えの折の寄進など維持費を含め、全て温郎兄が、そして温郎兄亡き後は私がしています。住職が息子に変われば天谷家の事情も伝わりません。私は佐伯の先祖の永遠の供養を願っており、私は葬式をしませんので、死後お金を残すより自分の安堵の為に使いたいと願い、費用は私が出しますのでお墓を始末し、永代供養墓に入れることに賛同を得たい。

貴方は父母亡きあと、岡山に墓を建て立派な仏壇を購入、哲兄も思い残すことなく旅立ったと思いますが、哲兄の父母、祖父母、祖先は佐伯の墓に眠っています。天谷の年長者としての意見と責任があるので宜しく理解ください。貴方が岡山の墓に全てを引き受けてくれるのであれば、勿論、その費用は私が全て負担します。
まだまだ寒さの折、ご自愛ください。
平成二十四年三月十二日
天谷千香子

勝郎からの返事で、あなたの祖父母、父母，そしてあなた、早世した長男、そして三人の男児を生み二十九歳で逝った妻、その妹で男児を育て三十五歳で逝った妻、八十五歳で逝った妻と共に、魂抜きのそして魂入れの法要を行い岡山市の墓に移りました。勝郎から息子へと供養が続くと、私は安堵しました。

あなたが私共に残した遺品の、《處世如大夢　為天谷兄　蘇峰》と書かれた掛け軸を佐伯市に寄贈しました。その折、あなたと徳富蘇峰の関係を証明するものが必要で、福岡県立図書館に依頼し、昭和十一年、私の生まれと同年に発行された財団法人交詢社発行の日本紳士録に、《満洲日報社大阪支社長　梅田新道　太平ビル》の三行が有り、寄付受納通知書を平成二十二年十月十三日に取得、あなたの故郷で唯一、あなたの存在を示す物です。

私が、ネットで検索してみると、《満洲日日新聞が改名し満洲日報に。官民の国策で、満洲で発行された日本語の新聞で、夏目漱石や与謝野晶子、徳富蘇峰などが寄稿した》とあります。

私は八十歳を過ぎた折、私の終活の全てと遺品の整理を一般社団法人E会に委託し、福岡近郷のE会の共同墓に入ります。誰にも面倒をかけたくない思いで決め、そして最初で最後の本を作ります。私のかすれの句読点として。その本を抱き旅立ちたいと願っています。

新聞紙上の書のかすれに魅入られ、再びジャズの音色に浸り、あなたが現れあなたに関わる事柄を綴った今、私は解き放たれた思いがしますが涙が湧きます。老人の感傷ですね。

私に取り付いたかすれの正体は、生への執着でした。あなたの、そして私の。

令和六年一月十五日

父天谷深吉

深厳院定誉観道恵達居士さまへ

ねたみ

早朝、夢と現の境のような物事が、近頃よく脳裏に浮かびます。大方は、前日の私の意識にこびりついた残存のようです。

今朝、私はしきりにまぶしいと思いながら、竿に掛かった数枚の白い布と、その横の花木を見ていました。

目覚めると、布はおしめ（おむつ）で、花木は桜でした。昨日のM新聞の暮らし欄に、紙おむつは保育園が処理するのか、保護者が持ち帰るのかの記事で、花木は友人たちとのランチ会で桜の色が年々白くなると、話題になっていたと納得しつつ、おしめであなたが蘇りました。

近頃、九十二歳の姉と八十七歳の私は、時折あなたの思い出話をします。大阪時代、あなたが縫ってくれたお洒落な洋服を着て、三人で阪急デパートの食堂で焼きリンゴを再々食べたことなど、そして、決まって最後に「お母さんは、掃除も料理も嫌い。手先は器用だったけど。おふくろの味なんて私たちは無縁だったね」で、終わり。

私は赤ちゃんの私を抱いたあなたの写真を飾っています。でもあなたにおんぶされた記憶はなく、ねえやのしま江さんの背の温もりは思い出します。

突然の父の病で大阪市から大分県佐伯市への転居、知らない土地、気位高い姑、近所には前妻の縁戚がいる環境で、あなたはミシンを踏み内職に励んでいた。

夏の夕刻、横たわったあなたの足を父がさすっていて、あなたが笑い声をあげ、私はそこへ駆け寄ってはいけないと立ち止まっていた。

蔵に居る祖母に食事の膳を運ぶのは私の役目、祖母はあなたを無視し、あなたも。二人の距離は庭の空間だった。

戦前戦後のあなたは、映画スターの長谷川一夫のとりこに。佐伯で唯一の映画館に私を連れてみとれていた。相手役は山田五十鈴、私は長谷川一夫が大嫌い、あなたが奪われる気持ち、ねたみだったのか。

蔵での祖母の死、父の病で佐伯を離れ、あなたの故郷の岡山県倉敷市へ引っ越し、そこで父は旅立ち、借家の座敷をまた貸しに。

叔父の紹介で男性の薬剤師が一年余、結婚で退去した夏、東京から色白の青年がイーゼルと画材道具一式を持ち入居、芸大在学中の画学生で大原美術館に模写に通う日々、私は彼に淡い憧れを抱いていた。

　ある日、夏の着物姿で、三つ編みの髪を両方から上で止め、風呂敷包みを抱えた彼の母親が予告なく訪れ、あなたは気取った声で応対していた。風呂敷が解かれ菓子箱と分かり私の興味はそれに、夏の一刻のことでした。

　後に間借り人井原道夫さんの母は芥川賞作家の由起しげ子さん、夫の井原宇三郎さんと別居し、受賞後の執筆に励んでいる頃と知りました。

　今、ネットで検索すると、戦後再開第一回の芥川賞を短編『本の話』で受賞、経歴は山田耕筰に師事、フランスに音楽留学、帰国後、神近市子の勧めで作家の道へと有り、息子の井原道夫さんはフランス生まれ、現代彫刻界の巨匠で、作品は都庁や各美術館に収蔵、現在九十六歳、アメリカ・ボストン在住、写真の白髪の小太りの彫刻家は、ひと夏すれ違った青年とは別人のよう。

　あなたも私も、とりわけ姉は読書好きなのに、その出会いがその後、話題にならなかったのは、あなたが無視したのか、日々の生活に追われていたからなのか。


　姉は親戚の紹介で見合いをし、結婚して福岡県福岡市に去り、己の道を切り開きたいと姉は夢を抱き決心したと私は思いながらも、寂しい気持ちを抱く。

　姉は倉敷での生活の要でした。あなたは祖母の妹、あなたの叔母から「嫁が病弱なので手伝いに来て」と、岡山市に行く先が決まり、高校二年学期末の私は？　姉が福岡県若松市在住の温郎兄に頼んでくれ、岡山県立倉敷青陵高校から福岡県立若松高校に転校、友人に別れを告げずに去り、青陵高校の制服で一年過ごした若松高校では親しい友人もできず、高校時代の友人は皆無です。

若松の義姉は、さっぱりした性格だが無類の掃除好き、トイレの掃除から仕込まれ、幼い甥二人の子守は楽しく、良き経験でした。当時、若松高校の教師の温郎兄は、大阪時代のお坊ちゃん気質を引きずっていたのか、優しいが気弱な人でした。

その後、姉宅の幼子の世話であなたが姉宅に、祖母の介護をと叔父からの依頼で、あなたが岡山に去ると、私が職探しの間、姉宅に。その一年間、私はN新聞の文化部が企画した、九州各県から女性一人を選出し、その地の話題を読者に届ける仕事に応募し採用され、建て替わった博多駅、西鉄ライオンズの中西選手の自宅訪問の取材記事、九州場所での、当時、人気絶頂の大鵬、柏戸、両横綱を取材し、Nスポーツ新聞に掲載されたり、料理教室に通ったりの甘ちゃんでした。

それから知人の世話で、創立された運輸会社の経理職に就職、六畳一間のアパート生活に。

当時は、女性はお茶くみ、コピー係、男性は学歴社会の顕著な時代でした。私の上司は親会社からの出向の古参の経理マン、計算に疎い私は素直に教えを乞うこともなく、彼の書類や経理の本で学び、ミスを指摘されると、負けず嫌いに火がつき燃えました。

祖母が死去し、あなたの行く先は？　叔父の家に居座ることはできない。姉が、「公営住宅は家賃も安いし、お母さんを引き取り一緒に」と助言をしてくれ、申し込みをすると幸運にも入居でき、四階建て、三階建ての古い建物が数棟並ぶ、六畳二間、板の間の台所、狭い風呂付、窓の木枠は強風の折には音をたてていた。

思いがけない同居拒否、あなたは職業安定所の斡旋で、N銀行の支店長の役員宅の住み込みの管理人に。単身赴任者の世話の合間に、いけばなの稽古に通い、家元が来福し講習会、デパートでのいけばな展の出品など、雅号と師範の免状まで取得し、なんだか生き生きした様子、そんなあなたも白内障の手術で、やっと二人の根無し草が古びた鉢に根付きました。

それからのあなたは、貼り絵と紙人形作りに熱中し、私はあなたがヘビースモーカーと知った。姉によると大阪時代かららしく、佐伯、倉敷時代は控えていたのか隠れ煙草だったのか。窓ガラスを拭くと雑巾が黄色くなりびっくり。

その頃、あなたは私の縁談を知人に依頼し、占い師から縁がないのは名前のせいと告げられると、私は一時、凌枝になっていた。私が結婚すれば、自分もこの巣箱から飛び立てると、あなたは思っていたのでしょうか。

私は好きやすの飽きるのも早い。好みの男性に出会えば惚れ、ある日、突然思いが失せる恋愛ごっこの繰り返し、相手から好かれると、うっとうしい嫌な性格です。

後年、人から「なぜ結婚しなかったのか」と問われると、「私が結婚していたら、三、四回別れていたかも」と応じます。心の奥底にあなたの行く末を案じる気持ち、あなたと一緒の生活が安楽だったからを隠しながら。

あなたは岡山県岡山市の材木問屋『木屋』で、明治三十六年出生。あなたが大切に持っていた『木屋』の間取り図では、沢山の部屋、広い庭、蔵、別棟は店と使用人の部屋、倉庫、家の前には材木を運んでいた川が流れている。あなたの父の妹や弟が同居の大家族で、あなたにとっての叔母が巡査と駆け落ちして東京に、相手には妻子がいたとか、叔父の一人が頭脳明晰だったが発明狂で、土蔵に閉じ込められたなど。やがてあなたの父親が腎臓を患い死去、番頭が差配しながら博打に狂い金を使い込み、『木屋』は没落し、あなたの母親は当時の鐘淵紡績の女工員の寄宿舎の舎監に就職し、あなたたち姉弟は、裕福な子供のいない親戚に預けられ、あなたはそこで生け花、お琴などを習ったとのこと。あなたのアルバムにある、その当時のあなたの写真は、鹿鳴館で踊っていた女性のミニチュアのよう。つばの広い飾りのある帽子、裾までの華やいだドレス、その横に絣の着物姿の弟が立っていて、あなたの大人びた顔は、あどけないあなたの半分ほどの背丈の弟とは対照的です。

岡山県立女子高等学校時代のあなたはお琴からバイオリンに。男子校の野球部の美男子が人妻と駆け落ちしたとかの話は、繰り返し聞きました。

その後のあなたは京都府立医大の外科医をしている親戚宅に。そこの娘たちと振袖を着て舞踏会に行ったなど。神戸でレース編みをドイツ人に習い、その夫婦が帰国する際に誘われたけど、鈴木のお祖母さんが反対してと、あなたは母親をお祖母さんと呼んでいた。

あなたの煙草の煙に巻かれ、あなたの話を聞いていると、私はリラックスして眠気に誘われていました。

私は三十五歳で転職し画廊のマネージャーの職を得、勤務場所は福岡市の天神の真ん中に位置する商店街の老舗の和菓子屋の二、三階。社長夫妻は委ねるからと言ってくれ、引き受けました。買い物客が気軽に立ち寄れる庶民的な憩いの場と願い、バブル時代の予兆もあり、展覧会の申し込み者も鑑賞者も多く運営は順調でした。

「あんたはいいねえ。天神に毎日遊びに行けて」とあなたはねたみ気味。そんな折、東京の東村山市から一通の手紙があなた宛てに。

《父が回復する見込みのない病の床に就き、母は四年前に死去し、私どもは父の屋敷に転居、父は離れに寝ており、鈴木淑子さんに看取ってほしいという父の最後の願いに応じるべく、岡山のあちこちに問い合わせ、やっとご住所と名字が判明し便りをしました。父の最後の願いをかなえる為、伏してご来駕を賜りたい》の主旨でした。あなたの説明によると、親戚筋になる人で、バイオリンが上手でよく演奏会に一緒に行っていた、計量器の何か特許を取得し財を成した人という説明で、あなたはいそいそと旅立った。暫く音沙汰なく手紙を出すと、写真同封の返信が有り、芝生の広い庭で、着物に割烹着姿のあなたが煙草を吸っている。息子夫婦と年ごろの娘二人の家族に囲まれた写真。「人の生死は予測できるものではなく、人一人を幸せに旅立たせるのが私の役目」と、短いコメント付きでその後音沙汰なし。あなたは三月後に戻って来た。

あなたの美徳は手伝いに行った先のことは一切喋らない。私はあなたの愚痴を聞いたことがなく楽しい話ばかり。私たち姉妹は、「楽天家で金銭に無頓着。のんき者」って、あなたを評します。

あなたの思いがけぬ発病は七十五歳、私は四十を超えた折でした。知人の見舞いに行ったあなたが私の帰宅を待ちかねて、「あったのよ。私にも。ほら」と乳房を触らせた。

九大病院での左胸の乳がんの手術で摘出された病巣を、姉は確かめ私は目をそらした。

翌朝、姉と集中治療室をガラス越しに覗くと、ベッドから手を振るあなたがいた。

それから朝の通勤時に立ち寄ると、あなたは不在、喫煙室で朝の一服をふかしている男たちの中に、あなたを見つけ安堵した。

それからあなたは、予告なしに退院、後は放射線治療だから家から通うと。七月の暑さが増す時期、朝通勤時にあなたをタクシーで送り、帰りを看護婦に頼み、二週間余りで治療は終わり、二人ともやれやれ、お疲れさま。

その後、あなたはエラリー・クイーンやアガサ・クリスティ作の海外推理小説に夢中、文庫本が積まれ始めた。その頃、喫煙が復活したかどうかの記憶はない。

「掃除も洗濯もしない」と、あなたは宣言し、食べ物を買いに、本屋に立ち寄りが楽しみだった。


あなたが病を克服し、凪の日々、そんな時は自分に目が向きます。何だか理由なく、私の身体が重たい瓶のような感覚、すっきりしたいと焦燥感が湧く。

私は今まで、男性とキスも、腕を絡ませて甘えることもなかった。思考すればこの身体的な感覚は私の性への渇望かも。男性の性への欲望は肉体に顕著だが、女性は？　処女膜という蓋を開けると、私の何かが変わるかもしれない……幼稚な幻想です。

当時の私は、ベトナム戦争に関する本に夢中で、機会があればホーチミン・シティを訪ねたいと、蟻が象を倒したと言われた民衆の、その後のパワーに触れたいなど思っていた。アメリカが撤退し、歓喜に沸く群衆のテレビで見た映像が、脳裏に残っていたからと思います。

知人の新聞記者仲間の飲み会に誘われ彼らの上司を紹介され、彼から食事の誘いを受け、私は男がベトナム特派員だった、それだけの理由で誘いにのりました。

「まだ、持っていたのか」と男が言い、私は好奇心むき出しの男の顔に笑いを抑えました。

当初は、私が「小林秀雄の著作に魅かれる」と言えば、ベルクソンの『笑い』の講釈や、ベトナムでの過酷な取材体験、等の話題があったが、惰性で関係が続くと、私は男が変貌していく過程を感じていた。特派員としての評価がなされず出世コースにのらないとか、私は愚痴の聞き役、月に二、三回の関係は秘密、支払いは割り勘、私は都合のよい彼の浮気相手だった。

「定例の記者会見で状況報告が済むと、シャワーを浴び、さあ行くぞ！　仲間と娼婦のもとへ」と口にしたときは、男の無神経さに呆れ、関係が終わった。

私の体の重い瓶は空になり、あなたに秘密にしていた後悔もなく、愛のない性交は虚しいと、何事も体験と思った出来事でした。

あなたに一度、聞きました。

「お母さんが今まで、一番愛した男は誰？」

「お父さん。芸者に見送られて帰宅しても平気だった」

長谷川一夫似の誰かでなく、私の父でほっとした。

あなたの好物は鯛の刺身、得意料理は豚肉の生姜焼きだけ。私の休みの日には、ちらし寿司や、煮物など作り食卓に。あなたの味覚は店で買う食べ物にすっかり慣れていて、味が薄いと文句だけ。

ある日の朝、ドアを激しく叩く音で、あなたも私も怯えながらドアを開けると、私の勤務する画廊での顔なじみの九州派の画家、桜井孝身さんが、ネオダダのリーダーとして活動した大分県出身の吉村益信さんを伴い、「朝飯を食わせろ」と、立っていた。仲間の一人、石橋泰幸さんが同じ団地に居住し、そこに泊まり私宅を聞いてきたとのこと。私はみそ汁とご飯をと台所で大慌て。あなたは二人と何やら談笑し、私は朝から疲れていた。

癌はゆっくり進行していたのか、八十五歳であなたは肺癌に。食欲の減退、咳き込み、声のかすれに気が付いた時は手遅れでした。あなたは身体の不調を訴えることもなく、ただの風邪と私も思っていた。

「お歳だから、手術も放射線治療も控えましょう」と、九大病院の医師に言われ、入院を頑なに拒むあなたの為に、近所の医師が毎日、栄養注射に往診してくれ、あなたの生命は保たれていた。その頃はホスピスも介護保険もない時代、私はシルバー人材センターに頼み、近くの人が見守りに来てくれ、私の休日にはあなたを抱きタクシーに乗せ、近辺を巡っていた。外出好きのあなたは、ただ車の振動と娘の肌の温もりを楽しむだけの、私の自己満足だけの小さな旅でした。

一人での画廊運営は手が抜けず、姉に退職してあなたの介護に専念したいと言うと、「あなたの老後はどうするの。年金が貰えるまで頑張らないと」現実的な助言でした。

夜は二人の手首を結んで寝た。頑なに紙おむつを拒むあなたのトイレへの合図の為に。

私には日記をつける習慣がなく、あなたに尽くしたい思いと、身体的、心理的につらい状況から逃げたい気持ちがせめぎ合い、何処かで吐き出したいと願っていて、あなたの寝息をうかががいながら隣で、有りのままに、まぶした嘘を綴ることにした。この行為が私の精神的な支えとなったのです。

医師から後二ヶ月の命と告げられ、入院せざるを得ません。残念でした。入院後のあなたは、気力で命を保っていた。点滴を拒むあなたは手を縛られ、肺の水を抜いた後の背中に大きな絆創膏が貼られていて、医師に問うと、病院は治療をするところと言う。

半月後、やっと画廊管理のバイトの人が見つかり、あなたの耳元で「ずっと傍にいるから安心して」と囁くと、「家に帰りたい」と訴える。古びた団地の巣に。そしてかすれ声で、「私は天谷の墓に入りたくない、鈴木の墓に」と。「どうして」と問うと、「先妻がいる墓は嫌」と、語尾に力を入れた。掛け布団の上から、あなたを抱くと、あなたは目を閉じた。私は気が緩んだのか、あなたのお腹の上に伏せ、束の間寝入った。

おむつを変えなくてはと……紙おむつを替えると、数滴の湿りと、あなたの肌の温もりが。あなたを見やると――。当直の医師が駆け付け、馬乗りになってあなたの薄い胸を押す。骨が折れると「やめて」と声がでた。姉夫婦が来るまでモニターをそのままにとお願いし、あの手にしたおむつを探すがない。あなたが私に残した命の証が。まだ一月余はあると思っていたのに。

姉夫婦が到着し、病院での儀式が終わり、裏口から医師と看護婦長の見送りを受け、あなたの棺に寄り添っての帰宅の途中、信号停車すると、車窓のカーテンの隙間から、舞い始めた雪片の中、濃い紅色の梅の花が塀の上に。一瞬見た咲き誇る花の色と再生がねたましく、以来、私は梅の花を見ない。

団地の建て替えの為、一時、あなたの遺骨を抱いて別の団地に転居、仮の住まいであなたの法要を行い、さて納骨をどうするか、姉にあなたの遺言を伝えると、「お父さんがいるのだから佐伯の墓に、岡山の実家の墓には分骨を」と。で私は小さな飾り箱に、薄くはかないあなたのお骨を少し入れました。

一周忌を終え、叔父に母の遺言なので岡山の鈴木の墓に分骨をお願いすると、思わぬことに叔父は拒絶した。

「姉さんはわがままだった。岡山で教師に嫁ぎ、半年で家出をした。近所で評判になって。相手がなかなか籍を抜かず、どれだけ母親や親戚が迷惑したか。相手のことも考えなしに」

私の知らないあなた、でもあの時代、どんな理由があれ非難を覚悟で家を出たあなたの強さを感じます。老いても、その折の世間から浴びた屈辱を忘れない叔父の胸の底に、あなたに対するねたみが潜んでいたのでしょうか。

「それから姉さんは、京都の一燈園に入った」と、これがあなたに関する叔父が私に話した全てです。

一燈園をネットで検索すると、懺悔奉仕団体と有り、明治末に、創立者西田天香の生命観、人生観に基づき創立された、無執着の気持ちから互いに与えあう理想の托鉢に支えられた喜捨によって生かされる共同生活、懺悔奉仕、戦争のない平和を願い、コルベ神父やヘレン・ケラーも立ち寄ったと書かれ、今に続いていると詳細が掲載されている。

あなたは、人生のひととき、何を懺悔せねばならなかったのでしょうか。

八十七歳の私の好奇心はここまでです。

私は、六十二歳で退職し、ベトナムやアジア諸国、トルコ、中国、欧州各国、アメリカ等を旅し、黒人作家として初のノーベル賞を受賞したトニ・モリスンの著作の影響で、ニューヨークのハーレムの乳児院で三ヶ月の奉仕をし、大国アメリカの光と影を体験した。そして、あなたの寝床の横で綴っていた創作は七十歳で断筆、観念的な自分を見つめ直したい、遅い気付きでしたが前を向いていた。シカゴにいる従兄妹との出会いが縁で、シカゴで日系二世の方々のサポートを、毎年三ヶ月滞在し十年間続け、福岡地元では、傾聴ボランティア活動など八十三歳まで続けました。

思わぬコロナ禍で活動もできず目標を失い、身体の不調などを克服すべく、己の最後の終活の棺の中に入れる物をと、それで、創作の中から選んだ数編と、あなたとの楽しかった日々と、あなたが愛した夫、私の父との日々を綴り本にし、あなたの少しの骨を抱いて、旅立ちたいと準備ができました。

やがて梅の花の盛りの季節、今年は優しい気持ちで花を愛でます。私が知らない若い頃のあなたが、平和を祈った同じ気持ちを重ねながら、我儘に自由に生きます。どうか、ねたまないで下さい。

令和六年一月三十日

母、天谷淑子

梅月院薫与淑徳大姉さまへ

異母兄弟　長男 敏郎・次男 哲郎・三男 温郎
父 深吉・長女 多香子・母 淑子

妹 千香子（87 歳）・姉 多香子（92 歳）
撮影 弟子丸 晴次

母 淑子・次女 千香子

謝辞

『季刊午前』掲載の作品中、一九九四年~二〇〇九年の間から六作を選択し、一九九九年詩誌『九』招待作品短編一作に、二〇二四年（令和六年）一月に執筆したエッセイ二編で本とし、八十八歳の今、人生に充足し、旅好きの私の帰路のない旅に持参します。それで今に続く皆様とのご縁に謝意を表します。

父方の従兄の故嶋田裕雄（大分県九重にて昭和二十八年川端康成宿泊の宿、小野屋経営，九重の自然を守る会会長）の生前の励ましに感謝。娘小山承子さんファミリーの繁栄を祈願。

故麻生英臣、横尾（入江）豊子、両氏の小学、中学生からの友情に感謝。小樋井（木村）和子、清成（橋本）節子、両氏の二十代からの友情に感謝。

福岡文芸教室以来の高光己代子、中村たつ子、両氏の友情に感謝。

『季刊午前』特別同人の岸本みか、故塩田征一郎、同、編集委員の中川由記子、広橋英子、安河内律子、吉貝甚蔵、脇川郁也、諸氏との研鑽の日々に感謝。『海』同人、有森信二、井本元義、両氏との交流に感謝。

創立時より二十六年余、村岡屋ギャラリー在職時、お世話になった全ての方々の支援に感謝。

元美術、文化担当記者、重里徹也、島村史孝・深野治、松尾孝司、諸氏との村岡屋ギャラリー時の交流に感謝。

シニアフレンズ福岡ボランティア協議会傾聴ボランティア、コスモスの会員諸氏の発展を願いつつ感謝。ニューヨーク・ハーレムでの乳児院でのボランティア仲間、本田久美子さんの変わらぬ友情に感謝。

挿画を依頼した、柴田（鈴木）芳江さんの村岡屋ギャラリー時から続く友情に感謝しつつ、そのご縁で繋がった現今の愉快なお仲間、装丁を依頼した幸尾蛍水＝画家、俳人、冊子編集。畑山順一＝絵画、ゴスペル、ドラム、サックス。弟子丸晴次＝トラベリング・フリーマン、世界一四七国を旅し、写真展、写真集出版。三氏からの労りと楽しみのギフトに感謝。

村岡屋ギャラリー時より旧知の書律侃侃房の田島安江さんのお力添えにて、最初で最後の本を出版することができた喜びと共に、心より御礼申し上げます。

二〇二四年（令和六年）四月二十六日の誕生日に

天谷　千香子

◆著者
天谷千香子（あまがや・ちかこ）
1936年生まれ。
福岡市文学賞
九州芸術祭文学賞（2回）
〒813-0044 福岡市東区千早6丁目8-2-708

◆装幀
幸尾螢水（こうお・けいすい）
太平洋美術会会員　文部科学大臣賞
鷹俳句会会員

◆挿画
柴田芳江（しばた・よしえ）
画家
個展・グループ展活動

有りのままにまぶした嘘

二〇二四年五月二十三日　第1刷発行

著者　天谷千香子
発行者　田島安江（水の家ブックス）
発行所　株式会社 書肆侃侃房（しょしかんかんぼう）
〒810-0041
福岡市中央区大名2-8-18-501
TEL：092-735-2802
FAX：092-735-2792
http://www.kankanbou.com　info@kankanbou.com

編集　田島安江
DTP　BEING
印刷・製本　アロー印刷株式会社

ISBN978-4-86385-626-4　C0093